民國文化與文學研究文叢

七　編

第 14 冊

詩意的結構
——現代抒情小說的敘事研究

席 建 彬 著

國家圖書館出版品預行編目資料

詩意的結構——現代抒情小説的敘事研究／席建彬 著 -- 初版
-- 新北市：花木蘭文化事業有限公司，2017〔民 106〕
序 6+ 目 2+214 面；19×26 公分
（民國文化與文學研究文叢 七編：第 14 冊）
ISBN 978-986-485-057-0（精裝）
1. 現代小説 2. 文學評論
820.9   106013220

ISBN-978-986-485-057-0

9 789864 850570

民國文化與文學研究文叢
七 編 第十四冊   ISBN：978-986-485-057-0

詩意的結構
——現代抒情小説的敘事研究

作 者 席建彬
總 編 輯 杜潔祥
副總 5 編輯 楊嘉樂
編 輯 許郁翎、王 筑 美術編輯 陳逸婷
出 版 花木蘭文化事業有限公司
社 長 高小娟
聯絡地址 235 新北市中和區中安街七二號十三樓
電話：02-2923-1455 ／傳真：02-2923-1452
網 址 http://www.huamulan.tw 信箱 hml810518@gmail.com
印 刷 普羅文化出版廣告事業
初 版 2017 年 9 月
全書字數 201689 字
定 價 七編 31 冊（精裝）新台幣 58,000 元

詩意的結構
——現代抒情小說的敘事研究

席建彬　著

作者簡介

席建彬，男，1969 年生，江蘇連雲港人，文學博士（後），海南師範大學文學院教授，主要從事中國現當代文學研究與教學工作；已在《文學評論》、《中國現代文學研究叢刊》、《文藝爭鳴》、《江蘇社會科學》、《南方文壇》、《魯迅研究月刊》等期刊發表論文數十篇；主持、參與國家、省部級課題 5 項，論文曾獲 2009 年全國博士生論壇（海外華文文學與詩學）「最佳學術創意獎」。

提　要

　　本書以具有詩意特徵的「現代抒情小說」為研究對象，辨析現代中國小說抒情轉向背景下的詩性敘事轉型與建構，個中既有著關於敘事理論問題的深入探討，同時也有著敘事理論問題向現代小說史問題的學理性轉化，突出了一種意蘊化的別樣敘事傳統和詩學形態對於小說現代化的歷史價值。為此，本書在眾多經典作品的細讀中辨析具體文本的敘事理路和特徵，歸結抒情小說敘事的多元結構形態、主題以及體式構成，辨識現代文學語境的變化帶給小說內容和形式的適應性轉變，結構敘事研究的理論自足性構建，彰顯了一種融合結構詩學、文化詩學的現代小說研究特色。

中國現代文學史研究中的「民國文學」概念——《民國文化與文學研究文叢》第七編引言

李　怡

與政治意識形態淵源深厚的文學學科

　　大陸中國現代文學研究，最近 10 來年逐漸失去了 1980 年代的那種「眾聲喧嘩」、「萬眾矚目」的熱烈景象，進入到某種的沉靜發展的狀態，如果說，在這種沉靜之中，有什麼值得注意的現象的話，那就是「民國文學」概念的提出以及引發的某些討論。

　　對於海外中國文學研究者而言，現代中國很自然地分作「民國時期」與「人民共和國時期」，這是一種相當自然的歷史描述，作為文學史的概念，也完全有理由各取所需地採用不同的概念：現代中國文學、中國現代文學、中國文學（民國時期）、中國文學（中華人民共和國時期）等等，這裡有思想的差異或者說審美意識形態的分歧，但是卻基本不存在嚴重的政治較量和衝突。站在海外漢學的立場上，人們難免困惑：現代文學也好，民國文學也罷，不過就是一種文學史的稱謂而已，是不是有如此鄭重其事地加以闡發、討論的必要呢？

　　這裡就涉及到對大陸中國現當代文學學科存在格局的認識。其實，嚴格的學科意義上的「中國現當代文學」並不是在 1949 年以前的民國時期建立的，儘管那時已經出現了「中國現代文學」的大學教育，也誕生了為數可觀的「中國現代文學史」著作，但是主要還是講授者（如朱自清）、著作者的個人選擇，體系化的完整的知識格局和教育格局尚不完整。真正出現自覺的「學科建設」的意識是在 1949 年中華人民共和國成立以後，各學科教育大綱的編訂、樣板

式教材的編寫出版乃至「群策群力」的從思想到文字的檢討、審查，都意味著「中國現代文學」學科由此納入到了政治意識形態的一體化架構之中，因此，討論「中國現代文學」學科的任何問題——從內容、結構到語言、概念都是非同小可的「國家大事」，在此基礎上的任何一次新的概念的設計和調整，都不得不包含著如何面對政治意識形態以及如何回答一系列「思想統一」的結論的問題，這裡不僅需要學術思想創新的智慧，更需要政治突圍的勇氣和決心。

回頭看大陸新時期以來的每一次文學史概念的提出，都兼有如此的「智慧」和「勇氣」：例如最有影響的概念——二十世紀中國文學。提出這一概念，其意義主要不是重新劃分晚清——近代——現代——當代的文學史時間，不在於從過去的歷史分段中尋找歷史的共同性；而是為了從根本上跳脫政治化的「現代」概念對於文學的捆綁。

作為學科史意義的「中國現代文學」的「現代」概念，其實已經與它在五四文壇出現之初就有了巨大的差異，完全屬於一種政治意識形態的產物。眾所周知，最早的「現代」概念與「近代」概念一樣都來自日本，最早用「近代」更多，到1930年代以後「現代」的使用頻率則超過了「近代」——在那時，中國的「現代」基本上匯通著世界史學界的理解框架，將資本主義發展、傳統世界自我封閉格局得以打破的「現時代」當作「現代」；但是，1949年以後作為學科史意義的「中國現代文學」的「現代」概念卻又不同，它更多地師法了前蘇聯的歷史觀念：由斯大林親自審查、聯共（布）中央審定、聯共（布）中央特設委員會編的《聯共（布）黨史簡明教程》和由蘇聯史學家集體編著的多卷本的《世界通史》重新認定了歷史的意義和分段方式，〔註1〕馬列主義的五種社會形態進化論成為劃分歷史的理論基礎，1640年英國資產階級革命由於「階級局限性」屬於不徹底的「現代」，只能稱作是「近代」的開始，而「現代」演進關鍵點是十月社會主義革命的重大勝利，中國的歷史劃分是對蘇聯思維的仿傚：1840年的鴉片戰爭被當作「近代」的開端，而標誌著「工人階級登上歷史舞臺」、「馬克思主義開始傳播」的「五四」運動則被當作了「現代」，後來考慮到「五四」之時，中國共產黨尚未成立，無法認定

〔註1〕《聯共（布）黨史簡明教程》於1938年在蘇聯出版，人民出版社1975年正式出版中譯本。《世界通史》於1955～1979年出版，全書共13卷。中譯本《世界通史》（1-13卷）於1978～1987年分別由三聯書店、吉林人民出版社和東方出版社出版。

其十月革命式的政治勝利,所以又在「現代」之外另闢 1949 年以後爲「當代」,以彰顯社會主義與共產主義社會的到來,由此確定了中國文學近代／現代／當代的明確格局——這樣的劃分不僅時間分段上不再模糊,而且更具有明確的思想的內涵與歷史文化質地:資產階級文學(舊民主主義革命文學)、新民主主義革命文學與社會主義文學就是近代——現代——當代文學的歷史轉換。

　　「二十世紀中國文學」是中國文學研究界學術自覺,努力排除前蘇聯「革命」史觀影響、尋求文學自身規律的產物。正如論者當年意識到的那樣:「以前的文學史分期是從社會政治史直接類比過來的。拿『近代文學史』來說,從一八四〇年鴉片戰爭到一八九八年戊戌變法,半個多世紀裏頭,幾乎沒有什麼文學,或者說文學沒有什麼根本的變化。」「政治和文學的發展很不平衡。還是要從東西方文化的撞擊,從文學的現代化,從中國人『出而參與世界的文藝之業』,從文學本身的發展規律,從這樣的一些角度來看文學史,才比較準確。」「『二十世紀中國文學』這一概念首先意味著文學史從社會政治史的簡單比附中獨立出來,意味著把文學自身發生發展的階段完整性作爲研究的主要對象。」〔註 2〕

　　自「二十世紀中國文學」開啓歷史性的「重寫文學史」以來,中國現代文學的研究一直是富有勇氣地走在這一條「學術創新——政治突圍」的道路上,力圖讓文學回歸文學,歷史還原給歷史。可以說,「民國文學」也屬於這樣的努力,是「重寫文學史」的一種方式。

可疑的「現代性」

　　當然,這種方式也體現出了對既往文學研究的一種反思。

　　「二十世紀中國文學」這一歷史架構顯然具有重大的學術價值,直到今天依然是影響最大的文學史理念。然而,在「民國文學」的視野之中,它也存在著需要克服的問題:「二十世紀中國文學」這一概念是否已經具備了學科的穩定性?例如,在「二十世紀」業已結束的今天,它是否能有效地參照當下文學的異質性?如果說,「二十世紀中國文學」曾經闡發過的諸多概念都依然適用於今天,如果「新世紀文學」的基本性質、使命、遭遇的問題等等幾

〔註 2〕黃子平、陳平原、錢理群:《二十世紀中國文學三人談》36 頁、25 頁,北京:人民文學出版社 1988 年。

乎都與「舊世紀」無甚區別，那麼這一概念本身的內涵和外延至少也是不夠確定，需要我們重新推敲的了。對於「二十世紀中國文學」而言，其擺脫政治意識形態束縛的核心理念是文學的現代性（當時提出者稱之爲「現代化」）追求。但是，隨著 1990 年代中期以來，「現代性」話語逐漸演變成了我們文學研究的基本語彙，它內在的一系列矛盾困擾也日顯突出了。

在新時期，「現代化」與「現代性」主要指代我們打破封閉、「走向世界」的強烈渴望，在那時，「現代」的道義光芒與情感力量要遠遠重於其知識性的合理與完整，或者說，呼喚文學的現代性就如同建設「四個現代化」一樣天經地義，我們根本無暇追問這一概念的來源及知識學上的意義和限度，所以才會出現如汪暉所述的「現代」之問。在 1980 年代，汪暉曾就何謂「現代」向唐弢先生質詢，而作爲學科泰斗的唐先生也只是回答說，這是一個「很複雜」的問題。〔註 3〕到了 1990 年代，中國學術界開始惡補「現代」課，從西方思想界直接輸入了系統而豐富的「現代性知識」，先是經過了短時間的「現代性終結」之論，接著便是在西方學術的鼓勵之下，迅速舉起「未完成的現代性」旗幟，對各種文化現象展開檢視分析，我曾經借用目前收錄最豐富、檢索也最方便的中國期刊網 CNKI 對 1979 年以後中國學術論文上的一些關鍵詞作數理統計，下面就是「現代性」一詞在各年的出現情況：

	79	80	81	82	83	84	85	86	87	88	89	90	91	92
按篇名統計	0	0	0	0	0	0	0	0	0	2	0	0	0	0
按關鍵詞統計	0	0	0	0	0	0	0	0	0	0	0	0	0	0

	93	94	95	96	97	98	99	00	01	02	03	04
按篇名統計	4	16	26	28	48	60	108	128	166	213	268	381
按關鍵詞統計	0	0	5	11	11	20	69	109	165	225	287	443

表格說明：

1. 統計單位爲「篇」。

2. 檢索的學科涵蓋「文史哲」、「經濟政治與法律」、「教育與社會科學」。

3. 自動檢索中有極少數詞語誤植的情形，如「現代性愛小說」「現代性」統計，另外個別長文（如高遠東《未完成的現代性》分上中下發表，被統計爲三篇，爲了保證檢索統計的統一性，以上數據有意識忽略了

〔註 3〕 汪暉：《我們如何成爲「現代」的？》，《中國現代文學研究叢刊》1996 年 1
期。

這些情形。

研究一下以上的表格我們就可以知道，從 1979 年到 1987 年整整九年中，中國人文社科的學術論文中沒有出現過一篇以「現代性」爲題目的文章，1988 年出現了兩篇，但很快又消失了，直到 1993 年以後才連續出現了「現代性」論題。這些論文的代表作包括張頤武的《對「現代性」的追問——90 年代文學的一個趨向》（《天津社會科學》1993 年 4 期）、《「現代性」終結——一個無法迴避的課題》（《戰略與管理》1994 年 3 期）、《重估「現代性」與漢語書面語論爭——一個 90 年代文學的新命題》（《文學評論》1994 年 4 期），韓毓海的《「現代性」與「現代化」》（《學術月刊》1994 年 6 期），韓毓海與李旭淵《第三世界的現代性痛苦與毛澤東思想的雙重含義——兼說中國當代文學》（《戰略與管理》1994 年 5 期），汪暉的《傳統與現代性》（《學術月刊》1994 年 6 期），彭定安《20 世紀中國文學：尋找和創造現代性》（《社會科學輯刊》1994 年 5 期），文徵《後現代性與當代社會思潮》（《國外社會科學》1994 年 2 期），趙敦華《前現代性、現代性與後現代性的循環關係》（《馬克思主義與現實》1 年 4 期）等。

對概念的提煉和重視反映的是一種學術目標的自覺。當然，按照中國學術期刊的學術規範，由作者列舉「關鍵詞」的慣例是 1992 年以後才逐漸推行開來的，整個 20 世紀 80 年代的中國學術論文之前都不存在這樣的標誌性的「關鍵詞」，這也給我們通過統計來顯示中國學者概念的提煉製造了難度，不過即便如此，分析表格中作爲「篇名」的「現代性」話題的增長與作爲關鍵詞的現代性概念的增長，我們也依然可以十分清晰地看出：隨著 1993 年以後中國學者對「現代性」話題的越來越多的關注，「現代性」理念作爲重點闡述的對象或立論的主要依託才逐漸堂皇地進入學術文本，構成其中的關鍵詞語，大約在 1995 年以後開始「傲然挺立」起來。到新世紀第一個十年的中期，無論是作爲論題還是語彙的「現代性」都達到了空前的規模，對西方文化意義的「現代性」含義的追溯和「考古」業已成爲了我們的學術「習慣」。同時，在中國文化範圍之內（包括古代與現代）所進行的「現代性闡釋」更層出不窮，幾近成爲了現代中國文學與文化研究的基本語彙。到 2004 年，我們的統計已經可以見出歷史的重要轉變。可以說至此，「現代性批評話語」眞的正在實現著對於 20 世紀 80 年代一系列基本概念的置換。

這樣的置換當然首先還是得力於同一時期西方文學理論與文化理論的引

入，1990 年代中期以後，活躍在中國理論界的主流是後現代主義、解構主義、後殖民批判理論與西方馬克思主義，而「現代性」則是這些理論的核心概念之一，正是借助於這些西方理論的輸入，中國現代文學界可以說是獲得了完整的「現代性知識」。在這個知識體系中，人們對現代、現代性、現代化、現代主義的辨析達到了前所未有的深入和細緻，對文學的觀照似乎也獲得了令人激動不已的效果和不可估量的廣闊前程，中國現代文學史至此有望成為名副其實的「現代性」或「現代學」意義的文學敘述。

應當承認，1990 年代對「現代」知識的重新認定的確是為我們的文學史研究找到了一個更具有整合能力的闡釋平臺，借助福柯式的知識考古，我們固有的種種「現代」概念和思想得到了清理，現代、現代性、現代化，這些或零散或隨意或飄忽的認識都第一次被納入到了一個完整清晰的系統當中，並且尋找到了在人類精神發展流程裏的準確的位置。最近 10 年，「現代性」既是中國理論界所有譯文的中心語彙，也幾乎就是所有現當代文學史研究的話語支撐點。

但是，從另一方面來看，我們的「現代」史學之路卻難以掩飾其中的尷尬。追溯「現代性」理論進入中國的歷史，我們都會發現一個有趣的轉折：在 1990 年代初期，恰恰也是其中的一些論斷（後現代主義對社會現代性的批判）導致了我們對現代文學存在價值的懷疑和否定，而到了 1990 年代中後期，當外來的理論本身也發生分歧與衝突的時候（例如哈貝馬斯對現代性的肯定），我們竟又神奇地獲得了鼓勵，重新「追隨」西方理論挖掘中國文學的「現代性價值」——中國文學的意義竟然就是這樣的脆弱和動搖，只能依靠西方的「現代」理論加以確定？！這足以提醒我們，中國學者對「現代性」理論的理解和運用在多大的程度上是以自身的文學體驗為依據的？同樣，在「現代性」視野下的中國現代文學研究當中，中國現代文學的種種現象也一再被納入到全球資本主義時代的共同命題中，例如「兩種現代性」、「民族國家理論」、「公共空間理論」、「第三世界文化理論」等等……跨越了歷史境遇的巨大差異，東西方文學的需要是否就這麼殊途同歸了？他者的理論是否真讓我們的文學闡釋一勞永逸？中國文學的現代之路難道就沒有自成一格的更豐富的細節？

較之於直接連通西方「現代性」闡釋之路的言說，「民國文學」這一概念首先試圖表達的就是擺脫先驗的理論、返回歷史樸素現場的努力。

1997 年，陳福康借助史學界的概念，建議中國文學的現代／當代之名不妨「退休」，代之以中華民國文學／中華人民共和國文學之謂。後來，張福貴、湯溢澤、張中良、李怡等人都先後提出這一新的命名問題，〔註4〕我將這樣的命名方式稱之爲「還原」式，就是因爲它所指示的國家社會的概念不是外來思想的借用——包括時間的借用與意義的借用——而是中國自己的特定生存階段的眞實的稱謂，借助這樣具體的國家社會形態框架，我們的文學史敘述有可能展開爲過去所忽略的歷史細節，從而推動文學史研究的深入。

在多少年紛繁複雜的理論演繹之後，中國文學研究需要在一種相對樸素的歷史描述中豐富起來，自我呈現起來。

「民國文學」研究的幾種可能

當然，「民國文學」概念提出來以後，各方面也不無爭論和質疑，這些爭論和質疑的根本原因有二：長期以來「民國」概念的陰影不去，至今仍然以各種「成見」干擾著我們的思想，或者對我們的自由探索構成某種有形無形的壓力；新概念的倡導者較長時間徘徊在概念本身的辨析之中，文學史的細節研究相對不足，暫時未能更充分地展示新研究的獨特魅力，或者其他的同行業也未能從林林總總的研究中發現新思路的廣闊空間。

關於「民國文學」研究，有這樣幾個方面的問題可以澄清和深發。

一、「民國文學」是民國時期的現代文學，可以涵蓋絕大多數的現代文學現象。不僅可以對傳統的新文學傳統深入解釋，而且可以將舊體文學、通俗文學等等「新文學」之外的文學現象有效納入，在一個更高的精神性框架中理解古今中西的複雜對話關係；不僅可以包括從北洋政府到國民黨政府控制區域的文學現象，而且也能有效解釋紅色蘇區文學、抗戰解放區文學，因爲後兩者也發生在民國歷史的總體進程當中，民國文學的概念不僅可以解釋後

〔註 4〕參看張福貴《從意義概念返回到時間概念——關於中國現代文學的命名問題》（香港《文學世紀》2003 年 4 期）；湯溢澤、郭彥妮《論開展「民國文學史」研究的必要性與可行性》《當代教育理論與實踐》2010 年 2 卷 3 期）；湯溢澤、廖廣莉：《論開展「民國文學史」研究的迫切性》（《衡陽師範學院學報》2010 年 2 期）；趙步陽、曹千里等：《「現代文學」，還是「民國文學」？》（《金陵科技學院學報》2008 年 1 期）；張維亞、趙步陽等：《民國文學遺產旅遊開發研究》（《商業經濟》2008 年 9 期）；楊丹丹《「現代文學史」命名的追問與反思》（《長春師範學院學報》2008 年 5 期）。

者，甚至是擴大了後者研究的新思路，解放區文化不是靠拒絕「人民之國」（民國）的理想而生存，它恰恰是以民國理想真正的捍衛者自居，最終通過批判了國民黨政權贏得了在「全民國」範圍內的聲響；對於投降賣國的汪偽政權，它也不敢輕易放棄「民國」之號，在這裡，民國的「名與實」之間存在一個值得認真分析的張力，並影響到南京偽政府統治下的寫作方式；到華北、蒙疆特別是東北淪陷區，日本文化與偽滿洲國文化大行其道，但是，我們能不能斷定淪陷區文學就理所當然屬於滿洲國文學、蒙古文學或者日本文學呢？當然也不能，近幾年的淪陷區文學研究，相當敏銳地發掘出了存在於這些殖民地的「中華情結」，而民國文化作為現代中華文化的一種形態，依然對人們的精神發揮著根深蒂固的作用——雖然不是名正言順的「民國文學」，但是「民國文學」研究的諸多視角卻依然有效。

　　二、「民國文學」本身不是一個政治性的概念，就如同「民國」本身既有政權性含義，但同時也有政權政治所不能涵蓋的民族、社群等豐富的內涵一樣，而作為精神文化組成部分的「民國文學」更具有超越政治的豐富的意義空間。我同意張中良先生的分析：「民國作為一個國家，在政黨、政府之外，還有軍隊、司法機關、民間社團等社會組織，除了政治之外，還有新聞出版、學校教育、宗教信仰、民族傳統、地域文化、文學思潮、百姓生活等等，民國文學是在多種因素交織的社會文化背景下發生、發展起來的，因而其歷史化研究的空間無比廣闊。」〔註5〕事實在於，越是在一個現代的形態中，國家政權的強制力越有限，而作為社會文化本身的力量卻越大，包含文學藝術在內的社會精神文化，恰恰努力在民國時期呈現出了自己的獨立性和自主性。所以，「民國文學」並不等於就是國民黨的文學，自由主義文學與左翼文學都是民國文學的主體，而且由左翼文學所體現的反抗、批判精神也可以說是民國文學主要的價值取向，「民國批判」恰恰是「民國文學」的基本主題。曾經有大陸學者擔心「民國文學」研究會重新推動中國現代文學研究走入政治的死胡同，相反，也有臺灣學者對大陸「民國文學」研究刻意切割文學與政權制度的關係有所不滿，〔註6〕我覺得這兩方面的意見雖然有異，但都是出於對民國時期文學獨立性、自主性的認知不足。民國文學本身就是知識分子追求

〔註5〕張中良：《民國文學歷史化的必要與空間》，《文藝爭鳴》2016 年 6 期。

〔註6〕王力堅：《「民國文學」抑或「現代文學」？——評析當前兩岸學界的觀點交鋒》，《二十一世紀》2015 年第 8 期。

政治自由的體現，對政治自由的嚮往當然是將我們的精神帶離了專制政治的陷阱；而民國政權在文學政策上的某些讓步和妥協從根本上講並不來自統治者的恩賜，恰恰也是民國的社會力量、民間力量蓬勃發展、持續抗爭的結果，現代國家出現之後，其文化發展最可寶貴之處就是「明君」與「賢臣」文化的逐步消失（雖然政治家的開明和理性依然重要），同時社會性力量不斷加強、民間力量日益發展，後者才是最值得我們注意和總結的文化傳統，只有在後者被充分發掘的基礎上，政治制度的種種歷史特徵才有可能獲得眞實的把握。

三、「民國文學」研究其實有別於隸屬於大眾文化、流行文化的「民國熱」。作爲對長期以來「民國史」的粗暴化處理的背棄，「民國熱」已經在大陸中國流行有年，民國掌故、民國服飾、民國教育，還有所謂的「民國範兒」等等，這本身不難理解，而且我以爲在「各領風騷三五年」的各種「熱」當中，「民國熱」依然保留了更多的自我反省的因素，因而相對的「健康性」是明顯的。儘管如此，我認爲，當代中國社會出現的「民國熱」歸根結底屬於大眾文化潮流，而「民國文學研究」則是中國學術多年探索發展的結果，是文學研究「歷史化」趨向的表現，兩者具有根本的不同。其實，「民國文學」研究雖然與當今的「民國熱」差不多同時出現，但中國學界本著實事求是的精神，努力救正「以論代史」的惡劣現象、盡可能尊重民國史實的努力卻是由來已久了。在大陸中國，雖然因爲政治原因，「民國」一詞一度包含了某種政治禁忌，需要謹愼使用，但總體來看，除了「文化大革命」這樣的極端的文化專制時期之外，對「民國史」的關注和研究一直有學人勉力進行。從新中國成立到1980年代初，「民國史」的考察、研究一直都得到來自國家層面的高度重視，並不斷被納入各種國家級的科研計劃與出版計劃。《中華民國史》的編修工作早於《劍橋中國史》的編寫計劃，「民國史」的研究也早在 1956 年就已經列爲了國家科學發展十二年規劃，民國史的出版也在 1971 年就進入了國家出版規劃。呼籲「民國史」研究的既包括董必武、吳玉章這樣的「民國老人」，又包括周恩來總理這樣的黨和國家領導人。「民國文學」的研究借概念之便，當更能夠順理成章地汲取「民國史」的研究成果，以大量豐富的歷史材料爲基礎，對中國現代文學研究的「歷史化」進程作出堅實的貢獻。

當然，民國文學研究，一方面固然應當強調加強學術研究的自覺性，與大眾文化的趣味相區分，但是，也不是要刻意區隔和拒絕那些來自社會民間

的寶貴情懷，相反，有價值的研究總能從現實關懷中汲取力量，讓學術事業擁有的豐沛的社會情懷，本身也是在健康和積極的方向上爲中國的當代文化貢獻自己的智慧和力量。

四、「民國文學」研究可以形成與華文文學研究諸多問題的有益對話。當「民國文學」這一概念的使用跨出中國大陸，尤其是與海峽對岸學界形成對話之時，可能就會遇到嚴重的困擾：在我們大陸學界的立場來看，它理所當然就是一個歷史性的概念，「民國」在 1949 年已經結束，我們的「民國文學」研究如果不加特別說明，肯定是指 1912 民國建立到 1949 年中華人民共和國成立這一段歷史時期的文學，使用「民國文學」概念，存在著一個嚴肅的政治的界限；但是，繼續沿用著「民國」稱號的對岸，是否就是大張旗鼓地書寫著「民國文學史」呢？弔詭的現實恰恰是，當代臺灣學界似乎比我們離「民國」更遠！在經過了日本殖民文化——國民黨統治——解嚴後思想自由——政黨輪替、「去中國化」思潮這樣一系列複雜過程之後，在一個被稱作「後民國」的時代氛圍中，「民國」論述照樣承受了「政治不正確」的壓力，其矛盾曖昧之處，甚至也不是「一個民國，各自表述」就能夠概括得了的。也就是說，在海峽兩岸這最大的華人世界裏，「民國文學」都存在相當的糾纏矛盾之處。如何解決這樣的尷尬呢？如何在兩岸學術界，建立起彼此都能夠接受的論述呢？我覺得這裡有兩個可以展開的思路。

首先是集中研討那些沒有爭議的時段。例如民國成立到 1949 年中華人民共和國成立這一歷史時期，我稱之爲民國文學的典型時期，對臺灣而言，1945年光復之後，特別是國民政府遷臺之後，民國文化與文學當然也完成了移植與建構，不過解嚴以來，本土化傾向日益強化，與「典型時期」比較，情況已經大爲不同，固有的「民國文化」發生了變異、轉換與遮蔽，只有首先清理那些「典型」的民國文化，才最終有助於發掘現存的「民國性」。目前，對於研討「民國文學典型時期」的設想，在兩岸學界已經有了基本的共識。

其次是通過凸顯「民國文學」研究方法的獨特性與華文文學的其他學術動向形成有益的對話。所謂「民國文學」研究不過是一個籠統的稱謂，指一切運用「民國文學」概念創新解釋現代文學現象的嘗試，它至少包括兩個大的方向，一是對民國時期文學發展的種種問題進行新的梳理和闡述；二是通過對於「民國是中國的現代形態」這一思路的認定，生發出關於如何挖掘、描述中國知識分子「現代追求」的種種學術思路，進而對現代中國文化獨創

性問題作出令人信服的闡發，借助這一的闡發，「現代性」視野才不至於單純流於西方的邏輯，而成爲中國現代精神生產的一種獨特形式，這些努力的背後，樹立著發現現代中國精神主體性與學術主體性的深遠目標，這可謂是「民國作爲方法」的特殊價值。對於這種「文化主體性」的重視，我們同樣可以從作爲臺灣學術主流的「臺灣文學」以及史書美、王德威等人倡導的「華語語系文學」那裡看到，彼此對話的空間值得開拓。

「臺灣文學」一度有意識與中華文學相區隔，尋求自己的獨立空間，然而身居「民國」卻是寫作者不能不面對的事實，「民國」與「臺灣」在現實中相互糾纏，在歷史中前後延續、滲透、轉化、變異，無論從哪一個方向來看，離開「民國文學」的歷史與現實，都無法清晰道出現代「臺灣文學」的脈絡與底蘊，這一理念，似乎已經爲越來越多的臺灣學者所認可，臺灣文學研究者如陳芳明、黃美娥都多次出席兩岸舉辦的「民國文學研討會」，發表了梳理民國文學與臺灣文學關係的重要論文。

「華語語系文學」（Sinophone literature）是當今華文文學界的最有代表性的命題。儘管其倡導者史書美、王德威、石靜遠等人的具體觀念尚有不少的差異，但是突破華文文學的「中國中心」立場，在類似於英語語系、法語語系、西班牙語系的多樣化格局中建立各華人世界的文化獨立性和主體性，確實是他們的共同追求：「中國內地各種討論海外華文文學的組織、會議、出版，其實存在著一個不可擯除的最後界限，即要歸納在一個大中國的傳承之下，成爲四海歸心的一個象徵。很多海外學者會覺得這種做法是過去的、老派的、傳統的帝國主義的延伸，於是提出華語語系文學，使之成爲對立面的說法。」〔註7〕擺脫「西方中心主義」來談論「全球文學」，去「中心」、解「權力話語」，不再將華語文學當作某種「中國」本質的「離散」，而是始終在流動性、在地化、變異與重構中生成，這是「華語語系文學」的基本追求。應當說，「民國文學」的研究理念剛好可以與之構成有趣的對話：作爲文化主體性與學術主體性的建構，兩者顯然有著共同的意願，

不過，在不斷表述擺脫西方理論模式束縛的同時，「華語語系文學」卻將主要的批判矛頭對準了「中國性」與「中國文化」，史書美甚至爲了執著地對抗「中國」，將中國文學排除在「華語語系文學」之外。這裡就產生了一個需

〔註7〕李鳳亮：《「華語語系文學」的概念及其操作——王德威教授訪談錄》，載《花城》2008 年第 5 期。

要認真探討的問題：阻撓現代華語世界精神主體性建構的力量是否就主要來自「中國」，而非實力更爲強大的歐美？或者說，在普遍由歐美文化主導的「現代性」格局中，各種現代中華文化形態的經驗更缺少相互啓迪、相互借鑒與相互支撐的可能？如果考慮到「現代性」的言說模式迄今基本還是爲歐美強勢文化所壟斷，「大華文區域」依然共同承受著這些文化壓力之時。以「在地」華文世界各自的經驗獨特性構製各自的「主體性」固然重要，在華文世界與其他世界的比照中尋找我們共同的經驗、重建華文文學本身的認同和主體價值，同樣不可或缺。而「民國文學」的經驗梳理，也就是華文世界的「現代認同」的基礎，也是華文文學主體性的主要根據，「作爲方法的民國」需要在這樣共同的文化經驗的基礎上加以提煉。

這裡具有中華文化的共同傳統與民族記憶，又都在不同的條件下融入了全球現代化的過程。文學發展的背景同樣經歷了農業文明到工業文明、後工業文明的歷史過程，同樣遭遇了從威權專制到現代民主的轉變。

就文學本身而言，同樣具備了中國古典文學的修養和基礎的積澱，同樣進入到現代白話文學的時代，雖然因爲政治意識形態的介入，中國新文學傳統的理解和繼承方式有別，彼此有過對新文學傳統的不同的認識——大陸以左翼文學爲正統，臺灣等區域可能更認同以胡適爲代表的自由主義，但是作爲大的現代文學經驗依然具有相當的同一性。〔註8〕

對主體性的任何形式的尋找最終都不是爲了將自身的族群從周遭的世界中分裂出來，而是爲了更深刻地認識自我，發現自我的價值，最終也可以與「他者」更好地溝通與共存。大陸「中國中心」意識值得警惕和批判，但是與其徑直將大陸中國的華文文化視作對立的「他者」，毋寧將其當作既挑戰自我又激發自我的「他者」，而且這樣的「他者」也不能取代我們從歐美強勢文化的「他者」中承受的壓力，換句話說，大陸中國的華文世界並不是包括臺灣在內的華文世界的唯一的壓力，各區域華文文學的成長同時也不斷感受著來自其他文化力量的持續不斷的擠壓和挑戰。如果我們能夠面對這樣的事實，那麼，就會發現，華文文學世界的「共同經驗」的分享依然有效，依然重要，依然值得進一步挖掘和發揚，而在民國——這樣一個由華人所建立的現代意義的文化形態中，存在著值得我們共同珍惜的精神遺產。正如王德威

〔註8〕參見李怡：《命運共同體的文學表述——兩岸華文文學視野中的「民國文學」》，《社會科學研究》2013 年 6 期。

所意識到的那樣：「在我看來，將海外與中國內地相對立，是另一種劃地自限的做法……如果只強調海外的聲音這一面，就跟大陸海外華文文學各種各樣的做法沒有什麼兩樣，只不過站在反面而已。」「對於分離主義者來說，我覺得華語語系文學這個概念也適用……如果你不知道中國是什麼樣子的話，你有什麼樣的能量和自信來聲明你自己的一個獨立自主的自為的狀態（不論是政治或是文學的狀態呢）？〔註9〕

〔註 9〕李鳳亮：《「華語語系文學」的概念及其操作──王德威教授訪談錄》，載《花城》2008 年第 5 期。

序　言

　　在 20 世紀中國文學史中，現代小說具有舉足輕重的位置。這與一個重大歷史的開端有著密切關係。晚清以降，國門開啓，受維新變革的時代大潮影響，1902 年梁啓超創辦《新小說》雜誌，倡導「小說界革命」，本在宣傳其政治革命的思想主張，無意推波助瀾了新文學的應運而生，從此也拉開了現代小說的序幕。自然，這源於首刊號上那篇影響之大的宏文《論小說與群治之關係》，「欲新一國之民，不可不先新一國小說；欲新道德，必新小說；欲新宗教，必新小說；欲新政治，必新小說；欲新風俗，必新小說；欲新學藝，必新小說；乃至欲新人心，欲新人格，必新小說。」至此以後，傳統文學中的小說由街頭巷尾「引車賣漿之語」一說，坊間大眾俗文化評話說書的邊緣藝術形式，進入到社會的中心位置和正宗的文學殿堂。某種程度上說，現代小說就是以傳達時代社會的聲音，貼近民眾生活的方式橫空出世的。20 世紀以來，現代小說自覺地承擔了在近現代社會變革、民族興亡中開啓民智，思想啓蒙的歷史重任。作為現代小說之父的魯迅，提供了至今仍在解讀的第一篇白話小說《狂人日記》等一系列現代意識的文本。可是在很長時間裏，人們有感強烈的還是那振聾發聵「救救孩子」的吶喊。《阿 Q 正傳》小說成功地塑造出阿 Q 這樣一個集人類思想結晶、包容世界性與民族性意義於一身的不朽藝術典型。這個小說人物身上的悲劇意義，總結了辛亥革命失敗的經驗教訓。現代中國文學傳統主流演變路向：從五四文學到左翼革命文學再到民族抗戰民族解放文學。正是以葉聖陶、茅盾、丁玲、張天翼、巴金、老舍、趙樹理、周立波等一批小說家貼近社會時代生活的作品獲得了有力佐證。隨後，現代小說自身歷史的演進，讀者閱讀視閾的擴大，表現為由社會單一革命主題的解讀，向著多元社會文化現象的透視。現代小說中除了鄉土、家族、知識分子、農民、戰爭、教育等宏大主題受到重視之外，性別、疾病、童年、母愛等人類生命體驗的文化現象，也越來越多的被作家與讀者關注，引發了

現代小說本體精神內涵、思想文化價值的深刻反思和重評。當然，現代中國小說史的充實完滿，人們常說由 20 世紀 80 年代初期海外學者夏志清先生換一種角度書寫的《中國現代小說史》，開風氣在先。他較早挖掘出廢名（馮文炳）、沈從文、張愛玲、錢鍾書、師陀（王長簡、蘆焚）、蕭紅等一批非主流的現代小說作家。90 年代以後李歐梵、王德威等域外學者「想像中國」式的小說文本細讀和對作家作品體驗性理解，其研究者豐富的主體闡釋空間，為現代小說認識的深入，提供了一個更大的思想文化參照系。

　　然而，我更注意到 20 世紀 80 年代中後期，國內學者陳平原先生關於現代小說敘事學的研究。他的代表性成果 1988 年出版的《中國小說敘事模式的轉變》著作，較早地將近現代中國小說的演變納入小說「敘與事」的關係中，從小說內在文類形式模式構成分析中，尋蹤和勾勒現代小說的發生、發展軌跡。這使得現代小說回歸到文學本體的自身文類特徵，在真正意義上積極探討現代小說文體的敘事功能和價值，彌補了晚清以來側重外部社會作用，強調歷史使命意識帶來的某些現代小說完整把握的闕如。隨後，在現當代文學史研究整體深入的推動下，這類研究成果逐漸增多豐滿，諸如現代小說中作家作品的敘事個性研究；現當代小說歷史哲學視角中的敘事精神；文化分析中的現代小說敘述特徵；還有受文學思潮類型研究激發對現代小說以抒情、詩化、詩體、詩意、寫意等命名的歸類梳理，等等。在此類眾多的現代文學小說敘事學研究成果中，我認為近年出版的徐德明先生 2008 年出版的《中國現代小說敘事的詩學踐行》學術專著，應該是這方面有新開拓最為堅實的重要收穫。論著的可貴之處是，既不空泛宏觀地思潮類型化現代詩學小說史的描摹，又不孤立而自足式單一現代小說作品的敘事解讀。作者嫻熟自如地駕馭著現代敘事學理論，又有著十分紮實的現代文學史作家作品的豐厚基礎，將文學文化傳統與小說敘事形式章法有機地整合，形成了自己系統的中國現代敘事詩學的認知體系，並且積極地通過大量代表性典型現代作家文本細讀實踐其理論思考。為此，論著對《阿 Q 正傳》、《子夜》、《駱駝祥子》、《寒夜》、《金粉世家》、《高興》、《花腔》等現當代文學耳熟能詳的名篇作品予以了啟發性的新解讀。

　　現代中國小說先天自濃的社會品格特質，與後天不斷拓展的敘事空間，以及交織著創作者主體世界更為豐富複雜的精神元素的多元敘事取向和方式。這使得現代小說雖然名家眾多，作品色彩斑斕，但是小說究竟「是什麼」

的問題始終難以說清楚，特別是現代小說歷史與現實結合的功能、價值、美學取向，是自覺傳達現代文化思想的載體呢，還是不自覺地在表現多姿多彩現實人生的敘事踐行？這成爲每一個現代小說家寫作時追求的困惑，也是現代小說讀者與其研究者在閱讀中一直努力追問的永恒話題。

　　我的學生席建彬博士有志於現代小說研究，最初博士論文的選題時，他知難而上接受了這一挑戰性的課題。他從碩士學位論文研究汪曾祺小說的基礎上，逐漸擴大到現代小說中汪曾祺小說風格相似相近的同類作家作品的閱讀，更有興趣於前人現代小說由外至內的不同角度的探索，已有研究成果的許多經驗給予了其很大的激勵。最初，他在提交「論現代小說的詩學傳統」博士論文開題報告之前，與我多次交流討論這個課題。席建彬博士有感於整體上現代小說體式類型研究的單薄，大多數研究成果局限於單一作家作品的解讀，現代小說敘事研究外部聯繫大於「有意味的形式」的內在剖析，特別發現現代小說中「詩性」的理解不一，類型命名也較混亂。現代小說既有特殊而複雜的社會文化因素的糾纏，又有獨立的小說敘事結構和多樣開放的敘事模式，以及眾多小說家積極參與建構的美學品格。他試圖先從現代小說的文學傳統的考辨做起，理清現代小說「詩性」的源流軌跡，找到現代小說本體的內涵和外延，及其兩者之間的融合之處和特性。他的選題這些出發點和思考，我是十分感興趣的。我對現代小說研究的關注多側重於文類文學史的生成和其文化意蘊的探究。而關於小說的審美批評、現代小說家的美學追求，特別是整體性的現代小說敘事策略和美學風格的系統研究，一般卻涉獵較少。當然，我也知道建彬博士所要完成的上述系統清理工作，和具有突破性現代小說敘事詩性的研究，選題是有很大難度的。我一方面積極支持他選題的確立，一方面希望他沉下心來擴大現代小說史的系統閱讀，盡可能收集相關全類研究課題資料，重點要在小說史和學術史的兩個交叉點上，思考清楚現代小說的「詩性傳統」是從何種意義上來講「傳統」的？辨析論證「小說詩性」的本質究竟是什麼？尤其與已有相近相似的概念和研究成果的區別何在？三年下來，建彬博士勤奮刻苦沒有虛度在文化底蘊豐厚的南京師範大學隨園學習的時光，圓滿地提交了該課題第一階段的研究成果博士論文，並且順利地通過了博士論文的各級評審和最後的答辯。論文從「詩性傳統」概念釐定入手，運用史論結合的方式，在現代小說詩性傳統的形成、存在形態、文體建構、文學史意義等方面，較爲系統地探討了現代小說發生發展中的詩

性結構元素和演變軌跡,及其學術價值。博士論文在「詩性傳統」的理論概念和小說創作「詩性」本體的甄別,相關史料的耙梳,具體作家作品的解讀上均下了一定的工夫,較以往的同類研究明顯有了新的推進。這一點是得到參與答辯專家們的一致肯首的。

建彬博士畢業以後,回到原高校從事中國現當代文學的教學與研究工作,始終沒有放棄這個課題的深入研究。在博士論文的基礎上,不久他告我申報的教育部人文社會科學研究規劃基金項目和江蘇省教育廳高校哲學社會科學基金項目均獲得成功立項。建彬博士真的很執著這一現代小說詩性探討的課題,一方面做更為紮實的文本細讀的基礎性工作,另一方面自覺擴大專業的知識面,努力吸收充實新的敘事學理論。應他的要求,我又推薦他進入蘇州大學中國語言文學博士後流動站工作,投國內高校中熟稔駕馭敘事理論分析現代文學文本,治學嚴謹務實而功底深厚的專家劉祥安教授門下。在站期間,他繼續潛心研究,先後在《文學評論》、《中國現代文學研究叢刊》、《文藝爭鳴》等重要的學術刊物上發表了一批圍繞現代小說詩性研究課題的相關論文。特別得劉祥安教授的真傳,論文大都側重敘事學視角重新深讀現代小說作家作品,其中不乏新見。

正是在上述努力勞作的基礎上,才有了現在放在我們面前的這部新著。當有幸先讀論著時,我為建彬博士這些年顯著的學術進步深感高興。這部論著較我指導的博士論文有了很大的學術提升。在現代小說詩性傳統的認知上,他明顯地有了更為成熟的思考和可行的實踐。論著不只是原博士論文的字數的增加,或原有論著構架體例的充實修改,而是建立了一個現代小說詩性傳統的體系,較為完整地勾勒了現代小說詩性敘事的生成路向,力求還原其內部複雜而豐富的體式結構圖景。

作者有一個基本觀點,即「現代詩性小說的出現和發展表明了一種現代意義上的敘事轉型與建構,取代情節結構的意義邏輯凸顯了文學意蘊中傳統敘事規範的移位與變化,『敘事』成為一種以意義對立與糾結為結構特徵的小說範疇。」這就使得現代小說本體世界的詩性解讀找到了自己立論的基點,較好地解決了現代小說相生相剋的獨特社會政治屬性內涵與文學敘事審美個性表達的兩難困境。尤其是現代小說的詩性內涵獲得了更為準確的把握。由此,在論著中,作者積極追求「詩性小說的敘事分析突出現代人生觀念的影響,以普遍分裂中的審美超越與統一為結構表徵的詩意邏輯和敘述方式的確

立，深入了敘事功能的深層視閾，由此彰顯出的現代小說敘事轉型和建構的本質維度。」並且在建構這一體系時，特別強調「作爲一種深層次的『敘事解放』，這一思路更多考慮到敘事的功能結構與生成語境之間的關係，意在通過敘事學的規約和作用，嘗試恢復現代詩性小說等抒情小說研究的敘事學旨趣。」論著融合了結構詩學和文化詩學的理念，在考察現代小說「鄉土智慧、欲望調適、宗教關懷」三大敘事譜系中，深入到詩性敘事的本質內涵，重新審視了現代小說的本源特徵。從而豐富了現代小說過去單純敘事策略的形式研究，將「敘事」深入到現代文學人生意義的認知方式和「闡釋模式」上，對現代中國小說如何在自覺與不自覺中完成現代性轉型的過程和方式，做出了給人有啓發性的合理解釋。這是其一。

　　其二，論著並不僅僅局限「敘事」觀念、功能、美學品質的現代詩性小說結構詩學的建構，而且舉隅了大量詩性小說譜系的代表文本加以深入、生動的解析。小說史中豐富鮮活的文本敘事理路，呈現了意蘊結構的開放性特徵。具體的文本敘事形態和審美品質生成，最有說服力地揭示了深層的文體秩序，及其影響、規約之意義。同時，作者選取《浣衣母》、《遲桂花》、《伍子胥》等典型文本，其意義除了構成文學意蘊中的結構詩學論證的支撐材料外，更爲重要的是爲現代作家和作品的深讀重估，提供了一種可以借鑒的樣例及閱讀思考的路向。比如，在分析小說《遲桂花》時，作者指出「人性表達遊走在欲望和道德的兩難之中，呈現出二者的矛盾糾葛狀態，這無疑導致了欲望敘述的某種困境。」顯然，由作品解讀提醒我們，郁達夫小說在「自我抒情」與「詩意表達」之間的敘事，並非絕對而有著內在張力。這樣教科書定論的郁達夫小說敘事風格就有了重評的空間。

　　自然，論著即將付梓出版，其價值學術意義如何，還是留給對這一課題感興趣的同行學者，以及更廣大的讀者去評說吧。我作爲建彬博士的導師，更是與建彬一起經歷了這一選題醞釀、寫作的過程，也是初稿的閱讀者，以上僅僅爲個人的一點讀後感。這裡饒舌太多，希望不是誤導。建彬博士要我爲論著寫序的要求，於情於理都無法推脫。我們師生師友、同行學人，君子之交，淡如水；我們有學術的永恆話題，有彼此交流寫作的深深記憶……。

　　權爲序。

楊洪承

目
次

緒論　敘事，一個有待深入的角度

　　「現代抒情小說」是現代文學史上的一個重要小說譜系〔註1〕，涉及從魯迅、郁達夫、冰心、許地山、廢名到沈從文、蕭紅、師陀、孫犁、馮至、汪曾祺等現代文學史上一系列重要抒情小說家及其作品。這類作品能在現代文學的多重精神資源中覓求文學人生的審美情懷，具有濃鬱的抒情色彩。清新的文字，悠遠的意蘊，對創傷性記憶或顯或隱的規避性姿態，雖然一直不乏衝突和糾結等矛盾性的複雜心態與體驗，但總能在文學人生的普遍分裂中構建出某種超越性的審美意義，喚醒文學世界的詩意品質。近年來，隨著藝術魅力的充分釋放和超越政治意識形態文學史觀的形成，這一譜系受到了學術界的廣泛關注，被認為是「在現代文學作品裏，藝術水準最高的作品」

<hr>

〔註 1〕作為和情節小說相區別的概念，抒情小說突出了小說文體的情感特性，顯得過於寬泛。「抒情」更多是一個「怎麼寫」的文體學範疇，並不能夠體現抒情小說「寫什麼」的情感向度、審美趣味和文化意蘊。因此，「現代抒情小說」的說法也就一直處於動態的調整之中，一方面，現代抒情小說、散文化抒情小說等概念雖多被沿用，但這些概念的含糊之處更多被研究者所注意，比如說，「散文化抒情小說」的提出也是為了和情節小說相區別，「鄉土小說」指向的則是描寫的地域化等等；另一方面，一些學者也提出諸如「詩化小說」、「寫意小說」等更具體化的概念，以進一步界定「現代抒情小說」的審美特性。然而由於這些術語本身的疏漏以及近年來使用的混亂，已然造成了相關概念的「泛化」。比如「『詩化小說』的概念也只是稱起來方便而已，很難稱得上是一個嚴格的科學界定。假如換個說法，稱其為『散文化小說』也未嘗不可。」（吳曉東等：《現代小說研究的詩學視域》，《中國現代文學研究叢刊》1999 年第 1 期。）在此背景上，本文使用「現代抒情小說」這一概念，主要指向具有詩情畫意的現代抒情小說創作，藉此，不僅對概念涉及的相關作家的抒情旨向、形態與構成有所明確，同時也便於突出自身抒情小說研究的敘事學特色。

〔註 2〕，關於它們的研究也由此成爲一種持續性的學術「熱點」。相關研究廣泛深入地探討了小說形式上的抒情詩學特徵、內在文化意蘊以及文學傳統的現代轉化等方面的問題，對其中西抒情——浪漫文學傳統的藝術淵源、美學特質以及文學轉型的理論價值和歷史意義的發現、辨析和探索，爲確立這一譜系創作的文學經典價值與意義做出了重要貢獻。

在爲數眾多的研究成果中，現代抒情小說的敘述方式不僅是一個被屢屢涉及的問題，而且也形成了近乎普遍性的「去敘事化」與「非小說化」的研究共識。長期以來，學界已基本習慣於「情節淡化」或「背離了傳統的敘事規範」等觀點，認爲現代抒情小說基本不具備完整的故事，有的只是場景、片段、印象、心境，小說結構散文化、氛圍化。對敘事問題往往持一種「輕描淡寫」態度，即便冠之以「小說敘事」的名目，其實也沒有擺脫上述觀點的框架。如陳平原〔註 3〕、楊聯芬〔註 4〕等人主要是在現代小說敘事或抒情轉變的現代化背景中看待敘事的「淡化」特徵，辨析敘事結構不以情節與性格爲中心的轉變，突出現代抒情小說家對於主觀抒情方面「詩趣」、「詩境」和「詩意」的藝術追求。方錫德則強調中國抒情詩詞傳統對於現代作家「創造小說意境」美學追求的深刻影響，指出現代抒情寫意小說「對詩意詩境的追求，淡化了小說的情節要素，突破了小說要以情節爲結構中心的形式規範」，形成了「以作家的情緒律動連綴生活的片段或貫串簡單的故事情節」的情調結構〔註 5〕。趙園等人又認爲這是在傳統散文影響下的「無結構的結構」，是一種趨於「自然和諧的散文美」，是「小說的散文化」〔註 6〕。而王義軍的《審美現代性的追求》一書雖標稱出於「建立中國敘事學的理論衝動」，但也只是以「情節淡化」的「寫意化的結構美學」原則統攝其間的敘事存在和表現〔註 7〕。劉進才的《京派小說的詩學研究》則提出了意象敘事的觀點，涉及諸多抒情小說作品體式上的散文化、意境化以及語言詩化特徵的分析，也

〔註 2〕 錢理群：《文學本體與本性的召喚——〈詩化小說研究書系〉總序》，參見劉洪濤：《〈邊城〉：牧歌與中國形象》，廣西教育出版社，2003 年版，第 2 頁。
〔註 3〕 陳平原：《中國小說敘事模式的轉變》，北京大學出版社，2003 年版。
〔註 4〕 楊聯芬：《中國現代小說中的抒情傾向》，北京師範大學出版社，1996 年版。
〔註 5〕 方錫德：《文學變革與文學傳統》，北京大學出版社，2003 年版，第 351～360頁。
〔註 6〕 趙園：《關於小說結構的散化》，《批評家》1985 年第 5 期。
〔註 7〕 王義軍：《審美現代性的追求·前言》，上海文藝出版社，2003 年版，第 6頁。

明顯有著上述觀念影響的印跡〔註8〕。面對這一類普遍缺乏完整情節和典型性格刻畫的小說敘述，相關觀點往往強調「背離了傳統敘事規範」的抒情轉向，重視詩歌的抒情詩學元素對於小說的跨文體影響，而輕視「敘事」在文體秩序中的存在和作用，敘事被邊緣化，甚至成爲否定作品「小說性」的主要依據。諸如《呼蘭河傳》等作品就普遍被認爲是「沒有貫川全書的中心線索，故事和人物都是零零碎碎的」，「不像是一部嚴格意義上的小說」〔註9〕，是「『小說性』丟失較多、距離小說最遠的那部分『不大象』小說的小說。」〔註10〕

　　由於過份看重小說「向詩傾斜」的抒情特徵，弱化甚至消解了作爲小說本體的敘事性及其結構品格。這不僅使得相關研究目前還停留在相對虛泛的抒情詩學層面，難以體現出小說研究的敘事規約與旨趣，而且將意境、意象一類的抒情範疇直接或間接視爲敘事或敘事詩學的主導範疇，還明顯存在著傳統情節敘事觀的束縛，「淡化敘事」等印象的得出也與背離「傳統情節」的閱讀失落心理密切相關，在構成誤讀「敘事」的同時也就造成對其蘊含的敘事轉型價值和意義的認識不足。傳統敘事主要是對事件過程的敘述，偏重於故事的情節性和戲劇化，在「事出有因」觀念的統攝下，將敘事呈現爲相互聯繫的因果鏈條，「一切都被織入一個必然的過程之中」。無疑，作爲傳統敘事形態的理論歸結，以傳統現實主義小說和史傳作品爲主要參照物的傳統敘事觀標明了一種社會性的敘事形態，視小說爲社會和政治文化現實的記錄，對於敘述「逼眞性」效果的追求指向一種歷史性時間哲學影響下的敘事「期待視野」。華萊士·馬丁說過，「敘事在傳統上一直提供對社會價值標準的肯定……起著指示歷史和社會變化的索引的作用」〔註11〕。受此影響，多年來我們一直未能擺脫傳統情節敘事觀在衡量現代小說文體屬性等方面的束縛。由此，現代抒情小說的「淡化」敘事由於溢出了傳統小說的敘事範疇，也就給人一種反敘事的「非小說化」印象，而對「敘事」進行難以賦形的詩意感

〔註8〕 劉進才：《京派小說詩學研究》，河南大學出版社，2005年版。

〔註9〕 茅盾：《呼蘭河傳·序》，《茅盾論創作》，上海文藝出版社，1980年版，第335頁。

〔註10〕 楊聯芬：《中國現代小說中的抒情傾向》，北京師範大學出版社，1996年版，第6頁。

〔註11〕 〔美〕華萊士·馬丁：《當代敘事學》，伍曉明譯，北京大學出版社，2005年版，第162頁。

悟和氛圍化、寫意化的抒情界說和闡釋其實就是一種對敘事作「無事」處理的抒情化理解，以意境、意象等為主導的抒情詩學遮掩了這一類小說的敘事學特質。

事實上，敘事本身並非一種穩定不變的普適性觀念與形態，「故事」也是隨時代的變化而不斷調整和轉化的。伴隨著現代小說的生成與發展，現代人生體驗和文學思想的變化已在「籲求」著敘事空間的變革，「現代小說的發展，為故事的敘述結構提供了一個開放的空間。作家在講述故事時，不再依賴時間上的延續和因果承接關係，它所依據的完全是一種心理邏輯」，「對故事的敘述結構進行了必要的調整」〔註 12〕。這一「必要的調整」使得現代小說體式能夠更好地適應現代生活體驗的表達，也就是「用現代人的語言來表現現代人的思想」〔註 13〕。相當意義上，這就如弗格森所言，「此變遷在文化上被表述為現代性，個人被解放至一種新形式的主體性激動。與其被解釋為理性個體，主體寧願成為一系列互不關聯、不成系統的經驗之接續，他或她自我的斷片；甚或是自我在其內失落的此類斷片的網結。現代生活之經驗成為轉瞬即逝的、僅憑印象的和不完全的」〔註 14〕。敘事對象的裂變，預示了傳統「載道」意義上的社會歷史故事將被內在的、難以完全把握的體悟性意義張力所消融，敘事將在現代生活的影響下發生適應性的結構變化。或又如本雅明所言，「寫一部小說的意思就是通過表現人的生活，把深廣不可量度的帶向極致。小說在生活的豐富性中，通過表現這種豐富性，去證明人生的深刻困惑。」〔註 15〕

人生意識的覺醒導致了敘事功能的現代轉變，故此，現代敘事成為一種深入現代情意人生的話語表達，超越傳統意義上的客觀敘事形態，更為開闊、深入地寄寓、傳達了故事的生活內容。敘事的重心由外在現實的「模仿」轉向了內在人生的表現，由「情節」轉向了「情意」，即人的內心世界、人生體驗和意義之思。「敘事」不僅成為人們理解生活的基本途徑，而且轉變為一個普遍性的文化範疇。米克巴爾說過，敘事是一種文化理解方式，因此敘述學

〔註 12〕格非：《小說敘事研究》，清華大學出版社，2002 年版，第 48 頁。
〔註 13〕王瑤：《在東西古今的碰撞中──對五四新文學的文化反思·序》，中國城市經濟出版社，1989 年版，第 3 頁。
〔註 14〕〔英〕弗格森：《幸福的終結》，徐志躍譯，中國人民大學出版社，2009 年版，第 244 頁。
〔註 15〕陳永國等編：《本雅明文選》，中國社會科學出版社，1999 年版，第 295 頁。

是對於文化的透視〔註 16〕。無疑，敘事「意識形態」內容的提升，使得敘事不再局限於因果情節的敘述，其他諸如社會和自然環境、人物的性格行為、人與現實的關係以及敘述的情感態度和美學趣味等敘事元素都將發生相應的轉化，從而造成敘事效果的改變直至現代敘事形態的生成。

當然，敘事觀念的這一調整並不意味著對於「敘事」的泛化，「故事」本身仍有其相對穩定的意義所指，而本文作為一種敘事研究也有著基本的學理約定。首先，故事仍是此類小說的基本內容，只不過在形態、功能上發生了一定的變化。隨著情節的淡化，人物的行動因素被削減，意義包容性更強的環境功能得到了凸顯，成為喻示情意人生的主要力量。也就說，所謂「淡化」敘事並不意味著故事的「消除」，故事要素也無增減性變化，只是發生了結構性的消長，是重新調整、組合的方式和結果。雖然敘事進程趨於放緩或停滯，但並不影響其中故事性元素的存在和發展。其次，敘事突出了主體的內在感受性，情緒性、體悟性的心理內容得到了加強，意味著敘事的主體性和空間化，線性的故事結構為共時性的開放故事結構所取代，在時空關係上獲得了與現代生活更為密切的「轉喻」關係。相當意義上，故事形態發生了向內的轉化，情意化的人生內容開始構成敘事的主體。再次，小說敘事形態涉及話語體式、價值觀念、藝術趣味和文化想像等多個方面，有著豐富而複雜的形態呈現，而由於現代抒情小說敘事往往浸潤著詩情畫意，我們還有理由展開對於人性的深度、生命的靈性、文學關懷的終極價值等深層文化意蘊的分析。這是因為「在優秀的文學作品中，詩情畫意與文化涵蘊是融為一體的，不能分離的。……從文學的詩情畫意和文化涵蘊的結合部來開拓文學理論的園地」〔註 17〕，詩意的文化蘊涵又構成這一類小說的主要審美特徵。顯然，作為整個文化活動的重要部分，借助於「變形」的故事，敘事的意義從傳統的「載道」拓展為豐富性的現代生活體驗，反映了特定歷史時期人們深層次的、多層面的普遍精神訴求。在此基礎上，本文貫徹敘事學研究預期的具體做法就在於從寬泛的人生意義表達中辨識出敘事的結構功能，以意義邏輯為基礎去構建一種詩學研究特色。從敘事學的產生和發展過程來看，結構層面的關注是不可忽缺的環節。敘事學如果不是因為結構主義方法的影響，

〔註16〕譚君強：《敘事理論與審美文化》，中國社會科學出版社，2002 年，第 236 頁。
〔註17〕童慶炳：《文藝學與文化研究叢書‧總序》，參見高小康：《中國古代敘事觀念與意識形態》，北京大學出版社，2005 年版，第 3 頁。

也就不可能擺脫對於文學批評或文學修辭學的依附，建構出自身的獨立地位。由此，我們就可以換一個角度進行敘事分析，做意蘊上的結構辨識，以尋求處於敘事「內核」深處的「那個最基本的故事」間的特殊關係。從總體上說，創作「總是存在著一種恒定不變的『內核』將那些故事統一在一起。因此，寫作既是一種自由，同時也是一種限制。一個作家力圖超越自己的願望是值得肯定的，問題在於這種超越有時必然意味著在一個更高層次上對自己的『重複』。」〔註18〕顯然，小說敘事並不僅僅存在一種單一性的「情節」維度，還有著故事意義「內核」上的邏輯。正如赫爾曼和凡瓦克在《敘事分析手冊》中曾強調的，「如果敘事分析不結合故事內容的話，那麼敘事分析也就失去了價值。」〔註19〕而在現代解釋學看來，「所謂的敘事，可以是一個故事，也可以是一種『自我敘說』；它是一種說法和解釋」，是「某種關於自己（人）、關於關係、關於生活的解釋」〔註20〕。

本文將這一「內核」性關係視爲敘事的基本功能，本著進入敘事深層意蘊結構的目的，致力於這一功能制導下的敘事理路發現與開掘，意圖探求隱藏在現代抒情小說敘事背後的「意義結構模式」。事實上，不論是現代抒情小說的鄉土想像，還是對於人性欲望的生命訴求與倫理完善乃至超驗性情懷的表達都存在著敘事空間上的二元乃至多元對立、糾結的意義特徵，鄉土想像常常是在鄉土現實淪落的背景上覓求詩意的存留以至構建人生的樂園圖式；欲望訴求則基本指向欲望的壓抑與異化、轉化與詩化中的身心淨化與自然健康的人性狀態，而具有超驗色彩的敘事話語往往又表現出普泛的宗教情懷以及終極關懷的人生超越意義，對敘事的意義邏輯有著深度性的衍化。在語義背景上，以詩意爲文本表徵的小說敘事形態其實反映了一種基於人生普遍分裂的審美超越與統一，審美解放向度上的人生表達不僅存在著對於多樣性意義衝突與糾結的調適，而且超越性的人生訴求形成了對於敘事進程和美學訴求的結構性引導和規約，影響到小說文本的整體藝術效果，由此確立的結構敘事品格彰顯了文學人生和文本生態等層面的平衡性建構，表現出與小說意義內核的深刻關聯，也就構成理解、闡釋現代抒情小說敘事體態的一種基本思路。

〔註18〕格非：《小說敘事研究》，清華大學出版社，2002年版，第59頁。
〔註19〕參見尚必武：《異質敘事與同質敘事的分野：嵌入敘事的二分法研究論略》，《西安外國語大學學報》2008年第2期。
〔註20〕費多益：《認知研究的解釋學之維》，《哲學研究》2008年第5期。

　　作為一種敘事詩學研究，本文的研究還受到了當下「現代抒情小說」詩學研究的影響，但和相關研究還有著一定的區別。近年來，這方面的研究成果主要有吳曉東等人的《現代小說的詩學視域》〔註21〕、劉進才的《京派小說詩學研究》、王義軍的《審美現代性的追求》等等。他們基於這一類作品「形式詩學」特徵的關注，探究其中所蘊含的歷史與文化意義。本文的做法雖有與其相似的一面，但又不完全一樣。上述成果的詩學研究視野雖對「敘事」領域有所涉及和著力，但多集中於意象、寫意、「回憶」、「兒童」等形式和文化詩學範疇的建構和意義探求，一般是文體建構、文化意義談得較多，基本不關注敘事的運作規律以及文本內在秩序等方面的問題，也就難以形成結構性的敘事詩學研究特色。比如劉進才的京派小說詩學研究對於相關創作的「還鄉」、「殘缺家庭」、「夢想敘事」等多元敘事模式的分類基本依據於敘事的文化母題意義，論者以詩學的文化闡釋來替代結構性的敘事詩學分析，在闡釋方面多止於文本的對應表現和文化意蘊的開掘，普泛的文化釋讀並沒有導致對於敘事深層結構機制的透視；而基於抒情詩學範疇的「意象敘事」界說也沒有擺脫這一影響，也主要是對相關文化、自然意象的詩學辨識和象徵意義的開掘，對於敘事問題頗多語焉不詳之處。至於王義軍在「敘事學的理論衝動」下進行的「寫意敘事」研究，對於相關小說意象與象徵、空白與省略、寫意與意境等敘事特徵的分析也明顯存在著套用詩歌理論範疇等形式詩學的傾向。作為目前所能看到、為數不多涉及「現代抒情小說」詩學研究的專題性成果，他們對於這一領域的敘事研究做了一些開創性工作，有著自身的發現、探索與貢獻，但由於抒情詩學、文化詩學理論固有的普泛傾向，限制了研究者在這一領域的深入，也就難以構建真正的敘事詩學視野。有鑒於此，本文將理論分析與作品闡釋相融合，採用了有助於展現小說敘事微觀層面的「文本細讀法」與有助於深入作品特定生產語境和闡釋語境的「文化研究法」，立足於文本，把敘事研究看成一種揭示文本與文化意義生成之間複雜關係的可能性途徑。從敘事意義的「結構功能」切入，探究敘事功能的轉變給文本世界帶來的具體變化，呈現現代抒情小說文本的敘事運行機制，提煉、歸結其敘事品格和價值意義。而從敘事結構到文化意蘊的研究理路，強化了功能結構與生成語境之間關係的敘事研究，所負載的意蘊和詩學價值不

〔註21〕吳曉東等：《現代小說研究的詩學視域》，《中國現代文學研究叢刊》1999年第
　　　　1期。

僅具有介入現代文學人文情懷的空間和自由度，也有著闡發現代小說敘事形態的針對性，有利於規避抒情詩學、文化研究所易生成的空泛化闡釋傾向，為敘事研究提供一個從宏觀到微觀、虛泛到具體的綜合性研究途徑。

　　進入二十世紀以來，文學講述故事的方法愈加多元化，而故事也正以不同的形式來到我們面前。作為小說的規約性要素，「敘事」必然要融進變化、發展的文學現代化過程，傳統敘事的歷史性特徵將更多趨向變異。故此，也就有必要對「敘事」範疇的外延和內涵等方面作進一步調整和重新閾定。本文嘗試進行這一領域的整體研究，在整合性的詩學視野中，拮取「現代抒情小說」作為主要研究對象，探討其在現代小說抒情轉向背景下的敘事轉型和建構。此間的「敘事」已不僅是一種小說話語的結構形式，也是一種深入現代文學人生意義的認知方式和「闡釋模式」，更是一種負載現代小說敘事轉型和建構意義的重要小說理論與文學史範疇。而突出這一論域，不僅是對已有現代抒情小說詩學研究的拓展和深化，還是一種結構詩學和文化詩學意義上的小說敘事研究，對於豐富、深化現代抒情小說乃至現代文學研究具有理論和現實意義。

第一章　現代抒情小說的結構敘事

　　小說是敘事的藝術，沒有敘事也就不能成為小說。可以說，這是現代小說研究所不能迴避的問題。如果由於抒情詩學等理論視野的局限而輕忽了「現代抒情小說」的敘事品格，無疑會消解這一譜系作品的小說文體屬性，難以真切呈現現代小說抒情轉向中的敘事轉型與建構。事實上，現代抒情小說的形成，表徵了「敘事」向體驗性、意蘊性空間的延伸和轉化，敘事將更為深入地介入現代生活意義的表達。與之相適應，敘事強化了情意人生的詩意喻示功能，疏離於情節和性格中心的敘事體式激發出小說話語的意義張力。敘事功能的這一轉變，造成了敘事「核心規範」的移位和轉變，所包含的某些深層的對立和融合的意義關係由此具有了功能性的敘事意義，以二元對立為基本特徵的意義邏輯作為一種普遍性的深層文體秩序，影響、決定著小說敘事和美學風格的形成。在敘事發展的理論視閾中看待這一點，這不僅涉及對於傳統敘事規範的調整與轉化，而且也存在著近、現代敘事學理論的淵源呼應和影響，敘事的轉變又是一個與傳統敘事觀念有所牴牾和共通的小說理論問題。在此背景上，對既有敘事觀念有所調適並進入這一領域的研究，也就將呈現現代抒情小說在多元敘事形態中的精神轉化，凸顯一種走向別致的敘事傳統和小說詩學。

第一節　敘事的轉型與規範移位

　　一般來說，敘事作品總是要講述一定內容的故事，否則就難以成為敘「事」。從文類方面看待文學的故事性，故事主要存在於小說之中。愛·摩·弗斯特說過，「小說就是講故事。故事是小說的基本面，沒有故事就不成為

小説了。可見故事是一切小説不可或缺的最高要素」〔註 1〕。可以說，「故事」問題是敘事學研究的基本問題。但是當我們用傳統的故事觀念來釋讀現代小説時，卻明顯存在著涵蓋面的不足。正如有的論者所指出的那樣，由於傳統意義上由事件的統一體所組成的情節已被人物的印象感受和自由聯想等意識和潛意識活動所取代，我們已很難對諸如意識流等現代小説做功能性的故事分析了〔註 2〕。顯然，傳統形態的敘事研究有其自身的適用範圍和領域，並不具有必然意義上的普適性，在此背景上，傳統故事形態表現出了與現代小説發展的牴牾，其歷史性的傳統特徵面臨著調整與轉變，「講故事在歷史文化中的功能也一直處於變化之中」〔註 3〕。伴隨著近現代小説的發展，傳統情節敘事觀念的局限已逐漸爲世人所認識，存在一個轉化的過程。

傳統意義上的故事觀念往往被認爲來源於亞里士多德的「模仿說」。亞里士多德出於對古典戲劇的關注，指出「詩人的職責不在於描述已發生的事而在於描述可能發生的事，即按照可然律或必然律可能發生的事。」〔註 4〕亞氏在肯定了藝術反映的現實主義屬性的同時，又將反映對象限定在世界的必然性和普遍性方面，即內在的本質和規律。長期以來，這一觀念受到了傳統敘事理論的尊崇，受此影響的傳統敘事往往以社會性的宏大意義去構造故事，敘事結構基本以情節爲中心，有著開頭－發展－高潮－結局的高密度事件系列構成的情節衝突，推動著故事的發展。這種因果關聯的線性敘事將生活削足適履地塞進戲劇化的故事衝突之中，敘事完全按照程序化的情節鏈條加以展開。利昂・塞米利安就曾指出，傳統故事的「所謂情節，是精心結構起來的具有嚴密因果關係的故事，即戲劇性的情節。」〔註 5〕俄國形式主義代表人物什克洛夫斯基雖然說自己「沒有一個故事的定義」，但在《故事和小説的構成》一文中也曾一度流露出對於戲劇性故事衝

〔註 1〕〔英〕愛・摩・福斯特：《小説面面觀》，蘇炳文譯，花城出版社，1984 年版，第 23 頁。

〔註 2〕申丹：《敘述學與小説文體學研究》，北京大學出版社，1998 年版，第 68～70 頁。

〔註 3〕耿占春：《敘事美學：探索一種百科全書式的小説》，鄭州大學出版社，2002 年版，第 181 頁。

〔註 4〕伍蠡甫：《西方文論選》（上卷），上海譯文出版社，1979 年版，第 5 頁。

〔註 5〕〔美〕利昂・塞米利安：《現代小説美學》，宋協立譯，陝西人民出版社，1987 年版，第 87 頁。

突的鍾愛〔註 6〕。而中國的敘事傳統則一般被認爲脫胎於史傳文學，注重社會歷史事件的「徵實」與記錄，「凡小說家言，若無徵實，則稗官不足以供史料」〔註 7〕，「在很長時間內，敘事技巧幾乎成了史書的專利」〔註 8〕。受此影響的傳統小說敘述的基本是歷史意義構架中的故事，對情節的追求是其主要特徵。正如陳平原在《中國小說敘事模式的轉變》一書中所指出的，「『以全知視角連貫敘述一個以情節爲結構中心的故事』這麼一種傳統敘事模式，正是中國古典小說的主潮──章回小說──的基本形式特徵」〔註 9〕。傳統敘事形態的出現有其相應的社會心理和文化背景，反映出特定歷史條件下的意識形態和生活觀念對於文學的深刻影響。然而由於受到情節邏輯的制約，敘事的意義表現空間一般比較狹窄，影響到了傳統文學的「敘事消費」──在大量的傳統小說中，生成了一種以故事情節的起伏、跌宕乃至傳奇性爲表徵的敘事結構，敘事成爲一種關於歷史道統的認知和傳達而並非是對人生情感體驗與意蘊的豐富喻示。

顯然，情節敘事的因果關係存在著過於刻意的人爲痕跡，明顯封閉的線性鏈條排斥了現實反映的偶然、瑣碎乃至多種的意義可能性，隨著小說的發展和文學觀念的轉變，其機械和僵化受到了愈來愈多的質疑。福斯特將傳統小說中的故事視作一種「具有低級的、反古的吸引力，從而可以滿足我們身上幼稚的原始的趣味」〔註 10〕；而伊蒂絲·華爾頓主張一勞永逸地削平所有故事情節，認爲「情節如被用來說明所有人物帶給讀者的迷惑的話，那麼它就已經走向因循守舊的『廢屋子』裏。」〔註 11〕法國著名小說家福樓拜也曾說過，完美的短篇小說應當「無事」可發生；而曼斯菲爾德也借助於小說《泡菜》的創作，以敘述一些缺乏因果關係的生活事件「片斷」，去證明小說堆砌一系列連續事件的無意義。人們普遍意識到了傳統情節敘事模式的守舊、滯後，這似乎決定了它

〔註 6〕 〔俄〕什克洛夫斯基：《故事和小說的構成》，參見〔英〕喬·艾略特等：《小說的藝術》，張玲等譯，社會科學文獻出版社，1999 年版。

〔註 7〕 林紓：《劍腥錄》，參見陳平原：《中國小說敘事模式的轉變》，北京大學出版社，2003 年版，第 208 頁。

〔註 8〕 陳平原：《中國小說敘事模式的轉變》，北京大學出版社，2003 年版，第 210 頁。

〔註 9〕 陳平原：《中國小說敘事模式的轉變》，北京大學出版社，2003 年版，第 246 頁。

〔註 10〕 參見湯定軍：《作爲純粹敘事藝術的短篇小說之情節掃描》，《外國語言文學》2004 年第 3 期。

〔註 11〕 參見湯定軍：《作爲純粹敘事藝術的短篇小說之情節掃描》，《外國語言文學》2004 年第 3 期。

並不能夠適應近、現代以來社會歷史轉型的複雜文化變動，與現代小說的發展構成了衝突，「情節這一概念本身是與傳統故事和通俗小說的常備手段連在一起的，由於這些程序化的東西是非現實主義的，現代小說家通常都躲避它們。」〔註12〕而陳平原也曾指出，「中國古代小說絕大部分以故事情節為結構中心……這無疑大大妨礙了作家審美理想的表現及小說抒情功能的發揮。」〔註13〕

　　華萊士・馬丁說過，「我們每個人也有一部個人的歷史，亦即，有關我們自己生活的諸種敘事，正是這些故事使我們能夠解釋我們自己是什麼，以及我們正在被引向何方。如果我們從一個不同的視點來解釋這個故事中的各種事件，從而修改這個故事，那麼很多可能都會改變。」〔註14〕一定意義上，這就指出了敘事指向以及故事形態的轉換，涉及了敘事功能的現代轉變問題。傳統意義上的情節敘事開始被「生活的諸種敘事」所取代，敘事轉化為對於生活「很多可能」的解釋，人們可以依據個體的生活體驗和情感表達的需要，「修改」故事。基於主觀性的敘事理解使得敘事與個體生活之間構成了更為自由的溝通，敘事獲取了認識世界、理解現代生活的普遍文化意義，而僅非某種情節性的線性時間和因果邏輯所表徵的社會現實記錄和正統價值觀念的演繹。從這個意義上看，敘事也就面臨著調整和重組，需要突破因果邏輯的線性封閉，改變情節、環境、人物等故事諸要素之間的傳統結構功能，淡化情節以及人物性格的塑造，突出環境等敘事要素的生活意義喻示功能，為向「生活的諸種敘事」的進一步延伸做出調適。從文體演變的角度看，這種傳統敘事秩序的「解構」與轉化，主要是對既有小說「文體內部占支配性的規範的移位」〔註15〕，形成與現代人生訴求相適應的形態變化。按照斯克洛夫斯基的說法，「敘事作品史就是文學結構的幾條基本規律的精緻化，複雜化，簡單化和顛來倒去。」〔註16〕敘事規範的「非情節化」移位和「變形」，有利於敘事空間的擴展，進而介入心理意識、

〔註12〕〔美〕華萊士・馬丁：《當代敘事學》，伍曉明譯，北京大學出版社，2005年版，第7頁。

〔註13〕陳平原：《中國小說敘事模式的轉變》，北京大學出版社，2003年版，第184頁。

〔註14〕〔美〕華萊士・馬丁：《當代敘事學》，伍曉明譯，北京大學出版社，2005年版，第1～2頁。

〔註15〕陶東風：《文體演變及其文化意味》，雲南人民出版社，1994年版，第15～17頁。

〔註16〕〔美〕華萊士・馬丁：《當代敘事學》，伍曉明譯，北京大學出版社，2005年版，第37頁。

情感體驗、意義價值等無限生活內容的表達，而傳統完整、充滿戲劇性且具社會學意味的故事，由於輕忽了生活的諸多可能，其實就屬於一種反生活敘事，缺乏歷史展開的自由度，最終就將面臨改變。正如羅蘭・巴爾特所指出，故事如果逃脫了一種無限言語的領域，現實就會因而貧乏化和熟悉化〔註17〕。由此，現代生活在敘事轉變中的作用問題——也即敘事「寫什麼」問題，生活的敘事價值和意義問題，也就完全顯現出來。

　　敘事文體的變化，表面上看來屬於一種話語系統內部的形式變化，其實背後存在著一個以人類生活為基礎的意識形態背景。敘事抓住了現代人類生活經驗的故事性特徵並以故事形式呈現出來，使得敘事成為展現人生體驗以及生活含蘊的張力結構。就像哈維爾所說的，生活總有將自己進入故事的道路，我們總以我們的行動書寫我們的故事〔註18〕。人類生活基本上是故事經驗，我們不僅置身故事之中，而且也是故事的創造者、參與者和傳播者。進入故事，其實就是進入我們的生活本身，敘事的話語張力中存在某種意味深長的東西。「每一個有效的故事都會向我們傳送一個負荷著價值的思想，實際上是將這一思想楔入我們的心靈，使我們不得不相信。」〔註19〕在敘事過程中，當生活通過各種故事性元素被組合成各種形態的生活故事時，隱藏在故事後面的人生意義便可能被揭示出來，傳達出個體人生的生命體驗和認知。敘事的這一指向，意味著關於生活的「意識形態」內容已上升為現代小說敘事活動的中心，敘事成為一種喻示人生的小說話語形式，「從最根本的意義上說，任何敘事所要表達的首先就是貫穿在敘事內容中的世界觀。」〔註20〕而這也是近年來已漸趨「熱」的敘事倫理學所主張的一個重要觀點〔註21〕。由此看來，與其認為現代敘事屬於如何結構「情節」的話語形式，倒不如說還

〔註17〕〔法〕羅蘭・巴爾特：《符號學原理》，李幼蒸譯，生活・讀書・新知三聯書店，1988年版，第79頁。

〔註18〕參見徐岱：《故事的詩學》，《江漢論壇》2006年第10期。

〔註19〕〔美〕羅伯特・麥基：《故事——材質、結構、風格和銀幕劇作的原理》，周鐵東譯，中國電影出版社，2001年版，第154頁。

〔註20〕高小康：《中國古代敘事觀念與意識形態》，北京大學出版社，2005年版，第17頁。

〔註21〕敘事倫理學是「講述個人經歷的生命故事，通過個人經歷的敘事提出關於生命感覺的問題，營構具體的道德意識和倫理訴求。」劉小楓在《沉重的肉身——現代性倫理的敘事緯語》（華夏出版社，2004年版）一書的引言中就曾指出這一點。

是傳達人所感知的生活和世界本身，而「情節」不過是通向這一世界諸多敘事途徑的一種而並非唯一。「故事是生活的比喻」，「對故事的嗜好反映了人類對捕捉人生模式的深層的需求」〔註 22〕。顯然，作爲人類認識、敘說經驗世界的基本方式，敘事的關鍵更在於那個凝聚故事的生存「世界」本身。

對於現代中國小說而言，敘事的生活「意識形態」基礎顯然仍源於那場「轟轟烈烈」的「人的覺醒」。人的覺醒不僅喚醒了現代人的國民意識和民族意識，也喚醒了個體自由意識和人類（世界、宇宙）意識，激發了普遍的人生自覺意識，「五四時代人的解放，不僅是思想意義和道德意義上的解放，更是情感意義上的解放，人的一切情感──喜、樂、悲、憤、愛、恨……都被引發出來，在空前廣闊的審美天地裏，做自由的、奔放的、眞實、自然的表現」〔註 23〕。在此背景上，「人的覺醒」釋放出了現代人生的多樣意義，也就爲現代小說的發生提供了豐富精神資源。固然說並不是每種特定的社會文化變遷都將必然導致相應的敘事轉變，但敘事轉變的發生一定有其相適應的集體心理和文化背景，而作爲映照一時代人類和民族存在狀況的文學鏡像，現代小說敘事也正是對此的投射和賦形。現代抒情小說在這一背景上覓取、構建自身對於生活的「解釋」和情感表達的可能性，自然深刻溝通了歷史性的文學精神。普泛意義上的敘事轉型被「落實」爲一種有著濃鬱抒情意味的詩化人生敘述，關於「生活的諸種敘事」有著傳統與現代、鄉土與城市、欲望與人性、革命與宗教等「意識形態要素」的深入投射，交織了豐富人生體驗和思考的小說語義空間彰顯了開放而多元的態勢。

不難看出，現代社會文化語境的影響和浸透，不僅導致了現代小說抒寫內容的變化，也造成了敘述方式的隨之轉化。現代作家彷彿「輕易」地適應了這一轉變，不但使自身的敘事變得更有生活意味，而且也更新了關於小說的知識，對「小說與詩的跨文體融合」實踐，「落實」了現代小說敘事功能的抒情轉型。就此而言，這不僅意味著敘事是對中西、傳統和現代文化等衝突交匯的現實文化背景和社會心理的深層投射，以自身的適應性變化介入時代文化精神的深入表達；而且在小說文本內部形成了審美空間的構造，有著自足性的文學意義世界；在更爲寬泛的文學生產意義上，現代敘事的生成還

〔註 22〕〔美〕羅伯特・麥基：《故事──材質、結構、風格和銀幕劇作的原理》，周鐵東譯，中國電影出版社，2001 年版，第 154 頁。
〔註 23〕錢理群：《試論五四時期「人的覺醒」》，《文學評論》1989 年第 3 期。

受到讀者閱讀與研究過程的接受和闡釋學因素的影響。「一個文本究竟是否構成敘事文取決於文本特徵、文類規範、作者意圖和讀者闡釋的交互作用。」〔註24〕相當程度上，小說敘事理論和故事形態一直處於主體和現實、形式和內容、文學接受和文化闡釋等交互影響下的動態過程之中，文學本身的繼承性以及文學生產的複雜性、具體性孕育了敘事範疇的豐富闡釋性。顯然，在繁複文化語境引導下的敘事轉變，包含著現代小說的深刻意義建構，這就要求我們以一種開放性眼光看待現代小說的存在，而不必固守於某種相對狹隘的現實主義敘事觀去度衡現代小說的敘事問題。

第二節　敘事的結構與人生對立

　　就方法論特徵而言，敘事學研究通常需要借助於結構主義的方法考察作品，進而建立起一個具有普適性的敘事解釋結構。用羅鋼等人的話說，就是要找到「隱藏在一切故事下面那個最基本的故事」〔註25〕，或者說「找出（某一類）敘事文學的普遍框架和特性」〔註26〕。如果說面對情節性較強的故事，傳統敘事學可以做普洛普式的功能分析，從而可以用多達31個的行動「功能」去實現這一目標，那麼這種方法顯然並不怎麼適用於「現代抒情小說」這樣的對象。由於故事情節的淡化，此類作品敘事的側重點在於話語過程中的人生印象、生命體悟及其背後蘊含的價值意義，往往並不具備相對緊湊的因果性情節與事件。當然，如果我們硬要展開類似的功能性分析，固然也可以從或顯或隱的故事中歸結出一定的功能模式，但似乎並無多少實際意義，這一方面是因為這一類文本並不著意於虛構一個受制於歷史時間經緯的社會學故事，講述起伏、跌宕的故事情節；另一方面又在於作家總是有意無意引導讀者偏離對於故事的「迷戀」，對於敘事其實另有懷抱。而如果我們若仍固執於此類分析的話，也就可能背離文本自身旨趣，從而削弱敘事研究的客觀性和科學性。在此意義上，我們找尋的或許在於一種深層的敘事結構，即支配具體敘述話語的普遍意義秩序。

　　這樣一來，也就可以嘗試從敘述話語的內在意義中去辨識某種秩序性的邏輯結構。這一結構不僅制約著故事的講述，影響到故事各要素的變化關聯，而且對於敘事的整體形態也將起到基本的規約作用。鑒於現代敘事以生活為基礎

〔註24〕申丹等：《英美小說敘事理論研究》，北京大學出版社，2005年版，第257頁。
〔註25〕羅鋼：《敘事學導論》，雲南人民出版社，1994年版，第22頁。
〔註26〕申丹：《敘述學與小說文體學研究》，北京大學出版社，1998年版，第7頁。

的意義表達方式，我們或許就可以從布滿衝突與糾結的意義世界辨析出一些普遍性的文化對立（諸如人生的現實困頓和理想超越，鄉土的田園與破敗，人性欲望的健康和頹廢等等）以及處於這些對立之中的其他意義關係。這些對立雖在不同的敍事文本中有著具體、豐富的意義轉化，但在抒情小説作品中往往可以濃縮爲人生在普遍分裂中的衝突和融合，且最終呈現出一種詩意的超越人生指向。類似的敍事表達往往存在著規避（也不乏逃避意味）人生困境的理想化訴求，語義矛盾中的理想境界一般趨於精神形態中的某個領域，而社會現實境遇作爲一種總體性的制約力量，一般又阻礙著這一動力的實現。最終，借助於一系列意義的交替轉換，人生困頓得以突破非理想人生因素的對立與阻礙，進而在某種超越性的審美意義中形成對於現實的相對克服。相關脈絡可以粗略表述爲：①理想性的人生訴求（敍述動力）──→②受挫（困境中的受阻）──→③滿足與失敗（實現與否）。其中①「理想性的人生訴求」可以看做是制導意義結構的基本力量，相當於敍事行爲的發送者，推動著敍事活動的演進，可以是清新的自然景物、詩意的人物等美學元素，也可以説是一種人生的樂園圖景，或者是相對虛幻的精神性力量等等；而②則主要作爲對立性的反對者或「敵手」在發揮作用，阻礙意義訴求的實現和表達，可以是某種現實性因素，也可以是心理上的某種創傷性記憶乃至道德、社會意識形態觀念等等；至於③則是敍事的結果，意味著意義訴求的最終存現狀態。敍事的這一機製作爲一種內在秩序在發揮作用，使得敍事不得不遊走在諸多矛盾對立之中，覓求著衝突性對立的解決，矛盾性的語義演進軌跡昭示了意義成爲敍事中心的必然性：敍事雖有著或強或弱的情節性，但如果輕視了意義的衝突和調適在敍事生成和闡釋過程中的主導作用，意味的或許不僅是敍事衡量尺度的窄化，同時也是情節邏輯對於意義邏輯的遮蓋，小説將「失去」處於人生層面的那個「內核」。顯然，二元對立色彩的意義邏輯淡化乃至破除了情節的線性結構，展現出了規約小説敍事走向和美學形態的功能意義，也就印證了格雷馬斯的敍事觀念，「二元對立是產生意義的最基本的結構，也是敍事作品最根本的深層結構。」〔註27〕在普遍的語義背景上，「這種潛藏在不同故事背後的共同意義模式便是一定文化環境中敍事的核心要素」〔註28〕。

〔註27〕參見申丹：《敍述學與小説文體學研究》，北京大學出版社，1998 年版，第41 頁。

〔註28〕高小康：《中國古代敍事觀念與意識形態》，北京大學出版社，2005 年版，第9 頁。

　　作爲一種具有二元對立特徵的敘事結構模式，這可以從列維‧斯特勞斯、格雷馬斯等人的結構主義敘事研究中獲得理論上的支持。列維‧斯特勞斯以神話中的基本故事作爲分析對象，致力於尋找神話中較爲恒定的因素和結構。他把神話中的最小單位叫做「神話素」。在對神話進行研究之後，他發現「神話素」就像詞素中的一些二元對立現象一樣，也是按照二元對立的原則建立起來的，神話的意義就存在於這些「神話素」的組合之中。他認爲這就是神話的某些永恒「深層結構」，其中的變項是一些文化對立（如神與人，生與死、天堂與塵世，等等）以及處於這些對立項之間的象徵符號。在列維‧斯特勞斯看來，「二元對立」是人類思維的基本結構，神話只是對於這一無意識結構的語言表現，表達了原始人意欲克服矛盾和瞭解宇宙世界的本能願望。列維的研究雖然主要以神話故事、傳說爲主，但他關於神話以及原始人類思維「二元對立」性質的結構人類學觀念無疑對後來的敘事研究有著重要影響。格雷馬斯則提出一套「融合性」的「二元對立」敘事規則，爲神話、童話、民間傳說等敘事作品設想了三對二元對立的「行爲身份」：主體與客體、發送者與接受者、助手與敵手，並且還歸納出了三組結構：契約結構（建立和破壞關係）、執行結構（考驗和鬥爭）、分離結構（離別和到達）〔註29〕。而喬納森‧卡勒則說得更爲明白，「其實，結構主義分析中最重要的關係又極其簡單：二項對立」〔註30〕，等等。在相關理論觀念的影響下，人們也開始用「二元對立」的敘事結構模式去解讀文學或影視文本，比如說威爾‧賴特和吉姆‧凱西斯對西部片的研究。在《左輪手槍與社會》一書裏，賴特大膽地將神話論述與西部片做比較，他發現諸如野蠻和文明、內在和外在、堅強和脆弱等二元對立規範不斷出現於西部片中。雖然西部片作爲一種類型片隨著時代而變化，但改變的主要是情節範式，而構成其深層結構的主要語意矛盾則維持不變。凱西斯也用相似的研究方法，爲西部片界定出一些結構性的對立特質，諸如野蠻相對於文明，個人相對於社區，自然相對於文化，等等，並對此做了綜合細微的闡釋〔註31〕。至於小說等敘事作品中的二元對立，不僅元雜劇、明清話本中常見的善惡、忠奸的尖銳對立，而且諸如霍桑的《紅

〔註29〕　參見唐偉勝：《國外敘事學研究範式的轉移──兼評國內敘事學研究現狀》，《四川外語學院學報》2003年第2期。

〔註30〕　〔美〕喬納森‧卡勒：《結構主義詩學》，盛寧譯，中國社會科學出版社，1991年版，第37頁。

〔註31〕　〔美〕威‧賴特：《西部片的結構》，齊洪譯，《世界電影》1984年第6期。

字》、福克納的《我彌留之際》、莎翁戲劇等外國文學作品中存在的光明與陰影、美麗與醜陋、犯罪與贖罪、惡魔與天使、身體與靈魂、生存與死亡、存在與非存在等等一系列的二元對立形式，也已普遍爲研究者所注意〔註32〕。顯然，敘事結構的對立意義一直受到學術界的關注，也已經成爲敘事文學研究的重要理論資源。

作爲神話、小說等敘事作品的基本結構特徵，對立性的結構關係其實也是處於普遍對立與分裂之中的人類存在狀況的映照，顯示了人類生存的本質特徵和基本法則。我們的生存總是介入不斷的對立之中，在普遍現實的分裂中尋求著人生的解放。從理論上講，人生及其表達方式雖是多種多樣的，但就整體而言，人生的態度不外乎積極和消極兩類，前者在於超越困境的努力，後者則在於順從現實的自欺與不承擔。由於人性對於消極人生狀態的固有排斥，我們暫且可以拋開後者不談。雖然說社會學意義上的人類進步一直被認爲是積極人生的基本方式，但這並沒有削弱甚至排除審美化人生的積極理想意義。用存在主義的話說，我們的生存只能是在生存的消極「自在」和積極「自爲」狀態的整體性對立中謀求人生的存在價值與意義；而用馬爾庫塞的話說，就是一種「審美解放」，在於從「被拋入和沉淪的現象」中，確立「領悟眞正存在的可能性，以及打破虛僞存在而進入實存的可能性。」〔註33〕當然，現代文學的人生對立已不像神話等敘事作品那樣徹底、強烈，神話中的二元對立往往是宇宙論的、形而上的或自然的，例如天與地的對立，水與火的對立，自然與文明的對立，服從於宗教正統以及集體強制等方面的要求。而現代文學的人生對立往往是生活化、體驗性的，具有心理和精神特性的自由度，反映出現代人類生存境遇的豐富性和複雜性。二元對立的神話故事最終被轉變爲日常生活中的普通故事，意味著現代人生陷入了更爲繁雜、矛盾的對立與衝突之中，不得不在現世泥濘的跋涉與糾結中覓求困頓人生的理想超越。

二元對立與衝突的普遍存在使得文學的審美追求具有了詩化人生的理想價值與意義。如此，抒情小說敘事的結構性動力也就在於一種基於其上的審

〔註32〕參見馮季慶的《二元對立形式與福克納的〈我彌留之際〉》（《外國文學評論》2002年第3期）、毛淩瀅在《衝突的張力——〈紅字〉的二元對立敘事》（《國外文學》2010年第4期）、傅隆基的《三國演義》中觀念的二元對立與價值取向（《華中理工大學學報》1998年第4期），等。

〔註33〕〔美〕赫伯特・馬爾庫塞：《審美之維・譯序》，李小兵譯，廣西師範大學出版社，2001年版，第5頁。

美超越性。而由於受到個體、現實、思想觀念乃至文化語境等多種力量的共同影響和作用，具體作家作品也各有其具體性和特殊性，這類對立與衝突又必然是相對、複雜和多樣的。如果我們不將這種結構限定為一種形式化的單純敘事技巧，而對此作開放性的理解，這類結構無疑激活了現代小說敘事話語的多樣形態和豐富蘊涵。

第三節　鄉土、欲望與宗教：敘事的「面孔」

　　敘事結構對於傳統情節規範的突破，不僅屬於一種敘事範疇內的技術性調整，而且意味著現代人生視閾的深刻轉化。由於現代文化語境的轉換，小說的「主調」已從一種「載道」性質的歷史敘述，轉向了以「以個人為單位」的「人生」敘述，始終浸潤了個體、民族乃至人類生存境遇與命運等方面的深沉體驗和情感糾結。在此背景上，現代抒情小說雖然有著相對清晰的敘事結構，但這一邏輯的展開無疑吸附了現代主體獨特的人生情懷和文學想像，交織著豐富的文化蘊涵。而由於主題取向和意義表達的有所側重和差異，抒情小說也往往具有不盡相同的意義形態和美學特質，以對立與衝突為表徵的敘事機制在不同層面上構成現代人生精神的轉化和賦形，在反映出不同主題背景上敘事建構的同時，又存在著精神向度和敘述理路等方面的複雜變化，形成了多樣化的敘事實踐。大致表現如下：

一、鄉土背景上的人生想像

　　鄉土作為人生世界的基本構成，不僅指向「有事」發生的人生場域，還是生命理想境界的象徵。由於鄉土在中國文化精神中的根砥意義，使得對於鄉土的自覺影響了二十年代乃至整個現代小說的題材取向〔註34〕，也構成了現代抒情小說創作的基本背景和敘述主題。作為現代文化語境的產物，這一敘述往往將現代鄉土中國的現實境遇作為敘事展開的基本背景，由此一來，現代鄉土世界所糾結的眾多意識形態因素及其之間的普遍文化衝突也就影響到意義結構的具體生成。鄉土成為一個寄寓人生矛盾與衝突的廣闊區域，溝通著傳統與現代、革命與現實、個體與社會、文學與政治等多重文化內涵，由此現實鄉土的普遍異化和淪落構成了理想人生訴求的根本阻礙，而鄉土詩意由於本質性的比照意

〔註34〕許志英、倪婷婷：《中國農村的面影：二十年代「鄉土文學」管窺》，《文學評論》1984 年第 5 期。

義也就凸顯為敘事結構上的超越環節，影響了敘事的精神向度和形態。

　　鄉土在詩化和損毀之間的複雜生態傳達出現代作家詩化鄉土的矛盾與困惑，滲透了獨特人生體驗和理性意識的鄉土敘事成為一種關於文學與人生的綜合想像。它們既包含現代作家直面鄉土現實的冷峻深刻和人生形上提升的精神高蹈，亦不乏傳統文人氣度和現代人生訴求的文化、心理衝突，更有革命話語邊緣的詩意捕捉，彌散著現實生存困境中的詩性嚮往和渴望。魯迅、蕭紅、師陀等人遊移在鄉土世界的殘破和詩化之間，現代理性意識和審美詩情的衝突，使得他們的鄉土詩化敘述布滿了矛盾和遊移的縫隙。而廢名的田園小說更多體現為一種糾結於傳統和現代之間的衝突與兩難，存在著傳統田園認同與現代文學理想的深刻對立，田園夢想伊始就暴露在歷史光影之下，難以形成相對純粹的詩意；從《浣衣母》、《橋》到《莫須有先生傳》直至廢名以「厭世詩人」自居後「創作的終結」，最終昭示出由這類意義衝突的兩難糾結而成的某種審美偏至。而孫犁等人則在鄉土的革命背景上開掘著民間生活的詩意情懷，一直面對著革命的政治「規訓」和審美訴求的本然衝突，然而借助於理想主義詩情的投注，「騎馬跨槍」、「打仗有什麼出奇，只要不著慌」等樸素的戰爭想像以及概述、簡化戰爭場景等敘述轉化，使得對立性的意義糾結得到了藝術性的超越與消融，戰爭造成的苦難、侵襲與破壞最終弱化為背景性的環境因素，呈現出「革命」語境下鄉土敘事的經典樣式和意緒。他們提供的文學歷史經驗，從不同層面豐富了鄉土詩化敘事的意義結構形態。

二、欲望衝突的調適與欲望美學品格的生成

　　現代小說是在「人的發現」的意識覺醒中產生的，這使人的個性化內容得到了充分的展露，人從傳統的依附性關係中解脫出來，成為自由獨立的生命體。與此相一致的是，人的身體性欲望也就衝破了傳統「天理／人欲格局」下的道德禁忌得以釋放，並獲得了合法性的肯定。「五四」時期，周作人在提出「人的文學」時，就對「人」作出了「欲望化」的界定，認為人乃是「『從動物進化的生物』」，人的「靈肉本是一物的兩面，並非對抗的二元。獸性與神性，合起來便只是人性」，在他看來，人的一切生活本能，都是善的美的，應該得到滿足，「人類正當生活，便是這靈肉一致的生活」〔註35〕；而在陳獨

〔註35〕周作人：《人的文學》，鍾叔河編訂：《周作人散文全集》（第2卷），廣西師範大學出版社，2009年版，第86～87頁。

秀看來，人也有「獸性」，人性的健全發展需要「獸性」的協同，「吾人之心，乃動物的感覺之繼續。……強大之族，人性，獸性，同時發展。其他或僅保獸性，或獨尊人性，而獸性全失，是皆墮落衰弱之民也。」〔註36〕人性本能的解放，改變了現代人生圖景，欲望衝動等身體性內容也就浮現爲現代文學的基本意涵，進而構成影響現代小説發生、發展的深層動因之一。

然而這一滲透著欲望合理要求的人性思潮似乎並沒有帶來欲望美學意義在現代文學中的流行，相反，現代文學的欲望敘述在意圖擺脱既有文化傳統束縛的同時，往往又陷入了非理性放任，抑或意識形態壓抑的迷亂和焦慮，欲望處於了普遍的異化狀態。比照之下，現代抒情小説對於欲望非理性化或庸俗化的規避，不僅蘊含著欲望被倫理力量淨化的可能，而且也存在著與生命精神相諧和的欲望美學色彩，欲望衝突的調適蘊含著完善、提升人性的多重詩化因素。在沈從文小説中，欲望主體多依持生命本能的自然衝動而籲求著欲望的釋放，指向生命意義上的本能宣泄與滿足。而在郁達夫小説中，本能性的欲望衝動一直存在著爲社會文化觀念抵制中的矛盾與衝突，欲望的抒發更像是一場肉體和靈魂的戰爭，個中倫理力量具有淨化生物性本能的明顯態勢，表徵了一種欲望爲社會、民族、政治和道德倫理等觀念逐步轉化並終被意識形態改造的敘述理路，由此，「在欲望、自然、道德倫理、家國觀念之間的遊移就可能呈現出『頹廢的氣息』、『人性的優美』、『一點社會主義的色彩』等敘述形態的交織和衍替」在構成郁達夫小説總體走向的同時〔註37〕，又得以爲欲望的倫理詩化提供一定的話語空間。作爲「人類的本質願望」，欲望在非理性衝動和倫理規約之間的衝突消解意味著人性結構的趨於平衡，欲望主體不僅有可能感知自然人性的生命力律動，還可能領略到超越非理性的「明朗及平靜」的「內心的善良精神」〔註38〕。一定意義上，現代抒情小説的欲望敘述也就是在此向度上調適文學人生的產物。欲望在人性和倫理、現實和理想、靈與肉等之間的對立、遊移乃至轉化，彰顯了一種標示欲望本體價值和意義的文學形態，對於現代文化語境下靈肉調和的欲望品格建構具有理論和現實意義。

〔註36〕陳獨秀：《今日之教育方針》，《獨秀文存》，安徽人民出版社，1987年版，第20頁。

〔註37〕參見拙文：《論郁達夫小説的欲望敘述理路及文學史意義》，《文學評論》2010年第2期。

〔註38〕參見〔德〕叔本華：《愛與生的苦惱》，金玲譯，華齡出版社，1996年版，第72頁。

三、宗教在超驗向度上的存在關懷

對於現代小說的敘事轉化而言，宗教也是一種重要精神資源。由於宗教文化的介入，現代人生的意蘊空間顯然將更爲悠遠與高蹈，進而影響到現代小說的形上意義特徵。這不僅在於信仰敘述是現代人性「覺醒」過程的一種本質訴求，而且現代敘事話語的規範移位，也有著面向無限、終極意義延伸的必然性，終將涉及人生的神聖意蘊。從總體上看，進入現代抒情小說的宗教精神主要是一種世俗化和人文化的人生關懷，雖還保留了諸如基督教等一些「有形宗教」的具體體制外觀，但已經發生了精神性的普泛轉化。宗教生命信靠意識的彰顯，以其特有的來世、彼岸、樂園、存在等終極關懷意義，構成對敘事意義的深度衍化。

作爲人生意識高度發展的產物，宗教是個體意識的強化進而意識到「爲了給渺小的自我找到克服廣場恐懼的靠山」的產物〔註39〕。舊論認爲中國缺乏宗教，恰說明了中國傳統文化不能回答這一問題。夏志清就曾指出，「中國文學傳統裏並沒有一個正視人生的宗教觀。中國人的宗教不是迷信，就是逃避，或者是王維式怡然自得的個人享受」〔註40〕。顯然，宗教文化的出現，爲現代人提供了一種超越性的精神歸宿，激活了新文學敘事的超驗意義。當然，對於抒情小說家來說，並不存在多少宗教作家，但他們的小說世界往往浸染了宗教意味，相對而言，這主要包含了宗教的「愛與美」題材和具有存在哲思色彩等小說作品。他們在文學人生的形上懷想中，普遍表現出宗教信靠後的身心安寧與靜謐的生命詩意，爲現實人生的沉淪與異化境遇所映照的文學理想往往閃動著神秘的詩思。以冰心、王統照、許地山、蘇雪林等人爲主的五四「問題小說」將「愛與美」的宗教哲學引入創作，寫出了一批「被人認爲神秘的朦朧的」宗教意味作品，構建了宗教詩化敘事的初期藝術形態。而馮至、汪曾祺等人則在存在向度上探求人生的價值和意義，體現出了普泛意義的宗教情懷。他們的宗教意識一般基於自覺的人生和文學體認，其指向已不僅是個體生命的意義完善問題，在更深意義上，已是人類共同的人生母題。

總體而言，現代抒情小說的意義表達一般都具有以對立與衝突爲意義表徵的敘事演變態勢，但在更爲具體的層面，這種對立則充滿了矛盾與糾結，

〔註39〕劉士林：《中國詩性文化》，江蘇人民出版社，1999 年版，第 99 頁。
〔註40〕夏志清：《新文學的傳統》，新星出版社，2005 年版，第 33 頁。

這一態勢有時又並不那麼清晰，反映出意義訴求的具體性、複雜性以及豐富性。這多少又是因為，任何經典作品的文學世界都不僅僅是簡單的二元對立甚至多元對立，必然還有著諸多意義表達的縫隙和不確定之處，糾纏著文學主體精神的內在波動以及文本意義自足性的開裂。應該說，這不僅是現代作家在多種精神資源間有所矛盾、遊移的結果，也是他們對於人生抒寫複雜心緒的表現，更是現代作家應和時代變革精神嬗變過程的折射，其間的精神認同和意義歸屬影響到了敘事體式的內在變化，從不同層面詮釋、展現了抒情小說的現代敘事特徵和意義旨向。

第二章　現代抒情小說的鄉土敘事

　　對於現代抒情小說而言，鄉土文化是一種基本精神資源。這不僅在於鄉土作為孕育中國文化的經濟基礎，是現代文學變革面對的普遍社會文化背景，還在於鄉土寄寓了生存的本源意義，文學的精神返鄉是現代作家自覺的審美追求〔註1〕。固然現代作家對於鄉土的文學訴求是多方面的，但無疑以鄉土的詩化追求最為集中地體現了現代小說的審美價值和意義。鄉土的詩意標識了一種以田園為基本外觀的鄉土詩性智慧，這一由傳統農耕文明孕育的詩性文化形態，雖然面臨著社會歷史轉型的衝擊，但仍然以一種精神的深刻轉變得以在現代文學格局中延續，構成關於現代人生的綜合想像。現代人生意識的覺醒不僅改變了田園的傳統文化倫理，重構了田園的思想基礎，而且寄

〔註 1〕　相對而言，現代抒情小說敘事主要關聯著土地、身體以及信仰等三個密切聯繫的意義層面，這不僅在於這三個方面是人類生存不可或缺的結構性內容，而且就抒情小說的主體意圖來看，這也符合相關創作的實際情況。而本文論析抒情小說的具體敘事形態之所以以此為序，則又在於鄉土內涵不僅屬於現代人生最為普遍和重要的部分，有著現實和文化傳統的優先性，而欲望的詩化則是現代人性覺醒的主要產物，屬於人性結構的現代性內容，至於信仰性的宗教敘事則顯然在於其抽象化、終極性的意蘊限度，象徵了現代人生的可能性邊界，因此從鄉土、欲望到宗教的章節次序安排首先考慮的也就是由傳統到現代、具體到抽象這一結構邏輯。由此本文相應將其分為三類，但由於具體文本的複雜性，這種劃分又是相對的。因為一旦作品表現出人生意蘊的豐富和悠遠，它就可能變得模糊和不確定，某種意義上，這既是經典作品豐富的闡釋空間所致，也是現代人生無限性蘊涵的一種表徵。但要認識這樣的對象，仍需要借助相對有效的「分類」方法。因此，「歸類」後的對象和內容並不是互相隔絕的，相互間可能具有一定程度的交集和重疊。

寓了多樣化的意義訴求，田園世界對於現代人生意蘊有著廣泛而深刻的介入與表現。在此意義上，現代抒情小說的鄉土敘事融入了文學主體複雜的人生情懷，現代作家在傳統與現代、現實與理想、革命與審美等意義的衝突與糾結中覓取、呈現鄉土的詩意元素，為普遍處於苦難、破敗的現代人生提供了超越性的審美空間，進而賦予鄉土世界以詩性意義與形態。

第一節　鄉土的詩意召喚

　　就人生的故事性構成來看，鄉土無疑是生命最為重要的背景和內容。作為生命個體，人總懷有鄉土情結，難以割捨返鄉的衝動。這是因為人生是由鄉土開始的，鄉土屬於童年和記憶，象徵了生命的源頭、根基和家園，能夠提供人生的親近感和安全感，天然具有平衡人生的審美功能。在更深意義上，由於鄉土和大地、泥土不可分割的依存關係，返鄉具有回歸「大地母親」懷抱的神聖意味。米爾恰·伊利亞德在《神聖的存在》一書中曾指出大地母親具有「永不枯竭的產生碩果的權能」，認為人類由於和大地、泥土的生命關聯，返鄉就是一種必然的行為，「人類和泥土的聯繫一定不僅僅在於人是會死的，所以他就是泥土，而且還意味著這樣一個事實：正是由於從大地母親（Terra Mater）那裏出生，所以還要回到她那裏去。」〔註2〕從鄉土中國的「安土重遷」，「葉落歸根」，到海德格爾的「詩意的返鄉」、宗教的「原鄉」神話等等觀念，鄉土在不同文化傳統中已被普遍視為人生的根砥。

　　詩意的返鄉也一直是文學的永恆母題。中國傳統文學中一直存在著歸隱鄉土的田園文學源流。從陶淵明的「採菊東籬下，悠然見南山」的田園棲居，唐代的「王、孟、韋、柳」的「山水田園派」，一直到宋代范成大、楊萬里的鄉土詩風等等，歌詠了一種理想化的農耕生存狀態。而在西方文學中，田園生活則被稱為「牧歌」，有著悠久的傳統，遠在古希臘時代，詩人們就用它表現牧羊人在村野和自然中的純樸生活，18 世紀以後「牧歌被用來泛指一切美化鄉村生活的作品」〔註3〕。有學者認為，「構成牧歌的最本質的因素，可以超越文體的限制，永久地生存下來，因為它和人追求回歸自然、回歸鄉土、

〔註2〕　〔美〕米爾恰·伊利亞德：《神聖的存在──比較宗教的範型》，晏可佳等譯，
　　　　廣西師範大學出版社，2008 年版，第 236～243 頁。
〔註3〕　參見劉洪濤：《〈邊城〉：牧歌與中國形象》，廣西教育出版社，2003 年版，第
　　　　86 頁。

回歸單純樸質生活的本性聯繫在一起。」〔註4〕返鄉意味著返歸原初、大地以及與之相關聯的事物，重新進入詩性時間。在更普泛的層面上，鄉土也是一種彌散性的人生元素，文學世界的自然景物、風物民俗等等與土地相關聯的環境因素總會流露出鄉土氣息，鄉土構成了文學人生最為厚重的底色。

就中國傳統文學而言，「鄉土中國」的農業經濟結構以及人與自然在生理和心理上的感應習慣，使鄉土人生天然地傾向於自然主義的審美風度，農耕文明與土地的親密關係孕育了傳統文化的詩性精神。鄉土世界的「日出而作，日入而息，逍遙於天地之間而心意自得」的生存狀態，一直被認為是農業文明的審美境界，是「農業文明中所能理解的最高自由，因而它也就成了一種極有影響力的可觀、可居、可以寄託的生活方式，成為一種最具現實意義的詩意棲居與自由活動的在世結構」〔註5〕。可以說，這一以「田園」為基本文化標識的文學形態集中反映了農業文明對於鄉土生存願望的審美表達。若在二元對立的文學原則下加以觀照，個中顯然蘊含了超越鄉土現實層面的理想意義。然而正如前文所述，這種在傳統文學格局中並不佔據主流的詩性形態不僅難以進入傳統小說的敘事空間，而且就其本身而言，也不具備自覺的人生意識，不僅常常流於「自得其樂式個人享受」，而且建立在倫理和諧之上、以封閉為空間特徵的鄉土社會往往是「天人合一」儒道哲學觀的現實體現，所預示的「小國寡民」境界基本不涉及現實鄉土的矛盾和困境。因此，意義空間的二元對立色彩也就十分薄弱，缺乏現代意味的文學表徵。因此，傳統文學的田園世界，雖然有著和諧詩意的藝術外觀，但並不具備詩化鄉土的主體精神力度和意義訴求的深廣度，鄉土田園主要是傳統文人仕途失意時的消極退避之所，背後潛隱的是一種傳統文人的犬儒哲學。

傳統詩性文化有其特殊的時代特徵和局限性，古典生存理想與現代人生精神存在著本然的隔膜。然而作為一種農業文明的詩性智慧，這一悠久的詩性文化傳統仍是滯留於前現代時期的現代文學所面對的主要精神空間，這就使得這種文化精神必然沉積在現代文學中，並成為創作的重要思想資源。正如高力克在《五四的思想世界》一書中所指出，中國文化傳統在近代──五四時代雖經西學的侵蝕而陷於解體，但其「儒家道德理想主義的群體意識、

〔註4〕參見劉洪濤：《〈邊城〉：牧歌與中國形象》，廣西教育出版社，2003年版，第86頁。

〔註5〕劉士林：《中國詩性文化》，江蘇人民出版社，1999年版，第698頁。

人生理想和人文宗教，仍如『遊魂』（余英時語）附麗於啓蒙運動和知識分子的思想深處」〔註6〕。然而由於現代鄉土社會普遍的動盪和破敗，已對鄉土的傳統文化結構造成了根本破壞，此時的鄉土社會已經成爲災難中國的縮影，凸現出現代中國的封閉、落後、苦難和不現代。孟悅說過，「新文化對於鄉土社會的表現基本上就固定在一個陰暗悲慘的基調上，鄉土成了一個令人窒息的、盲目僵死的社會象徵」〔註7〕。鄉土傳統倫理的穩定性和統一性已被打破，田園色彩在動盪的社會環境中急劇褪色，並經受了現代啓蒙理性的批判，鄉土中國從此進入了一個充滿創傷性記憶的歷史轉型期，從沒有像現在一樣變得如此的動盪和充滿對峙，成爲現代文化衝突與矛盾的集散之地。誠然，這對於中國文學的現代性轉化是一個不可或缺的過程，但也造成了對於鄉土本源意義的背離，形成對鄉土詩意的壓抑和遮蔽，「鄉土生活的合法性，其可能尚還『健康』的生命力被排斥在新文學的話語之外。」〔註8〕鄉土成爲一個「失落」的世界，曾經籠罩在鄉土之上的溫情光環已普遍爲苦難和創傷所遮蓋，漸行漸遠。

不過，對於現代作家而言，鄉關之戀仍是一種深入骨髓的情感。他們中的大多數人過早離開了故鄉，社會的動盪和人生的受挫又使他們經歷了過多的困惑和傷痛。對於他們，鄉土不僅是一種詩意而遙遠的記憶，而且回憶鄉土可以慰籍身心，幫助個人超越現實的時間綿延，重建自身與鄉土現實的關係。於是，創造一個關於鄉土的田園世界仍然成爲現代作家精神還鄉的主要方式。如果說在傳統文學中這一心理尙處於朦朧的潛意識衝動層面，那麼抒情小說的鄉土敘述則顯然出於現代作家詩化現實的審美自覺。廢名的鄉土作品「用思鄉的濃情對『鄉』進行『詩』的處理，最後凝聚在他筆下的都是一個美境。」〔註9〕沈從文宣稱自己是鄉下人，要「把醜惡的材料提煉成功一篇無瑕的玉石」〔註10〕，湘西世界近乎「原鄉神話」。汪曾祺即便離家多年，一旦拿起筆，吐露的仍是對故鄉高郵的溫情。現實和記憶、傳統和現代、城市

〔註6〕 高力克：《五四的思想世界》，學林出版社，2003 年版，第 83 頁。

〔註7〕 參見李楊：《50～70 年代中國文學經典再解讀》，山東教育出版社，2003 年版，第 139 頁。

〔註8〕 參見李楊：《50～70 年代中國文學經典再解讀》，山東教育出版社，2003 年版，第 140 頁。

〔註9〕 范培松：《論京派散文》，《文學評論》1995 年第 3 期。

〔註10〕 李健吾：《李健吾批評文集》，郭宏安編，珠海出版社，1998 年版，第 55 頁。

和鄉村等衝突性體驗加深了他們對故鄉的懷想與渴望，因此，對鄉土的詩意書寫也就獲取了一種「掩蔽性記憶」的心理平衡功能。墨西哥著名作家胡安・魯爾福說過，「我非常懷念我的童年和我小時候住過的地方。對那些年代的懷念永遠不會消失……懷念是一種衝動，使你回憶起某些事情。一心想回憶那些歲月，這就迫使我寫作。」〔註11〕就充分說明了這一點。鄉土代表了人類的原初狀態，永遠是人生完滿的象徵。這是一種普適性的情感，創作首先源於這種懷鄉的衝動。

當然，返鄉的意義並不僅限於此。作為現代意義上的知識分子，他們的啟蒙心態也是明顯的，超越性的人生表達雖然具有優先性的審美意義，但也不乏社會、文化啟蒙等現實價值的寄託。他們並不局限於虛幻性人生樂園的營造，往往還懷有重建民族精神、社會公共理性等外在目的，文學性的審美訴求常常與注重社會性、政治性、民族性的文學功利主義形成不同程度的共生，所謂「自己的園地」裏的自娛與現代性的人文關懷、社會化的群體關懷往往有著多層面的深入溝通。如此一來，農業文明的詩性智慧雖然能夠在現代文學的鄉土背景中保有其相對傳統的文化外觀〔註12〕，但又包含了文學主體的理性主義和現代批判意識，在現代意識具體而深刻的介入下，既有形態和精神已發生了內在變異，「遠離塵囂的田園牧歌」注定將沾染過多的現實塵囂，從而區別於傳統〔註13〕。由此，鄉土敘事的詩性形態，注定將回應現代鄉土社會的歷史變遷，在鄉土世界日益激烈的對立衝突中開掘詩意，田園世界發生了從消弭主體的自足、樂感的倫理詩意到人生覺醒的現代性逆轉，返鄉的詩情中總是滲透著感傷、憂鬱、苦難等一縷縷「悲情」。鄉土敘事在普遍的人生對立中彰顯出超越性的審美詩情，進而重構了傳統詩性文化精神。

此一情況約略表現為三：一、對於鄉土的詩意描繪脫去了傳統文人的消

〔註11〕〔墨西哥〕胡安・魯爾福：《回憶與懷念》，朱景東譯，林賢治編選《文化隨筆——精神游牧者的世界》，花城出版社，2012年版，第435頁。

〔註12〕現代詩性小說對於鄉土的敘述有著明顯的「田園」表徵，這一類作品也往往被稱為「田園小說」。

〔註13〕西方牧歌的悲劇成份一般被認為源於現代文明的侵入。正是以城市為代表的外來的、墮落的資本主義文化因素的侵襲，破壞了鄉土傳統、自然和宗法社會的穩定與諧和，使得牧歌被注入了苦澀、傷痛等邊緣性的人生情緒。中國現代小說的牧歌色彩似乎並不取決於西方牧歌文學的跨域性影響，而更多來自於相似文化語境的激發，存在著自身的發生、發展過程。

閒行為和隱逸避世色彩，體現出現代知識分子在理想與現實、詩化與異化等意義衝突之間提升、轉化人生的主體自覺意識；二、鄉土田園成為一種開放式的人生空間，打破了傳統的自足、封閉和保守，兼容著詩意和荒涼、理想和現實、傳統和現代等多重意義，構成理想主義的文學訴求與面對人生損毀、異化的情感焦慮、感傷、憂鬱、苦難等多元情感對立、共存的複雜性和豐富性；三、鄉土成為現代人生的一種文化象徵。在鄉土世界的普遍對立與衝突中，傳統田園與倫理、自然相諧和的自足性不再是孕育詩意的唯一途徑，相反，隨著鄉土世界的損毀，審美自足性持留、淪落與比照過程中的感傷、悲觀等情感心理內容，文本所寄寓的哲理詩思乃至敘事的形式要素也都可能成為滋生詩情的重要源泉。

　　鄉土敘事的上述轉變，改變了傳統鄉土文學世界既有的主體性、意義結構、價值理性等方面的內容，使得鄉土詩化不得不在諸多的矛盾對立中尋找著出路。如果從敘事的結構層面加以分析的話，關於鄉土的理想生存訴求無疑充當著敘述的深層動力，現實的困境因素則充當了阻礙者或敵手的力量，田園訴求的成敗與否也就成為敘事的結果，而敘述的詩意也就源於個中意義的複雜變動所導致的人生意蘊的豐富轉化和境界提升。在普遍意義上，這一敘事的結果並不一定走向穩定的訴求達成。由於現代人生世界、主體意識及至創作過程的複雜性，創作過程中往往糾結著觀念世界的遊移、矛盾等不穩定因素，作家一般並不固執地維護理想田園世界的虛幻性和彼岸性，因此也就造成了審美理想與現實衝突、受挫的普遍性與複雜性。如此，鄉土敘事也就存在著諸多語義力量的交織與糾結，而由於具體作家意義取向的側重和差別，也就使得敘事空間的意義矛盾有著不同層面的衍化，影響和決定著敘事的整體美學形態。凡此說明，貌似統一的鄉土敘事其實已成為多元人生力量對立與融合的文學賦形，關於鄉土人生的審美自覺，必然將在多樣精神資源的汲取和轉化中呈現自身的敘事性徵和藝術形態。

第二節　從廢名、蕭紅到孫犁：失落的「田園」

　　從形態學的角度看，文本的意義結構往往是多維的，是「矛盾事物的同時並存」，不同意義的衝突、融合與超越、克服也就導致了敘事的多樣形態。就鄉土社會而言，由於古代中國基本上是一個古樸純正的農業社會，在自給自足、封閉保守的經濟制度和小農文化的制約下，鄉土屬於一個難以發生根

本變化、最爲穩定也最爲落後的文化地域。費孝通說過，「種地的人卻搬不動地，長在土裏的莊稼行動不得，侍候莊稼的老農也因之像是半身插入了土裏，土氣是因爲不流動而發生的。」鄉土是中國文化的根性，「從基層上看去，中國社會是鄉土性的。」〔註 14〕在此背景上，鄉土社會對於現代文化力量「移入」的排斥性、「文化適應」的非自願性顯然要比其他領域強烈得多，這使其能夠在較長時期內保持傳統文化的相對穩定性，參與新文化的建構。而超穩定性文化結構的任何改變也必然伴隨著對於現代文化征服和殖民化的強烈反彈，個中新、舊文化的衝突對立也相應會顯得更爲激烈。由此，也就不難理解爲什麼現代小說首先是在鄉土背景中開掘出人生敘事的詩意，何以在多元文化衝突中傳統和現代之間的對立顯得尤爲突出，也不難理解由鄉土變遷所激發的複雜人生感受與文學意義。

　　現代抒情小說普遍的鄉土色彩意味著人生難以擺脫的鄉土品性，同時也說明現代文學對於理想人生的審美訴求必然受到農業詩性智慧的影響，將在田園世界的想像中延伸、拓展自身的意義和精神空間。超越性的田園世界突破了歷史和地理區域的局限，溝通著人們對於文學乃至生存樂園圖式的嚮往，標識出現代鄉土敘述的本體意義。由此，抒情小說譜系的廢名、蕭紅、師陀、孫犁等人的田園色彩都可以得到有效的敘事闡釋。他們依託自我人生體驗去構築鄉土田園世界，對於現代人的生存體驗有著不同向度上的審美發現與表達，鄉土人生在傳統與現代、荒原與詩意、鄉土與革命等層面之間的意義轉化與深入，不僅反映出相關作家敘述精神理路的具體差異，也客觀上彙聚爲鄉土詩化敘事的多元歷史經驗。

一、廢名：傳統與現代間的審美偏至

　　在廢名小說中，傳統和現代等意義的衝突一直是核心的關切。作家意欲將鄉土的傳統文化內涵和現代文學的人生觀念加以調和並以田園的形式傳達出來，根植於文化衝突的理想訴求開始就存在著傳統和現代的對峙乃至分裂的危險，由此可能造成價值取向的波動和遊移，進而影響到藝術世界的價值歸屬。一方面，作爲一個有著傳統文化情結的作家，廢名聲稱自己寫小說「很像古代陶潛、李商隱寫詩」(《〈廢名小說選〉序》) 〔註 15〕，對於傳統文化精

〔註14〕費孝通：《鄉土中國》，人民出版社，2008 年版，第 1 頁。
〔註15〕本節選取廢名作品均參見王風編：《廢名集》，北京大學出版社，2009 年版。

神有著明顯的認同；另一方面，作家又意圖以文學「普渡眾生」，為中國民族和知識分子「尋找出路」，有著關注現實、提升人生的現代理想訴求。然而由於現代人生觀念和傳統思想都不具備超越對方的價值優勢，故此作家一直難以調和傳統個人「興味」和現代知識分子普世情懷之間的固有矛盾，直接影響到文學世界的矛盾對立乃至厭世的悲觀主義色彩，制約了文學世界的趣味和走向。

對於廢名而言，田園色彩是其小說的表徵。這種審美訴求被指稱為一種「寫夢」追求，「在幻想裏構造一個烏托邦」，然而廢名小說卻一直無法達到相對純粹的傳統田園詩意。文本空間所濡染的憂鬱與哀愁，滲透著衝突與矛盾、悲觀與徘徊等背離田園世界的厭世因素，最終陷入進退失據的意義糾結和表達困境，成為一種厭世意義下的田園失落過程。而圍繞著田園認同的游離程度，不僅造成田園色彩的明顯差異與意義表達的有所側重，而且折射出作家心路歷程和藝術觀念的變化。文本間流露的藝術信息在昭示自足性敘述理路的同時，最終呈現出作家遊移在文學與人生、理想與現實等文化之維中的矛盾身形，陷入藝術歸屬的兩難。這構成小說的基本趨向，在作家觀念、創作動機以及文本世界之間的纏結和張力為敘述的展開提供了本體意義。

早在《竹林的故事》自序中，廢名就期望讀者能從他的小說中理出自己的「哀愁」（《〈竹林的故事〉序》）。《講究的信封》、《病人》、《柚子》、《少年阮仁的失蹤》等初期作品無一不浸染著濃鬱的愁緒。這些作品雖缺乏田園色彩，但顯然已將「感傷」植入創作。感傷並不一定導致厭世，但它是厭世的早期症候。作為與作家心路歷程緊密關聯的情感趨向，感傷具有明顯的消極特徵，史蒂文斯等人認為「感傷是一種情感的失敗」〔註16〕，「感傷，首先是對現實絕望的一種情緒性的投影」〔註17〕，而西方美學傳統也一般視其為一種「軟弱的」甚至「病態的」情緒而予以排斥〔註18〕。一定意義上，感傷本

〔註16〕 〔美〕華萊士·史蒂文斯：《徐緩篇》，陳東颺、張棗編譯：《最高虛構筆記：史蒂文斯詩文集》，華東師範大學出版社，2009 年版，第 254 頁。

〔註17〕 尚學鋒等：《中國古典文學接受史》，山東教育出版社，2000 年版，第 232 頁。

〔註18〕 西方美學傳統往往視感傷為一種「軟弱的」甚至「病態的」情感而予以排斥。比如柏拉圖在《理想國（卷十）》中就曾指出恐懼和憐憫是悲劇的負面影響，是人性中的無理性成分，是懦弱的，容易導致哀憐癖與感傷癖，所以要驅逐出理想國（《理想國》，商務印書館，1986 年版，第 400～409 頁），而黑格爾則反對感傷主義性格的軟弱性，認為《少年維特之煩惱》主人公是一種病態性格（參見曾繁仁：《西方美學簡論》，山東人民出版社，1983 年版，第 187 頁），等等。

然地蘊含著滑向悲觀乃至幻滅、厭世的因素。在這種否定性情緒籠罩下的田園創作，起始就是一個矛盾的存在，詩化與損毀的顯性衝突使得田園意味變得淡薄且相對愁苦。《我的鄰居》寫「我」所眷念的鄉土童年「許多有趣味的回憶」，然而敘述者對於鄉土的注視和敘述卻滲透著明顯的同情和感傷，阿六、小松的身體、生活處境有著顯在的殘疾和不足，鄉土的日常生活也潛隱著為「賬房的催款」、歸程的「風雪」等損毀的危險，這些異化田園的力量雖然為「希望在前面招引」、生活的溫情有所消融，但鄉土顯然已無法維持和諧、安穩的田園之境。《阿妹》中的阿妹是一個精靈似的女孩子，然而她短短幾年的現世生活不僅一直為癆病所折磨，而且家人對她也是一種歧視與挑釁，甚至父親也流露出令人「全身冷得打顫」的冷漠；鄉土記憶糾纏了病的「光陰」、父母的憂愁等諸多不幸，而這一切在阿妹「馴良」、溫順、善解人意的映襯下又顯得那麼沉痛。同樣，《河上柳》中柳樹下的陳老爹過著近乎「盤古說到今」式的年復一年的日子，然而最終在衙門的催逼下陷入生活和精神的窘迫與危機，不得不砍掉帶給他人生安慰和美好記憶的柳樹去換錢，田園的淪落籠罩著深深的感傷與憂愁。現實驅逐著田園，田園處於夾縫之中且缺乏生長空間。至於《浣衣母》這樣一部廢名初期最具「田園」色彩的小說，田園色彩不僅並不純粹甚至有點背道而馳，田園沿著殘缺、損毀的軌跡滑行，注定將無從建構〔註19〕。

　　應該說，這樣的鄉土世界是符合歷史實際的。中國現代鄉土社會早已不再允許這一世界的存在，即便在文本世界中，桃花源式的意義空間也已基本消失於晚清小說。作為一個現代知識分子，廢名自然對此十分清楚，因此《浣衣母》等更多是將田園作為已然或即將淪落的過去記憶而加以描寫的，滲透著清醒的理性意識。然而作家顯然又並不願意拋棄它，在田園損毀的惋惜與無奈背後滲透的又是關於這一世界的眷念、矛盾和遊移。他的「哀愁」也就產生於這一理想和現實的巨大落差之中。在他那裏，田園還是一個有著適合自身存在，相隔於現實的別樣世界——「自己的園地」。廢名認為，「創作的時候應該是『反芻』。這樣才能成為一個夢。是夢，所以與當初的實生活隔了模糊的界。」（《說夢》）顯然，這給了廢名規避現實和時代理性要求的藉口和空間，鄉土又有著向田園靠攏的趨向，構成了田園精神向度上的搖擺。如果說《浣衣母》中意義的衝突性是顯露與對峙的，那麼《竹林的故事》、《桃園》

〔註19〕關於《浣衣母》，下文將設專節加以分析。

等作品中的衝突顯然有所淡化，田園的破壞性因素開始向相對潛隱的空間退卻，以較爲含蓄或象徵的形式顯現出來。《竹林的故事》充滿了寂静的氣息，歲月之流緩緩流淌。作家竭力維持著這一世界的自足與平衡，以致於老程突如其來的死亡所可能造成的悲慟，在家人「淡漠起來」的策略性遺忘中被人爲淡化和掩飾；三姑娘固執的拒絕著城裏的集市，內中所包含的深深疑懼，也被轉換爲不忍心母親獨自在家的孝心或矜持。外界的喧鬧等可能的破壞性力量被拒之門外，只能遙遠的回響。而《桃園》中人物、風景同樣可愛，文本「悲哀的空氣」主要來自於殺場的蕭索、母親的逝去、阿毛的病與玻璃桃子「沒有聲響地碎了」之間隱喻關係的有所預示。似乎自足的田園世界永遠不乏暗流的湧動，反映出作家思想上的矛盾和「波動」。

　　廢名始終無法擺脱這一矛盾。隨著自身體驗和觀念的變化，他又以一種近乎極端的方式在強化著矛盾。作爲「在幻想裏構造一個烏托邦」〔註20〕的《橋》就具有類似意義。《橋》「充滿的是詩境，是畫境，是禪趣」〔註21〕。田園世界近乎純粹，似乎完全可以被視爲一種典範意義上的田園小説。但這樣一個世界真的是了無波瀾的「世外桃源」嗎！如果真是那樣的話，廢名的「哀愁」和「眼淚」也就過於「矯情」了。廢名是一個忠實於內心的作家，而且，作爲一個理性知識分子也不太可能忽視社會的現實體驗和理性要求。1926～1927 年是廢名寫作《橋》的主要時期，對於剛剛啓用筆名「廢名」的作家來説，內心並不平靜。不僅發表了雜感《打狗記》、《俄款與國立九校》等「戰鬥檄文」以及《浪子的筆記》、《追悼會》、《石勒的殺人》等感世憂憤之作，同時還創作了諸如《桃園》等並不純粹的「田園」小説，而且因爲反對軍閥張作霖取消北京大學，憤而退學。「思想的激烈」決定了《橋》的田園幻境不可能似鏡花水月般的飄逸。作家曾指出《橋》中的《楊柳》有自己「眼淚」，而對於人們沒有看出他文章中「是怎樣的用心」而感到失望（《説夢》），多年後也自承「這都表示我的苦悶，我的思想的波動。」（《〈廢名小説選〉序》）在廢名的整個創作中，《橋》無疑最爲集中地寫到「墳」。一面要營造「桃源」，一面又不厭其凡地寫到「墳」這一死亡意象，詩意籠罩著一層虛無的人生陰影，而《橋》中作爲詩意符號的人物、風景雖然絕美，但何嘗又有一絲鮮活

〔註20〕灌嬰：《橋》，參見陳振國編：《馮文炳研究資料》，海峽文藝出版社，1990 年版，第 190 頁。

〔註21〕孟實（朱光潛）：《橋》，參見陳振國編：《馮文炳研究資料》，海峽文藝出版社，1990 年版，第 213 頁。

的人生氣息！固然，《橋》不乏極致的夢境抒寫，意味著作家對於藝術理想的過度強化，廢名十年造《橋》，意欲為世人提供彼岸的「過渡」與現實人生的「上達」意義。然而仍不能擺脫那份初始的「哀愁」，矛盾仍在，不僅無法心無旁騖，而且工具性的藝術「藥方」也一總不那麼靈驗，而造「橋」斷續長達十年之久，又何嘗不是一種一廂情願與勉為其難呢！

　　《橋》意圖強制性彌合田園認同中的矛盾，以致忽視現實、情感、文本跨界轉換中的巨大落差，美學訴求上的偏執，田園的詩意極致不僅意味著藝術夢境的虛浮與現實錯位，同時也反映出廢名審美認同上的某種偏執，矛盾的難以調和孕育的正是「盛極而衰」的幻滅與失落，「站在毀滅因素的邊緣」，預示了脫離文學性的虛無主義傾向。《莫須有先生傳》的出現，已然昭示出這一點。趨於幻滅的作家，無疑走向了美學的「偏至」——厭世的虛無。作為取材於作家鄉野卜居生活的作品，《莫須有先生傳》可以看做是作家人生和觀念的一個縮影。小說仍有一個基本的田園背景，但構建田園夢境顯然不再是文本的中心，《橋》等小說中詩意的流連已然消失，鄉土田園只是作家展開多元人生思考的背景，而且由於持續暴露在社會、現實等外力之下，田園已完全淪落。「好一個桃花源，看來看去怎麼正是一個飢寒之窟呢？」作者雖然還存挽救的寸心，但已失卻勇氣，只能「先從自己用點苦茶飯試一試。」（《月亮已經上來了》）藝術理想的失落也已傳染為一種普遍性的人生幻滅，「人活在世上有什麼意思？」（《這一章談到一個聾子》），「人的一生就是這麼一個空空洞洞的」（《〈莫須有先生傳〉可付丙》）。咀嚼著這份幻滅，作家不僅陷入「我是這樣的可憐」的自怨自艾，而且沉迷於「哲學家」的玄思，充滿了偶發性、跳躍性的思緒凌亂而蕪雜，晦澀、玄奧的語言所傳達人生感覺也頗多荒誕與怪異，「似乎更轉入神秘不可解的一路去了」〔註22〕，多少反映出作家此時無所適從的困惑和迷惘。如此的寫作還能算得上是文學嗎？固然「晦澀」可以作為阻擋這一質疑的藉口，但顯然不能解答我們的疑慮。於此，作家本人也無力作答：「我真不曉得，我的世界，是詩人的世界，還是你們各色人等的世界。」（《續講上回的事情》）〔註23〕而到了《莫須有先生坐飛機以後》這種玄思中的荒誕又轉向了國家、民族、工作、教育等諸多社會性的問題，文學性

〔註22〕周作人：《懷廢名》，鍾叔河編訂：《周作人散文全集》（第8卷），廣西師範大學出版社，2009年版，第744頁。

〔註23〕就廢名而言，小說中的主要人物只是一種代言人，其實也是作家本人在抒發所感、所思。

顯然更弱。這是否意味著離棄了田園夢境的作家最終陷入難以爲繼的匱乏，只能繼續以此來掩飾自身的困頓。雖說個中思考更爲深入，但莫須有先生（廢名）顯然已勘破紅塵，「其實不應該講道理，應該講修行……他從二十四年以來習靜坐，從此一天一天地懂得道理了」（《莫須有先生動手著論》）。一定意義上，田園夢境是廢名小說的本體性內容，一旦背離這一領地，「夢中彩筆」必然褪色直至喪失靈性！事實上，自 1947 年後廢名公開以「厭世詩人」自居後，「除偶見《莫須有先生傳》的一些斷片，再不見廢名有什麼小說創作了。」幻滅與虛無屬於一種根本性的否定。很大程度上，由那份初始的「哀愁」醞釀出的感傷、悲觀情緒，最終導致了「廢名創作的終結」〔註 24〕。雖然建國後作爲「馮文炳」的作家仍在寫作，但和同時代的其他作家一樣融入了政治化的歷史之流，「廢名」已然爲歷史與時代所貶謫。廢名的小說不多，他的筆墨可能也只適用於「自己的園地」，但顯然構成了一個整體，而在互文性的比照闡釋中，不難發現其鄉土田園敘述的所嚮之處。

事實上，廢名的田園訴求一直處於一種被難以定位的境地。廢名說過，「我常常觀察我的思想……一點也不能含糊。我感不到人生如夢的眞實，但感到夢的眞實與美。」（《橋·塔》）「我不知道這夢是如何做起，我感到不可思議！」（《說夢》）現實和夢境、理智與幻象之間的縫隙割裂著藝術世界，作家的審視有著難以適從的困惑和苦悶，影響了藝術主體的審美認同與文學夢境的生長。廢名雖有所「洞見」卻無法與調和，相反，藝術的「反芻」一直在放大觀念世界中的糾結，削弱著文學世界的歸屬性。正如他所言，「著作者當他動筆的時候，是不能料想到他將成功一個什麼。字與字，句與句，互相生長，有如夢之不可捉摸。」（《說夢》）「我很躊躇，留在世間的還有——筆啊，我把你收藏起來嗎？」（《一段記載》）這種「不可捉摸」、「躊躇」的搖擺強化了審美選擇中的不確定性，不僅使其無法確立田園在藝術世界中的根本性地位，反而隨著意義破／立的失據，在逐步背離鄉土詩化的同時，也堵塞了藝術轉向的可能。不妨認爲，廢名的小說世界始終未能奠定出「田園」這一藝術的理想基點，甚至也未能構建起其他文學支點。如果說《初戀》、《我的鄰居》、《竹林的故事》、《菱蕩》、《橋》等作品，由於異化力量的潛隱，詩意的表徵化使得這些作品更多將「田園」表徵爲一種藝術理想而進行呈現的

〔註24〕凌宇：《從〈桃園〉看廢名藝術風格的得失》，參見陳振國編：《馮文炳研究資料》，海峽文藝出版社，1990 年版，第 233 頁。

話，那麼，《浣衣母》、《桃園》、《阿妹》、《柚子》、《火神廟的和尚》等作品則更多是將田園作爲一種質疑對象而加以消解的。《阿妹》中精靈一樣的阿妹死在家人的冷漠之中，《桃園》如玻璃桃子般「碎了」，《浣衣母》與相對純粹意義上的「田園」背道而馳，而《橋》雖欲確立田園的典範性意義，但其中的質疑與虛無仍是揮之不去的夢魘，或隱或現的衝突與糾結使得作家最終無法將田園作爲信靠。而作家能否將社會性的批判與暴露轉化爲田園訴求的另質加以處理呢！廢名的創作也不能提供令人信服的支持。諸如《石勒的殺人》、《追悼會》、《文學者》、《審判》等即時之作雖可以視爲作家意圖改換筆墨的嘗試，但並不可行，相關作品在廢名小說中份量極小且缺乏影響。至於《莫須有先生傳》等作品的存在恰表明了背離田園之後的藝術異變，文學根基上的無所依傍，使得作家陷入了玄奧的哲思囈語。顯然，圍繞田園抒寫的破立與糾結最終未能構建出穩定的文學旨向，相反，陷入了一種缺乏歸依的困頓和失衡。

　　文學世界的失衡是一種本體性的失衡。作爲一個被譽爲創作了反映「中國典型生活的作品」的作家〔註25〕，廢名文學世界失衡的表層原因似乎在於田園的超越意味無法兼容於作家的理性自覺，而更爲內在的問題則在於這種理想性超越更多依託於傳統文化精神資源，最終難以包容現代理性訴求的結構性文化衝突。廢名不僅要以鄉土世界的田園夢境表達自己的人生思考，還要在「中國偏遠農村普通農民原生形態的生活方式中尋找中國民族和知識分子的出路」〔註26〕。然而上述訴求卻是以對傳統田園生存理想的認同和倚重爲基礎的。古樸的田園生存歷來就缺乏自我更新和調節的機制，籍由天人合一、人我無間的文化機制束縛的穩定與封閉本然地拒絕著現代理性的介入，殊難爲豐富、系統的文學表達提供充裕空間。在此意義上，田園的文化自足性就將阻滯意義訴求，而意義的重壓就將摧毀本已脆弱的文學世界。在多爲短製的篇章中，尤其是在《橋》以後的小說中，廢名總是不由自主地陷入意義的思索，哲思十分普遍，構成了文本敘述最爲重要的部分：「沉默的世間不則一聲，也正是大千世界——靈魂之相，所以各人的沉默實有各人的美麗了。」（《橋·水上》）「母親同小孩子的世界，雖然填著悲哀的光線，卻最是

〔註25〕 沈從文：《論馮文炳》，《沈從文全集》（第16卷），北嶽文藝出版社，2002年版，第151頁。

〔註26〕 錢理群編：《二十世紀中國小說理論資料·前言》（第四卷），北京大學出版社，1997年版，第8頁。

一個美的世界，是詩的國度，人世的『罪孽』至此得以淨化」（《橋・鑰匙》）；
「君子以仁存心，以禮存心，還要自反而中矣，然後則是橫逆，我現在常是
可憐人類，敬重人類，可憐自己，敬重自己」（《莫須有先生傳・這一章說到
不可思議》）；「他便陷入沉思，他想，這些是抗戰最需要的工具了，這些是現
代文明，而現代文明在中國是抱殘守闕的面貌了」（《莫須有先生坐飛機以後・
停前看會》），等等。廢名鍾意於這種觀念化的小説世界，他「從觀念出發，
每一個觀念凝成一個結晶的句子」〔註27〕，意義訴求蕪雜而多向，不僅涉及
儒道禪佛、傳統倫常、鄉間禮俗，而且涉及教育陋習、社會變革、語言文字、
人生意義和文明本質等多方面內容，也滲入朋友之道、鄰人相處、月夜靜坐、
村童碾米、樹下納涼甚至是如廁時間等幾乎所有的鄉土人事，哲思的普泛使
其近乎「變成一個哲學家」，「內向」的小説世界沉積了過多的「意味」。一定
意義上，這遠非田園空間所能承擔，意義的深度介入只是加重了田園的破壞
程度，觀念世界的深刻對立並沒有在意義訴求中得以消弭、靠近，反而帶來
了更多的懷疑和遊移，直接影響到田園的失落直至意義表達的失衡。無疑，
這是一種策略性的失誤。很大程度上，沈從文也寫鄉土牧歌，也追求文學意
義的表達，但沈從文顯然不以傳統文化為主體資源，而是以一種普適性的生
命力與美的生命哲學，巧妙地跨越了文化的疆界，進而能夠在人性總綱下自
如騰挪於鄉土、邊城乃至城市等多樣的文學地域和題材。無疑，較之廢名藝
術走向的極端性，沈從文則要成功得多。因此，當廢名小説還「矚意」於詩
化與損毀衝突中的田園抒寫時，我們尚可以看到鄉土田園的最後幾縷詩意，
然而當之陷入意義的「過度」，我們也同樣看到了「適度的哲思」是如何從一
種「理趣」被異化為一種「理障」的轉變，見識了廢名小説的藝術偏至。不
妨認為，廢名小説從一開始就走向了一條艱難的道路，稍有不慎，也就可能
陷入挫敗乃至幻滅的境地，更何況置身於現代社會和文學的劇烈轉型時期，
容忍獨立藝術創造的環境也在快速消失，故此，為厭世精神所糾纏直至滑入
無所歸屬的敍述困境也就勢成必然。

　　廢名的田園敍事蘊含的意味是「繁複」而獨特的。作為一種關於鄉土的
詩意敍事，並不完全適用於理想主義的文化邏輯，田園無法兼收傳統和現
代，在此觀照下的傳統和現代，不再是各自本身，而且無法真切的進入對

〔註27〕 李健吾：《〈畫夢錄〉——何其芳先生作》，《咀華集・咀華二集》，復旦大學出
　　　　版社，2005年版，第85頁。

方；審美訴求的無法達成出於此間「哀愁」情緒的瀰散進而向更為消沉的、虛無主義的厭世情懷的演進，而小說的詩意則源於這一理想主義消褪過程中審美自足性持留與淪落的輓歌傾向。某種意義上，廢名展現了現代作家在面對傳統和現代時的兩難處境。廢名小說沉浸了理想和現實的過多對立與矛盾，這使作家無法浸潤於「選定的生活樣式」，「在這個不合理的社會裏，什麼是我的合理的生活呢」，「我找不出一個合理的生活。」（《過中秋》）而由於這種人生的困境以傳統和現代相糾纏的面目出現，也就具有了更加普遍的意義。雖然說，這種二元對立特徵下的取捨問題在現代文學中早已有所定論，但在事實上，任何一個作家都不可能簡單的歸依其中一方，而總會在情感、心緒、觀念等方面有所矛盾與糾結。傳統和現代之間的模糊性和不確定性激發了敘述的情感、意義空間，為傳統敘事得以向「生活的豐富性」轉變提供了前提。

　　無疑，作為傳統和現代文化衝突過程中作家複雜心態的綜合體現，廢名小說展現了傳統詩性文化精神遺留在現代鄉土世界的最後幾縷詩意及其掙扎於現代鄉土生活的精神堅韌和困頓，而意義的分裂最終又導致了這一世界淪為審美的「偏至」，為鄉土抒寫提供了糾結於新、舊文化衝突的文學歷史經驗。這多少就意味著，如果現代作家不能夠有效調和藝術世界的諸多矛盾和衝突，也就可能陷入進退失據的藝術困境，進而可能背離文學本身乃至時代、社會的價值要求，而廢名在文學史上屢遭詬病，原因或在於此。由此也不難理解廢名本身的「寂寞」，而在現代小說歷史進程中也應者不多。

二、師陀、蕭紅：荒原上的「眺望」

　　較之鄉土在傳統和現代之間的對立與兩難，鄉土的理想詩意和現實頹敗的衝突似乎來得更加具體而深入。在現代鄉土中國普遍的苦難背景上，現代作家的心態是矛盾的，既不願意放棄鄉土提供的田園感受，又不情願陷入美化現實鄉土的破敗與蕭條的審美片面，這種兩難往往造成了鄉土詩意和現實苦難的難以調和。苦難的介入不僅破壞了鄉土生存的詩意情懷，使得鄉土融入了現代人生的痛楚體驗，由此也就預示著鄉土的詩化將伴隨著痛苦展開，背負現實的沉重負擔與「創傷記憶」，形成了顯然對立的二元敘述結構。鄉土向廢墟、荒野的大幅淪落表現出明顯的荒原意味，在涇渭分明的意義比照中，對立性的人生取向就此彰顯了肯定與否定、慰藉與憂傷的動態性徵，而敘事

的詩意也就在於爲鄉土人生提供一種「安撫的態勢」和人生的「許諾」，田園世界成爲一種「眺望」中的風景，以近於極端的形態表徵出理想人生訴求，成就了「荒原上的詩意」。

這一敘事形態可以溯至魯迅的《故鄉》、《社戲》等作品。魯迅在注目童年、故鄉詩情畫意的同時，也正視其破敗、蕭條。《故鄉》中我在嚴寒的冬日回到故鄉，故鄉的荒原氣息暗示了現實對田園長期侵蝕的後果，「蕭索的荒村，沒有一絲活氣」，「多子、饑荒、苛稅、兵、匪、官、紳」已然損毀了鄉土的詩性意義。作家的理性啓蒙立場、強烈的批判意識使他不願或不能淡化、調和現實和理想之間的明顯分裂，記憶中的詩意只好「模糊」，所謂「希望」也是「茫遠」而「朦朧」，而「想到希望，忽然害怕起來」。故鄉在記憶和現實中的雙重失落，意味著鄉土向廢墟、荒野不可避免的淪落，作者「禁不住的悲涼」起來；而《風波》開頭的「田家樂」似乎是「日出而作，日落而息」的田園世界，然而其中上演的卻是所謂「剪辮子」的革命鬧劇，「田園」在某種意義上被置換爲國民性劣根的聚集處或代名詞。《社戲》在敘寫童年田園美好記憶的同時，作家也不忘補上一句「實在再沒有吃到那夜似的好豆──也不再看到那夜似的好戲了」，或許正是理性的啓蒙意識使作家意識到這一詩性人生和現實的格格不入，因此在時空上又設置爲「遠哉遙遙」。

作爲土地的子民，魯迅雖然也有著對於鄉土的美好體驗，然而過於強烈的理性意識妨礙了這一點。這使他既不能像廢名等人一樣爲古樸的鄉土田園眷顧所羈絆，也不可能把詩化鄉土作爲自身小說創作的基本審美指向。在創作中只是偶而矚目於鄉土的溫情，更多時候則是直面鄉土的落後、蒙昧、荒涼和冷酷，最終導致對於人生詩情的壓抑和遮蔽，無法爲審美意義的生長提供空間。「常在」的現實、時代重壓限制了作家的詩化表達，鄉土敘述最終也就轉爲一種啓蒙理性主義和文化批判立場上的社會學文本。很大程度上，魯迅在「五四」乃至其後的小說創作已經開始背離《域外小說集》時期所宣揚的小說風格，文學的審美訴求已逐步爲改造國民性的社會啓蒙等工具理性所取代，對於抒情小說的歷史貢獻由此也就停留在開拓性的爲數不多的幾個文本。

《在酒樓上》通篇彌散著沉悶、壓抑的情緒，一次簡單的尋訪與邂逅布滿了主人公理想的破滅、境遇的窘迫、頹廢等普遍性的精神挫敗，「廢園」象徵了現實的荒蕪，故鄉只能成爲遠隱的舊地，偶而的「夢的痕跡」提醒著曾

經擁有而今已無多少遺留的詩情與活力，「風景淒清，懶散和懷舊的心緒聯結起來」，一道編織了敘事冷峻的理性氛圍。現實與過去的巨大反差催生著幻滅情緒，難以回憶成為主人公的行為特徵，詩情等虛假意識形態已不再構成推動敘事進程的力量。同樣，《孤獨者》魏連殳沉陷於「死一般靜」與「沉重」之中，「慘傷裏夾雜著憤怒與悲哀」，僅有的關於童年的美好記憶在祖母的死亡與反諷性的葬禮中逐步「消耗殆盡」，雖然魏連殳還對孩子保有一份真摯與熱情，但已被世俗同化的孩童此時已不具備童真、性靈的意義，現實無情地「非議」、嘲弄了他在物質和精神上的「付出」。最終，「覺醒」的敘述者與主人公一同陷入「精神逆境」，陰暗的生活與精神驅逐了詩情，鋪染出敘事非詩化的否定與批判旨向。至於《傷逝》，敘事時段可大致分為涓生與子君的婚前與婚後，二者雖在情調上有所差別，但不過是一場婚姻的悲劇演變階段與過程，敘述者顯然不在於突出敘事的詩與非詩的區別，而主要是想以此探索、表現現代女性走出家庭的社會出路及其結局，雖名為「詩化小說」，但已看不分明文學詩情的具體存在，詩情作為一種虛幻的「無聊的事」，恰如《在酒樓上》那朵已失去投送對象的「紅色剪絨花」，在感傷落寞的敘事中已無處安放。詩情的弱化表明敘事詩化功能的失落，魯迅小說就此基本了轉入現實主義的宏大敘事軌道。

似乎更像是一個荒原上的尋夢者、苦吟者，師陀也背負了沉重的時代精神負擔而難以擺脫「創傷的記憶」，然而他並沒有像魯迅那樣為了啟蒙而淡化、降解鄉土的理想生存價值，而是自覺地追求著鄉土世界的詩性內容，在混沌、頹敗的鄉土人生中辨識詩意的遺存。師陀曾不止一次表達他對故鄉的複雜感受：「我憎恨那裏的人們，卻懷念那廣大的原野」。這種愛憎交織的心態影響了創作的走向，對於鄉土詩意風情的描寫總是不忘穿插大量的廢墟、荒原等意象，自然原野與記憶的「詩意」和芸芸眾生的醜陋、現實生活的庸常和僵死形成了明顯的比照。人生價值取向顯然的二元對立，不僅打破了傳統鄉土的樂感色彩，而且融入了更為深刻的人生體驗。

作者曾滿懷溫情描繪著鄉土的自然詩意：

「那裏日已將暮，……落日在田野上布滿了和平，我感到說不
出的溫柔，心裏便寧靜下來」（《〈落日光〉題記》）

「小河春，夏，秋三季緩緩流著泉水，石丸遊魚，歷歷可見。
林子裏徹宵鳴著不知名的鳥，在柔軟的夜色裏，像寧靜而甜蜜的催

眠歌。穿進林子，一直向太陽升起的地方走，約一箭路的光景，林
子盡了，景色豁然開朗」(《穀》)

　　「果園裏沒有人。它永遠是幽靜的：樹木都投下濃重的蔭影，
平穩的、吹著輕風的空中，是潮濕而又涼爽；暗暗的流動著苔蘚的
氣息，艾蒿的氣息，腐木的氣息，並混合著各種野生植物的芳香；
地面上留著雨滴敲打後的斑痕，窪裏即著枯乾的落英；處處是多汁
水的、暮春的顏色。」(《春夢》)

類似的景色描寫佔據著師陀小說的主要部分，朱光潛曾敏銳的指出風景描寫
之於師陀的重要性，發現所存在的「愛描寫風景人物甚於愛說故事」的藝術
特徵，「離開四周景物的描寫，我們不能想像有什麼方法可以烘託出《過嶺
記》或《落日光》裏的空氣和情調。」〔註28〕這使得自然風景成為其鄉土世
界的詩意表徵，負載著鄉土敘事的理想超越意義，而人事則是其間鄙陋現實
因素的主體所在，起著制約、損毀鄉土詩意的阻礙功能。在師陀小說中，對
於鄉土詩意景物的淪落充滿了感傷和緬懷，而人事則基本上處於令人震驚的
殘缺和醜陋狀態，個中的情感態度是厭惡、荒誕的。《穀》中是礦上教師和
工人的被屠殺，《女巫》是「以巫代醫」陋俗造成的人性異化和死亡，《桃紅》、
《果園城》是失卻了靈魂和精神的孟林太太和女兒素姑的委頓和慘淡，《毒
咒》是在「這塊地上有毒」詛咒中的人性乖戾和變態，《百順街》、《三個小
人物》、《劉爺列傳》中冷酷的父子鄰里關係以及鄉村的做壽、行喪陋習，鄉
土人事的醜陋展現在道德、法制、習俗、以及民眾生活的方方面面。這種景
與人之間的截然對立也構成了敘述的基本氛圍，如印迦、眉姐、小茨兒、阿
嚏等富有生機的一類與葛天民、賀文龍、孟季卿們一類的灰色人物以及上述
被過度異化人物之間的對立；人物對於鄉土的態度也有著明顯的戀鄉和厭
鄉、返鄉和去鄉內容、方式的差別及對立等等，鄉土世界陷入了普遍的意義
分裂。

　　敘事上的巨大逆轉和落差無疑使師陀小說呈現出風景詩意和人事醜陋、
殘酷在理想、現實層面的整體性對立，鄉土成為人生眾生相的出演之地，說
明了鄉土人生在現實中無可避免的淪喪。正如朱光潛所言：「他所丟開的充滿
著憂喜記憶的舊世界，不能無留戀，因為它具有牧歌風味的幽閑，同時也不

〔註28〕朱光潛：《〈穀〉和〈落日光〉》，商金林編：《朱光潛批評文集》，珠海出版社，
　　　　1998年版，第74頁。

能無憎恨，因爲它流播著封建式的罪孽。」〔註29〕作家並不情願把鄉土完全置於荒原之中，讓其深陷物質和精神的泥潭，對鄉土風景的描寫體現了作家對現實人生的詩化意圖。對此，作家在《果園城記·新版後記》中說：「我憑著印象寫這些小故事，希望匯總起來，讓人看見那個黑暗、痛苦、絕望、該被詛咒的社會。又因爲它畢竟是中國的土地，畢竟住著許多痛苦但又是極善良的人，我特地借那位『怪』朋友家鄉的果園來把它裝飾的美點，特地請漁夫的兒子和水鬼阿嚏來給他增加點生氣。」〔註30〕雖滲透著作家在理性與情感、歷史和道德、現實和詩性等之間加以藝術取捨的深刻矛盾，但這種「裝飾的美點」的藝術觀照無疑顯示了一種詩化人生的藝術自覺，鄉土的詩意建構包含著深刻的精神寄寓。李健吾曾這樣評價師陀：「詩是他的衣飾，諷刺是他的皮肉，而人類的同情，在基本的基本，才是他的心。」〔註31〕作家的「人類的同情心」給鄉土世界染上了一層詩思的高遠：

> 「她苦行僧似的向前跋涉，而路卻伸向寬廣的沙漠，伸向渺茫的天際。這路沒有止境。路畔沒有花朵，沒有生命」（《受難者》）

> 「你可曾想到你感動過多少人，你給了人多少幻想，將人的心靈引的多遠嗎？你也曾想到這一層，你向這沉悶的世界吹進一股生氣」（《說書人》）

> 「爲什麼這些年輕的，應該幸福的人，他們曾經給人類希望，正是使世界不斷生長起來，使世界更加美麗，更加應該贊美他們，爲什麼他們要遭到種種不幸，難道是因爲這在我們的感情中會覺得更公平些嗎？我們被苦痛和沉默壓著。」（《顏料盒》）

師陀就是以這樣一顆深刻的「詩」心，悲憫地俯視著鄉土人生的苦難和溫情，進行著鄉土人生的深度開掘。作家無法忽視精神返鄉的本然詩意，而改造社會、民族的現代意識又要求施以批判的眼光。於是，他的鄉土敘述呈現出一種「混合」的狀態，時而矚目於鄉土的溫情，時而又直面著荒涼和冷酷，鄉土世界遍佈著殘破的深刻裂痕。

　　蕭紅的《呼蘭河傳》等作品同樣具有這一特徵。蕭紅的人生承負了太多

〔註29〕朱光潛：《〈穀〉和〈落日光〉》，商金林編：《朱光潛批評文集》，珠海出版社，1998年版，第72頁。

〔註30〕師陀：《果園城記·新版後記》，劉增傑校編：《師陀全集》（第8卷），河南大學出版社，2004年版，第269頁。

〔註31〕李健吾：《李健吾批評文集》，郭宏安編，珠海出版社，1998年版，第144頁。

不幸：帶著痛苦的記憶逃離了「父親的家」，又帶著「半生盡遭白眼的冷遇」的悲憤與無奈，走完了短暫的一生，然而在漂泊的人生苦旅中，一直就對「『溫暖』和『愛』」的方面，懷著永久「憧憬和追求。」〔註32〕她要「發掘生命的幽微隱秘，尋出被拘囚被錘楚得體無完膚了的人類的真理！」〔註33〕即便是她的《生死場》，雖然有著明顯的階級性、革命性主題傾向，但也被有的論者指認為，所表達的正是蕭紅對中國人生命價值的痛切感受和改造生活方式的熱切希望〔註34〕。對於蕭紅而言，或許這就是她投入文學創作的基本動機。從她拒絕丁玲同去延安的相邀，又因為蕭軍的革命性要求而離開蕭軍，似乎表明了她並不願意做那種表現時代性、階級性人生的作家，而只能從屬於人生詩意「憧憬」的作家。在她的《呼蘭河傳》中，童年鄉土的現實苦難與溫馨記憶也形成了一種糾結性的意義關係，一邊是有二伯淒涼的哭聲，「小團圓媳婦」屈死孤魂的悲訴，「大泥坑子」裏外的生死，父親祖母對我的冷漠，一邊是給我愛和溫暖的祖父，後花園天真的嬉鬧，吃祖父用黃泥烤出來的小豬和鴨子，看秧歌、野臺子戲、晚飯後的火燒雲……。不連貫的人與事遊移在哀傷和詩意的兩端，在記憶的時光之幕上自如呈現，突破了情節限制的意義開闊寄予了無限的人生感懷，集中體現了蕭紅永久的「憧憬和追求」。在《家族以外的人》、《後花園》、《小城三月》、《紅玻璃的故事》等作品中，作者不斷反芻著鄉土人生的兩極記憶，《家族以外的人》不僅是對有二伯悲涼一生的往事，還是對自身小兒女時代月夜中微微的膽怯，燒雞蛋、爬樹的頑皮等遙遠而甜蜜的記憶，《後花園》以同情的語調訴說著馮二成子坎坷而不乏溫情的人生，一直穿插著後花園的開著黃花的倭瓜、滴滴嘟嘟的黃瓜等花草的描寫，《小城三月》是對童年時三月小城春天田野中的玩鬧，對少女心事及其不幸命運的好奇、揣測和惋惜等等的回憶。蕭紅的小說多不具有像樣的線性情節，而主要是在情緒氛圍上加以鋪展，舒緩與低沉，明亮與陰森，神往與壓抑，眷戀與逃離，人生情思的盤旋回轉往往使得敘事意蘊悠遠，不乏悲憫的詩情深深地感染了讀者。

而沈從文「湘西世界」的「牧歌」情調，也同樣包含著為詩意田園和現實的衝突所引發的焦慮，「人性神廟」的營造浸染了力不從心的內在感傷和挫

〔註32〕吳福輝、錢理群主編：《蕭紅自傳》，江蘇文藝出版社，1996年版，第3頁。
〔註33〕參見季紅真：《蕭紅傳》，北京十月文藝出版社，2000年版，第383頁。
〔註34〕參見鄒午蓉：《新時期蕭紅研究述評》，《文學評論》1988年第4期。

敗感。從《邊城》到《長河》、《湘行散記》等一系列作品中的憂鬱傷懷一已貫之且愈加明顯。原始湘西的野性與健康，純淨與自然，古樸與諧和的人生狀態和生命品格不斷遭受著現代文明的侵襲和異化，鄉土在詩化和淪落之間的對立糾結成爲湘西敘述的顯性意義邏輯。沈從文主張：「不管是故事還是人生，一切都應當美一些！醜的東西雖不是罪惡，總不能令人愉快。我們活到這個現代社會中，……弄得到處夠醜陋！可是人生應當還有個較理想的標準，至少容許在文學和藝術上創造那個標準。因爲不管別的如何，美麗當永遠是善的一種形式」〔註35〕。不妨認爲，沈從文的鄉土敘事其實也有著類似的敘述理路，只不過由於「湘西世界」的牧歌色彩更爲普遍和外化，鄉土還處在一種淪落的在初期階段，距離荒原的醜陋與荒誕還有一定距離，這種對立性意義結構在湘西世界中相對潛隱〔註36〕。劉西渭說過，沈從文「對於美的感覺叫他不忍心分析，因爲他怕揭露人性的醜惡。」〔註37〕事實上，現代鄉土敘述一直存在著普遍的荒原化趨向，只是由於作家的藝術想像並不總是會在極端處面對、呈現這一狀態，因此鄉土的淪落也就有著不同層面的藝術外觀，存在詩意與損毀的程度性差異。

　　鄉土的荒原化趨勢阻滯了詩意田園的存留，在一種相對極端的層面上標識了鄉土生存的詩化維度。或許，置身於現代文化語境，田園的曼妙詩意已成爲難以企及的空中「樓閣」，雖然人們對此有著近乎本能的訴求，但卻總是難以擺脫家園失落的世俗性痛苦。「俗世的生活是無法預料和控制的」，這才是對於人的最大威脅〔註38〕。鄉土的冷酷、淒涼和醜陋是現代作家所不得不面對的，抽去了這一點，也就背離了鄉土的本意，從而帶來接受上的困境。顯然，對於他們而言，詩化鄉土並非是要建構一個虛幻的桃源夢境，而是一

〔註35〕沈從文：《水雲》，《沈從文全集》（第12卷），北嶽文藝出版社，2002年版，第107頁。

〔註36〕沈從文湘西題材小說中的對立結構要潛隱得多。對於作家而言，敘事意蘊的審美性超越更多表現爲城、鄉對立背景下欲望詩化的內在統一，其間女性被指派爲超越性的向度，構成男性生命力普遍萎縮的對比性力量，改變了男性在欲望世界中的主體性地位。這使得沈從文小說對於理想人性的建構表現出明顯的女性意識，而其對於現代人性的文化批判和理想結構也由此具有了性別對立意義。在此意義上，本文更傾向於在欲望敘事形態下對其加以闡釋。

〔註37〕劉西渭：《〈邊城〉與〈八駿圖〉》，吳福輝編：《二十世紀中國小說理論資料》（第三卷），北京大學出版社，1997年版，第395頁。

〔註38〕尚傑：《歸隱之路——20世紀法國哲學的蹤跡》，江蘇人民出版社，2002年版，第51頁。

種基於深切人生體驗的現世人生關懷，有著對於現代人生境遇的獨特感受和清醒認知。在現實的重壓下不棄絕人生的詩意追求，由此也就獲取了一種自由支配「不幸」的權利，這樣的「不幸」受到了詩情的適時關照，使現實的重壓得以緩解和宣洩，將把文學人生從壓抑、苦難的現實原則中「解放」出來。在此意義上，師陀、蕭紅等人遊移在鄉土的理想詩意和現實荒原之間的審美訴求，表現出一種直面和救助的力量。面對現實的苦難，詩情煥發了安撫態勢，「偶在」詩情恰又構成「常在」荒原的對比性力量，意義在比照和眺望中得以存留和增補，從而排解、轉化苦難。「真實的天堂就是人所失去的天堂」〔註39〕。事實上，眺望中的天堂對於人類才最具價值，一旦得到了，也就失卻了意義。苦難的介入不僅拓展了鄉土敘事的意義空間和精神力度，在歷史層面上，這還將有助於融入時代話語，標識抒情小說鄉土敘事的社會歷史性徵。

三、孫犁：革命化鄉土的詩意樣式

討論現代人生的文學表達，社會性的革命訴求也是一個難以迴避的背景。革命是二十世紀小說的重要主題，這是由現代啟蒙思想催生的民族救亡主題的文學性延伸。在革命話語的影響下，鄉土一般被認為是飽受戰爭破壞的苦難區域。由此，現代作家對於鄉土的審美訴求就不得不面對與革命話語共存、共生的歷史性要求，既要開掘、維持鄉土的詩意因素，又要兼顧文學對於革命救亡等社會性主題的表達。不同價值取嚮之間的藝術表達面臨著調和、兼容的難題，鄉土的生存意義由此陷入革命的政治「規訓」和審美訴求的衝突之中。這雖有利於進一步擴展鄉土敘述的話語空間，豐富鄉土敘事的歷史意義，但也孕育了與政治集體訴求之間的深刻對峙，存在著背離文學本身的危機。綜觀現代抒情小說，以革命為背景的鄉土作品顯然不多，也不為主流文學所認同，其代表人物恐怕要算孫犁了。孫犁對於革命的暴力因素往往採取淡化處理方式，戰爭造成的苦難、侵襲破壞往往為鄉土思維的樸素想像所超越與消融，弱化為背景性的環境因素，從而開掘出鄉土人生的詩意。無疑，這昭示了一種詩化鄉土的藝術獨創性，提供出「革命」語境下鄉土敘事的詩性樣式和意緒。

〔註39〕尚傑：《歸隱之路——20 世紀法國哲學的蹤跡》，江蘇人民出版社，2002 年版，第 51 頁。

　　孫犁的小說基本上以世俗化的鄉村為地域背景，呈現出一種樸素的鄉土色彩。這本該屬於一種四季耕作，怡樂豐年，鄉村慶典，飲禮風俗，在自食其力的耕勞中的日常樸質生活。然而在現實社會的急劇變動中已不得不拋離「日出而作，日落而息」的理想生存狀態，陷入苦難的現實境遇。而戰爭作為革命的根本手段首先構成了對鄉土原有自足、穩定、封閉生活的破壞，摧毀了土地的平和與安寧：

　　　　「炮彈炸碎我們的土地，土塊飛到半天空，那裏面有多少炸碎
　　　　了的金黃的麥穗。」(《麥收》)

　　　　「她們的嘴乾急了，吸著豆葉上的露水。如果在大風天，婦女
　　　　們就把孩子藏在懷裏，反下身去叫自己的背遮著……如果在雨裏，
　　　　人們就把被子披起來，立在那裏，身上流著水，打著冷顫，牙齒得
　　　　得響，像一陣風聲。」(《「藏」》)

對於鄉土而言，現代戰爭帶來的傷害和恐懼遠遠超過了自然的災禍，孫犁在《風雲初記》裏寫到，「今年所害怕的，不只是一場狂風，麥子就會躺在地裏，幾天陰雨，麥粒就會發黴；也不只擔心，地裏拾掇不清，耽誤了晚田的下種。是因為，城裏有鬼子，子午鎮有張蔭梧，他們都是黃昏時候出來的狼，企圖搶劫人民辛勤耕種的豐富收成。」戰爭打破了鄉土的寧靜，也帶來了無盡的死亡，對於人生是徹底的破壞。《碑》里數十個戰士戰死在冬天寒冷的河水裏，《琴和簫》裏的父親犧牲在迎擊敵人的沙灘上，而她那兩個「俊氣」的女孩子也在夜間死在寧靜的蘆葦蕩裏，《小勝兒》中騎兵連在「天昏地暗」的戰鬥中打得「道溝裏鮮血滴滴」，《殺樓》敵人就在搶秋的大場上「刀砍柳英華年老的父親，槍挑死他七歲孩子，推進那廣場旁邊的死水坑裏，只剩下孩子的母親整天在家哭泣。」作者一帶而過的概述筆觸雖有利於淡化戰爭的殘酷，但戰爭的無所不在已然成為小說的一種背景。同樣，戰爭的革命訴求也因為其暴力的本性而充當了鄉土人生的一種破壞力量。在革命成為人們生活的基本動力和目標時，鄉土人生也將走向家仇國恨的暴力循環：

　　　　我想起那些死去的同志和死去的那戰友。但是這些回憶抵不過
　　　　目前的戰鬥現實。……我們的眼前是敵人又殺死了我們的同志們、
　　　　朋友們的孩子。我們眼前是一個新局面，我們將從這個局面上，掃
　　　　除掉一切哀痛的回憶了。(《琴和簫》)

　　　　村裏人說自己的丈夫好，許多人找到家裏來，問東問西。許多

同志、朋友們來說說笑笑，她覺得很榮耀。日本鬼子燒殺，她覺得
不打出去他沒法子過。(《丈夫》)

這一年秋季，她們學會了射擊。冬天，打冰夾魚的時候，她們
一個個登在流星一樣的冰床上，來回警戒。敵人圍剿那百頃大葦塘
的時候，她們配合子弟兵作戰，出沒在那蘆葦的海裏。(《荷花澱》)

從這開始，這個十五歲的青年人，就在平原上夜晚行軍，黎明
作戰；在阜平大黑山下砂石灘上艱苦練兵，在孟平聽那沱河清冷的
急促的號叫；在五臺雪夜的山林放哨……(《光榮》)

在孫犁的小說中，基本看不到現代小說裏常見的城市文明、商業經濟關係等
現實力量對鄉土人生的侵入，甚至鄉土本身遺存的封建陋習也並不明顯，詩
化鄉土面對的主要障礙就是這種戰爭帶來的現實破壞。如何詩化，其實就取
決於對於這一問題的化解方式。孫犁小說中一直存在著一般樂觀主義的理想
詩情，這種情緒不僅投諸在鄉土的風物之上，也浸潤於戰爭、苦難生活的描
寫之中。這份詩情或許過於單純，對於戰爭等破壞性理想的觀照也顯得相對
的簡單與樸素，似乎由於樂觀與浪漫，由此人們也就能夠輕易克服人生的破
壞和異化。

「青年人要去放哨，坐探，小孩子要去送信砍柴，婦女們拆洗
傷員的藥布衣服，分班做飯。全村每個人都分擔了一點責任，快樂
並且光榮。」(《蒿兒梁》)

(戰士們)「一天到晚仰著脖子出來唱，進去唱」，閒下來沒有
事了，就「用白粉子在我家映壁上畫上許多圓圈圈，一個一個蹲在
院子裏，托著槍瞄那個，又唱起來了。」(《荷花澱》)

……

這種精神面貌形成了孫犁小說人物的主要特徵，兒童、婦女、老人甚至還俗
的尼姑無一不是如此。由於理想主義情緒的普遍滲透，人們應對戰爭顯得從
容而樂觀，這客觀上使得作品氛圍顯得輕鬆而詩意。

(邢蘭的口琴)「是他吹熟了的自成曲調，緊張而輕快，像夏天
森林裏的群鳥喧叫。」(《邢蘭》)

「吳召兒笑著，一轉眼的工夫，她已經把棉襖翻過來。棉襖是
白里子，這樣一來，她就活像一隻逃散的黑頭的小白山羊了。一隻
聰明的、熱情的、勇敢的小白山羊啊！她登在亂石尖上跳躍著前進。

那翻在裏面的紅棉襖，還不斷被風吹著，像從她的身上撒出的一朵朵的火花，落在她的身後。」(《吳召兒》)

(多兒)「她織到天黑，又掛上小小的油燈，油燈擦得很亮。在冀中平原，冬天實際上已經過去，現在，可以聽到村邊小河裏的冰塊融解破碎的聲音。」(《正月》)

而民眾普遍存在著對於戰爭「騎馬跨槍」的印象和理解，樂觀而簡單的民間想像反映出鄉土思維的樸素和單純：

「『誰知道他騎上馬沒有呢？』三太那大個子大嘴大眼睛便顯在她眼前對她笑了。『多好打仗呀！就騎大馬呀！』風吹窗紙動起來了，小人們動起來了。她願意風把這話吹送到三太的耳鼓裏去。」(《女人們》)

(母親)「向著那不懂事孩子，訴說著翻來復去的題目：『你爹呢，他到哪裏去了？打鬼子去了……他拿著大槍騎著大馬……就要回來了，把寶貝放在馬上……多好啊！』」(《囑咐》)

「那是一匹高大的棗紅馬，馬低著頭一步一顛地走，像是已經走了很遠的路，又像是剛剛經過一陣狂跑。馬上一個解放軍，大草帽背在後邊，有意無意揮動著手裏的柳條兒。」(《光榮》)

人們對戰爭「浪漫」的理解，固然粗糙，但正是鄉村思維的實情。孫犁筆下的人物多是不識字的鄉下人，他們是近乎直覺的看待事物。無疑，這種思維並不需要什麼現代的文化知識，是一種近乎原始的「體物」式的詩性思維方式。夫妻之間是諸如「只要你還在前方，我等你到死」(《囑咐》)，「衣裳不要丟，也不要忘了我們」等簡單而真摯的囑咐(《風雲初記》)；父子之間也是「大人孩子我給你照顧，什麼也不要惦記」等樸實的告慰。既便是容易流於文人化、書面化的風景描寫，也是一種簡單而樸實的景物和語句，顯得很鄉土氣：

太陽剛剛升出地面。太陽一升出地面，平原就在同一時刻承受了它的光輝。太陽光像流水一樣，從麥田、道溝、村莊和樹木的身上流過。這一村的雄雞接著那一村的雄雞歌唱。(《小勝兒》)

在這裡，可以看見無數的、像蒿兒梁那樣小小的村莊，像一片片的落葉，黏在各個山的向陽處，可以看見川裏的河流，河流兩岸平坦的稻田，和地主們青樓瓦舍的莊園。(《蒿兒梁》)

孫犁一直在自覺地淡化著現代革命戰爭的殘酷，想像、挖掘日常革命生活場景的詩意和美感。在樂觀主義人生情懷的觀照下，革命、戰爭的暴力、慘烈以及顛覆性破壞處於一種被虛化的狀態，很少集中地出現在敘事進程中。又如《荷花澱》，將「月下編席」和「夫妻話別」作爲文本敘述的重點，小夫妻之間的溫情與甜蜜、月夜的優美與純淨交織出一種詩意的氛圍，而對於「湖上殲敵」只是寥寥幾語的概述，戰鬥過程輕鬆而迅捷，敘述對於戰爭場景描寫具有明顯的「戲仿」意味，完全看不出戰爭場面的慘烈。《囑咐》中「苦日子，遭難的日子」裏仍然湧動著夫妻、父子之間相思掛念的溫情，而在水生妻子「冰床送夫」場景的描寫中，樂觀、從容的情緒與清新的景物描寫相交融，基本看不到奔赴戰場的複雜心理波動。有違常理的戰爭敘述反映了作家對於鄉土的詩化想像，鄉土的詩意象徵了生活的樸素告慰。

作爲一個寫「生活」的現實主義作家，孫犁的文學觀滲透著濃鬱的農村文化意識。在他看來，「農村是個神秘的，無所不包容，無所不能創造的天地」〔註 40〕，「在農村，是文學，是作家的想像力，最能夠自由馳騁的地方。我始終這樣相信：在接近自然的地方，在空氣清新的地方，人的想像才能發生，才能純淨」〔註 41〕。樸素的生活觀照反映出作家詩化鄉土的民間自覺，他追求「眞實地樸素地表現某一事物」的「樸實的筆法」，文學作品「忠實於現實的，忠實於人民的，它就有生命力」，而並不願將文學「插進多麼華貴的瓶子裏」〔註 42〕。這種依託農民大眾的現實主義有其樸素、單純、俗氣的文學自足性，引導著革命訴求、現代關懷乃至文人閒情的民間轉化，轉向作家所期望的「樸素的美，原始的美，單純的美」〔註 43〕，生成小說的詩意：革命淡化了宏大的社會歷史意義，被轉變爲一種「順應自然爲主導」的「群眾的鬥爭和生活」，因爲「政治已經到生活裏面去了，你才能有藝術的表現」；而作家的人道主義情懷在於「反映現實生活」的「提高或純淨的」的激情，「是作家深刻、廣泛地觀察了現實，思考了人類生活的現存狀態」的「眞正的激情」〔註 44〕；至於傳統文人的「閒情」雖在文本中有著一定流露，但也

〔註 40〕 孫犁：《文學與鄉土》，《孫犁全集》（第 7 卷），第 227 頁。
〔註 41〕 孫犁：《讀鐵凝的〈哦，香雪〉》，《孫犁全集》（第 7 卷），第 91 頁。
〔註 42〕 孫犁：《談趙樹理》，《孫犁全集》（第 5 卷），第 113 頁。
〔註 43〕 孫犁：《談簡要》，《孫犁全集》（第 7 卷），第 224 頁。
〔註 44〕 孫犁：《文學和生活的路》，《孫犁全集》（第 5 卷），第 237、251 頁。

明顯交織著鄉土的家常色彩，與民間氣質形成了「不可思議的組合」〔註45〕。
此間詩化鄉土的質樸形態和內涵並不是革命甚至傳統、現代所能提供和涵蓋
的，就如有的論者曾指出的，孫犁有著「農民特有的氣質」，「這些農民氣或
鄉土氣，確實是形成他的作品思想和藝術風貌的一個重要因素」〔註46〕。孫
犁的詩意是樸實的。作家說過「文藝這個東西，應該是為人生的，應該使
生活美好、進步、幸福的」，「我經歷了美好的極至，那就是抗日戰爭。我
看到農民，他們的愛國熱情，參戰的英勇，深深的感動了我。我的文學創
作，就是從這個時候開始的。我的作品，表現了這種善良的東西和美好的東
西。」〔註47〕

　　現代鄉土社會一直被視為現代革命的主體場域，這是因為現代意識形態
慣例一直視鄉村為農耕文化落後與蒙昧的「社會象徵」。固然這其中蘊含的文
化衝突是多樣、複雜的，可待開掘的詩性資源也是豐富的，但孫犁小說的文
人才情既缺乏鄉土的傳統雅致，也無法直面殘酷的詩意，而是在革命鄉土的
「草根」處覓取樸實與生趣，這使他能夠利用鄉土生活的土地根性和原生意
義來詩化鄉土，避免被貼上傳統或現代等意識形態標籤，從而巧妙地迴避了
革命話語的規訓。鄉土詩意與革命話語對立性衝突的暫時性消融，反映了鄉
土敘事在現代革命這一宏大話語背景中的詩意突圍。

　　孫犁表現了一種世俗化的田園生存狀態，捕捉的是革命背景下大地的人
生活力〔註48〕。然而作家殊難兼顧而不致損害藝術創作的審美自足性，詩意
的人生想像與革命訴求的共存共生本身就意味著相互消解，存在著本的衝
突，必然影響到作品的藝術價值甚至文學史地位的構建。孫犁其實並沒有什
麼明顯的同道者，在當時和後來，我們也只在丁玲、周立波等人的革命題材
小說中覺察到一些鄉土人生的詩意情懷，政治意識形態一直在擠壓鄉土敘事
的詩意光亮。而作家本人也一直被詬病為「革命文學的多餘人」，個中甘苦不

〔註45〕楊劼：《趙樹理和孫犁──「延安小說」變革的藝術解讀》，《文藝理論與批評》
　　　　2006年第2期。
〔註46〕郭志剛：《孫犁創作散論》，山西人民出版社，1986年版，第24頁。
〔註47〕孫犁：《文學和生活的路》，《孫犁全集》（第5卷），人民文學出版社，2004
　　　　年版，第232頁。
〔註48〕孫犁的文人氣在現代時期並沒有多少體現，說他「花鳥魚蟲」其實應該指五
　　　　十年代以後的為人為文。本文對於孫犁小說的敘事分析，也並非指向作家的
　　　　全部小說，而主要針對的是其清新詩意的那一部分作品，在文學史上，這些
　　　　被譽為「荷花澱派」的小說往往被認為代表了孫犁小說創作的最高成就。

能不說明這一類鄉土抒寫的尷尬和政治風險。

事實上，由於現代抒情小說存在著普遍的鄉土色彩，鄉土也就成為一種具有泛化意義的評判標準。如此一來，似乎大多數的小說家都可以歸屬到鄉土敘事的框架之中，這必然造成鄉土敘事形態劃分和個案選取的相對性。就此而言，本文的選擇首先基於作品的鄉土地域色彩，同時注重敘事對於鄉土人生對立性意義因素的表現和詩意提升，關注文本的整體審美效果。即便如此，鄉土敘事在上述層面具體而深入的體現，也不能完全涵蓋抒情小說鄉土敘事的豐富藝術形態，這樣的作家仍有很多，比如上文提到的沈從文、汪曾祺等人。然而本文並沒有將他們納入鄉土敘事或作為主要代表進行詳加分析，則主要是因為他們的敘事意義又不僅僅限於鄉土層面，還可以歸屬到其他意義層面進行闡釋，從而能夠更好地詮釋本文的敘事觀念，故留待後文展開。

第三節　《浣衣母》的敘事解讀

對於廢名而言，他的田園夢境不斷經歷著個體悲愁與現實風塵的浸染，有著過多的矛盾與糾結，最終影響到田園世界的整體失落。而如果放在作家創作的整體背景上來看，廢名小說的這一指向其實早在《浣衣母》中就已得到奠定。作為作家初期的田園小說，《浣衣母》的田園訴求伊始就暴露在對立性的文化衝突之中，陷入了審美困境，文本間流露的藝術信息在昭示出自足性敘述理路的同時，又滲透著作家文學理想失落過程中的哀愁，預示了田園世界的普遍分裂與淪落。

從故事層面上看，《浣衣母》講述了一個鄉下女人李媽多舛的人生經歷，但這個故事顯然沒有多少情節性的起伏和波瀾，李媽的命運以及圍繞她的人事也沒有明顯的場景和性格鋪展。小說圍繞著鄉土世界在理想和現實、傳統和現代等意義之間的衝突和糾結，展現了為現實所侵襲下田園世界的普遍淪落與困境。從表面上看，李媽作為「公共母親」的存在似乎展現了鄉土倫理和諧、古樸的一面，她的生活受到了太太們、鄉下人以及「守城兵士」等人「客氣」、熱情的接濟和幫助，這裡沒有社會性的階層歧視，李媽「楊柳樹下」的茅草房和鄉場也成為小城人嚮往、流連的「自由世界」與「樂地」，「受盡了全城的尊敬，年紀又是那麼高」，小城沿著一種樸實的倫理軌跡在滑行。然

而李媽起始就是一個殘缺的存在，丈夫早死，兒子一個早夭，一個不知所終，女兒殘疾直至悲涼死去，伴隨李媽的是內外交困的人生困境。而且，鄉土世界自始至終布滿了異化力量，一方面「匪的劫掠」，「兵的騷擾」，「富人的驕傲，窮人的委隨，競爭者的嫉視，失望者的喪氣」，封建的倫理禁忌等等構成了無所不在的顯性侵襲。而李媽作為表徵古樸田園的「符號」，所謂「公共母親」其實也不過是社會性生活中的假象，並不具備傳統田園倫理的美好品質，相反，自私、愛討點便宜、有點虛偽和小算計的精明又構成了一種反差。古樸的夢境短暫而飄忽，衝突性的田園世界不可避免地走向了頹敗。

　　相當程度上，由於情節的淡化，敘事的重點轉向話語過程中的情感以及價值意義的喻示，影響到敘事走向以及文本的內在展開。敘事話語遊移在意義的衝突與糾結之間，交織出小說複雜的人生圖景。在此意義上，《浣衣母》的「公共母親」顯然不具有性格生成的成長幅度，倒是豐富的意蘊寄寓使其成為表徵田園多元意義的「核心」意象，圍繞它的人事、環境等敘事環節的設置有著顯在的意義功能規約。作為「公共母親」，李媽「貌似」的平和、慈愛與大度雖然表徵了小城的傳統倫理意味，但這一切伊始就被置於歷史的光影之下，存在著現實軌跡上的削弱、消解態勢，而透過李媽個人命運的變遷，也就折射出鄉土傳統倫理在現實語境中的異變與沉淪。小說首先提供了一個關於小城生存的現實性圖景。來自與李媽關係「那樣親密」且「從來不輕於講話」的王媽關於她偷人的「離奇消息」，不僅打破了李媽「公共母親」的幻象，而且將現實時間突出為李媽命運的主要背景，由此確立了現實原則對於田園的消解這一敘事的意義走向。李媽的家運早已「轉到蹇滯」，酒鬼丈夫「做鬼去了」，留給李媽的遺產只是兩個兒子、「駝背」的殘疾女兒以及一間草房。雖然生計問題靠包洗城裏太太家的衣服得以維持，也受到了小城人的多方照顧，但並不能阻滯自身貧窮而不幸的命運。先是兩個學徒兒子的不成器，而後漸漸顯出「酒鬼父親的模型」，「一個真的於是死了，那一個逃到什麼地方當兵」，完全打破了李媽「朝前望」的「歡喜」和希望。當「駝背女兒死了」，李媽則完全失去了生活上的依託，命運終至陷入「不可挽回」。固然對於李媽來說，殘疾女兒也可能是一個生活上的負擔，但女兒的存在至少給她「冷冷」、「靜寂」的生活提供了一些鮮活的安慰和寄託。而且，由於女兒的存在，這個家庭才得以保留最後的形式，而隨著駝背女兒的最終死亡，這一形式也就將完全損毀。

　　「家」是傳統文化結構中最基本的意義單元，它的完整和穩定不僅是鄉土人倫關係得以維繫的基礎，也是田園在傳統古樸意義上存留的一個標誌。作為「公共母親」的人生要素，李媽起始就已陷入殘破的家庭形式，其實也就是田園直接受損的文化表徵，預示了李媽不幸的現實命運就是一種背離於傳統倫理的非田園維度上的異變。而「駝背女兒」因為與公共母親的密切人倫關聯也顯出了深層的象徵意義。如果說李媽由於內外的局限和困頓使得「公共母親」的形象最終淪為一種虛幻的假象，並不構成與田園生活的內在同構，那麼「駝背姑娘」則在相當程度上具備這一意義。除去「身體上的缺點」，駝背姑娘勤勞、「馴良」、溫柔，可以做飯，「捧茶」待人，身上不僅具備勤勞樸實的一面，而且有著近乎「笨拙」的善解人意與「真誠而更加同情」的秉性。顯然，身體上的「異常」雖然導致了她的笨拙和「張皇」，以致於常受到母親的責罵，但身心上的殘疾造成的感官滯鈍和懵懂，卻有利於一種精神自足性的維持，使得這一人物在現實原則的侵襲下保持了田園古樸意義相對純粹的精神遺留。駝背姑娘還「有一種特殊的本領——低聲唱歌」，倘若「不知道她身體上的缺點，一定感著溫柔的可愛——同她認識久了，她也著實可愛。」駝背姑娘的存在與「公共母親」之間構成了某種內在的意義關聯，她的樸實、馴良等為別人「所誇獎而且視為模範」指向了「公共母親」的「前世」，而李媽不過是「公共母親」的今生。不難設想，李媽的人生也有著一個品質嬗變的過程，只不過李媽的「正常」使她更容易為現實原則所同化，進而逐漸步入背離「公共母親」的現實命運軌道。故此，當駝背姑娘「這小小的死，牽動了全城的弔唁」，田園的消亡也就獲得了某種「儀式性」的告別，「死亡」構成了「公共母親」本質意義上的消解。顯然，駝背女兒的存在詮釋了「公共母親」的本然意義，而從駝背姑娘到李媽的轉變，又顯示出這一精神逐步滑落的現實化軌跡。或許，李媽與駝背女兒本身就是一種命運的「複合體」，我們只有將她們作為一個整體加以觀照，才可能真正理解「公共母親」的文化喻示。

　　如果說李媽母女象徵了田園意義在不同程度上的存留，那麼王媽與單身漢子等人物則主要充當了破壞性的力量，他們的出現直接推動了「公共母親」與田園世界的損毀。王媽象徵了鄉土世界內部的自我異化力量。作為流播李媽謠言的始作俑者，王媽具有一種破壞田園世界的施動者功能，溝通著敘事空間與現實原則的關聯，不僅將李媽與單身漢子的曖昧關係暴露在小城的公

共視線之下，助推了李媽命運的末路，而且，王媽身上過重的現實色彩，在反映出迥異於「公共母親」意義的同時，又昭示出現實原則侵入鄉土世界的普遍和深入。而王媽和李媽之間一度密切、無話不說的個人關係，似乎也在暗示二者之間的某種統一性。如果不是因為家庭的變故以及單身漢子的介入，「公共母親」向王媽等現實存在的轉化，其實並不會需要太長時間。一定意義上，「現在」的王媽也就是李媽的「將來」，處於現實原則的普遍籠罩之下，李媽必然有著被同化的趨勢。相比較而言，外來的單身漢子則帶來了一種更為強大的外在力量的侵入與破壞。他喚起了李媽「改嫁」的想法，在改變李媽「死一般的靜寂」生活的同時，又將打破鄉土生活的傳統倫理秩序，構成了一種根砥性的倫理損害。固然傳統文化倫理有著為現代性所批判的劣根性，但作為一種古樸的生存形態，田園往往需要借助這種以血緣、宗族為基礎人倫關係的「超穩定性」保全自有文化空間的自足與封閉。外來者的陌生人身份意味著血緣性倫理關聯的缺乏，而且不請自來的「侵入性」方式更多指向新異、他者文化力量的侵襲，對於自足鄉土世界的破壞將是根本性的。單身漢子與李媽的關聯也是一種虛假的人倫關係，並不具備傳統的倫理向度，李媽出於「享不到自己兒的福，靠人的」的功利邏輯，而單身漢子「一向覓著孤婆婆家寄住」，他們之間偶然、臨時的男女組合關係也不具備「家」的意義。對於田園倫理根砥的損害，也就將抽掉這一世界的思想基礎。固然在《浣衣母》而言這種破壞才只是開始，但已引起了軒然大波，「謠言轟動了全城」，雖然「那漢子不能不走」，侵入者似乎已受挫而去，然而並未由此消除影響，相反，李媽最終淪為小城人所共同避諱的「城外的老虎」，徹底改變了自身以及整個小城的生活狀態，而由「公共母親」維繫的哪怕是虛假的精神生活由此也就被完全拋棄，「三太太失了往日的殷勤」，「姑娘們美麗而輕便的衣籃，好久沒有放在李媽的茅草屋當前。」小說對於此類人物的設置喻示了現實力量對於田園世界的深入損害，或許，「公共母親」或田園生存只是一種歷史深處的幻象，面對現代時期鄉土家園的普遍淪喪，早就失去了往昔的古樸與雅致。而廢名對於這一世界的營造，雖還保留了一些古典的詩性意緒，但已無法構建出現實的合理性，李媽「在世界上惟一的希望」其實就是一種無望，淪落乃至消亡也就是一種必然。

　　《浣衣母》展現了一種無可挽救的田園淪落態勢。而如果深入文本，我們也會發現小說的環境構成也有著與此相對統一的空間形態。如果說，傳統

田園空間是封閉的，雖然存在著進入桃源世界的通路，但也只是偶然開啓，而後再不可得，反映出這一世界的恒常與安穩，那麼《浣衣母》中的田園世界顯然有著常態開啓的進出道路，空間結構上已經有了破損。「公共母親」的茅草房位於城外，雖有著「包圍縣城的小河」的阻隔，但卻保留了通聯內外世界的「大路」、「石橋」等入口。空間的開裂，提供了外在力量侵入的「缺口」，進而打破著桃源世界的恒常。由此，外來兵匪的劫掠、騷擾才能夠進入小城，寄託著李媽生活希望的兒子才得以外出學徒謀生，並且出走而不知所終，上文那個導致李媽命運末路的單身漢子也正是經此進入，而駝背女兒的死亡又何嘗不滲透著這些因素的內在影響。一定意義上，其間的田園世界就是一個開放空間，與外在世界的密切聯繫造成了異質文化的廣泛侵入，再不能保持那份自足與穩定。動蕩與喧囂已成爲這一世界的基本狀態，即便還流動著古樸的意趣，也難以掩蓋現實原則下的沉淪宿命。李媽的「楊柳樹下」一度是小城人的「自由世界」，但過於繁雜，人來人往，糾纏了過多喧鬧，「有水有樹」，冬夏都是「最適宜的地方」，然而背後卻是李媽的「空虛」與「別人的恐怖」。過度的「熱鬧」無疑背離了田園穩定的倫理節奏，鄉場上的「繁榮」多少有些末世的狂歡氣息，似乎又是田園殘破之前最後的「盛宴」。而當單身漢子在此設下茶座，這種喧囂無疑到達了頂點，作爲環境的鄉土又獲取了某種功利性的市集特徵。單身漢子靠著李媽的人氣「生意必定很好」，而人們所謂的「不是從前的吝惜」，也權當是給李媽一個面子，「老實說，不是李媽，任憑怎樣的仙地，來客也決不若是其擁擠」，虛假的客套之下則是李媽的賠笑，「然而不像王媽笑得自然；富人的驕傲，窮人的委隨，競爭者的堆積，失望者的喪氣，統行湊合在一起。」至此，籠罩在「公共母親」上那層薄薄的溫情面紗被完全掀開，失卻了保全機制的田園空間已無法維持自身的倫理外觀。顯然，隨著田園世界自足性的殘破，現實原則已被激發成鄉土背景上的顯性存在，造成了田園世界的全方位損毀。

　　然而面對淪落中的田園世界，廢名的態度顯然又不屬於冷峻和決絕，《浣衣母》的田園敘述還滲透著他的「哀愁」。作爲現代意義上的知識分子，廢名的田園訴求雖有著現代意義上的現實價值認知和判斷，但面對其間詩性意義的失落，作家還有著深深的無奈和感傷，由「公共母親」支撐的田園世界浸透著作家的愁腸。廢名說過，文學是「選定一種生活的樣式，浸潤於

此，酣醉於此，無論是苦是甜」〔註 49〕。周作人也曾指出廢名小說的理想色彩，「這裡邊常出現的是老人，少女與小孩。這些人與其說是本然的，無令說是當然的人物；……是所夢想的幻景的寫象」〔註 50〕。而按照後人的說法，廢名是在「用終極關懷之態度與眼光探索人生奧秘」，「從始至終都反映了作者對生命意義與價值的嚴肅思考和艱苦探索」〔註 51〕。對於廢名來說，選取傳統意味的田園作爲小說的意義背景，其實還出於這一傳統文化形態體現出的生存理想意義，包含著對於鄉土詩性智慧的認同和選擇。故此，廢名對於田園的損毀與淪落往往又充滿了惋惜與無奈，背後還滲透著對於這一世界的眷念和矛盾。固然文本缺乏對於這一情緒的集中呈現，但透過李媽不幸的宿命般氣息，她的「寂寞」，「死一般的靜寂」生活，駝背女兒「嗚嗚咽咽」的哭泣，城牆與河之間很大的荒地與墳坡，鬼火等敘事元素的交織，感傷已彌散爲敘述的一種情調與氛圍。而作家也似乎不忍心直接破壞這一世界，並沒有將這種損毀置於一種顯性的、強烈的變動之中，田園只是沿著一種相對自然的節奏緩慢地向著末路滑落，「公共母親」以及鄉場上的日常生活還有著相對古樸的田園形態和意味。顯然，廢名以一種間接的、比較潛隱的方式喻示著這一世界的失落，虛幻的田園表徵維繫了作品「田園小說」的印象。然而田園終歸走向「不可挽回」的失落，此時的李媽已無法「使自己的空虛填實一點」，事實上，面對了浣衣母的「空虛」，作家何嘗又「填實」過自身的空虛呢！

廢名說過，他的文章「都是睜開眼睛做的」〔註 52〕，故此，文學世界也就糾結了理想和現實、傳統與現代等過多的意義矛盾與衝突，《浣衣母》只是一個開始。到了近乎「禪境」的《橋》，雖然有著近乎「烏托邦」的田園詩意極致，但卻一直籠罩著由「墳」所預示的死亡與虛無陰影，孕育的又是「盛極而衰」的理想幻滅與失落；而至《莫須有先生傳》，則不僅陷入「我是這樣的可憐」的自怨自艾，而且沉迷於「哲學家」的玄思，充滿了偶發性、跳躍

〔註49〕廢名：《現代日本小說集》，《廢名集（第三卷）》，北京大學出版社，2009 年版，第 1141 頁。

〔註50〕周作人：《〈桃園〉跋》，《廢名集（第六卷）》，北京大學出版社，2009 年版，第 3407 頁。

〔註51〕閻浩崗：《生命感傷體驗的詩化表達——王統照、郁達夫、廢名小說合論》，《天津師範大學學報》2003 年第 1 期。

〔註52〕廢名：《古槐夢遇小引》，《廢名集（第三卷）》，北京大學出版社，2009 年版，第 1283 頁。

性的思緒淩亂而蕪雜，晦澀、玄奧的語言所傳達的人生感覺也頗多荒誕與怪異，成了「漸漸失了信仰的一個確實的證據」〔註53〕。相當意義上，從《浣衣母》伊始，廢名一直遊移在田園訴求的矛盾之中，直至最終陷入「厭世詩人」的泥淖而難以自撥的「創作終結」，也正是由此糾結而成的某種審美偏至。由此《浣衣母》也就奠定出廢名小說敘事理路的基本走向，固然這種走向還將發生調整與轉化，但從整體上看，廢名小說的意義嬗變並沒有脫離由此昭示的路向。「廢名的小說是耐讀的：不僅耐得住不同的閱讀空間，也耐得住不同的閱讀時間和閱讀對象。」〔註54〕作為廢名初期的田園短篇，《浣衣母》的豐富闡釋性蘊含著廢名田園小說的發生學意義，也就為釋讀他的小說世界提供出一個啟示性的意義起點。

〔註53〕廢名：《莫須有先生傳・序》，《廢名集（第二卷）》，北京大學出版社，2009年版，第660頁。
〔註54〕嚴家炎：《廢名小說藝術隨想》，《史餘漫筆》，北京三聯書店，2009年版，第300頁。

第三章　現代抒情小說的欲望敘事

　　人性的完善在於身心合一的整體性，生命的靈性需要身體性的欲望基礎才能得以聚集和維護。作為「天賦人性」，欲望對於人生的完善向來具有不可或缺的價值。然而由於道德意識形態等社會文化觀念在文學傳統中的主導地位，欲望一直處於偏見之中而「聲譽」不佳。道德感的失落與非理性主義的生理放縱等片面的文化印象，一直遮蔽著欲望的積極人生意義。欲望往往被視為人性「惡」的本能，或是道德禁忌中的「文化禁區」，或是現代生活中的一種「娛樂性調料」和「低級趣味」，一直難以擺脫時代的嘲弄和打壓，作為人性結構合理動力的生命價值並未得到「自由」的審美觀照。生命意義的闕如，不僅意味著人生世界的結構性殘缺，影響到人性和文化的平衡與穩定，也反映出社會文化貶抑、異化身體性欲望的普遍性。在此背景上，現代抒情小說的欲望敘事表現出了對於欲望衝突的詩化調適，由此確立的美學品格不僅有利於彰顯現代欲望敘述的人性本眞和完整尺度，也有利於呈現社會文化倫理在人性結構中的合理性問題，欲望審美解放中的「替換性滿足」將紓解為現實原則所普遍貶抑的人性狀態的緊張與焦慮，賦予欲望敘事以靈肉調和的美學意義，涉及了「豐滿人性」的現代文學建設問題。

第一節　靈與肉的調適

　　欲望是人性的本質內容。按照叔本華的觀點，人類就是欲望的化身，而關於性的欲望則是「人類一切行為的中心點」，「較之於其他欲望而言，它的動機是最強烈，它的力量最剛猛」，「一個人如果獲得性欲的滿足……就能使人覺得有如擁有一切，彷彿置身於幸福的顛峰」，而「如果得不到這方面的滿

足，其他任何享樂也無法予以補償」〔註1〕。顯然，以性欲為主體的欲望內容是人性的本質構成，欲望的滿足能夠調適人性結構中的矛盾與衝突，使人的本能衝動獲得鬆弛和自然的節律，完善理想人性和人生的建構。作為人性固有的平衡機制，這意味著生命精神的獲取和提升，「真正體驗到一個自主的、具有完全生命力的人」〔註2〕，「它使我們和我們的可能性結合為一，它使我們和促使我們自我完成的其他人結合為一……引導我們，使我們奉獻自己，去尋求高尚而善良的生活」〔註3〕。而現代精神分析學的主要貢獻也就在於深刻揭示了人類心理結構的欲望動力因素，指出性欲與「豐滿人性」之間的密切關聯，彰顯了欲望的人性本源意義。

欲望的這一特性決定了詩化欲望必然和本能衝動的宣泄、釋放乃至轉化帶來的幸福感相聯繫，關乎到「人類的『人性生命特質』的毀滅性和建設性的問題」〔註4〕。在欲望所置身的普遍文化衝突中看待這一問題，欲望似乎一直沒有停止過為實現這一「最終目標」而進行的努力，「被壓抑的本能從未停止過為求得完全的滿足而進行的鬥爭，這種完全的滿足在於重複一種原始的經驗」〔註5〕，處於「一種永恒的探索，一種永續不竭的擴張之中」，追求本能壓抑的解除〔註6〕。而欲望要擺脫束縛，進入詩化軌跡又並非通行無礙，並不是加以忽視和規避那麼簡單。畢竟，作為現代社會個體，人性結構中的欲望衝動受到諸多現實因素的制約，其中不僅涉及現實生活條件、身體狀況的限制，在普遍意義上，身體性的欲望詩化還是一種文化問題，必然牽涉到文化倫理、社會話語機制乃至歷史語境的制約，而且這種制約是根本性的。因此，欲望的詩化首先要在眾多異化元素的牽制、束縛中謀求生命本能的自由舒張，使欲望在本能釋放中趨於滿足與鬆弛。

〔註1〕 〔德〕叔本華：《愛與生的苦惱》，金玲譯，華齡出版社，1996年版，第55～56頁，第96頁。

〔註2〕 封孝倫：《人類生命系統中的美學》，安徽教育出版社，1999年版，第185～186頁。

〔註3〕 〔美〕羅洛梅：《愛與意志》，蔡伸章譯，甘肅人民出版社，1987年版，第99頁。

〔註4〕 〔美〕羅洛梅：《愛與意志》，蔡伸章譯，甘肅人民出版社，1987年版，第84頁。

〔註5〕 〔美〕諾爾曼·布朗：《生與死的對抗》，馮川、伍厚愷譯，貴州人民出版社，1994年版，第19頁。

〔註6〕 〔美〕羅洛梅：《愛與意志》，蔡伸章譯，甘肅人民出版社，1987年版，第97頁。

　　然而，人性的欲望衝動也不能歸附於本能性的肉體崇拜，欲望自身的運動還存在著擺脫非理性本能的境界提升籲求。尼采說過，「至深的本能通常尊崇為最高、最令人嚮往、最有價值的東西，透露出了本能類型的上升運動，而本能實際上也就在力爭這種境界。完滿是本能的強力感的異常擴展」〔註7〕，「從整體上看，這恰恰就是那個未被撕碎的，也撕不碎的身心統一體，就是被設定為審美狀態之領域的生命體」〔註8〕。為避免墜入幻滅虛無的肉體頹廢，人類的欲望衝動還有著一個介入的適度和把握的分寸問題，理想人性的建構只有以此為基礎，方可以獲得合法性的生命本體價值。無疑，這就需要借助於社會文化倫理因素的意義規約，對欲望本能的生理性律動加以調適。雖然說社會性意識形態觀念存在著導致壓抑甚至祛除欲望的人性消解傾向，但文化倫理意義上的欲望轉化，也有利於個體人格的淨化、提升。這種人生形上意義的追尋也是一切「人類精神活動的本質」〔註9〕，與自然生命本能基礎上的欲望釋放一樣，也有助於人生結構的完善。在此意義上，欲望的詩化追求還需彌合與文化倫理因素之間的意義衝突，尋求欲望非理性因素的精神轉化。

　　顯然，作為人生的本質性內容，欲望可能完善人生，也可能消解人生，因此，如何調適欲望與人生的意義關係也就是欲望詩化的根本問題，而欲望的美學追求也就是於此衝突性中構建出人性結構相對均衡的「豐滿的人性」狀態。其出發點是對感性鮮活的生命欲望的尊重，在適度關注生命本能的同時，克服欲望自身的壓抑、扭曲、分裂與異化，謀求人性結構的相對平衡，正如尼采、劉小楓等人所言，「創造性的肉體為自己創造了精神，作為他的意志之手」〔註10〕，「肉身有自己的為靈魂所不具有的感受性和認知力，靈魂也有自己的為肉身所不具有的感受性和認知力」〔註11〕，它們的內在統一才可能構建出人性、人生理想境界。無疑，美學對於欲望的發現在於靈與肉之間的欲望分裂與統一，而任何對於欲望的割裂，都將導致

〔註7〕〔德〕尼采：《悲劇的誕生》，周國平譯，北京三聯書店，1986年版，第351頁。

〔註8〕〔德〕馬丁‧海德格爾：《尼采（上）》，孫周興譯，商務印書館，2002年版，第104頁。

〔註9〕劉小楓：《拯救與逍遙》，上海三聯書店，2001年版，第11頁。

〔註10〕〔德〕尼采：《查拉斯圖特拉如是說》，尹溟譯，文化藝術出版社，1987年版，第32頁。

〔註11〕劉小楓：《沉重的肉身》，華夏出版社，2004年版，第93頁。

人生陷入殘破、異化的不完整狀態。也就是說，欲望的存在不僅包含著身體性的肉欲本能，還有著對於健康自然的「身心統一體」的審美籲求，二者在矛盾、衝突之間的交織融合才形成了複雜的人性有機體。如果說人類基於道德倫理的外在觀念造成了自然本能的衝突和分裂，現代社會文明的發展又進一步異化了人性的基本權利，那麼欲望的詩化無疑形成了對於欲望壓抑的審美解放。相當程度上，這構成了衡量人性本真的基本尺度，反映出欲望美學的現代性旨歸。

　　然而遺憾的是，由於這一欲望原則在中西方文化傳統中並無充分體現，欲望的美學精神一直處於一種邊緣甚至是被壓制的狀態。受封建道德倫理的影響，傳統意義中的欲望屬於一種道德上的禁忌，由灰暗性心理所驅動的欲望敘述主要是一種關於女性肉體的猥瑣化想像。魯迅的《肥皂》就反映了這樣一種集體無意識層面的民族性心理，圍繞女乞丐的「咯支咯支遍身洗一洗」的肥皂聲反映了一種傳統倫理影響下的想像遠超行動的意淫化的欲望病態，欲望不僅難以構成人性的生命要素，而且是滋生晦暗性心理的「溫床」。而西方文化出於男權制的文化二分原則，以女性為象徵的欲望問題也長期被視為一種與理性文明和正統道德相背離的感性力量而受到排斥和壓制，西美爾說過，「我們的文化是從男人的精神和勞動中產生，確實也只適合於評價男人式的成功。」〔註12〕男權化的文化傳統在擠壓女性主體地位的同時，也就將消解身體欲望的美學意義，欲望更多聯繫的是消極頹廢、淫欲與癲狂等非理性意義的變形和扭曲，成為一種反文化正統的問題。

　　而從現代文學史來看，產生於泛革命化語境中的現代欲望敘述，伊始就挾帶著沉重的社會性訴求，滲透著過多背離欲望生命精神的歷史現實因素。大多數知識分子作家一方面視欲望為人性的本然構成，有著追求釋放和滿足的文學主體性，一方面對於欲望非理性因素之於創作精神價值的侵蝕又不乏理性的警醒和反思。這種矛盾心態中的遊移衝突很容易就延伸到了「表現半殖民地都市地畸形和病態」的社會學觀念體系，形成欲望問題與民族、社會、群體以及道德等文化倫理觀念的糾纏迎拒關係。固然，此過程中的現代作家有過不斷的調適，但現實語境並沒有提供出足夠的空間，這種調適最終也是失敗的。高力克在考察五四知識分子的「非物質主義的倫理觀」時，曾

〔註12〕〔德〕西美爾：《金錢、性別、現代生活風格》，顧仁明譯，學林出版社，2000年版，第 141 頁。

指出五四知識分子的禁欲主義傾向，例如李大釗的「革命禁欲主義」，就間接說明了這一問題〔註 13〕。在意識形態觀念的制約下，諸如啓蒙、革命小說等主流文學話語一度將人性置於階級性、道德性等社會學觀念的籠罩之下，欲望被貶抑、醜化爲道德敗壞、作風腐敗等社會倫理問題，人性的欲望意義也就在社會化的文學想像中褪盡了生命本色，以一種極端化的理性方式驅逐了人性結構的本然要素。而在個性色彩較爲明顯的諸如「自我表現」的浪漫派小說、都市化的海派小說等等涉及欲望主題的現代小說創作中，欲望則在都市化、生物化的通俗性敘述中遭遇了廣泛的非理性異化。時至今日，既便已進入一個高度現代化的社會，關於欲望的抒寫在某種程度上也仍被視爲社會文化發展過程中的不文明現象，而消費語境下的欲望自主和張揚促使的又存在著對於人性資源的某種濫用，包括下半身寫作在內的欲望敘述淪爲當代文化感官化、商業化直至庸俗化的一種症候。

　　文化上的貶抑現象和態勢反映出欲望所處的衝突性境遇，關於欲望敘述的文化定位基本徘徊在兩個極端，即欲望的「倫理化祛除」和「非理性放任」，不乏片面、極端的欲望理解和表現使得欲望逐步陷入非理性主義的本能放縱，抑或禁欲主義的現實壓制和道德異化之中，導致了現代欲望敘述的普遍困境。在割裂欲望完整性的同時不僅束縛了欲望生命意義的傳播，忽略了對於靈肉合一的欲望狀態的表現，也扭曲了倫理等意識形態因素在欲望訴求中的合理性尺度。在普遍層面上，這不僅造成現代文學話語中「清教主義」的流行，也使得欲望敘述的生命訴求存在著明顯的迷亂和焦慮，難以呈現作爲生存意志的欲望「源泉」意義和形態，欲望往往構成消解「人性豐滿」的負面力量，陷入了普遍易變之中。由此，欲望美學品格的構建不僅要考慮到欲望的釋放與滿足問題，在解除生命本能壓抑的基礎上歸屬欲望的詩化形態，還要考慮到文化倫理在欲望表達上的道德制約和境界提升問題。「在一定意義上，文學對於人的描寫就不能僅僅局限於人的社會性因素……同時也應該涉及人的生物性因素包括人的生命本能、生命體驗、生命衝動等。」〔註 14〕很大程度上，現代抒情小說的欲望敘述也就是以此爲基礎的結構性敘事調適，而由於作家們在不同意義層面之間的位移和側重，也就呈現出欲望表達上的風格和形態差異。

〔註13〕參見高力克：《五四的思想世界》，學林出版社，2003 年版，第 56～57 頁。
〔註14〕朱寨、張炯編：《當代文學新潮》，人民文學出版社，1997 年版，第 319 頁。

第二節　從沈從文到郁達夫：欲望的釋放與轉化

在現代抒情小說中辨識欲望敘述的美學形態，顯然不大可能有相對集中的規模化表現。由於欲望美學原則在既有文化語境中的群體性退場，普遍性的欲望貶抑同樣制約了欲望在抒情小說譜系中的表現，然而，這並不意味著這一原則的根本性缺失。欲望就是一種開放性的結構，雖然我們可以依據不同歷史時期的主流文學話語去判斷現代欲望敘述的基本走向，但是欲望訴求還可能包含多種意義生成、互見的可能性，從而為欲望的詩化表達提供話語空間。相對而言，抒情小說的欲望敘述在「靈與肉的衝突」之間也存在著關於欲望自然釋放和倫理轉化等方面的詩化呈現，包含著關於欲望美學意義的文學建構。大致表現如下：

其一，有感於現代人性的疲弱與猥瑣，在現代文化的反思和批判中呼喚欲望生物性強力的回歸，意圖構建一種健康、自然的理想人性形式，這當以沈從文為代表。出於對現代人性普遍性萎縮的反駁，沈從文往往將一種相對原始、自然的人性欲望力量作為重建現代人性的主體精神資源，小說中的生命個體多表現出不為社會文化所束縛的欲望自主意識，追求欲望釋放的順暢和滿足，依據生命節奏而律動的欲望張揚體現了一種自然的人性觀念。按照盧梭的觀點，人的天性是善良的，若率性發展而不為社會桎梏，一定會成為身心調和健康的「自然人」〔註 15〕。文學作為人學，也已告訴我們，人正是在自然中，「復又膨脹為一個四維立體的生命存在。……充分的享受著大自然賜予的全部的、天然的樂趣，他以一種獨立完整的人格與大自然對話，他真正體驗到一個自主的、具有完全生命力的人。」〔註 16〕自然向度上的欲望釋放和人性滿足，有助於構建欲望人生的力與美狀態，而且由於聚焦於肉身欲望的生命意義，也就突破了道德和文明法則對於人性本能的禁錮和壓抑，從而賦予沈從文小說的欲望敘事以詩化旨向。

其二，在欲望的非理性衝動和倫理意義的規約、衝突中尋求欲望抒發與社會價值觀念的並存與融合，欲望的生物性品質為主體人格境界的道德提升而逐步消解和轉化，倫理性的欲望淨化和意義超越以代價的方式彌合了欲望

〔註 15〕沈從文對於欲望詩化的追求，其實有著性別上的差異，女性往往區別於男性而構成自然人性最集中的代表。這一點將在沈從文一節中詳細論及。

〔註 16〕封孝倫：《人類生命系統中的美學》，安徽教育出版社，1999 年版，第 185～186 頁。

和文化倫理觀念之間的衝突,「釋放」(化解)了欲望本能衝動的緊張和焦慮,這一風格又以郁達夫為代表。郁達夫小說形成了一種欲望在釋放、壓抑以及轉化之間遊移的敘述理路,借助於欲望與社會、民族、政治和道德倫理等觀念的衝突對立,最終走向欲望被意識形態逐步改造的倫理轉化之路,而隨著郁達夫小說欲望主體人格的倫理淨化,促成了欲望從非理性釋放與壓抑下的焦慮、幻滅向倫理境界的昇華,人生倫理意義的和諧與適度凸顯了主體人格的心性平和,為文本詩意的獲取奠定出精神基礎。個中倫理力量對於身體性欲望的壓制與轉化蘊含著風格轉向的諸多可能性,又潛伏著對於欲望生命意義的消解乃至欲望敘述的變向。

　　顯然,現代抒情小說的欲望敘事體現出了對於欲望非理性內容的提升和轉化意義,或將生命本能的敘寫提升為對自然、健康的理想人性建構,或將欲望敘述導向「淨化」的人格境界。欲望敘事的這一特徵就將溝通文學人生的審美意義,有利於區分一些本能主義、頹廢色彩甚至是壓制欲望等異化於人生的欲望敘述。在此意義上,相對於現代小說欲望敘述所普遍存在的非理性化或「去欲望化」傾向,詩化的欲望品格就也構成了對於主流欲望敘述的反動,表現出欲望美學向度上的努力和嘗試。

一、沈從文：欲望釋放中的生命敘述

　　就沈從文小說而言,由於立足於自然人性的追求,推崇充滿野性和活力的生命個體,肯定人性的原始生命力,欲望敘事獲得了一種普遍的自然文化立場,欲望與自然構成了明顯的同質關係,即直接與生命本能衝動、心理需求相關的靈肉調和的人性表露:一方面,使欲望獲得正常的宣泄途徑,另一方面欲望的宣泄和滿足又不至於瓦解人性的本質,滑入非理性的頹廢境地,把握了一種調適欲望衝突的「相對」的分寸感。或許正如康·巴烏斯托夫斯基所言:「最好的風格,首先是分寸感」〔註17〕。這種趨向本源的欲望調和,賦予沈從文小說濃厚的生命哲學背景。雖說沈從文並沒有能夠直接承受老莊的理念和盧梭自然人思想的影響,但他的宇宙觀直接滋生於湘西生活的大書,與原始而率真生活的契合就溝通了一個自然文化背景。在此意義上,沈從文小說的欲望敘事指向了生命力與美的自然健康狀態,感性的生命欲望既

〔註17〕〔蘇〕康·巴烏斯托夫斯基:《金薔薇》,李時譯,上海譯文出版社,1980年版,第230頁。

獲得了合理性的肯定，又被賦予理想人性的文化象徵意義，講述的就是一個欲望本體意閾中的人性故事，而人性優美、牧歌情調等敘事和美學特質的形成也就基於欲望在自然向度上詩化和演進的結果。

　　和通常意義上的欲望敘述一樣，沈從文小說的欲望表現也是從欲望釋放開始的，然而不同的是，這一釋放具有了明顯的詩化指向。沈從文認為文學創作要「表現人性最真切的欲望」，把握「不悖於人性的人生形式」，「先要每一個人如一般的生物，盡種族的義務」（《給一個中學教員》）〔註18〕，同時要達到「交流的滿足」，由滿足而產生心智的「愉快」和「啟發」，進而形成「向前進取的勇氣和信心」（《給志在寫作者》）。禁欲不屬於沈從文，他認為釋欲意味著「快樂和幸福」，「總常常包含了嚴肅和輕浮」，「兩個人皆在忘我行為中，失去了一切節制約束行為的能力，各在新的形式下，得到了對方的力，得到了對方的愛，得到了把另一個靈魂相互交換移入自己心中深處的滿足。」（《月下小景》）不難看出，欲望釋放被視為人性的基本內容和方向，而且由於這一過程包含著「嚴肅和輕浮」的內容，又具有一種靈肉一致的指向。沈從文認為這屬於「詩」，「這本身，這給男子的興奮，就是詩，就是藝術，就是真理」（《心的罪孽》），「一個男子得到她，便同時把詩人的上帝和浪子的上帝全得到了」（《泥塗》）。顯然，沈從文的欲望敘述並不在於欲望的非理性壓抑或放縱狀態，而在於欲望釋放的「詩」意滿足，由此也就消解了欲望釋放過程中欲望主體的非理性癲狂甚至病態的人生分裂，顯示了欲望釋放的詩化軌跡。這在其城市和鄉土題材作品中都得到了普遍的表現，從而形成小說整體上的欲望詩化傾向。

　　就城市題材小說而言，由於現代城市本身就是欲望非理性的象徵，欲望主體易陷於城市謀生的艱難和身心病弱的現實困境，而可能阻礙、壓抑欲望造成人格扭曲、病態的非理性色彩是現代欲望敘述的普遍形態。但這一點在沈從文小說中並沒有得到凸現，相反，欲望主體在多數情況下獲取了欲望滿足的詩意和美感。《晨》、《嵐生同嵐生太太》固然隱含著作家對嵐生「對無數的尼姑頭」、「燙髮的女學生」的灰暗性心理的嘲弄，但對城市小職員夫妻感情生活的描寫仍透露出對他們「愛情怒發」的認同；《或人的太太》中漂亮太太感覺到「一個好丈夫以外還應有一個如意情人，故我就讓他戀著我了」的想法和實際行為表現了「精緻肉體」對一個年輕女子的詩意誘惑；《篁君日

〔註18〕本節所引沈從文作品均參見《沈從文全集》，北嶽文藝出版社，2002年版。

記》中「我」享受著菊子和年輕姨奶奶的愛情，體會到的則是「一部寶藏，中間藏有全人的美質，天地的靈氣，與那人間詩同藝術的源泉，以及愛情的原料」，而最終於一個月夜欲望「被月光詩化了」，我「服從了神的意旨」的主動和熱情，「讓她在我身上覺悟她是一個配做一個年輕人妻子和一個年輕人的情人」；《十四夜間》中的子高遇到了一個「天眞未泯的秘密賣淫人」，「他覺得，這時有個比處女還潔白的靈魂就在他的身邊，他把握著了」，「把子高處置到一個溫柔夢裏去，讓月兒西沉了。」欲望的故事雖然在城市中一次次上演，但並沒有被城市宿命般的肉欲之流湮沒，相反，仍然昭示出欲望詩意自然的一面。對於沈從文而言，城市雖有著異化於人性的一面，但存留的欲望生命活力仍然不失爲其間人性的一種主要形式。以往我們局隅於城鄉對立的二元論評價模式，往往將沈從文城市題材小說的欲望形態理解爲湘西題材的對立面，也就影響了對其間可能蘊含的生命意識的體認，忽視了此類小說之於沈從文人性世界建構的積極價值。

　　而在鄉土題材中，欲望的釋放更成爲生命的基本法則。欲望在自然背景的襯托下，愈發顯得優美而自然，彰顯了生命的力與美特質。《採蕨》、《阿黑小史》中五明與阿黑在山野恣意的「撒野」，《雨後》中的四狗和摘蕨姑娘的「放肆」顯示了一種野性自然的兩性欲望；《蕭蕭》中蕭蕭在懵懂中和花狗做的「糊塗事」一如歲月流逝般的自然，《旅店》中黑貓和大鼻子客人的一次野合，又只是生命「失去的權利」的回歸，等等。其間欲望釋放的過程和結果顯得直接而完美：「她躺在草地上象生了一場大病……她的心，這時去得很遠很遠，她聽得遠遠得從山上油坊中送來的軋槌聲和歌聲」（《採蕨》）；「四狗給他一些力氣，一些強硬，一些溫柔，她用這些東西把自己醉，醉到不知人事」（《雨後》）；大鼻子客人對黑貓而言意味著「一種力，一種圓滿健全的、而帶有頑固的攻擊，一種蠢的變動，一種暴風暴雨後的休息」（《旅店》），等等。至於《邊城》，翠翠本身就是她的父母衝破「性禁忌」的欲望自然化產物，而她也依持一種自然節律在生長，「處處儼然一個小獸物」；她和儺送的愛情，沒有虛假，也沒有家長、宗族等的粗暴干涉。雖然最終結局未卜，但也完全處在一種自然狀態。作爲作家理想人性的象徵，翠翠的人生狀態在本質上就是自然化，而小說中寫到的「邊地的風俗淳樸，便是做妓女，也永遠那麼渾厚」等等都在印證著作家「不悖於人生」的欲望理想。

　　作爲一種自然人性框架中的文學創作，欲望釋放的成功和滿足，必然造成欲望的自由與張揚，達成人性的力與美狀態，最終將制導小說審美風格的形成。而之所以達成這一點，則主要取決於沈從文小說詩化欲望的特殊主體，即創造性的將女性轉化爲欲望主體，使得女性成爲欲望過程中的詩意主導力量；女性生命力的提升構成了男性生命力萎縮的對比性力量，整個敘述呈現爲女性化的生命力景觀，從而溝通欲望詩化的超越之路。而分析這一性別主體性的轉換，也就將深入到創作「內核」的文本運行機制之中，使我們認識到在其湘西題材和城市題材創作中所共存的欲望萎縮和張揚，有助於彌合沈從文研究城、鄉對峙的二元論模式中人性觀念的歧異，進而從性別層面去理解其文化批判視野中的人性化審美觀念和文本形態，辨識出沈從文小說欲望敘述的詩化敘事機制。

　　欲望的過程總是和女性密切相關，這是因爲女性是比男性「更契合大地、更爲植物性的生物」〔註19〕，具有更多的身體性徵，其性別角色功能往往影響著欲望表現的具體形態。由於女性曾一度被視爲「欲望的哨兵」和本質「符號」，不僅被視爲欲望釋放的唯一對象，更被看作是欲望本身，欲望敘述過程通常就是敘述征服女性肉體的過程。長期導致的後果就是女性主體性地位的喪失和對女性本源意義的遮蔽，女性被置於一種「弱者」和「物」的地位，異化爲欲望非理性的晦暗代碼，成爲諸多陰暗心理的焦點。但這種情況在沈從文小說中得到了根本性的扭轉，他筆下的女性不僅成爲了欲望的主體，同時也是生命「力與美」的符號，獲得了「主體性的還原」。相比之下，其間的男性則基本上處於一種附屬體的位置，缺少生命的力度和強度。而正是這一性別的結構性逆轉，構建了其人性的自然、健康和優美狀態，客觀上使文本煥發出生命「力與美」的詩意色彩。

　　就沈從文小說中的城市女性而言，她們不僅走出了欲望非理性的陰影，自身成爲力與美的形象載體，而且主動追求著力與美的實現。這些城市女性基本有著美好的身軀，白皙的皮膚，嬌好的面容，面對欲望大膽熱情，而男性則相對顯得病弱無力，一般清瘦憂鬱，蒼白而多愁善感甚至散發著「呆氣」，瞻前顧後，力量弱化。「一切女子的靈魂，皆從一個模子裏印就，一切男人的靈魂，又皆從另一個模子裏印出，個性與特性是不易存在，領袖標準是在共通所理解的榜樣中產生的，一切皆顯得又庸俗又平凡。」(《如蕤》)「她厭倦

〔註19〕劉小楓：《刺蝟的溫順》，上海文藝出版社，2002年版，第58頁。

那些成爲公式的男子，與成爲公式的愛情」，渴望著激情甚至是男性的強暴（《月下小景》）。在城市的「欲望之旅」中，欲望主體被置換爲了女性，男性只是被動的承受者或逃避者，明顯的兩性對比結構煥發了女性的詩化色彩，表徵了沈從文小説城市人性的「閹嗣性」其實主要在於男性的「雌性化」。篁君是在菊子和年輕姨太太的主動追求下被動承受著女性的愛意（《篁君日記》），《或人的太太》中的丈夫只能「沉悶的度著每一日」；而澆乎先生希望的「又似乎是不要他去愛她也將來糾他纏他，撒賴定要同他好。」《薄寒》中「她只是期望一個頑固的人，用頑固的行爲加到她身上，損失的分量是不計較的」，然而面前的男人只是「一個蠢人中的蠢人。一個教物理學從不曾把公式忘記卻全不瞭解女人的漢子」；而子高只是一個哭著的「未經情愛的怯小子」，「本應她凡事由他，事實卻是她凡事由他，她凡事做了主」（《十四夜間》）；客人面對情人「你如有膽量就把我帶走」的大膽和熱情，只是悲傷的逃避了（《一個母親》）。既便是《紳士的太太》這樣被認爲是較集中體現沈從文城市人性批判意識的作品，所謂紳士也多是一些虛僞、猥瑣的「廢物」，而太太則具有「飄逸」、「美好」的身姿和容貌，在心性上也比紳士高尚得多；至於《八駿圖》則近乎一幅表現男性猥瑣性欲望的眾生圖，等等。男性在城市欲望之旅中的疲弱映襯了女性的強勢地位，女性成爲欲望過程的施動者，制約著欲望的發展方向。

　　而在鄉土題材的作品中，這種女性「主體還原」現象更加明顯。阿黑、黑貓、巧秀、媚金等等鄉野女子都稟承著山野的靈氣和野性，健康美麗的身體和容貌，愛情的純潔和自覺使她們成爲完全意義上的生命力與美符號。《連長》中的婦人表現出來「神聖的詩質」，不僅是美，而且具有「把那軍營中火氣全化盡，越編越成溫柔了」的力量；《神巫之愛》中的花帕族女子的儀容美侖美奐，僅「像用寶石鑲成，才有從水中取出安置到眶中，那眼眶，又是莊子一書以上的巧匠手工作成的」，眼睛看過來，就讓「神巫有點迷亂，有點搖動了」；《媚金·豹子·與那羊》中媚金的美超越了凡塵和語言的能力，「照到荷仙姑捏塑成就的，人間決不當有這樣完全的精緻模型」，對女性的詩化甚至有了聖化的傾向；即便是《柏子》中的妓女也「幫助著這些可憐人，把一切窮苦一切期望從這些人心上挪去。放進的是類乎煙酒的興奮和醉麻。」而《邊城》、《長河》中的翠翠、夭夭更因其散發的女性詩意氣質重塑了數代受眾對於女性的美好想像，其經典性已成爲常識。在對待愛情的態度上，她們也是

力的化身，或以死殉情，如媚金，或棄家私奔，如巧秀，或願意和情人相伴天涯，如《連長》中的婦人，等等。欲望一旦被賦予人性的合法性地位，又有什麼能讓她們放棄呢！

女性以一種對生命欲望感性強力的喚醒和推崇推動了自身的主體性回歸，恢復爲一種眞正的性別，成爲欲望進程的基本動力。不妨認爲，女性才是沈從文建構理想人性世界的主要支撐，至於男性，他們生命強力的「在」與「不在」則主要是由於女性的呼喚才得以激發。正如上文所述，城市男性的「雌性化」已使他們喪失了主體的位置，從而淪爲人性「力與美」的「他者」。至於小說中的鄉土男性，雖體現出了不同於城市男性的力與美狀態，但他們仍然難以擺脫對女性的依賴，隱現著自身的弱化痕跡。《採蕨》、《阿黑小史》中的阿黑在她和五明的關係中一直就是一個掌控者，她決定著五明獲得快樂和幸福的程度，她可以用「要告五明的爹」讓五明不斷「茅苞」，「茅苞是不知措手之謂，到他不知措手時，阿黑自然會笑，用笑把小鬼的心又放下。」及至委身五明，她也可以隨自己的意願讓五明「馴服到像一隻貓」；《媚金‧豹子‧與那羊》中媚金自殺的原因看起來好像是因爲豹子要兌現自己「獻一隻羊給新婦」的諾言而耽擱了，但眞正的原因則正是由於豹子隅於「知識」和習慣的延宕。某種意義上，這篇作品可以看作是一篇寓言，最終受傷的羊隱喻了男性生命品質的殘缺，而「豹子」也就在一定程度上被等同於「羊」；《邊城》中儺送兄弟在翠翠的愛情面前都以遠遁告終，未嘗不是對男性力與美生命本質的背叛；同樣，《蕭蕭》中的花狗在得知蕭蕭懷孕後「全無主意」，第二天就「不辭而行」，只有蕭蕭獨自面對後果等等。城市男性的雌性化也已侵蝕了鄉土男性的生命力，他們不再是眞正意義上的「獅子」或「豹子」了，這或許就是現代文明的必然性後果，沈從文把它賦予了男性，反映了作家對於自己「滿懷偏見」的現代文明的深深憂懼。當然，這樣說並不意味著男性在沈從文小說中的完全貧弱，沈從文的鄉土男性還是存在著一定的力與美品質，畢竟，人性在鄉土自然中能夠得以相對完好的保存，男性和女性還有著生命本質上的同構意義。

顯然，作爲欲望釋放的主導，女性決定了欲望敘事的詩化狀態。她們在城鄉境遇中保持了明顯一致的、健康大膽的欲望熱情激發了生命的主體性，煥發出人性自然而詩意的活力。相當意義上，這溝通的是詩性智慧的女性崇拜母題。珍尼特‧海登曾指出：「在最古老的神話裏，女性是本，男性則是衍

生物。……在母權制社會中，女性具有規範性。」〔註 20〕中國神話作品裏女性崇拜也包含著複雜的情感，既有當作母親一樣的敬重，又有繁衍生命的讚美，同時還有著世俗性愛的追求。女性的性別意義由此意味著回歸主體與回歸生命源頭的同質性建構，以原始母性的生育本能、性愛本能來拯救淪陷中的業已男性化的現代文明，「用精神分析學家的說法，這也是重返母體和子宮的象徵。沒有母體之中的孕育，自然不會有新生命的誕生。」〔註 21〕。其本質在於，「傳達了一個回歸和嚮往從本原中吸取力量的鮮明意象」，「是一種人性的呼喚，它呼喚著應該屬於人而又被人自身忽視的那一切人的東西。」〔註 22〕在普遍層面上，這種「自然人性」向度上的欲望訴求構成了沈從文小說人性「牧歌」的核心。沈從文要借「文字的力量」進一步把「野蠻人」也即「自然人」的血液「注射到老態龍鍾頹廢腐敗的中華民族身體裏去」，希望民族的心靈和精神變得年輕與雄強起來，「好在 20 世紀的舞臺上與別個民族爭生存的勇氣。」〔註 23〕沈從文時常思考的就是「解開自然與文化扭在一起的死結」，並通過文學嘗試進行「在兩種文化中取樣」，也即在城市和鄉土文化中進行「新的民族靈魂的精心實驗」，是「彌補生存的空虛和厭倦的自由思索」。自然欲望的表達寄寓著國家民族和人類命運層面的思考，又賦予欲望詩化更高遠的意義。

由此，沈從文的也就在「揚女抑男」的性別比照中，以欲望本能的健康、自然抒發建構出欲望敘事的詩化形態。這使他的欲望詩化擺脫了世俗性的「放肆」，而成爲一種生命力的「迸發」，意味著人性在現代語境中的分裂與統一。一定程度上，沈從文的欲望敘述說明欲望作爲人類的本性，在本質上並無害於社會和文明的發展，它的滿足和鬆弛將緩和現代人的本能壓抑，提升、重鑄人生，其中滲透的對現實人生的關懷，對民族性格重建的深刻思考，使之超越於現代小說欲望敘述格局中的其他欲望敘述，也就成爲一種轉化現代人生的文學表達方式，爲抒情小說的敘事深化提供了經典性的欲望美學意義。

〔註 20〕 參見方克強：《文學人類學批評》，上海社會科學院出版社，1992 年版，第 146 頁。

〔註 21〕 葉舒憲：《中國神話哲學》，中國社會科學出版社，1992 年版，第 104 頁。

〔註 22〕 王杰：《審美幻象研究》，廣西師範大學出版社，1995 年版，第 182 頁。

〔註 23〕 蘇雪林：《沈從文論》，沈暉編：《蘇雪林文集》（第 3 卷），安徽文藝出版社，1996 年版，第 300 頁。

二、郁達夫：欲望的倫理淨化與困境

　　如果說沈從文表徵了欲望敘事的一種詩化形態，那麼，在現代文化普遍的人性貶抑之下，這一形態顯然缺乏明顯的觀念應和與引為同道的藝術實踐，現代抒情小說並沒有在這一方向上能夠有所作為。相反，在一些普遍被譽為具有清新、優美藝術風格的抒情作家筆下，欲望卻基本處於一種潛隱狀態。比如說，廢名、孫犁、師陀、蕭紅等作家表現出鄉土人生的傳統雅致、人性的樸實善良以及對故土生活的美好回憶，其實並沒有涉及欲望主題，「遮蔽」欲望的人情、人性美表現其實從屬於一種「殘缺」的無欲人生。在沈從文之外，如果說還能形成欲望美學色彩的話，那麼主要就是郁達夫了。然而對於郁達夫小說而言，「自我」的人性訴求雖然一直不乏「性的要求與靈肉的衝突」，但這種鬥爭常常以欲望的失敗而告終。欲望主體往往有著肉欲本能的強烈衝動，但並沒有導致欲望的必然實現，相反欲望釋放過程每每不能盡興，難以順利實施。由性欲的衝動和苦悶、肉體的貧病和傷感等元素構築起的文本世界並不應和欲望的身體性「快樂」、「滿足」原則，明顯「中斷」了欲望的自然進程。如此一來，欲望的詩化或許就在於對欲望生命意義的嚮往以及人生波折中的自然詩意凝視，也可能源於欲望與倫理逐步走向和解的心境平和態勢，意味著倫理對於欲望主體人格境界的昇華。一定程度上，這雖有違欲望的自然本義，但作為文明語境中的生命個體，人性也有著非本能向度上的倫理訴求。就人性的倫理追求而言，這也可能導致自身人格境界上的「詩化」。或許，這更為艱難，個中蘊含的對立衝突也更為多樣，郁達夫不僅要克服欲望身體性的內在緊張感，還要逐步化解倫理力量強加於欲望的異化和遮蔽，如何使之相和諧可能並非短期行為所能完成。故此，就需要在一種互文性背景中來辨識這一意義，涉及到作家欲望敘事的整體性演變。這一點首先可以從《沉淪》等作品開始得到說明〔註24〕。

　　作於1921年的《沉淪》是郁達夫最重要的作品之一，對於現代知識青年「性的要求」進行了「大膽的自我暴露」。但是文中欲望主體強烈的情慾訴求並沒有造成欲望行為的有效性，相反欲望的實現被「懸置」於一種「幻想」狀態：「他覺得身體一天一天的衰弱起來，記憶力也一天一天的減退了。他又漸漸兒的生了一種怕見人面的心，見了婦女的時候，他覺得更加難受……法

〔註24〕本節涉及的郁達夫小說均參見樂齊主編：《郁達夫小說全集》，中國文聯出版
　　　　公司，1996年版。

國自然派的小說和中國那幾本有名的誨淫小說，他念了又念，幾乎記熟了」。顯然，此中人物已無力踐行欲望，而「幻想」作為一種虛幻的行為方式，意味著欲望行為的被動和能力的退化。主人公要麼只能徘徊於自然環境之中作自怨自艾的心靈懺悔，要麼在家國沉思中抱怨命運的不公，而所謂「狎妓」也只是喝醉了酒糊裏糊塗的在妓女床上睡了一覺。欲望自然進程的阻斷意味著對於欲望「生命能量」含義的背離，由此主人公只能淪為一種喪失主體性的「多餘人」，在感傷、絕望中選擇「投海自殺」，以一種極端的方式，最終規避欲望。而圍繞這一過程的性苦悶、自瀆乃至意淫的身心反常與頹敗雖不乏欲望的感官色彩，但由於沒有進入欲望的生命「滿足」機制，也就只能成為一種不完全意義上的欲望形態。同樣，這一時期的其他作品也是如此。《茫茫夜》、《秋柳》中的於質夫對妓女的要求是「不好看」和「年紀要大一些」，而且事後則感到「孤獨的悲哀，和一種後悔的心思混在一塊，籠罩上他的全心。」欲望對象選擇的怪誕和效果的低下使得原該愉悅的釋欲過程近乎一種身心折磨，欲情的「頹廢」所指已無法表現肉體的快樂原則。而《懷鄉病者》中質夫則主動躲避了酒館清秀侍女投懷送抱的挑逗，「連自家的身體都忘記了」。或許生活中的郁達夫能夠特立獨行的嫖娼宿妓、放縱身心，但其筆下的人物卻無法做到這一點。顯然，作為生活的反映，文本雖然投射出作家的欲望苦悶、生存困境等實際生活內容，但並不構成「生活自敘傳」意義上的欲望實現和滿足。比照其間人物欲望訴求的兩難，不能不說明郁達夫從一開始就沒有將欲望的實現作為敘述的動力，而在敘述的生成階段就潛伏著背離欲望敘述的深層因素。由此，欲望的「阻斷──失敗」就成為欲望敘述的基本理路，在普遍層面上影響著敘述的開始和展開。

　　諾爾曼·布朗說過，「人的心靈對快樂原則的趨向是無法摧毀的，而本能放棄的道路，則是走向疾病和自我毀滅的道路」〔註25〕。就郁達夫小說中所普遍存在的欲望病態或變態而言，就是一種敘述上的必然。由於欲望主體以一種反常方式「滿足」欲望，無疑使得其中的欲望形態異變為人性的病態。《沉淪》中主人公除了流於欲望的「幻想」，還在對房東女兒洗澡、侍女腿肉的偷窺中獲取欲望的變相「滿足」。《空虛》中的質夫一邊在腦裏「替她解開衣服來」，一邊又「把身體橫伏在剛才她睡過的地方……四體卻感著一

〔註25〕〔美〕諾爾曼·布朗：《生與死的對抗》，馮川、伍厚愷譯，貴州人民出版社，1994年版，第68頁。

種被上留著的她的餘溫。閉了口用鼻子深深的在被上把她的香氣聞吸了一回，他覺得他的肢體都酥軟起來了。」「偷窺」和「意淫」一樣，都是對欲望實際行動能力的取代，作為「想像」欲望的間接實現方式，指向了一種欲望訴求的病態。而質夫若非有著近乎「上刑具被拷問」的剋制，簡直就是一個變態色情狂。《茫茫夜》中的「他」則更在觸目驚心的變態自虐中覓取滿足，「他用那手帕揩了之後，看見鏡子裏的面上又滾了一顆圓潤的血珠出來。對著了鏡子裏的面上的血珠，看看手帕上的腥紅的血跡，聞聞那舊手帕和針子的香味，想想那手帕的主人公的態度，他覺得一種快感，把他的全身都浸遍了」，呈現的又是一種病態的極致。顯然，欲望的壓抑已在更深層次上導致了欲望形態的異變，欲望主體利用了身體的非欲望器官去獲取欲望的快感，使得欲望存在愈發的曖昧和含混。如果說藝術在於「解除壓抑」，那麼這種「解禁」由於欲望的病態顯然無法完成。事實上，由於文本人物深陷現實的生存困境、肉體上的病弱、精神上的自尊且自卑、人格的矛盾分裂等病態的人生境地，已無法坦然面對自身的肉欲衝動而只有放任它的受挫，由此引發的性反常凸現了人物的高強度心理衝突。或許，精神衝突是介於生物性和精神性之間人類欲望的本質特徵，人類的欲望表達只能在此種「躁動不安的狀態」中尋找出路〔註 26〕。郁達夫顯然沒有在欲望自身的生物性機制之中獲取這一點。在《沉淪自序》中他曾說過，在性的要求與靈肉的衝突中，「我的描寫是失敗了」〔註 27〕。作為「五四」一代的「自我覺醒者」，作家內心的矛盾或許過於複雜和激烈，因此既便在文本世界中採取了一種妥協的形式，以變相虛假的「滿足」方式勉強支撐人性的欲望內容，但仍難以阻止主體陷入欲望困境。在此意義上，文本作為作家主觀性的語言操控，雖有著巨大想像性空間，但仍無法構成文本人物（作家）欲望訴求的「白日夢」滿足，由此造成的精神痛苦必然影響到欲望敘述進程，進而走向病變中的欲望失敗。

對於文本中所普遍存在的死亡現象，同樣也不能看作一種單純的死亡事件，而是具有象徵意義的敘述環節。死亡是人生時間的中止，而生命即已結束，欲望必然終結。郁達夫說過，「性欲和死，是人生的兩大根本問題，所以

〔註 26〕 〔美〕諾爾曼・布朗：《生與死的對抗》，馮川、伍厚愷譯，貴州人民出版社，1994 年版，第 89〜92 頁。

〔註 27〕 郁達夫：《〈沉淪〉自序》，《郁達夫文集（7）》，花城出版社、香港三聯書店，1983 年版，第 149 頁。

以這兩者爲材料的作品，其偏愛價值比一般其他的作品更大。」〔註28〕顯然，二者的密切關聯，似乎已暗示出這一點。的確，《沉淪》中的「他」在所謂的「狎妓」後投海自殺，《銀灰色的死》中的「他」在「放蕩」生活的自我怨艾中暴死街頭，《清涼的午後》中老鄭則因爲妓女小天王的贖身和包養而最終溺死湖中。而後期代表作《她是一個弱女子》中漂亮女人鄭秀嶽則慘死於日軍的姦殺，欲望受到了死亡的完全碾壓。表象上的「人之死亡」預示了「欲望的死亡」。這是因爲，作爲人生否定性力量的死亡一旦介入欲望過程，人就不得不在虛無中背棄自身，從而終結欲望進程。而死亡陰影的籠罩且揮之不去，逐漸又強化爲一種毀滅性的極端化趨勢，最終就將死亡虛無、幻滅的否定性鋪展成欲望進程的基本氛圍。小說中的主人公往往在欲望的追逐中陷入了絕境，在趨向死亡的過程中或病情加重，或陷入生活的貧困交加，《茫茫夜》、《秋柳》、《懷鄉病者》、《空虛》等中「於質夫」在物質和精神上的窮病直至變態，《祈願》中「淫樂」生活帶來身體上的「倦弱」和精神的「孤獨」等等。一定意義上，這種走向欲望終結的「非欲望化」指向，不能不說明欲望訴求過程中的矛盾遊移已經通過死亡的絕對否定得以「消除」，凸現了一種欲望失敗態勢的最終形成。

「非欲望化」意味著改變欲望的自然軌道進而袪除、轉化欲望。圍繞敘述過程的欲望退場，表現出了一種背離欲望生命屬性的去欲望化趨向，由此造成人生結構的殘缺和空白，必然有待其他意義的填補和充實。從整體上看，欲望的敘述理路最終指向了他者意義對於身體性欲望的內在置換。這主要表現爲欲望向詩意自然、道德倫理、家國觀念等意義的轉移；而由於這些內容更多聯繫到欲望主體自身的道德感、理性意志與意蘊空間的現實內容，又與民族、社會、群體等沉重歷史意義銜接在了一起，在逐步消解欲望的同時，個中意義縫隙的存在，孕育著藝術風格的演變。

鑑於郁達夫小說一直存在著大量的自然景物描寫，我們仍可以從此入手來分析這一問題。郁達夫小說的主人公基本上都有著自然情結。按理來說，自然是人類欲望的源頭，也是欲望的本眞精神狀態，人物置身於自然之中，也就容易激發起欲望的生命能量。然而郁達夫小說並不具備這一點。從其早期作品來看，欲望主體往往遊移在欲望與自然之間：「這晚夏的微風，這初秋

〔註28〕郁達夫：《文藝賞鑒上之偏愛價值》，《郁達夫文集（5）》，花城出版社、香港三聯書店，1983 年版，第 5 頁。

的清氣，還是你的朋友，還是你的慈母，還是你的情人；你也不必再到世上去與那些輕薄的男女共處去，你就在這大自然的懷裏，這純樸的鄉間終老了吧。」(《沉淪》)伊人「想把午前的風景比作患肺病的純潔的處女，午後的風景比作成熟期以後的嫁過人的豐肥的婦人。……一條初春的海岸上，只有他一個人和他的清瘦的影子在那裏動著。」(《南遷》)「他搬上東中野之後，只覺得一天一天的消沉下去。平時他對於田園清景，是非常愛惜的，每當日出日沒的時候，他也著實對了大自然流過幾次清淚」(《空虛》)。顯然，自然並不構成與欲望精神的同質效果，相反，自然景物卻每每觸發了主體心態的感傷情懷。面對自然的陶醉往往是瞬間的，凸現了主體顧影自憐式的徘徊，在欲望的難以割捨中常常陷入無所適從，糾葛著自我、世界和人生處境的焦慮和探求的茫然。諸如《沉淪》中的「我」之所以「不上半年，他竟變成了一個大自然的寵兒，一刻也離不了那天然的野趣了」，並不是出於對大自然的眞愛，而是現實困境下的無奈逃避和短暫排解。而《空虛》中質夫對於田園清景的「愛惜」，既是出於鄰舍有著「纖嫩頸項」少女欲望訴求受挫後的自怨自艾，還是人生意義缺乏「引路」的「殘虐的運命」中的「自欺自慰」和空虛夢想，等等。

　　無疑，自然只能作爲一種情感的暫時逃避去處，而無法成爲精神上的安頓之地。郁達夫說過，「因爲對現實感到了不滿，才想逃回到大自然的懷中，在這大自然地廣漠裏徘徊著，又只想飛翔開去；可是到了一處固定的地方之後，心理的變化又是同樣要起來的，所以轉轉不已……而變做一個永遠的旅人。」〔註29〕這一對於自然的背棄，一定意義上也就說明他的欲望訴求無法走向「自然」，而陷入「飛翔開去」的意義轉化。我們發現，上述作品往往將狎妓等欲望訴求與尋求倫理、家國等意義相聯繫，對妓女等欲望對象的追逐有著普遍的非欲望意義附加。這一方面制約著欲望主體對於釋欲進程的投入程度，一方面也使得釋欲過程摻雜著理性的道德、社會、人生等層面的意義反省，欲望敍述每每存在著社會性的慨歎與怨尤。《沉淪》中的「他」「所要求的就是愛情」，但他一旦知道自己「想女人的肉體的心是眞的」，他就陷入自責，「他切齒的痛罵自己，畜生！狗賊！卑怯的人」，自責之後，則是「我再也不愛女人了，我就愛我的祖國，我就把我的祖國當作了情人吧。」《青煙》

─────────────

〔註29〕郁達夫：《懺餘獨白——〈懺餘集〉代序》，《郁達夫文集（7）》，花城出版社、香港三聯書店，1983 年版，第 250 頁。

中「就假使我正抱了一個肥白的裸體婦女，在酣飲的時候」，也會爲亡國和人生遭際而痛哭，憂鬱。《秋柳》中的于質夫在對妓女海棠一番同病相憐式的感慨之後，就決定「我要救世人，必須先從救個人入手」，「覺得海棠的肉體，絕對不像個妓女」了；《十一月初三》中的「我」雖迷戀於狎妓「歡樂的魔醉力」，但又不覺發起「反省病」，對著「世界」「自悼自傷」起來。由此，自然退簡爲一種背景，欲望主體們不得不遊走在欲望和社會觀念的衝突、矛盾的苦悶之中。

　　如果說「轉移」意味著欲望主體以一種代償性方式獲取滿足，那麼由於改變了欲望發展的方向，就會使敘事重心發生位移。欲望訴求和社會觀念之間的明顯對立，導致了非欲性內容對於欲望肉身意義的轉移態勢，而隨著這一態勢得以發展和趨於完成，就將改換敘述的意義空間，決定欲望被轉化的空間和效果，欲望最終將被外在觀念所置換。如果說，在郁達夫早期創作中這種轉移態勢還沒有達成置換的效果，那麼隨著後期作品中欲望主體的明顯自覺，轉移也就趨於完成，所謂欲望就將讓位於現實、理性等層面的社會倫理意義。結合作家的《蜃樓》、《遲桂花》等作品，已不難澄清這一軌跡。

　　《蜃樓》創作於 1926 年至 1931 年間，前後耗時近六年。其時正是郁達夫決意轉向民主主義道路的時期，「我想一改從前的退避的計劃，走上前路去」〔註30〕，「把滿腔熱忱，滿腔悲憤，都投向革命中去」〔註31〕。然而個人主義仍如一條「辮子」拖曳在創作之中，反映出作家轉變過程的矛盾性和長期性，某種意義上，《蜃樓》較全面的詮釋了這一點，表現出作家在「歧途的迷惘」中的「昂然興起」〔註32〕。從小說主題上看，欲望雖仍是敘述的重點，但整個敘述已被設置爲一次欲望非理性意義與主體理性意志之間的對決。文本世界的二元色彩使得敘述近乎欲望主體矛盾中的人生抉擇，雖不乏遊移和痛苦，但指向已趨於明朗。小說中「康夫人」等女性肉體的美不斷挑撥著欲望的本能神經，而富裕而年輕的異域女郎冶妮更像是欲望的終極符號，爛熟的青春肉體散發著濃褻難耐的魔力，但隨著陳逸群最終在意亂情迷中「高尚

〔註30〕郁達夫：《公開狀答日本山口君》，《郁達夫文集（8）》，花城出版社、香港三聯書店，1983 年版，第 31 頁。

〔註31〕郁達夫：《雞肋集題辭》，《郁達夫文集（7）》，花城出版社、香港三聯書店，1983 年版，第 172 頁。

〔註32〕范伯群、曾華鵬：《郁達夫論》，王自立、陳子善編：《郁達夫研究資料》，天津人民出版社，1982 年版，第 488～490 頁。

純潔地在岸邊各分了手」的覺醒，象徵性的瓦解了非理性欲望，彰顯了主體意志對於欲望的勝利。究其原因，作為欲望主體的陳逸群「總要尋根究底的解剖起自家過去的生活意思來」，面對多年來「惡劣環境的腐蝕」有著「對自己的心理的批評分析」。這使其面對欲望的迷亂總能保持一份清醒，「恢復了平時的冷靜的頭腦，卻使他對自己取得了一種純客觀的批評的態度。」倫理、家國等理性觀念佔據了主體的思想，影響到欲情的轉化。「當他靠貼住冶妮的呼吸起伏得很急的胸腰，在聽取她娓娓地勸誘他降服的細語的中間，終於想起了千瘡百孔，還終不能和歐美列強處於對等地位的祖國⋯⋯」，終而「分手」。而文中陳逸群圍繞「自我」、「中國社會」、「傳統禮教」一大段自白式的「懺悔」，雖有著「終究是一個空」的「最後結論」，流露出主體心態一度的矛盾遊移，但無疑是主體意志對於欲望自我的理性「解剖」。隨著主體對於欲望的逐步離棄，欲望化的身心終將走向安寧，「他的在一夜之中為愛欲情愁所攪亂得那麼不安的心靈思慮，竟也自然而然地化入了本來無物的菩提妙境，他的欲念，他的小我，都被這清新純潔的田園朝景吞沒下去了」。自然由此呈現了形而上的人生安撫作用，「面對著這大自然的無私的懷抱，肩背上又滿披著了行程剛開始的健全的陽光」，「眼前的景致，卻是和平清靜的故國的晴冬。」不難看出，由於主體理性意志佔據了上風，圍繞欲望敘述的人格精神分裂已然開始彌合，欲望受挫造成的精神苦悶和幻滅已開始讓位於人格境界的理性昇華，而由於此時倫理性對於欲望的轉換主要是一種消融，而並非極端性的擠壓，欲望也就顯示出於一種倫理性的和諧、安寧色彩，終而激發出敘事的詩意。如果說《蜃樓》還存在著明顯的二元對立，那麼到了《遲桂花》這一點已然得以縫合，敘述顯示了欲望與倫理等意義的和解，人物由此具有了「聖潔」向度的精神提升，構建出欲望在倫理取向上的「詩意」。小說將鄉村女性「蓮」作為道德力量的化身，形成對主人公的靈魂拯救，開始褪盡女性作為欲望「本質符號」的代碼意義。「遲桂花」對於欲望的倫理轉化是相對節制的，敘述仍然保持了人性結構上的「平衡」，凸顯了自然風景的優美和人性、人情的高尚等人倫理想狀態，雖然欲望「淨化」的背後還潛存著欲望的本能性衝動，但由於形上道德力量已能夠填補欲望淨化中的意義空白，欲望敘述已然轉向〔註33〕。

由此可見，欲望的衝動──欲望的轉移和淨化──倫理狀態的提升構成

──────────

〔註33〕關於《遲桂花》的欲望詩化特徵，下文將設專節加以討論。

郁達夫小說詩化欲望的內在機制。其欲望敘述的複雜性，不僅反映出欲望主體面對欲望的矛盾心態，也提供了其詩化欲望的基本路向。但個中的關鍵在於，郁達夫的欲望敘述卻是以有違人性自然規律的壓抑方式詩化欲望的，欲望被處理成倫理人生的對立性力量，最終欲望的淨化造成了對欲望本能的壓抑，反而忽視了欲望的正常欲求和釋放。比照郁達夫的其他小說作品，這也構成了一種互文性發展和印證。《過去》中的李白時在自批「卑劣」的懺悔後，「很舒暢的默默的直躺到了天明」；《迷羊》中則讓謝月英遁失得不知所蹤，象徵性的放逐了欲望；而《她是一個弱女子》中兩個漂亮年輕的女人一個投身革命從而離棄欲望，一個張揚欲望卻慘死於日軍姦殺，這一對照性情節同樣預示了欲望的「轉化」甚至消亡。郁達夫直承《迷羊》是一篇「懺悔錄」，也間接說明了這一點。現實主義成分的呈現，無疑凸現了敘述的歷史話語走向，《春風沉醉的晚上》、《薄奠》表達了對被壓迫的無產階級勞動者的深切同情；而其最後一部小說《出奔》又以大革命為背景，寫一個青年革命者被地主腐蝕、收買到覺醒後焚燒地主全家而「出奔」的過程，頗類「革命」題材的「成長小說」。敘述的階級和社會學主題充分體現出作家自謂的「一點社會主義的色彩」〔註34〕，最終就將介入時代主流敘事。

　　由於敘述中斷了欲望的正常釋放進程，本能衝動的欲望起點並沒有導向欲望的實現，本然地導致道德、倫理等理性意義對於欲望的最終置換；而隨著敘述向後者的最終傾斜，欲望敘述也就走到了盡頭。畢竟，感官的欲望本能是人性結構的重要內容，有其存在的必要性和合理性。如果缺少了這一點，人生就可能滑向禁欲主義的泥潭，造成人性、人生的分裂。在此意義上，其實也可以說郁達夫的欲望敘述一直沒有賦予欲望合理的人性地位，這客觀上造成了其欲望敘述遊移在頹廢和淨化之間，潛隱了欲望敘述轉化的可能。當然，對於郁達夫來說，這一過程是漸進性的，早期過多的非理性糾纏與徬徨，在理性和現實原則的規約中逐步走向後期的沉寂，雖在與深層理性意志的衝突和消長中一度造成個人欲望世界的喧囂與蓬勃，但在主題走向上卻一直不離現實重大問題。這說明他筆下的欲望問題又可歸屬為某種文化、民族、社會身份認同和探求過程中的某種方式和手段。

　　當然，相對於理論上的「靈肉合一」的人性理想形態，上述抒情小說家

〔註34〕郁達夫：《達夫自選集・自序》，《郁達夫文集（7）》，花城出版社、香港三聯書店，1983年版，第256頁。

的欲望敘事所呈現的欲望品格似乎並不十分純粹。透過他們不乏激烈衝突、矛盾的欲望世界，欲望在靈、肉衝突之間的調適往往有著不同程度的遊移甚至是背離，生命欲望在非理性的放肆和倫理壓抑之間有著過多的意義縫隙，反映出欲望衝突的詩意調適在文學人生語境中的艱難。就沈從文而言，由於作家將原始性的生命力量作為反駁、改造現代「病態」人性和文明的主體精神資源，欲望仍有著過多生物性因素，浸染著較重本能主義色彩的人生意義結構似乎難以有效兼容現代性的文化精神訴求，在反映出作家藝術觀念偏向的同時也多少導致了文本語義世界的失衡。而郁達夫小說對於欲望「淨化」中的意義轉向，又潛隱著禁欲主義的泥潭，最終導致了文學人生的分裂和扭曲。

或許，欲望本身就是一種布滿矛盾的「複合體」，對於複雜的人性世界乃至滲透著偶然性和諸多牽制的藝術創作來說，欲望的詩化也充滿了不確定性，而不得不在欲望的變形和人性結構的相對失衡中覓取「豐滿」的人性理想。在此意義上，抒情小說的欲望敘事在構建出自身的欲望詩化品格的同時，雖然帶來了不同於主流文學話語的欲望形態和意義，但也存在著社會文化觀念和現實歷史語境的影響和制約，最終又將束縛了欲望敘事的詩化努力和嘗試。總體看來，他們都不可避免地受到了現代文化語境的牽制，沈從文未能解開「自然與文化」的死結而在感傷和落寞中「抽象的抒情」，並最終離開了文學之路；而郁達夫在社會主義的精神光環中則變身為「烈士」，說明抒情小說的欲望詩化向度在「非文學」的現代語境中缺乏歷史展開的合法性。由此，欲望的詩化也就只屬於少數人的文學想像，沈從文的欲望詩意只是在汪曾祺等人那裏有著「婉約」的回響，郁達夫則被淹沒在革命敘述之中。在普遍意義上，欲望仍被視為非理性的灰色人性意域，繼續接受著現代文化的貶抑，難以調和的靈、肉衝突注定了欲望將在釋放、轉化乃至壓抑之間陷入迷亂、焦慮和困頓，而這似乎更近於現代小說人生敘述的實情。

第三節　《遲桂花》的敘事解讀

作為郁達夫後期創作的代表性作品，《遲桂花》表現出的「欲情淨化」色彩，使其被指認為郁達夫「最具詩意的作品」。多年來，我們也習慣於在欲望淨化的層面論析其間的人性昇華和田園情懷等詩意的因素，稱道其「自然人

性的優美」，而對於「淨化」造成的欲望主題的複雜性則很少注意。事實上，《遲桂花》的欲情淨化表徵了人性在欲望和道德倫理之間的遊移，意味著郁達夫小説詩化欲望的兩難，最終使《遲桂花》游離人性的「自然」之境，而只能在道德倫理意義上的人格昇華中收穫詩意。

《遲桂花》講述了「我」到西湖畔的翁家山去參加多年未見友人婚禮的過程，其間主要內容在於「我」爲友人妹妹蓮兒的健美所深深吸引，以及隨之而來的欲念又被她樸實無邪的人格所淨化；最終「我」向蓮兒懺悔自己的精神犯罪，兩人兄妹相待，陶醉在翁家山無所不在的清新山水之中。作者在翁家山的田園風光上傾注了大量的筆墨，使文本呈現出田園化的抒情氛圍。問題是，當我們感受到這種詩情畫意般的優美之後，更值得回味和思索的是主人公「我」的欲情在這一過程中的「淨化」眞僞問題，若是，精神的支點是什麼，若否，所謂「淨化」傳達了一種什麼樣的內在精神理路？

鑒於「桂花」意象在作品中的重要性，我們仍可以從「桂花」入手開始探詢上述問題。初到翁家山的主人公似乎陶醉在山村的景物之中，其間人倫和諧，景物優美，一洗郁達夫舊日作品的灰暗色彩，變得清新明亮，而「桂花」則是其中的焦點：「看得見的，只是些青蔥的山，和如雲的樹，在這些綠樹中，又是些這兒幾點，那兒一簇的屋瓦和白牆」，「……心裏正在羨慕翁則生他們老家處地的幽深，而從背後又吹來一陣微風，裏面竟含有說不出的撩人的桂花香氣。」「桂花」的首次出場帶來的是一種「說不出的撩人」，所指的不明朗意味著敘述方向的諸多可能性。但隨著桂花的第二次出現，這種「說不出」被直接指認爲「要起性欲衝動的樣子」：「……可是到了這裡，所聞吸的盡是這種濃豔的香氣」，「我聞了，似乎要起性欲衝動的樣子」。顯然，優美的景物敘述並不能遮蓋本能的衝動，相反欲望的呼之欲出成爲敘述的重要旨向，「桂花」在此也就成爲欲望的某種表徵。隨著敘述過程的展開，這種欲望氣息伴隨著桂花香氣的彌散一再被敘寫。「看看她那一雙天生成像飽使過耐吻胭脂棒般的紅唇，更加上以她所特有的那一臉微笑，在知的分子之外還不得不添一種情的成分上去」；「……我竟恍恍惚惚，像又回復了青春時代似的爲她迷到了」；「她的肥突的後部，緊密的腰部，和斜圓的脛部的曲線，看得要簇生異想……那個高突的胸脯，又要使我腦殺……短而且腴的頸際，看起來，又格外的動人。」類似的女性形體描寫和主人公的性欲衝動存在著明顯的共生、迎合關係，預示著欲望已然成爲敘述的一種結構性要素。可以說，對於

這類本能性的欲望衝動描寫在《遲桂花》的前三分之二部分成為閱讀過程中的主要印象。

在這些篇幅中，郁達夫明顯沒有擺脫前期欲望敘述對於欲望的把玩、迷戀心態，然而郁達夫並沒有淹沒其中。當主人公的欲望衝動在和蓮兒有了身體的接觸之時不可思意的中止了，欲情得到了突然的淨化，其原因在於一種靈魂深處的道德「覺醒」：「我的心地開朗了，欲情也淨化了……我將自己的邪心說了出來，我對於剛才所觸動的那一種自己的心情，更下了一個嚴正的批判」。「對於一個潔白得同白紙似的天真的小孩，而加以玷污，是不可赦免的罪惡。我剛才的一念邪心，幾乎要使我犯下這個大罪了。」欲望過程的中斷意味著主人公人格上的某種變異，道德意識對於欲望「邪心」的審判預示著敘述將擺脫既有的非理性軌跡，開始某種內在變化。而文中的友人雖然身染肺病，回家等待死亡，但在自然景物之中，在慈母的關愛之下，卻得以痊癒，擺脫了死亡的追逐。這種死亡模式的改變也構成了某種意義上的一種呼應，說明人倫性力量具有一種改變人生的根本性作用。《遲桂花》由此表現出了對郁達夫小說既有敘述路向的游離。

羅洛梅說過，性欲「指向的最終目標是滿足和放鬆，而愛欲的目標則是一種欲求、渴望，一種永恆的探索，一種永續不竭的擴張。」〔註35〕顯然，由於敘述軌跡的改變，肉身的欲望不僅沒有被賦予滿足，反而被一種反向的形而上的道德化力量逆轉了，意味著欲望向某種「永恆」意義的擴展。很大程度上，這就是從肉身之欲向倫理之愛的轉換，被「拯救」的欲望趨向了道德向善的人格提升。主人公將此歸結為「幸虧你的那顆純潔的心，那顆同高山上的深雪似的心，卻救我出了這一個險。」而小說在此將健美的女性「蓮」作為道德力量的化身，形成了對主人公的靈魂拯救，顯然意味深長。

對於郁達夫而言，欲望敘述就是一場「性的要求與靈肉的衝突」〔註36〕，這種內在衝突的存在使他一直有著對肉身欲望的抗爭。在其大部分小說中，普遍性的愛情、家國、民族等倫理意義的介入，對於欲望有著明顯的消解趨勢。如《沉淪》中的「他」在祖國貧弱的積怨中嫖妓和自殺，《青煙》中的「我」將尋歡的動機歸結為「亡國」，《秋柳》中的于質夫在和海棠的交往中摻雜著

〔註35〕〔美〕羅洛梅：《愛與意志》，蔡伸章譯，甘肅人民出版社，1987年版，第97頁。

〔註36〕周作人：《沉淪》，鍾叔河編訂：《周作人散文全集》（第2卷），廣西師範大學出版社，2009年版，第538頁。

「救世」的慨歎，等等。而由於欲望主體常常深陷貧病交加的現實境遇，以及對欲望近乎病態的迷戀，往往體現出主人公在非理性欲望泥潭中沉淪與抗爭並存的心理矛盾與衝突。在此背景上，《遲桂花》最終就將一種背離欲望的「趨勢」演變爲一種結果性的欲望棄離。當我與曾經的欲望對象「蓮」結爲兄妹之後，神聖的倫理之愛強制的實施了對肉欲的清算，「我們是已經決定了，我們將永久地結作最親愛最純潔的兄妹。」心靈的道德聖化，不僅標識了我的靈魂的淨化，也使蓮「滿含著未來的希望和信任的聖潔的光耀來」，同時也使我對所置身的俗世產生了鄙夷，「這一個伶俐世俗的知客僧的說話，我實在聽得有點厭煩起來了」。救已和救世在此發生了統一，欲望的歷程由於道德力量的介入而中斷，「桂花」形象也被賦予了相應的神聖倫理意義，而成爲新生活的指代，「在這兩株遲桂花的中間，總已經有一枝早桂花發出來了。我們大家且等著，等到明年這個時候，再一同來喝他們的早桂的喜酒」，而文終「但願得我們都是遲桂花」則又近乎一種強調，將道德的淨化意味突出爲一種普泛意義，「桂花」又被完全轉換爲非欲望的明日理想生活象徵，敘述的詩意凸現了人生在倫理淨化中的和諧和適度。

相當意義上，《遲桂花》成爲作家對於欲望敘述的一次告別，欲望在敘述的內在轉換中已然被淨化乃至離棄。然而，《遲桂花》的道德淨化並不能被簡單理解爲一個道德倫理與肉身欲望的二元對立問題，其間蘊含了人性欲望的複雜性。這裡一直存在著一個誤區，即能否正視欲望的問題。畢竟，作爲人性的本質性內容，欲望的存在有其必要性和合理性，即便道德高地上的「聖人」，也很難保證沒有欲望本能的衝動，「人的感性欲望是一種強大的生命原動力……感性欲望的強烈，是健康的表現，是具有生命活力的表現。」〔註37〕以此衡量，我們就會發現「欲情淨化」其實構成了一種對欲望的轉移或壓抑。由於作品將欲望置於道德淨化的對立面，這就使道德淨化成爲文本後半部的敘述動力，然而這並未能完全消除欲望的潛流，相反，欲望在道德的壓抑下仍然潛伏著衝突性的兩難。欲望在被淨化、消解的同時，又並非完全被動，還有著本然性自身的律動，而敘述話語對其不期然的流露客觀上削弱了道德的淨化功能。如此，在淨化中的主人公身上又可以「看到」另一幅圖景：

面對蓮的鮮活的肉體，淨化了的「我」卻不由自主的接受了蓮「倒入了

〔註37〕劉再復：《性格組合論》，上海文藝出版社，1986年版，第443頁。

我的懷中……等她哭了一會兒後，就拿出一塊手帕來替她擦乾眼淚，將我的嘴唇輕輕地擱到了她的額頭上。兩人依偎著沉默了好久」。道德的力量顯得如此的無力，「兄妹」似乎成為一種行為道德上越界的藉口；而伴隨心思的浮動，又不禁使「我」失態，「不知不覺，在走路的當中竟接連著看了她好幾眼。」而蓮「因為我的腳步的凌亂，似乎也注意到了我的主意力的分散了」。既便是作家一直在有意識強化道德的淨化力量，但仍遮掩不住欲望衝動的面容，掩飾同樣顯得蒼白甚至自欺。「在綠竹之下的這一種她的無邪的憨態，又使我深深地，深深地受到了一個感動」。語言上的強調透露的是一種深度的不自信，還帶來了一種情感抒發上的做作感，「我時時刻刻在偷看則生妹妹的臉色……在這一日當中卻終日沒有在臉上流露過一絲痕跡……就是則生和他的母親，在這一日裏，也似乎是愉快到了極點。」道德上的淨化真的能夠挽救「我」和其他眾生，進而走向一種無欲的理想生活狀態嗎？答案顯然不那麼確定。似乎為了進一步掩飾這種潛意識上的懷疑和不自信，作家在最後用了「但願得我們都是遲桂花」。作為一個指向將來的詞彙，「但願」無疑包含著對此前和當下行為的一種潛在否定。或許，「遲桂花」也就是一種道德上的幻象而已。與此相適應，既便此時主人公陶醉於翁家山的自然風光，也不能遺忘欲望的衝動，淨化構成的轉移也只是暫時的，「我看了不得不伸上手去，向她的下巴底下撥了一撥」；在綠的掩映下，他的無邪又讓我「深深的受了一個感動」；既便宣稱著心境的滿足、和諧，但不時想到的還是「食欲高潮亢進」、「一股自由奔放之情」等等。試想，一個欲望得不到止確對待的個體真的能夠做到心性的平和嗎！叔本華說過，「性欲是生存意志的核心，是一切欲望的焦點」，所以性欲是「最強大、最有力的活動」，「它佔據人類青春期這段黃金時代的一半時間，耗費他們的思想和精力；它也是人類終生夢寐以求的鵠的」〔註38〕，無疑也適用此處。

　　欲望和道德倫理的這種矛盾和衝突來源於人性的複雜性。卡西爾說過，「人之為人的特性就在於他的本性的豐富性、微妙性、多樣性和多面性」〔註39〕。而正是這種豐富性和複雜性，才構成欲望敘述的巨大張力。只有正視這一點，我們才能發現《遲桂花》的欲情淨化所存在的人性局限。作者顯

〔註38〕〔德〕叔本華：《愛與生的苦惱》，金玲譯，華齡出版社，1996 年版，第 55頁，第 45 頁。

〔註39〕〔德〕恩斯特·卡西爾：《人論》，甘陽譯，上海譯文出版社，1985 年版，第 15 頁。

然有著以道德上的淨化來達到去欲望化的意圖，他要對「自己的邪心」「更下了一個嚴正的審判」。道德「向善」的單極性追求構成了對於人性感性一面的遮蓋，欲望處於了道德的陰影之下。淨化欲望的同時又在否定、遮蔽著欲望，《遲桂花》的人性表達也就遊走在欲望和道德的兩難之中，呈現出二者的矛盾糾葛狀態，而這無疑導致了欲望敘述的某種困境，一方面，《遲桂花》存在著郁達夫舊有欲望敘述中那種非理性欲望的湧動，另一方面由於以道德化的倫理指向作爲參照，又表現出對於欲望的明顯壓制，最終阻隔了人性的自然狀態。故此，《遲桂花》的欲望淨化又不蒂於一種欲望的迷失，意味著人性的非自然化，它的優美也就主要在於鄉村田園的優美以及倫理性的人格淨化和境界昇華，而在人性向度上卻又是走向不自然的。

顯然，在郁達夫小說中，具有如此「詩意」色彩的作品並不多，確切地說，可能只有這麼一部。敘述的欲望轉化機制尚無法爲此提供充足的生長空間，諸如《沉淪》中「我」在自然之中的欲望觸動只是加劇了自身的感傷；《蜃樓》中的陳逸群化入了「無物的菩提妙境」，欲望主體性又迷失於自然。欲望的分裂和異化使這些作品連成爲走向這一步的「歷史中間物」也談不上。而從文學史實際來看，情況也是差強人意，爲數不多的作家之一沈從文固然是主要代表，其「湘西題材」作品賦予欲望自然狀態下的生命釋放和提升，倡揚了生命力與美的自然健康，將被壓抑的生命欲望導向健康自然的人性軌道。但作家得到的卻是多桀的命運，作品飽受壓制。或許在現代文學的歷史語境中，不管欲望以何種面目出現，似乎都難逃貶抑與壓制，由此產生的欲望尷尬和危機，就是現代欲望敘述的歷史性結局。

第四章　現代抒情小說的宗教敘事

　　現代抒情小說對於現代人生意義的表現和建構是多方面的，不僅包含人生的鄉土和肉身內涵，同樣也深入了宗教性的神聖意閾。這不僅在於審美人生與神聖世界之間存在著密切關聯，本然地蘊含了終極性的宗教意義，而且由於現代文學發生語境的濃厚宗教色彩也在激活文學的神性意味，奠定了現代小說與宗教文化的歷史性聯繫〔註1〕。伴隨著五四時期「人的覺醒」語境的形成，以基督教爲主體的宗教文化成爲現代作家理解文學和人生的重要思想資源，促進了現代文學與宗教文化的結盟，「各種宗教的傳入……對新文學運動所提供的幫助，是應該可以確定的」，而由於基督教在西方文化結構中的根砥性意義，「現代作家們所接觸和介紹的主要的部分應該說是以基督教精神爲根本的」〔註2〕，「被現代知識分子所理解，也成了新文學表現和關注的思想資源」〔註3〕。對於他們而言，基督教文化的救世和自救、信仰與反叛、人性和神性相統一等思想傳統固然迎合了現代社會啓蒙和精神解放的歷史需要，然而借助於對現代人生處境、個體情緒感受和生命體驗的思考和表達，關於愛的宗教信念、神秘的樂園圖式以及存在詩思等宗教的超越性意蘊也爲現代

〔註 1〕　本文的「宗教文化」主要指向一種以基督教文化爲主體的現代人文精神。雖然現代小說對於儒、道、釋、佛、等多種宗教文化都有所表現，但就影響過程和程度來看，基督教仍是現代小說宗教敘述的主要思想資源，而且相比較而言，基督教文化的詩性色彩也最爲明顯。

〔註 2〕　參見譚桂林：《百年文學與宗教》，湖南教育出版社，2002年版，第3～4頁，第23頁。

〔註 3〕　王本朝：《二十世紀中國文學與基督教文化》，安徽教育出版社，2000年版，第14頁。

小說審美意義的生長提供了空間。在此背景上，現代抒情小說也就構成了這一脈宗教人文思潮中最具詩意色彩的文學景觀，宗教精神限度中的人生訴求，指涉了現代人生的深度模式，不僅在一定程度上彌補了中國傳統文學結構中的宗教缺失問題〔註4〕，而且也使得現代文學對於人生問題的觀照獲取了宗教文化的神聖視野，「以『更高』爲取向」〔註5〕的宗教敘事介入了超驗性的人生內涵，激活了現代小說參與現實、承擔歷史、感悟人生、創造自我的多種可能性，進而顯示出一個變革時代文學人生的豐富邊界。

第一節　宗教信靠的神聖度測

宗教是人類信靠的基本形式。在人生的意義結構中，內在的宗教感是一種普遍的精神現象。作爲現實的生命個體，人類的現世生存總是爲苦難、荒誕、虛無等陰影所籠罩，難以擺脫無休止的世俗困境和永恒死亡否定的困擾，若想活得有尊嚴、有價值就必須有所信靠。現代心理學將這類需要歸屬爲「集體無意識」，舍勒則稱之爲「有限個體之意識的本質」，「涉及每個人的形式的信仰財富」的「絕對之域」〔註6〕。從宗教歷史來看，一般存在兩類宗教形態，

〔註4〕作爲人生意識高度發展的產物，宗教是隨著個體意識的強化而意識到「爲了給自我找到克服廣場恐懼的靠山」的產物（劉士林：《中國詩性文化》，第99頁）舊論認爲中國缺乏宗教，恰說明了中國傳統文化不能回答這一問題。夏志清就曾指出，「中國文學傳統裏並沒有一個正視人生的宗教觀。中國人的宗教不是迷信，就是逃避，或者是王維式怡然自得的個人享受。」（夏志清：《新文學的傳統》，第33頁）蕭兵則指出，中國文化趨「善」而務實，宗教並不發育，「儒學本非宗教卻被宗教化」，儒家思想注重道德修爲和經世致用的儒家思想，實是一種倫理道德主義；而佛教文化同樣側重倫理性、社會性，慈悲爲懷、與人爲善、積德積善等一些基本觀點與儒家基本相近；至於「對中華文化影響最大的是中國土生土長的道教」，主張修身養性、修道成仙，懲惡勸善，報應昭彰，還吸收了許多佛教成分。由此所謂的「宗教文學」便是帶著批判精神的「實寫」，以及忍不住的遊戲人間或玩世不恭的調侃和幽默，也就缺乏終極性人生關懷的宗教意識（蕭兵、周俐：《古代小說與神話宗教》，山西人民出版社，2005年版，第20頁）。而基督教，雖「在中國歷史上早已存在，但卻沒有進入文學世界。」（王本朝：《二十世紀中國文學與基督教文化》，安徽教育出版社，2000年版，第8頁。）

〔註5〕〔德〕舍勒：《死·永生·上帝》，孫周興譯，中國人民大學出版社，2010年版，第166頁。

〔註6〕〔德〕舍勒：《〈死·永生·上帝〉中譯本導言》，孫周興譯，中國人民大學出版社，2010年版，第13～14頁。

一類是以教會制度爲基礎的「有形」宗教，另一類則是以個體認信的生命體驗爲基礎的「無形」宗教。前者導致一種以教義、教徒、神權統治和文化衝突爲基本特徵的體制化宗教形態，後者則孕育了一種以天使、聖恩、天堂、樂園、彼岸世界等爲意義符碼的形象化、情感化和審美化的宗教人文情懷。雖然說歷史上判別人們是否信靠某種宗教往往需要得到具體教會建制的身份認定，然而從現代宗教理論來看，宗教感的存在並不完全在於有形的教會和作爲信徒的身份歸屬，即便趨向教會嚴律論的加爾文也曾在教會論開宗就指出，基督徒的身份是以信基督而非信教會來確定的〔註7〕。統觀基督教的發展，基督教也一直是沿著從外在的、宇宙論的建制形式向內在的、心靈的、神秘的情感形式方向的「雙重擺蕩」式運動〔註8〕。對於現代人類而言，現實語境已發生了很大變化，傳統形態的宗教生活雖在一定人群和範圍內繼續存在，但新的宗教生活和信仰方式已經出現，即「一種被認爲不局限於教會之中、與之並立且又高踞其上的外在於教會的宗教」〔註9〕。宗教的這一變化，意味著現代宗教不再僅僅作爲一種客觀的實體或外在的教會體制而存在，而更多被當做一種個體性的、內在的情感體驗行爲。固然，宗教的「來世安慰」具有明顯的虛幻性，但並不影響其作爲「生存本質」的人生屬性。或許，正如劉小楓所詰問的，「如果一個人的生命與基督的救恩發生了關係，是否被確認爲基督教徒又有什麼緊要？」〔註10〕

　　顯然，就本節的論題而言，人生美學意義的生成將依託後一種宗教形態。現代意義上的宗教更傾向於一種「認信的生命感覺」。當西美爾說：「宗教存在乃是整個生機勃勃的生命本身的一種形式，是生命磅礴的一種形式」，「宗教信仰最內在的本質，就是人之靈魂狀態或情緒狀態。宗教情緒是一種生命過程」〔註11〕，顯然指向了這一方面。而按照施萊爾馬赫等人的觀點，宗教爲人生提供了情感的依持，是有限人生的無限依託，「宗教感是一種依持意識，一種有所託付的情感：有限的個體在現世的生活中把自己的生活託付給

〔註7〕　參見〔法〕約翰‧加爾文：《基督教要義》，基督教文藝出版社，1986年版。
〔註8〕　〔英〕弗格森：《幸福的終結》，徐志躍譯，中國人民大學出版社，2009年版，第296～299頁。
〔註9〕　參見劉小楓：《聖靈降臨的敘事》，北京三聯書店，2003年版，第86～89頁。
〔註10〕　劉小楓：《聖靈降臨的敘事》，北京三聯書店，2003年版，第86頁。
〔註11〕　〔德〕西美爾：《現代人與宗教》，曹衛東等譯，中國人民大學出版社，2005年版，第54頁，第21頁。

一個可靠的無限。」〔註 12〕「上帝作爲人類的『終極關懷』的象徵，表明人類對於理想生活的信仰和嚮往」，「終極關懷使人克服了疏遠，把人從墮落和絕望的狀態中拯救出來，使人成爲新造的人即新存在。」〔註 13〕作爲一種既神秘又神聖的精神力量，宗教包含著現代人生的終極樣式與意義，其本質在於一種普適性的人類精神現象和生命屬性，標示出生存關懷的終極限度。相當程度上，朝向終極（上帝）的宗教生存也就構成審美人生的一種象徵，情感張力中的生命訴求與文學人生的美學意義存在著明顯的通約性和一致性，寄寓著深切的現代人文情懷。然而問題在於，當我們把一種宗教文化精神強調爲生命賦形和情感之學時，這種人生信仰的審美表達機制是如何形成的，換言之，宗教是如何以自身的方式詩化人生，呈現出美學意義的。

宗教詩化人生的原初動力同樣在於人類對於現世困境的抗拒與克服，追求理想生存境界的本然衝動，「身在不完美的塵世中的人只有在對完美存在的期待之中獲得信仰的眞諦」〔註 14〕。在生存的普遍對立與衝突中構建超越性，對於宗教的人生詩化來說充滿了歷史性意義：「要求彌補零散的此在，要求調和人自身中以及人與人之間的矛盾，要求替我們周圍一切飄忽不定之物找到可靠的基點，到嚴酷的生命之中和之後尋求正義，到生命紛雜的多元性之中和之外尋求整合性，對我們恭順以及幸福衝動的絕對對象的需求，等等，所有這一切都孕育了超驗觀念。」〔註 15〕對「完美存在」的期待，反映出人類詩化自身的深層動機，只不過在宗教而言這一過程的目標在於終極性「幸福」狀態的實現，以神聖的價值訴求和超驗性的彼岸理想來轉化和超越現世的種種「不完美」。不可否認，現世的苦難是宗教面對的普遍「經驗現實」，衝擊的直接性和緊迫性是審美人生的「共同的難題」，宗教的詩化追求將不得不面對這一事實，在現世與來世之間的此在承擔、價值呼求、身心磨礪等繁雜而多樣的糾結與對峙中尋求出路。「如果某個宗教否定這一經驗並拒絕人類普遍的苦難挑戰，……這樣的宗教已經失去了中肯性，至少失去了其

〔註 12〕劉小楓：《祈求與上帝的應答——奧斯維辛後的祈求實踐的神學反思》，參見劉小楓編《基督教文化評論（8）》，貴州人民出版社，1998 年版，第 8 頁。
〔註 13〕王珉：《終極關懷——蒂里希思想引論》，新華出版社，2000 年版，第 6 頁，第 43 頁。
〔註 14〕〔法〕薇依：《〈重負與神恩〉中譯本導言》，顧嘉琛等譯，中國人民大學出版社，2005 年版，第 4～5 頁。
〔註 15〕〔法〕西美爾：《現代人與宗教》，曹衛東等譯，中國人民大學出版社，2005 年版，第 38 頁。

有效性。」〔註16〕可以說，正是在與苦難的糾結與克服中，宗教首先建構了自身的超越性，生存的神聖光輝才得以凸顯，「通過基督事件，上帝之愛親臨人類的受苦，與人類的苦難認同……這種愛表明上帝以愛的受苦來承負受苦的努力，在受苦中創造無盡的愛的行爲。」〔註17〕而諸多的宗教思想家也不止一次的說過，「上帝是愛的啼泣，以最深深隱秘的手段溢向人的苦難。」〔註18〕「在上帝與窮人的約之外沒有拯救」〔註19〕。宗教和苦難的共生關係，導致了宗教的人生詩化將主要是對生存悲劇性的轉化，是在苦難的泥濘跋涉中構築人生的拯救之路。以此推延，道德的淪落與淨化的艱難，靈與肉的衝突，社會倫理性的糾纏，現實人生的荒誕、無聊、庸常等悖論性的現世沉淪和異化處境等等，也都構成了對宗教超越性的阻滯。宗教作爲一種終極精神力量，將在普遍層面上發揮對於現世人生的拯救作用，「拯救性的聖靈也居住在諸宗教中」〔註20〕。上述品質的存在，自然溝通了宗教人生的美學意義，「此在」人生由於宗教的「光照」而「獲救」，由此邁入詩化的超越軌道。

　　就宗教的美學形態來看，「愛的祝福」是一條基本原則，諸宗教都可以視爲「拯救的道路、上帝拯救之愛的通道」〔註21〕。作爲「上帝的本質」，「愛」是生命價值的起源，往往被視爲宗教的「最高形式的精神原則」，是推動人生向「新的存在」提升的「巨大力量」〔註22〕，「只要仁愛之惠臨尚存，人將常川地以神性測度自身。只要此種度測出現，人將據詩意之本質而詩化。」〔註23〕相當意義上，宗教所蘊含的打破現實自在和被動處境的詩化人生意義

〔註16〕保羅‧尼特：《宗教對話模式》，王志成譯，中國人民大學出版社，2004年版，第177頁。

〔註17〕劉小楓：《祈求與上帝的應答——奧斯維辛後的祈求實踐的神學反思》，參見劉小楓編《基督教文化評論（8）》，貴州人民出版社，1998年版，第16～17頁。

〔註18〕〔英〕弗格森：《幸福的終結》，徐志躍譯，中國人民大學出版社，2009年版，第27頁。

〔註19〕〔美〕保羅‧尼特：《宗教對話模式》，王志成譯，中國人民大學出版社，2004年版，第186頁。

〔註20〕〔美〕保羅‧尼特：《宗教對話模式》，王志成譯，中國人民大學出版社，2004年版，第106頁。

〔註21〕〔美〕保羅‧尼特：《宗教對話模式》，王志成譯，中國人民大學出版社，2004年版，第131頁。

〔註22〕王珏：《終極關懷——蒂里希思想引論》，新華出版社，2000年版，第126～128頁。

〔註23〕參見劉小楓：《拯救與逍遙》，上海三聯書店，2001年版，第195頁。

也就在於「愛」的功能性賦予，「惟有在那愛中，眞正的幸福才可向人敞開」〔註24〕。「愛」的規定性在於，它是一切疏遠化的事物重新統一於自身本質存在的活動，正是因爲「有了愛，一個新的形象便產生了，該形象雖然與某個實際人格息息相關，但就其本質和觀念而言，它生活在一個完全不同的世界中，並非此人的自在現實性所能企及。」〔註25〕「愛」本然地具有溫暖、親和、和諧、詩意的性質，在宗教的光照下，愛將成爲一種聖化人生的神秘精神力量，神聖的恩典幻化爲「惠臨」眾生的終極關懷，人生將「因愛得救」。

　　而從哲學層面審視宗教的詩化美學，還意味著一種普泛意義上的「存在之思」。現代哲學的特點之一就是宗教和存在主義哲學的結合。西方有一個頗爲流行的觀點，就是將「上帝看作是存在的象徵」，「存在」被看做是「眞正的基督教範疇，上帝存在」〔註26〕，「神聖向人召喚，在召喚裏顯示自己，以人的存在——努力和欲求的存在——希望，帶向存在的秘思。」〔註27〕「存在」蘊含著宗教的神聖意義，相當意義上，宗教美學對於此在人生的詩化，也是一種關於「存在」範疇的精神探詢，體現出「天、地、人、神的四重整體」相統一的「存在之思」。存在主義者常把「存在」視爲對現世「沉淪」、「被拋」、「煩」、「畏」、「自欺」等「此在性」的超越，所謂面向「存在」就是追求「人之人生在世的棲息進入眞境而留待」，「近臨存在的身畔」〔註28〕。這種終極關懷的意義探詢既是對於貶抑人之存在價值的現代文明的反動，也是一種將人生從「自在狀態」上達到「自爲狀態」的詩化過程。確切的說，宗教的人生美學也就是一種有關存在的詩化哲學〔註29〕。

〔註24〕參見〔英〕弗格森：《幸福的終結》，徐志躍譯，中國人民大學出版社，2009年版，第100頁。

〔註25〕〔德〕西美爾：《現代人與宗教》，曹衛東等譯，中國人民大學出版社，2005年版，第109頁。

〔註26〕參見〔英〕弗格森：《幸福的終結》，徐志躍譯，中國人民大學出版社，2009年版，第91頁。

〔註27〕參見曾慶豹：《解放、烏托邦動力與神學的旨趣》，劉小楓編：《基督教文化評論（8）》，貴州人民出版社，1998年版，第231～232頁。

〔註28〕劉小楓：《詩化哲學》，山東文藝出版社，1986年版，第239頁。

〔註29〕世界觀就是人生觀、生活觀。劉小楓說過：「對生活之謎的解答，就是世界觀。」（《詩化哲學》，第164頁）而按照盧克曼的界定，「個人存在從超越的世界觀中獲得其意義。……（世界觀）執行著本質上是宗教的功能，我們將它定義爲宗教的基本社會形式」（〔德〕盧克曼：《無形的宗教——現代社會中的宗教問題》，覃方明譯，中國人民大學出版社，2010年版，第5頁）。

　　顯然，在宗教的神聖意域中構建超越性的審美人生，是一個意圖與隱秘世界建立溝通的艱難過程，人類的有限感性難以通過知性認識達到這一目標，神聖世界的幽玄並非理性思維所能把握。這就需要促成認識論的轉變，超越客觀外在關係的知性認識，超越時空、因果關係的清晰分析，追求本體論意義上的「意志的澄化」，使認識論與人生論（存在論）緊密地交溶統一〔註30〕，即從知性認識論走向審美直觀的本體論，在生命的「詩思」過程中把握、領悟和體驗與神性世界之間的隱秘關係。也就是說，需要借助一種以宗教的「信靠」意志為基礎、本體論意義上的「詩思」方式，才有可能深入這一超驗的形上之域。「信靠」是一種對於宗教的虔信態度，這種虔信並不在於一定要皈依某種具體的宗教，而在於個體從內心保持對宗教的認同和敬畏，屬於一種「靈魂情緒」。人類只有真正信靠宗教，才有可能承納宗教的詩化，「信心可以是與上帝的隱秘關係，但被真正持有的話，他就在始終如一的虔敬生活方式中顯明其存在。」〔註31〕「信靠」意志回應了人們對於宗教的心理需要，是個體世界與宗教精神建立關係的前提和基礎，而要實現這一目標，想像、體驗超越性人生的潛在可能，還需要經由「詩思」的無限「洞見」。

　　思是一種冥想與感悟中的展望，也是探尋中的反思與洞察，屬於一種本體論的詩性思維方式。只有通過「思」，我們才能穿透晦暗不明的生活表象，辨明深入終極意義的通路。海德格爾認為，思是「思入存在本身」，「思把我們帶向的地方並不只是對岸，而且是一個全然不同的境地」〔註32〕。海德格爾還指出，思與詩是結合在一起的，「思必須在存在之謎上去詩化，詩化才把早被思過的東西帶到思者的近處」〔註33〕，又就「思」的詩化本質做出了論斷。相當意義上，「思」意味著本體論的自我沉醉，其寧靜和超驗品質，具有無限開發的可能性，「思，就是使你自己沉浸於專一的思想，它將一朝飛升，有若孤星寧靜地在世界的天空閃耀。」〔註34〕我們只有在

〔註30〕劉小楓：《詩化哲學》，山東文藝出版社，1986年版，第119頁。
〔註31〕〔英〕弗格森：《幸福的終結》，徐志躍譯，中國人民大學出版社，2009年版，第189頁。
〔註32〕〔德〕海德格爾：《什麼召喚思》，參見劉小楓：《詩化哲學》，山東文藝出版社，1986年版，第234頁。
〔註33〕〔德〕海德格爾：《林中路》，參見劉小楓：《詩化哲學》，山東文藝出版社，1986年版，第234頁。
〔註34〕〔德〕海德格爾：《詩人哲學家》，參見劉小楓：《詩化哲學》，山東文藝出版社，1986年版，第231頁。

寧靜的沉思中，才能借助聆聽、回憶、體驗、眺望等靜思方式，建立與上帝或存在的神聖聯繫。按照宗教哲學的觀念，這就是「一種安息和寧靜的狀態，『一種靈魂在那裏找到安息之所的狀態，那裏靈魂安全到足以建立自身並彙集其整個存在……只有一種單純的生存感，一種全然充滿我們的靈魂的感受』」〔註35〕。「詩思」提供了面向無限、含蓄而悠遠神秘的審美距離，導致意域空間的拓展和衍生，其開放性、超越性與宗教的終極性質保持了內在的一致。薇依曾指出，「靜思是注意力活動的最終形式，具有神性本質」〔註36〕。或許，正是由於詩思中的「洞見」，宗教的神性光輝才得以顯明，詩思跨越了時空的阻礙與現實的羈絆，爲人類心靈覓得了「安息之所」，也就必將成爲引導人們趨近宗教神秘情感和意義的基本途徑，影響著宗教美學的詩意表達。

宗教美學的價值與意義是廣泛而深刻的，宗教「使經此過程的一切，都成爲宗教的領域」〔註37〕。作爲一種普世性的人生情懷，這不僅可能涉及具體的宗教形態，也可能涉及民族性的神話宗教和深邃的神性自然描寫，還可能是一種宗教性的情感氛圍乃至無限性的形上意義探尋。這是一個「因信得救」的過程，也是一個「神性度測」的詩思過程，「人能否詩化，取決於他的本質在何等程度上順服於那垂青人因此而需要人的神」〔註38〕。在此向度上，宗教必將成爲內在於現代人生的信仰力量，喚醒現代文學的神聖意義，帶來深刻改變。

第二節　從冰心到汪曾祺：愛的哲學與存在之思

現代小說的宗教色彩是明顯的，涉及的宗教形態也是多方面的。近年來圍繞宗教文化與現代文學的關係，不少論者也在致力於梳理諸宗教在二十世紀中國文學中的流變問題，基督教、佛教以及一些區域性宗教與現代

〔註35〕〔英〕弗格森：《幸福的終結》，徐志躍譯，中國人民大學出版社，2009年版，第216～217頁。
〔註36〕〔法〕薇依：《〈重負與神恩〉中譯本導言》，顧嘉琛等譯，中國人民大學出版社，2005年版，第5頁。
〔註37〕〔德〕西美爾：《現代人與宗教》，曹衛東等譯，中國人民大學出版社，2005年版，第21頁。
〔註38〕劉小楓：《拯救與逍遙》，上海三聯書店，2001年版，第195頁。

文學的歷史性關係以及蘊含的價值意義也得到了比較充分的審視〔註 39〕。如果在歷史性的整體視野中辨識現代小說的宗教詩化問題，雖然說諸多作家作品都不乏宗教色彩和內涵，但真正能夠被納入抒情小說譜系加以觀照的還是那些以基督教文化爲基本意義背景、具有詩意氛圍和特徵的作家作品。這類創作雖然規模不大，介入宗教敘述的動機也不盡相同，但由於能在宗教情懷的歷史表達中呈現出詩意特徵，也就可以被視爲一種宗教詩化敘事。一定程度上，是否能夠體現宗教的人生美學意義也就是我們進行此類衡量的基本尺度。具體而言，現代抒情小說的宗教敘事首先是由「問題小說」爲代表、以「愛與美」爲題材的五四小說所構成的。雖說「問題小說」等五四小說普遍存在著對於時代現實問題的強烈功利訴求，但由於將「愛和美」作爲救治社會的「藥方」，也就將宗教的美學意義引入現代小說。冰心將人設定爲追隨上帝的「光明之子」，「愛的哲學」是她對於自我和人生悲劇性體驗的產物。許地山糅合多種宗教情緒，創造出「東方的，靜的，柔軟憂鬱的特質」的美〔註 40〕。而王統照則直接宣稱人生要義在於「愛」和「美」「交相融而交相成」，等等。這脈以冰心等爲代表的「問題小說」應和了基督教「愛的祝福」原則，對於博愛精神的文學表達體現了宗教之於現實人生的撫慰作用和美學效果，反映出對於建立一個「可以互相瞭解，互相慰悅，互相親愛，團結眾心而爲大心」「美妙可愛的生活境界」的渴望〔註 41〕。如此，對於現代文學的社會倫理要求就在一定程度上爲宗教的美學意味所沖淡，博愛精神的歷史性表達，構成了宗教美學精神在現代文學生成初期的一次集中亮相。

　　「五四」小說與基督教精神的「遇合」並不偶然，原因也是多樣的。首先，就早期基督教而言，曾一度蘊含著變革現實的革命性。恩格斯說過，基

〔註39〕 其中比較有代表性的研究論著主要有譚桂林的《百年文學與宗教》（湖南教育出版社，2002 年版），楊劍龍的《曠野的呼聲──中國現代作家與基督教文化》（上海教育出版社，1998 年），馬佳的《十字架下的徘徊──基督教文化與中國現代文學》（學林出版社，1995 年版），王本朝的《20 世紀中國文學與基督教文化》（安徽教育出版社，2000 年版），許正林的《中國現代文學與基督教》（上海大學出版社，2003 年版），等等。

〔註40〕 沈從文：《淪落華生》，《沈從文全集》（第 16 卷），北嶽文藝出版社，2002 年版，第 162 頁。

〔註41〕 葉聖陶：《文藝談·二十六》，葉至善等編：《葉聖陶集》（第 9 卷），江蘇教育出版社，1990 年版，第 54 頁。

督教「最初是奴隸和被釋放的奴隸，窮人和無權者，被羅馬征服或驅散的人們的宗教。……宣傳將來會解脫奴役和貧困；基督教是在死後的彼岸生活中，在天國尋求這種解脫。」〔註 42〕這種底層階級尋求解脫的革命性，無疑應和了五四時期籲求社會變革的時代精神。其次，基督教神性與人性相統一的人文精神蘊涵資爲「人之覺醒」的思想資源也是一個重要因素。五四作家看重的主要是基督的人性價值而並非神性，周作人曾指出，「要一新中國的人心，基督教實在是很活宜的」〔註 43〕，認爲西方「現代文學上的人道主義思想，差不多也都從基督教精神出來」，「神性便是理想的充實的人生」〔註 44〕。至於更爲內在的原因，則在於作家主體性的自我情感體認和選擇。雖然除了冰心、許地山等少數作家是宗教徒，而其他作家「少有真實的個人信仰」，但現代作家往往能夠基於自我的生命感受與體驗來看待宗教，而並不尋求「對基督教神學做全面的理解」〔註 45〕。或許，缺少了歷史性的中國神學傳統，現代思想啓蒙並不需要建立自身的反神學目標，他們對於西方基督教的接受又有著發自內心的一面。當然，基督教也並非抒情小説敘事唯一的宗教文化背景，有的作家還表現出對於佛教等宗教文化元素的吸納。像許地山的《綴網勞蛛》，雖然宣揚了基督教的博愛與寬容精神，但在小説結尾，卻借尚潔之口作了一番極有佛教宿命論意味的表白。冰心的《超人》等作品在表達某種基督教情感的同時，又融進了印度教以及中國本土宗教的一些精神理念。雖然這樣的作家作品不多，但提供了不同於基督教的諸宗教「異質」內容。五四作家對於基督教的接受並非是簡單的回應和照搬，也有著自身的特點。

較之西方宗教文學的久遠與繁盛，宗教美學意義在現代小説中的表現其實並不突出，但並不意味著抒情小説就此忽視了存在論層面上的人生詩思。對於這一具有本體論意義的宗教存在問題，馮至、汪曾祺等抒情小説家也表現出了不同程度的關注，使得宗教的詩化敘事在「博愛精神」之外

〔註 42〕〔德〕恩格斯：《論早期基督教的歷史》，《馬克思恩格斯全集（第 22 卷）》，人民出版社，1965 年版，第 525 頁。

〔註 43〕周作人：《雨天的書‧山中雜信（六）》，鍾叔河編訂：《周作人散文全集》（第 2 卷），廣西師範大學出版社，2009 年版，第 354 頁。

〔註 44〕周作人：《聖書與中國文學》，鍾叔河編訂：《周作人散文全集》（第 2 卷），廣西師範大學出版社，2009 年版，第 304 頁。

〔註 45〕王本朝：《20 世紀中國文學與基督教文化》，安徽教育出版社，2000 年版，第 37 頁。

還表現出對於存在之思的探尋。馮至無疑是其中的代表，二十年代就表現了對於「存在主義命題的初步自覺」，而隨著三十年代在德國留學時直接接受了存在主義的思想和藝術薰陶，存在主義的詩思已深化爲文學創作的主題。創作於 1940 年代的《伍子胥》無疑是馮至最具存在主義色彩的作品，小說並沒有非常具體的宗教外殼，但創作表現出的終極關懷意味和神秘色彩，滲透著深遠的存在主義人文情懷。小說中伍子胥的遊歷就是一系列人生意義的探尋，倫理、自然、宗教等人生狀態構成了意義在現實和理想之間的一次次對立與超越，一個古老復仇故事在意義之思的寄寓中轉化爲對存在主義觀念的詮釋〔註46〕，藝術價值的「獨特、超前、個人性」，被後世譽爲「不可重複的絕唱」〔註 47〕。稍加辨析，現代小說中其他具有存在主義色彩的作家則基本不屬此列，比如說魯迅小說表達的主要是人生「幻滅的體驗和『黑暗』的思想」，錢鍾書表現的主要是「人生的困境與存在的荒誕」等等〔註 48〕。他們的存在主義色彩固然和此處的「存在之思」有著一定的意義交集，但由於他們往往偏重「此在」人生淪落狀態的展現和反思，並不在意人生「存在」理想的構建，也就並不能歸屬到抒情小說的宗教敘事視閾中加以觀照。

　　從「五四」小說尤其是「問題小說」的「博愛精神」，到馮至等人的「存在之思」，我們清晰地看到了現代宗教美學與抒情小說的依存關係。指向現實救助的神聖人生度測，雖不總是那麼詩意和神秘，但已表現出文學人生爲宗教美學所詩化的基本旨向。其具體敘事肌理在於：宗教性的生命情懷構成了對歷史、現實生存處境的提升和轉化，愛、樂園、存在等宗教性超越力量的存在，喻示了宗教拯救的終極意義。當然，現代抒情小說的宗教美學色彩一直缺少歷史性的普遍認同，這不僅因爲人文性宗教本身就是一種源自異域的精神資源，現代作家需要一個轉化和內化的過程，而且由於眾所周知的歷史局限，人文精神並不爲主流文學所接納，更何況宗教還長期被視爲一種「迷信」和「精神鴉片」！

〔註46〕《伍子胥》是馮至唯一的中篇小說。關於其存在主義意味的敘事特徵將在下文設專節加以討論。

〔註47〕錢理群編：《二十世紀中國小說理論資料（第四卷）·前言》，北京大學出版社，1997 年版，第 13 頁。

〔註48〕解志熙：《生的執著——存在主義與中國現代文學》，人民文學出版社，1999 年版，第 209 頁。

一、從冰心、許地山到沈從文：愛的哲學

就宗教的終極關懷而言，「愛」無疑是最爲深廣、持久的內容，愛屬於上帝的本質，「在神性的本質中構成了最終的本質核心」〔註49〕。現代小說尤其是「五四」時期的「問題小說」似乎從產生之時就受到了宗教「愛的律法」的影響，冰心、許地山、王統照乃至後來的沈從文等人都清晰地表露了自身創作與「愛的宗教」的意義關聯。固然他們的作品有著面向社會、文化問題的具體針對性，而且還常常混合了一些「愛與美」的幻滅、痛苦甚至虛無情緒，但是借助於宗教之愛和人性之愛的統一與詩意，神聖的「愛的宗教」不僅形成對於俗世生存困境的超越，也構成了現代人生意義的深入和提升，相關創作有著明顯的詩化敘事特徵，由此也就成爲抒情小說乃至現代小說關於宗教美學的初期詩學實踐。

冰心的作品常常有著「一個道德的基本，一個平和的欲求……作者生活的謐靜，使作者端莊，避開悲憤，成爲十分溫柔的調子了。」〔註50〕而這個「道德的基本」其實就可以視爲一種「愛的宗教」情懷。在《最後的安息》、《煩悶》、《一個軍官的筆記》等小說中，我們可以看到人生在宗教之愛的光照下從現實層面趨向神性境界的提升過程。《最後的安息》中童養媳翠兒身世淒慘，但一旦意識到「愛」也就進入了一種獲救的過程，「心中更漸漸從黑暗趨到光明，她覺得世上不是只有悲苦恐怖，和鞭笞凍餓，雖然婆婆依舊的打罵折磨她，她心中的苦樂，和從前卻不大相同了。」最終翠兒雖然慘死，但卻在愛的精神感召下獲得「最後的安息」，死亡意味了宗教皈依後的靈魂安居。《煩悶》中的「他」從「虛僞痛苦的世界中」回到家中，體悟到了聖潔的母愛，敘述近乎「聖母頌」。神聖的宗教之愛雖無法改變個體人生的客觀現實處境，但卻能引導困境中的心靈發生精神性的轉化與提升，趨向神性世界，最終翠兒「滿了微笑，燦爛的朝陽，穿過黑暗的窗櫺，正照在她的臉上，好像接她去極樂世界」(《最後的安息》)；「我要往一個新境界去了，那地方只有『和平』，『憐憫』和『愛』，一天的煩愁，都撇下我去了」(《一個軍官的筆記》)。由愛引導下的人生獲救，意味著個體獲享了神性的超越和安寧，用西美爾的話說，「靈魂獲救絕不僅僅指某種超越死亡的狀態；而是指靈魂的終極追求獲得滿足，靈魂只與自己及其上帝商定的內在

〔註49〕〔德〕M・舍勒：《愛的秩序》，林克等譯，北京三聯書店，1995年版，第19～25頁。

〔註50〕沈從文：《談冰心的創作》，范伯群編：《冰心研究資料》，北京出版社，1984年版，第196頁。

完善得以實現。」〔註51〕這就說明，冰心的敘事雖有著比較明顯的社會針對性，但同時又包含著「愛的精神」訴求，存在著一種詩化現實的審美旨向。而前人論及冰心小說時的一個突出印象——「沒有美的生活——過去的追憶——愛的實現」〔註52〕，也間接說明了其小說「因愛獲救」的宗教詩化特徵。

　　類似的敘事追求還表現在許地山、王統照、蘇雪林等人的創作中。許地山也描寫著人生之愛，「盡心盡意地構寫愛的篇章，無論是描寫寬恕他人的愛，還是描寫犧牲自我的愛，抑或描寫愛人如己的愛，都充滿著一種基督教的色彩。」〔註53〕這種愛是快樂的，只不過並非一種私人性的自怡其樂，也同樣屬於置身上帝恩典之中的神聖愉悅。《綴網勞珠》中的尚潔「無論什麼事情上頭都用一種宗教的精神去安排」，這是「上天所賦的」的「慈悲心情」，促使她悲憫的同情、愛人，愛自然，救助和寬恕一切；《東野先生》中的東野以一種近乎受難的方式寬宥著世事炎涼，對妻子、孩子、朋友的愛和同情使他近乎一個聖潔的「救世者」；《醍醐天女》中愛意彌漫，營造出一種近乎伊甸園式的宗教「理想國」，《黃昏後》描寫了一個鰥夫對死去親人的深情愛戀，不乏啟示性的人生感懷滲透著宗教性哲思；《玉官》中玉官入了教，成為「聖經女人」，不僅自身獲救，也在兵亂中「傳經布道」救助世人，相對具體的人物言行和故事情節支撐下的宗教情懷表達，又具有較為系統的宗教建制形式。許地山的「在世的同情心」顯然更為厚重，其中「於人生應該究竟怎樣的問題，以正確完滿的解答」〔註54〕，更深地介入到現實的具體問題之中，使他的宗教情懷顯得博大精深和無所不在。沈從文將之稱為對人生的「調和」，「這調和，所指的是把基督教的愛欲，佛教的明慧，近代文明與古舊情緒揉和在一處，毫不牽強的融成一片。」〔註55〕不僅說明作家以宗教精神詩化人生的藝術自覺性，也指出了其宗教敘事在精神資源上的豐富性和複雜性。

〔註51〕〔德〕西美爾：《現代人與宗教》，曹衛東等譯，中國人民大學出版社，2005年版，第141頁。

〔註52〕成仿吾：《評冰心女士的〈超人〉》，范伯群編：《冰心研究資料》，北京出版社，1984年版，第335頁。

〔註53〕楊劍龍：《曠野的呼聲——中國現代作家與基督教文化》，上海教育出版社，1998年版，第132頁。

〔註54〕方興：《〈商人婦〉與〈綴網勞蛛〉的批評》，《小說月報》第13卷第9期，1922年9月。

〔註55〕沈從文：《論落華生》，《沈從文全集》（第16卷），北嶽文藝出版社，2002年版，第161頁。

　　王統照則宣稱「愛」和「美」的「交相融而交相成」是人生的要義,「愛而不美,則其弊爲乾枯爲焦萎,將有凋落之虞。」〔註 56〕《微笑》中的年輕女犯因爲善良女醫生「愛」的感召而融化了「恨」,而她的偶然一次微笑又感化了兇悍的小偷阿根,使其轉變爲勤謹實在的工人,愛對於人生的普遍感召色彩,使得整篇小說近於愛的「感恩」;《醉後》中自暴自棄的青年因受到母愛的感化而改變,等等。雖然作家相信「痛苦與『愛』,是並行的」,不時在作品中「滲入辛澀的味道」,意識到了以此去拯救俗世人生的虛幻,但仍然竭力而行。《一葉》中天根雖然深深感到人生環境的痛苦和追求的幻滅,但仍將「愛」視爲「人間可寶貴而稀有的東西」,「確信『愛』爲人間最大的補劑了」,是「現在人類的全體,尚可以有連合之一點的」,最終爲漂泊如「一葉」般的浮萍人生尋獲了根本的救助力量;《十五年後》則描寫了一位學醫青年逸雲由於上帝的皈依,排解了「多年的沉滯下的憂鬱」,收束了狂熱而迷惘心境,而其獲救的過程頗有一種末世拯救的意味,「波浪洶湧,我溺於海,終乃被一大船的救生艇所救起⋯⋯由此得遇一位美國老年的牧師」,最終走向「以日日與自然,及眞誠的人民天眞的兒童相接處,也沒有何等慘屬之刺戟⋯⋯」的「寂靜的生活」,成爲「永爲獻身於宗教事業的人」。王統照把「愛與美的實現」看作是拯救人生的「藥方」,特定主題的選取和渲染決定了關於宗教美學人生的建構。而蘇雪林在小說《棘心》中也完成了對基督教的皈依,「她覺得神將愛憐的眼光注視著她,披露一片慈心⋯⋯是一身沐浴於神的恩寵之中,換了一個新人格,過去的罪惡,已給聖水洗滌乾淨⋯⋯她恍惚看見天堂之門打開」;小說《綠天》則描寫了一對厭棄塵世的夫婦對水木清華的清靜之地的嚮往,構建了綠草、古木繁茂、和愛融融的地上樂園圖景。愛的理想同樣是葉聖陶初期小說的一塊基石。《潛隱的愛》就是一篇極好的代表。一個孤獨、「醜陋愚蠢」的鄉下婦人用她全部的心力,偷偷去愛鄰家的一個孩子,終在母愛中覓取了生活和心靈的歸宿,「這一刻才嘗到世間眞實的快樂,覺得生活有濃美的滋味!伊的生命裏有一種新生的勢力劇烈地燃燒著,現在自己的歸宿是什麼?」「徹底地瞭解了,這就是所謂『愛』!自己也曾親切地嘗過的。更看四圍,何等地光明!何等地潔淨!而己身就在這光明和潔淨裏!」愛的皈依徹底改變了「伊」原本近乎絕望的生活,之前「冷寂陰暗」的生活色調也爲

〔註 56〕瞿世英:《春雨之夜・序》,馮光廉、劉增人編:《王統照研究資料》,寧夏人民出版社,1983 年版,第 172 頁。

「難以描繪的美畫」所取代，比照中的人生獲救散發出了宗教超越的濃厚詩意，等等。

　　愛的精神能否激發出人生的詩意取決於個體對於宗教的皈依，信靠宗教是現世人生得以宗教詩化的基本前提，只有在宗教虔信的基礎上，個體方可能洞開神性意義之門。也就是說，「愛而不美」是無法顯出詩意的。在敘事的結構中辨析這一點，從現實的人生困境——宗教信靠的覓取——人生的神性超越也就構成了此類宗教敘事的基本意義邏輯。一定意義上，上述作家正是在此路向上得以淡化社會功利與現實的異化，激發出小說話語的超越性審美意蘊的。而一旦背離這一邏輯，也就意味著詩化人生過程的中斷，關於「愛的宗教」的文學表達也就可能游離於宗教敘事的神聖詩意。

　　相當程度上，這種情況在其他一些涉及博愛精神的「五四」小說創作中則有著較為明顯的體現，反映出「博愛精神」與宗教詩化之間並非存在著必然性的因果關聯。如果說冰心等人小說中的宗教虔信與詩化人生指向的關係還比較密切、敘事的詩意還比較明顯的話，那麼盧隱的《餘淚》，郁達夫的《南遷》，張資平的《約檀河之水》，郭沫若的《聖者》、《落葉》等作品中「愛的宗教」信靠似乎並不十分堅定與徹底，理性評判與情緒糾結中的有所保留，宗教皈依上又顯得牽強，也就弱化甚至阻滯了現實人生向理想超越層面的轉化與提升，其間的詩性意蘊顯然淡薄得多，有時甚至幾近於無。盧隱雖然很早就皈依了基督教，然而皈依並沒有使得宗教成為其小說創作的基本意義背景，為數不多具有宗教意味的小說缺乏面向神性世界的詩思意味，現實苦難和情感悲愁的過度糾纏阻斷了人生的詩化進程，也就未曾突破人生的「此在」意義。《餘雨》的「負罪之人」在「純潔天使」面前請求赦免，深陷「越想越苦痛」的贖罪性焦慮，愛的宗教拯救止步於「罪人」心靈的懺悔，也談不上超越中的詩意安居。而《或人的悲哀》中的病人一度對宗教「有些相信了」，但只是一種暫時的錯覺，最終陷入了身心無助自殺而死，皈依性的心靈淨化也無從談起。盧隱小說往往滲透著過重的悲哀，淹沒於愁苦困境中的人生雖然從宗教中看到了「彼岸」的希望，但由於灰色情緒的過多牽制，難以走向心理的寧靜和人生的詩化。同樣的情況也發生在郁達夫的小說《南遷》中。敏感而自卑的留日學生伊人貧病交加，性的苦悶焦慮、家國積弱與被鄙視的煩惱痛苦是他「半生的哀史的證明」，與 O 姓女生同病相憐卻又遭詆毀與攻擊，雖欲以耶穌之愛來擺脫塵世的煩惱痛苦，但宗教的拯救性似乎難以穿透

現實的羈絆，處於自怨自艾和神經質衝動中的「伊人」也缺乏宗教的虔信，最終在無以拯救的孤獨與冷漠中淒涼死去，宗教的皈依也就不了了之。張資平《約檀河之水》裏的一對戀人為他們的情慾而自覺罪孽深重，最終以信靠上帝來割斷情絲，在愛的福音中得以赦免，然而「只要我們能悔罪，能改過」的結局雖點出宗教皈依取向，但並不曾進入詩意超越環節，敘事進程缺乏美學意蘊的進一步開掘。《聖者》中的愛车雖具有一定的宗教情懷，但國人的「乞丐生活」、都市的漂泊與受難直至自己孩子的傷痛等等現實的「不幸」作為普遍性的生存氛圍制約了這一情懷的生長，愛车對於天國有著明顯的懷疑，「假使有能說這兒並不是天國的人，縱有天國，恐怕孩兒們也不願意進去的呢」，諸多的現實羈絆使得愛车一直難以進入宗教的皈依進程。《落葉》中深陷現實困頓的男女青年雖然成為了宗教徒，意識到「精神的向上力」和「愛的不可思議的力量」，但對於「上帝的恩惠」、「華美的王宮」的「超越的情懷」卻懷有深重的幻滅與虛無，「到了現在是什麼也不成功了。認真想起來，世上的一切真沒有一樣不是夢影呢」，「一切都成了灰燼，一切都成了夢影！空漠的客廳之中，空漠的世界之中，只剩我這架孤影悄然的殘骸，我還要寫些什麼呢？」……內心深處並不具備對於宗教的虔信，宗教的皈依只是一種「想像的欺騙」和背離本意的虛假形式。宗教敘事的詩性意義在於擺脫現實的鉗制，將生存提升到理想境界。如果無法虔敬的皈依宗教並在其中洞見人生詩化之境，即便涉及了「愛的宗教」精神表達，人生仍可能陷於現實泥潭的掙扎，難以擺脫困境中的糾結而無法承納神性之思。

「五四」小說中流溢的這股「愛」的暖流，為「人的文學」增添了宗教性的人文內涵。圍繞著這一精神的表現，母愛、兒童、自然在相關小說世界中被突出為理想人生的詩意符碼，使得神性之愛有了具體的人生附著，借助於人生的世俗元素構建出宗教敘事的詩化形態。在冰心等人的小說中，母親和兒童常常帶有聖母和聖子的色彩，母親的溫柔、兒童的真純。作為上帝之愛的世俗形式，不僅引導著眾生向宗教的皈依，而且構成抗禦黑暗、擺脫煩惱的根本人生庇護。冰心的《煩悶》、《超人》等以母愛、童真驅除人生的煩悶與苦難；葉聖陶的《潛隱的愛》中無子嗣的「伊」對待鄰家孩子是一種母愛的無邊溫存，而孩子對於伊來說又是苦難人生的希望，醫治了她身心上的痛楚，從根本上照亮其精神生活。王統照的《醉後》以母愛抵禦一切悲傷事物，《湖畔耳語》中母親勤勞、慈愛，一旦喪失，孩子和家庭也就墜入慘境，

等等。母愛以其寬厚的溫情普照苦難的世俗人生，使得芸芸眾生在愛的沉浸中超越了歷史性時間的壓制，進入詩化的自由空間。在基督教看來，天國的圖景又是通過嬰孩顯露出來的，人們要學效小孩的樣式，才能得進天國〔註57〕。基督教將純眞的孩子視爲聖子、天使，聖潔的童心指向了超越性的天堂，是對苦痛心靈的慰藉：淒慘孤寂的村婦，借助於對鄰家孩子的愛意，「遨遊於別一個新的世界」（《潛隱的愛》）；悲苦至於蹈海的凌瑜，在天使般孩子的勸解中，決意自己去尋找世界上的光和愛（《世界上有的是快樂……光明》）；夜讀聖經的愛牟，看到自己熟睡的孩子，「就好像瞻仰著許多捨身成仁的聖者」，似乎忘卻了自身的貧窮與落魄（《聖者》）……

　　自然性的客觀世界是詩意情感的源生地，回歸自然是人性的本質，因此詩化自然也是宗教原初形態的基本內容，「印歐民族最初的宗教直覺基本上是自然神論的，但這是一種深邃而道德的自然神論，是人對大自然熱烈的擁抱，是一首對無限充滿了深情的精美詩歌」〔註58〕。在上述作家筆下，關於自然的描寫也由於宗教的皈依顯出了樂園性質的濃厚詩意。就此而言，皈依前的自然往往是苦痛、冰冷的，缺乏溫暖與感性親和的客觀世界作爲小說敘事的環境元素也是主人公現實困境、不幸命運的縮影和寫照，而一旦皈依了宗教，悲苦的「自然」在主人公眼中煥發的卻又是神秘、寧靜的詩意，通常就會消退前時的灰暗、焦慮、創痛等「邊緣情緒」。比如《潛隱的愛》中「伊」一旦爲「愛的宗教」所感召、淨化，「自然」在她眼中就散發出令人迷醉的魅力，「看青蒼的天上浮些小綿羊似的雲，小鳥飛來飛去好像有人在那裏擲小磚塊，『居即』一聲，就不見了；……又看數十條麥隴一順地彎曲，直到河岸，都似乎突突地浮動。河中小舟經過，不見舟身，只見幾個舟人在麥隴盡處移動。」而在此之前，自然的景致都難以爲伊所感覺，「伊跟著婆婆嫂嫂做這一種工作，他們默默地各自坐著，只有一隻左手和右手的兩個指頭是常動的，無論是光明的朝陽，和爽的好風，清麗的鳥聲，總不能使他們抬一抬頭。」冰心《超人》中的何彬在未被感召前「凡帶一點生氣的東西，他都不愛；屋裏連一朵花，一根草，都沒有，冷陰陰的如同山洞一般。」而一旦接受了上帝的愛，自然就轉化爲一種預示聖恩惠臨的詩意力量：「風大了，那壁廂放起光明。繁星曆亂的飛舞進來。星光中間，緩緩的走進一個白衣的婦女，右手

〔註57〕《新約・太11、太18》，參看《聖經》，中國基督教兩會2009年出版發行。
〔註58〕劉小楓：《聖靈降臨的敘事》，北京三聯書店，2003年版，第20頁。

撩著裙子，左手按著額前。走近了，清香隨將過來；漸漸的俯下身來看著，靜穆不動的看著，——目光裏充滿了愛。」自然以近乎伊甸園的明麗靜謐淨化了蕪雜而苦痛的人生，這在許地山、王統照等人的小說中同樣也多有表現，在此不再展開。愛的惠臨是根本性的人生祝福，孕育著創造性的生命感覺，愛的「祈求最終達致的應驗不是自然世界的轉變，而是人的意志的轉變。」〔註59〕詩化自然雖然無法改變自然本身，但是借助主觀意志的轉變，在皈依宗教的意向性中，使得一切皆成為神性情感的投射，浸染了神聖的詩意光輝。從整體上看，不僅冰心小說存在著母愛、自然、童心「三位一體」的宗教形態，在普遍層面上，這也是這一脈小說的共有形態。

「愛的宗教」展現了一種令人困惑而又充滿誘人魅力，幾乎難以名狀的神性情感對於人生的詩化作用，在「五四」小說中多有呈現，但在後世小說中則較少看到。隨著「五四」後期更多將宗教的虛偽性、殖民性作為社會文化批判的資源，宗教與現代文學的關係趨於複雜化，虛幻性的博愛精神在社會化、革命化和階級化的激烈現實變革需要面前顯然落伍了。在此背景上，沈從文的小說創作卻顯示出愛的宗教意味，人們在看到了人性小廟所「供奉」的生命強力的同時，也看到了一線與基督教相聯繫的「愛的宗教」的文學流緒。沈從文一直就喜歡閱讀《聖經》，1922年他隻身去北京時，隨身帶的兩本書中就有一本是《聖經》，而且，在他四十年代書單中也有與基督教文化有關的書，他對人性的表現就有著「美和愛的新宗教」意義，明白宣稱要走「一條從幻想中達到人與愛與美的接觸的路」（《阿麗思中國遊記‧第一卷後序》），以文學來詮釋人類之「愛」和聖潔的「愛人之心」。只不過，相對於上述作家而言，他的宗教情懷中滲透著更多自然、原始的生命力與美因素，有著具體意義表現的差別。比如《龍朱》、《媚金‧豹子‧與那羊》、《神巫之愛》等作品充滿野性的愛情描寫就流露出濃鬱的宗教意味。沈從文認為好的作品能夠通過「愛」的美善打破人世間的隔閡，讓博愛情懷在人生中展開而促進生命力與美的建構，人性表現存在著神化的「『超人』之域」。在一些具有宗教氛圍的湘西題材作品中，作家在敘寫主人公的「美」與「愛」等特質時，總是不忘突出他們的生命強力，男、女主人公無一不具有「雄強氣魄」，個體意志追求「愛的強力」，具有「神性」的崇高聖潔，從而使他們得以進入「地上之

〔註59〕劉小楓：《祈求與上帝的應答——奧斯維辛後的祈求實踐的神學反思》，參見劉小楓編：《基督教文化評論（8）》，貴州人民出版社，1998年版，第22頁。

神」的「超人」境界。作家要在「對於生命的偶然，用文字所作的種種構圖與設計」中向「生命向深處探索的情境」，沈從文說過：「不管它是鹹味的海水，還是帶苦味的人生，我要沉到底為止。這才是生活，是生命。我需要的就是絕對皈依，從皈依中見到神。」(《水雲》) 個中對生命的敬虔情感近乎「宗教虔信」，在這種特殊形態的「靈魂情緒」浸染下，一切也就將成為「宗教」。一定意義上，這就使愛的宗教精神溢出了具體形態的神義論範疇，濃厚的生命哲學背景反映出沈從文對於基督教精神的獨特轉化與創造，走向了泛義論的生命詩思。

顯然，以五四「問題小說」為代表的抒情小說建構了一種「愛的宗教」詩學形態，突出了宗教性的博愛精神對於現代人生的撫慰、詩化作用。然而這一類小說對於宗教精神的文學表達還有著明顯的社會學動機，「愛的宗教」作為現實問題的一劑「藥方」，具有文本實現的直接性，也就制約了對於宗教美學意義的深入開掘。事實上，將宗教作為新文學一種「重要思想資源」的歷史性關注和文學表現，並不一定意味著對於宗教的真正信靠，初涉宗教的現代小說家對於宗教精神的「雙重擺蕩」並不十分適應，還難以形成對於宗教美學精神的價值內化。而由於歷史時代語境變化和主體情懷的局限，這一脈作家在「五四」中後期也普遍轉向，缺乏美學風格凝定的創作歷時性和穩定性，最終也影響了此類宗教敘述的經典化。故此，冰心、許地山等人「愛的宗教」小說雖然表現出明顯的詩性意味與特徵，但之於現代抒情小說譜系的歷史價值一直難以獲得重視，而就沈從文而言，由於一直為「牧歌情調」等閱讀慣性所「覆蓋」，宗教美學意義對於其小說世界的參與也很少被注意到，同樣難以避免被「忽視」的命運。

二、汪曾祺：在「清雲」與「泥淖」之間

出於對人生「此在」「沉淪」、「被拋」狀態的「洞見」，存在主義者把「存在」即人「本源性」的詩意棲居作為「詩思」的最終目標，幽遠、神秘的「存在之思」象徵了審美人生的意義限度。汪曾祺就屬於這樣一位具有存在意識的作家，文學觀念上明淨、和諧與痛苦、矛盾並存；創作上交織著詩意與苦難、悲愁等爭執抗辯的多樣聲音；而貫穿其中的則是以人生詩化為基本旨向的或而高蹈或而沉重的生命精神，小說敘事過程顯然與普遍人生對立原則下的存在超越有關，表現出對於現代生存處境的深入思考和洞察。

　　將汪曾祺這樣一位在「新時期文學」中才大放光彩的作家歸入「存在之思」或許有點冒險，因爲多年來圍繞汪曾祺的評判好像已將「最後一個士大夫」、「中國式的古典抒情詩人」、「儒道佛互補」、「傳統文人小説」等觀點、聲音積聚爲相對穩定的標記，作家已被置入較爲固定的框架之中。其實這是一種善意的誤解，汪曾祺一直關注的其實並不是所謂傳統意義的名士才情和閒適情調，而是人的存在問題。他說過，「思想是小説首要的東西……對於生活的思索是非常重要的，要不斷的思索，一次比一次更深入的思索」（《卻顧所來徑，蒼蒼橫翠微——小説回顧》）〔註60〕。作家要「帶著對生活全部感悟，對生活的一角隅、一片段反複審視，從而發現更深邃、更廣闊的意義。」（《認識到的和沒有認識的自己》）對生活意義的思索使作家關注著人生的本質，也就奠定了其創作的「存在之思」，面對、超越「生活中的悲劇性」，使人生獲救，汪曾祺將之形象的稱爲「體驗由泥淖至清雲之間的掙扎」，這樣的審美旨趣和詩化哲學的「存在」理念幾乎如出一轍。

　　汪曾祺說過，我解放前的小説是苦悶與寂寞的產物。爲什麼苦悶，是因爲生活的不穩定和貧困，抑是青春期的生理原因，還是另有懷抱？對於不遠千里隻身異地的遊子來說，物質的貧困是早有準備的，生理原因也有著多種排解方式，根本還在於作爲一個文學青年精神世界的困境。對此，汪曾祺本人的解釋是「我是迷惘的，我的世界觀是混亂的，寫到後來就寫不下去了」（《要有益於世道人心》）。早期的部分作品就表露出了這種精神狀態，反映出創作觀念由矛盾趨於穩定的過程性。《復仇》是汪曾祺1941年的作品，1944年又被重寫，同樣是一個「復仇的主題」，前後的不同在於後者淡化了前篇的寶劍、鮮血、「這劍必須飲仇人的血」的復仇倫理意義，強化了「復仇者」在遊歷過程中的情緒性感受，淡化了故事性，如「我」（更像是敘述者）對「蜂蜜和尚」不乏調侃的猜想，對有「烏青頭髮」母親的懷想，以及希望有一個妹妹這樣的情緒，將一個「冤冤相報」的殺戮主題變成了一首抒情詩；而最終「復仇者」和「被復仇者」又都不約而同地放棄了復仇目的，一起進行著鑿著石壁的事業，意味著「復仇」對於人生「獲救」的牽制，拋棄它也就意味了人生向「獲救」境界的邁進；而一旦人生發生了這樣的轉向，無疑將「洞見」人生的詩性意義，「有一天，兩副鑿子同時鑿在虛空裏。第一線由另一面射進來的光。」

〔註60〕本節所涉及汪曾祺作品均參見鄧九平編：《汪曾祺全集》，北京師範大學出版社，1998年版。

　　改寫的目的是爲了更貼近作者的思想。作爲作家初涉創作的實驗性作品，雖然有著較爲明顯的觀念化痕跡，但透過這一過程不難感受到作家詩性文學觀的生成，這就是希望「用比較明淨的世界觀，才能看出過去生活中的美和詩意」，「把生活中的美好的東西、眞實的東西，人的美、人的詩意告訴別人」（《美學感情的需要和社會效果》）。作家的文學理想在於提升、轉化現實人生的「沉淪」狀態，傳達詩意的人生訴求，正如他所表述的那樣，一個小說家「他一念紅塵，墮落人間，他不斷體驗由泥淖至清雲之間的掙扎，深知人在凡庸，卑微，罪惡之中不死去者，端因還承認有個天上，相信有許多更好的東西不是一句謊話，人所要的，是詩。」（《短篇小說的本質》）面對生存的痛苦、荒謬、孤獨和罪惡等「泥淖」狀態，汪曾祺「一次又一次地描摹一個理想，怎麼也找不到合適的表現手法」（《醒來》），由此產生的感慨和焦慮不言而喻，注定作家將在「清雲」與「泥淖」之間穿行，追索著文學人生的意義。《待車》意緒凌亂飄忽，語言晦澀，但作者在不長的篇幅中對「江南的春天」、「春天的東西」、「灑脫的人生觀」、「極美的花」等詩意物象的反覆描寫和暗示似乎暴露了作家渴望人生「清雲」狀態的潛意識；《磨滅》的「天氣眞悶」中混合著人生的「泥淖」感受，小說中的「他」「像一朵花，開始萎了」，「他好像不在焦點上……他要一灘灘的落到地上來」，生活的漫無意義使他「像一隻鴨子在泥水裏」……

　　這是一種探求者的創作。汪曾祺說小說應該是「一種情感狀態」，是「對生活的思維方式」，更應該是「人類智慧的模樣」（《短篇小說的本質》）。這種詩化生活的「明淨」態度，源於作家對於現代生活獨特的存在主義體驗與感受，他「讀了一兩本關於存在主義的書，雖然似懂不懂，但是思想上是受了影響的」（《美學感情的需要和社會效果》）。雖說「似懂非懂」，但卻一直保持著「存在」的清醒，「抒情詩消失，人的生活越來越散文化，人應當怎樣生活下去，這是資本主義席捲世界之後，許多現代作家的探索和苦惱的問題。這是現代文學的壓倒性的主題」（《與友人談沈從文》）。汪曾祺要爲現代人的生存尋找出路，希望文學發揮「使人們的心靈得到滋潤，增強對生活的信心、信念」的功能。這是一種帶有終極色彩的文學情懷，和「詩意的棲居」一樣傳達出對生命「存在」境界的懷想，溝通著存在主義的人生意蘊。存在主義是資本主義文明走向困境階段的產物，它反映和表達了現代人面對人生意義喪失的困惑和焦慮，並在這種危機中尋求超越現實、拯救自我的詩化哲學

〔註61〕。在此意義上，汪曾祺關於人生的「明淨」取向也就為文學世界的存在訴求奠定了根基，形成的就是以「生活——生命——存在」為中心的詩性文學觀。

《雞鴨名家》中余老五的生存態度顯然接近存在哲學「認真的為人」的人生態度。這個平時提了那把紫砂茶壺，在街上逛來逛去，喝茶，喝酒，聊天，過著平淡而自由生活的老人，在「春夏間」忙時一連數天呆在炕房裏，進行著孵化雞鴨的創造生命工作，態度近於虔敬，「余老五這兩天顯得可重要極了，尊貴極了，也謹慎極了，還溫柔極了。他說話很少，說話聲音也是輕輕的。他的神情很奇怪，總像在諦聽著什麼似的，怕自己的咳嗽也會驚動著聲音似的。他聚精會神，身體各部全在一種沉湎，一種興奮，一種極度的敏感之中。」這種「靈魂的態度」渲染出炕房裏近乎聖潔的氛圍，「暗暗的『暖洋洋的，潮濡濡的，籠罩著一種曖昧、產棉的含情懷春的異樣感覺……（母性！）他體驗著一個一個生命正在完成。」新生命的孕育過程包含著近乎創世的虔信與神聖，其間律動的「生命的愉悅」精神，就是一種超越「此在」的生命高蹈境界；而文中陸鴨對自身的困境雖有所知但並不自為，就此陷入「沉淪」；兩項比照之下，煥發的正是「存在」的神性光輝。

《職業》一文在不長的篇章中，集中筆墨寫賣糕男孩「椒鹽餅子糕」的叫賣聲以及周圍孩子「捏著鼻子吹洋號」的模仿聲。男孩一遍遍重複他的叫賣，似乎對自己的生存處境無動於衷，然而有一天當他轉入一個無人的巷子時，竟也敞開喉嚨喊了一聲「捏著鼻子吹洋號」；兒童相、自然相在此畢現，此刻的生命尋求已遠遠突破「此在」的牽制，從「生活人」到「生命人」，現實生存轉向一種生命的自覺、自由境界，而「職業」對人生的異化也就此釋去，暗示出人生向人性本源的接近。《藝術家》則近似作家的一次近於「完全」的「靈魂狀態的記錄」：「我」雖想「發洩，想破壞；最後是一團渙散，一陣空虛掩襲上來」，「歸於平常，歸於俗。」難以抗拒的「空虛」意味著面對人生沉淪個體的某種無能為力；然而當我在啞巴畫家的畫中感受到「高度自覺之下透出豐滿的經歷，純澈的情慾；克己節制中成就了高貴的浪漫情趣」中的「深度」和「力量」後，幡然「頓悟」，進而克服了此在的「沉淪」、煩憂等現實性焦慮，趨向詩性境界：「樹林，小河，薔薇色的雲朵，路上行人輕捷

的腳步……一切很美很美」，等等。而《受戒》中那一方田園、人事，和諧而完美，清靜而自然，「生命或生活的愉悅是《受戒》的核」(《社會性·小說技巧》)；《大淖紀事》雖然有著劉號長的破壞性力量，但他被永遠驅逐出了大淖，人生還是一片詩意。作家在童年，故人往事，遊戲等等的抒寫中，走向了生命深處，輕盈的筆調渲染出一種澄明化的情感氛圍。

然而汪曾祺的「自為」存在也一直伴隨著生活悲劇性「此在」的制約和逼迫，這使得他的審美人生訴求還浸透著「沉重」的命運滄桑感。他寫「內在的歡樂」，也寫「憂傷」，「悲欣交集」中有著「對命運的無可奈何轉化出一種常有苦味的嘲謔」，甚至是沉重的悲憫和憂憤，面對「生活中的悲劇性」，要「讓讀者產生更多的痛感」，又構成了汪曾祺小說的重要內容。這種悲劇觀是「樸素的」，更多是生活日常的悲劇性，「生命是一場悲劇，一場持續不斷的掙扎，……生命便是矛盾」〔註62〕。人生的渺小，人與人之間的攀泊與阻隔，人性的迷失與回歸，無奈的生與死，沒有激烈的矛盾衝突，表現了類似西方現代存在主義者所感受到的悲憫生存情境與氛圍。「此在」的侵蝕性聲音總迴蕩在他的作品中，有時甚至吞沒了生命，這裡既有人生自欺性的沉淪體驗與感受：《禮拜天的早晨》、《落魄》、《瘋子》等作品由於其濃重的存在主義色彩更被有的論者認為是「從不同角度揭示了人的某些存在體驗，而其共同主題是人在存在上的自欺及其揚棄這一問題」〔註63〕；也有著生命急劇變故的偶然與錯愕：《陳小手》中的產科男醫生，雖然專治難產，以迎接生命為職責，但當地的同行，都看不起他，認為他「只是一個男性的老娘」。最終因為替一位團長的太太接生，而觸犯了「我的女人，怎們能讓他摸來摸去」的男性禁忌，被一槍打死。生命的所謂「尊重」是靠對生命的蔑視甚至是草菅生命而獲取，其悲劇性又豈是「團長覺得怪委屈」式的淡化與突兀所能掩蓋的；也有日常凡庸對於詩意的消解：《戴車匠》的「宛轉的，綿纏的，諧和的，安定的……悅耳吟唱」的詩性生活在巷口擺攤老太婆的叫罵聲中顯得那麼的落寞；還有現代社會體制和意識形態對於正常人性異化問題的反思：《當代野人系列三篇》更像是文革中人性變異的畫像，《荷南奶牛肉》、《尾巴》人在「吃奶牛肉」和「尾巴的故事」中淪為「社會的填充物」，展示了一個時代社會的

〔註62〕〔西班牙〕烏納穆諾：《生命的悲劇意識》，北方文藝出版社，1987年版，第14頁。

〔註63〕解志熙：《生的執著——存在主義與中國現代文學》，人民文學出版社，1999年版，第126頁。

荒謬和無意義……。生活在不同的軌跡上滑行，但都面對著現實性的普遍威逼，這是人類的宿命，也是此在「沉淪」風險中的深刻悲劇性。

　　既便是創作後期，汪曾祺也沒有離開過對於人生悲劇性的思考與表達，相反隨著年事已高的體驗累積，作家對於人生的悲劇性似乎感觸更深。《珠子燈》中孫淑芸的生命在時間行進中無以挽留地消逝著，無奈、悲哀正是人「被拋」處境的一個鄉土版本。1990 年代，作家寫了更多的苦難、荒誕與無意義，這都是生存的「一般展開狀態」，同傳統人生標舉的自然、散淡、無為相比較，這些人生充滿了「煩」，顯然更具有現實主義色彩。此時《大淖紀事》中劉號長等破壞性的因素已演變為一股無所不在的沉重氛圍，雖沒有通常善惡良莠的對立衝突，但破壞力量已彌漫、生發出無盡的悲涼，「辜家的女兒哭了一氣，洗洗臉，起來泡黃豆，眼睛紅紅的」（《辜家豆腐店的女兒》）；女人還是在輪船上賣唱，唱『你把那冤枉事對我來講……』。露水好大。」（《露水》）謝普天把小娘娘的「骨灰埋在桂花下面的土裏，埋得很深，很深。」（《小娘娘》）掩埋意味著逃避，但歷史之網的無處不在，逃亡的「不知所終」掩蓋不了洶湧的哀傷；存在的悲劇性難以抵抗，「人存在且不得不在」；高雪美得象詩一樣，孤高然而寂寞，最終在流俗的生活中鬱鬱而終，「美總是愁人的」（《徙》）；……透過這一層面，「老境漸歸平淡」的汪曾祺，名士風度、儒道佛互補背後的變通，看似閒適，其實仍然透露著悲涼意味。

　　存在的悲劇性說明了人不是在者的主人，「人是無保護的」，這是一種悖論性的虛無感。汪曾祺是個熱愛生活的人，面對著此在生存的荒誕、虛無與無奈，他表現出了「直面中的深刻」，這使他以「清雲」或存在為基本旨向的人生敘事少了一些虛幻，而更多了數分生命的清醒、厚重與真誠，對於生存悲劇性的深刻感觸並沒有導致虛無主義的人生幻滅，或許正如雅斯貝爾斯所言，「悲劇的知」一旦成熟，就會產生剋服悲劇的努力。王玉英想著「她嫁過去，他就會改好的」（《晚飯花》）；虞芳的平靜、端莊、風度使「這群野蠻人撒開了手，悻悻然地離開了」，而在她聖潔的肉體前，岑明的靈魂得到了昇華（《窺浴》）。生活的矛盾使作家掙扎在「泥淖」和「清雲」之間，他告誡人們，「你不能寫你看到的那樣的生活，不能照那樣寫，你得『浪漫主義』起來，就是寫得比實際生活更美一些，更理想一些。」（《認識到的和沒有認識的自己》）以生活為基礎的「存在」訴求是斑駁的，但這一切又建立在對人的真實境況理解的基礎之上，滲透著作家理性的生活意識。汪曾祺雖言不欲對生活

做「陀耶托夫斯基嚴屬的拷問或卡夫卡式陰冷的懷疑」，但卻一直能夠保持對於「生活的深度和廣度掘進和開拓」的清醒與坦誠（《談談風俗畫》），這使他能夠不斷穿越生活表象，進入存在的「內在深度」。或又如施塔格爾所言，「一切詩作的根由都將深不可測，都基於各自的深處的豐盈」〔註64〕。顯然，在人生的普遍對立與衝突中，「清雲」中的詩化上升一直超越著「泥淖」的下滑與墜落，相當程度上，由於「存在之思」的燭照，使汪曾祺的作品以一種詩意方式述說自己對人類生存境況的理解，掙扎在「清雲」與「泥淖」之間或而高邁或而沉重悲憫的生命情懷，蘊含著人生敘述的終極意蘊。

如此的汪曾祺，讓我們感動於投入生活的生命情懷。他從生活出發，以生命的愉悅為理想提升人的存在狀況，傳達著對生命境界的詩意懷想；他感悟人情，洞穿世態，流連風俗，品味飲食，在洞悉人生的悲楚後背負起巨大的文化負荷，正視、轉化種種苦難。儒道佛的互補、傳統文人色彩的背後其實是有選擇地汲取文化傳統中順乎生命人情的因素，所以，和尚可以結婚、戀愛、吃肉，大姑娘可以跟人私奔、生私孩子，「只有一個標準：情願」，而不用顧忌倫理綱常、清規戒律，生命意識的流動使一切成為自由的生命體。他說過，「能夠度過困苦的，卑微的生活，這還不算；能於困苦卑微的生活中覺得快樂，在沒有意思的生活中覺出生活的意思，這才是真正的『皮實』，這才是生命的韌性。」（《林斤瀾的矮凳橋》）面對這樣的作家，進入他浸染著存在意味的文學世界，或許才能突破前述諸多「評論的屏蔽」，像作家本人所希望的那樣透過「詩的表面意義」，「比較真切地捉摸其中的意義了」（《無意義詩》）。當然，在這一面向存在的詩化人生訴求過程中，汪曾祺小說的「存在之思」有時也流露出相對「幼稚的痕跡」，比如《復仇》的存在主義體驗顯然觀念化了，復仇者的尋仇之旅帶著明顯的存在意義尋找動機，莫名衝動下「鑿石」行為的形上色彩凸現了一份演繹觀念的生硬。《小學校的鐘聲》一股生命情緒最終淪為了「神秘的交通」等等，也都帶有一定程度的觀念化色彩，等等。

蒂里希說過，「唯有那是神聖的，人才寄予終極關懷。而唯有人值得寄予終極關懷的，才具有神聖的性質」，神聖是一種被體驗到的精神現象〔註65〕。

〔註64〕〔瑞士〕埃米爾‧施塔格爾：《詩學的基本概念》，胡其鼎譯，中國社會科學出版社，1992年版，第43頁。
〔註65〕王珉：《終極關懷──蒂里希思想引論》，新華出版社，2000年版，第251頁。

無疑，此語也適合此處討論的話題。無論是冰心等人的「愛」的宗教還是馮至、汪曾祺的存在敘事，都突出了人生的救助、詩化的終極關懷問題，也必然具有這種神聖的信仰性質。而現代小說中所普遍存在的、與革命信仰等社會性主題有所關聯的信仰敘述，其實相去甚遠。由於革命等主題並不以人性為主要關注對象，而表現為人對自然、對生活、對人世等「生命類型」的「疏遠化」，其間的宗教情懷多源於某種社會性觀念和理想的熱烈追求，導致人生順服於外在的社會倫理觀念，往往就背離了「為人生」的人文旨向。或許，只有在現代抒情小說的宗教敘事中，人的生存才能得以擺脫「此在」的「疏遠化病症」，被賦予神聖獲救的終極意義。人的存在是神秘的，馬利坦說：「正是通過美的、甚至審美的這種超然性，所有偉大的詩作才以種種方式在我們心中喚起神秘的同一之感而把我們引向存在之源。」〔註66〕

第三節　《伍子胥》的敘事解讀

創作於 1940 年代的小說《伍子胥》是馮至的代表作品〔註67〕。小說具有濃厚的存在主義色彩，詮釋了存在主義的「決斷」觀念，表現出一個現代知識分子對於生存問題的獨特思考。伍子胥的人生遊歷是在自然、倫理、宗教等「存在狀態和意義」中的不斷「決斷」與轉換，但作者並沒有把人生的存在意義固著在其中的某一類形態上，反而不同的存在狀態不過構成了人生探求過程中的一次次短暫「停留」，「終點」又預示著「起點」。「決斷」是存在主義的重要思想，主要指個體對自身存在狀態和意義的自由選擇與決定，「本然的自我存在只有通過自由的無條件的決定才能實現」〔註68〕。故此，一個古老復仇故事的傳奇和驚險最終也就轉化為一種終極關懷意義上的生存價值探求過程，體現出存在之思。

小說取材於春秋時期「伍子胥復仇」的歷史事件，是對一個古老復仇主題的現代生發。小說一開始就描述了伍子胥對邊城如同「死蛇一般」生存狀況的「焦躁與忍耐」，「三年來無人過問，自己也彷彿失卻了重心，無時不刻

〔註66〕〔法〕雅克・馬利坦：《藝術與詩中的創造性直覺》，劉有元等譯，北京三聯書店，1991 年版，第 139 頁。

〔註67〕馮至：《馮至全集》（第三卷），韓耀成等編，河北教育出版社，1999 年版。

〔註68〕〔德〕施太格繆勒：《當代哲學主流（上）》，王炳文等譯，商務印書館，1986 年版，第 232 頁。

不在空中飄著……他們有如一團漸漸乾鬆了的泥土」,「焦躁與忍耐在他身內交戰」。顯然,此處伍子胥的焦躁來自於對生存狀況日漸分裂、「沉淪」的「體察」,正如解志熙所言,「『焦躁』不是一般的情緒騷動,而是生命失重、存在無意義的根本性焦慮。」〔註69〕由此,「沉淪」中的「邊城」也就成為現代人生「自在狀態」的一種表徵,有待於通過「決斷」來喚醒人生的「自為」意義。「在這不實在的,恍恍惚惚的城裏,人人都在思念故鄉,不想住下去」,「只等著一陣狂風,把它們吹散」。「故鄉」近乎「安息」的魅力,構成了「自為人生」的神秘招引,因此,即便沒有後來故事中楚國使者陰謀「誘殺」這一外在契機,伍子胥也可能會在其他因素的觸發下沿著自身的行為邏輯展開人生的「決斷」。他「面前對著一個嚴肅的問題,要他們決斷……他覺得三年的日出日落都聚集在這一瞬間,他不能把這瞬間放過,他要在這瞬間作一個重要的決定。」顯然,此時伍子胥面對的已不是所謂「復仇」的歷史倫理問題,而是人生意義的「自由選擇與決定」。相對於兄長伍尚為了父子的倫理人情冒死去郢城的「決定」,伍子胥則要「走出去,遠遠地走去,為了將來有回來的一天」。這樣父兄的死對於伍子胥而言,「就是一個大的重量,一個沉重的負擔落在你的身上,使你感到真實,感到生命的分量,——你還要一步步前進」。生和死在此構成了人生的兩個極端,也就具有了「先行到死」和「向死而在」的意義。人生的倫理意義一旦被轉化為存在的勇氣,也就促生了「決斷」的意義轉向,「他們懷念著故鄉的景色,故鄉的神,伍尚要回到那裏去,隨著它們一起收斂起來,伍子胥卻要走到遠方,為了再回來,好把那幅已經卷起來的美麗的畫圖又重新展開。」生存意義從倫理向審美向度的這一轉換,意味著伍子胥名義上的為父兄「復仇」,實際上卻是自覺謀求對現實困境的改變和擺脫,而文本之所以從倫理意義展開人生的「決斷」,不僅是因為作為一個特定歷史事件的當事人,伍子胥必然要負載倫理的意義,而且還因為伍子胥的「復仇行動」構成了小說展開的敘事學背景,引導著敘事行為的開始。

　　審美意義上的存在思考和表現首先是從楚狂夫婦隱居「林澤」的自然生存開始的。林澤的原野風情孕育著大地自然化的詩意,「像是置身於江南的故鄉,有濃碧的樹林,變幻的雲彩……」,近乎一片桃源幻境。然而人世的現實

〔註69〕解志熙:《生的執著——存在主義與中國現代文學》,人民文學出版社,1999年版,第189頁。

侵襲卻是生存難以迴避的宿命，楚狂夫婦的隱居雖有著「與雉雞麋鹿同群，比跟人周旋舒適得多」的好處，但是這種審美化的自然「安息」採取了一種「逃於天地之間」的原始方式不僅悖於時代，更缺乏對存在的「已經在世」的現實承擔和「認眞爲人」的積極生命態度。「離棄了現世」也就意味著背離了「存在」的根基，「存在」意義的缺乏注定了這一方式的不可取，淪爲「幻境」最終就是一種必然。於是，在伍子胥眼中，楚狂夫婦「嘻笑中含滿了辛酸，使人有天下雖大，無處容身之感」，「眼前只不過是一片美好的夢境，它終於會幻滅的」。接下來的「洧濱」、「宛丘」等章節中展現的生存狀態顯然將這一侵襲審美意義的現實因素作了進一步的鋪展。太子建等人的生存圖景是陰暗的，平庸、自私、奸詐的墮落意味著現實生存的「去道德化」與「非本眞狀態」，而對此的「不自知」顯然又是一種「自欺」，意味著類似的「沉淪」已成爲一種普遍的生存狀態和現象。而「宛丘」講述的則是一個遠古聖地的淪落。太昊伏羲氏神農氏等故地的廢墟化，意味著人性古老「神明」的喪失，與此形成對比的則是現實中司巫人格上的卑劣，以及貧窮酸儒不滿、牢騷中如「火星」、「雨露一般」短暫而蒼白的「衡門棲遲」般的精神告慰。古老的神性業已淪爲一種暫時的緬懷，在寒夜的飢寒交迫中不可避免的隱入了歷史深處。顯然，對道德和古老神性的雙重背棄最終宣示了實存中精神向度的失卻，注定世人只能在「沉淪」中承受生命「靈性」喪失的後果。

相較之下，小說後文「延陵」一節生存狀態展現出的「禮樂」交融、人倫和諧的樂園圖景近乎一次「靈性」的復歸。「這些地方使他覺得宇宙不完全是城父和昭關那樣沉悶、荒涼，人間也不都是太子建家裏和宛丘下那樣卑污、兇險。雖然寥若晨星，到底還是有可愛的人在這茫茫的人海裏生存著。」作爲人生遊歷過程的一個節點，「延陵」的意義在於對實存中的「沉淪」進行了一次集中的拯救，使得伍子胥的「決斷」得以暫時擺脫現實的鉗制，進入生存的另一種高蹈境界。而文中伍子胥抵達「延陵」這一獲救意義的「節點」則是通過三次象徵性的過渡環節達到的，其間又涉及到了宗教意義等生存的限度。

首先是「昭關」。一定意義上，這不僅是伍子胥「復仇」行爲的現實阻礙，也是妨礙生存意義轉化、提升的現實因素的凝結點。邁過它，就意味著人生的倫理、自然意義將得以充分詩化，而且也終將接近某種意義的「永恆」之境，「他想像樹林的外邊，山的那邊，會是一個新鮮的自由世界，一旦他若能

夠走出樹林，越過高山，就無異於從他身上脫去了一層沉重的皮」，「以一個再生的身體走出昭關。」於是，「邁過昭關」也就具有了重生的象徵意義，對於「新鮮的自由世界」的渴望不僅溝通著「天堂的盼望」，而且也蘊含著「奔向應許之地」的宗教返鄉意義，而對昭關士兵死亡的所思，還使伍子胥的出關行為浸染了一絲「向死而生」的意味，「子胥的心境與死者已經化合為一，到了最陰沉最陰沉的深處」，「好像自然在他身上顯了一些奇跡，預示給他也可以把一些眼前還視為不可能的事實現在人間」。顯然，隨著意義的疊加，此處子胥的「反思」和「渴望」也就進入到宗教的意域。

其次是「江上」。對於伍子胥而言，走出昭關後的「一個鳥影，一陣風聲，都會增加他的疑惑」，「只有任憑他的想像把他全生命的饑渴擴張到還一眼望不見的大江以南去」，於是「疏散於清淡的雲水之鄉」的船夫對伍子胥的擺渡簡直就是一次精神上的解脫和引渡，在形式和內蘊上都體現出宗教的神聖意義。在子胥，「卻覺得這船夫是他流亡以來的所遇到的惟一的恩人，關於子胥，他雖一無所知，可是這引渡的恩惠有多麼博大……他享受到一些從來不曾體驗過的柔情。往日的心總是箭一般地急，這時卻唯恐把這段江水渡完，希望能多麼久便多麼久與漁夫共同領會這美好的時刻」。引渡指向了一種神秘的安息之境，只要歸屬它就足以平復躁動的心靈，使人格得以淨化，「你渡我過了江，同時也渡過了我的仇恨」，「他再一看他手中的劍，覺得這劍已經不是他自己的了」。近乎皈依的精神告白傳達了對於一種超驗性情感的眷念和渴望，宣示了宗教對於生存意義的永恆魅力。

而「溧水」一節中浣衣少女與伍子胥的遇合則頗似一個「信徒」的「受洗」場景，又以近乎宗教的儀式將這一意義加以完成和凝定，「這是一幅萬古常新的畫圖：在原野的中央，一個女性的身體像是從綠草裏生長出來一般，聚精會神地捧著一缽雪白的米飯，跪在一個生疏的男子的面前……也許是一個戰士，也許是一個聖者。這缽飯吃入他的體內，正如一粒粒種子種在土地裏，將來會長成凌空的樹木……它將永久留在人類的原野裏，成為人類史上重要的一章。」村姑的「米飯」與「施與」使人想起基督教觀念體系中的聖母、聖餐以及相應的宗教儀式，而「把一缽米飯捧給一個從西方來的飢餓的行人」，「泰伯從西方來」等又從方位上進一步強化了讀者對於西方基督教意義的聯想。這一系列形象化的場景再一次昭示了神性意義在「存在」上空的惠臨和閃耀。

　　然而對於「探求者」伍子胥而言，這一切是否就此凝定，人生之旅是否也就此停步了呢？顯然不是，這一切仍然「是一個反省、一個停留、一個休息」。作為一個現實的個體，它不得不受制於「處境」的影響而有所停留，而後方可能通過一次次「決斷」繼續前行。或許一切早已注定，伍子胥只能從屬於一種「在路上」的意義探求，不斷前行是他作為「過客」的宿命。「延陵」中的樂園之境，雖然可以視為上述「昭關」等三次象徵性環節的一種必然結果，然而同樣也難以被規避直至離棄的命運。由此可見，「延陵」展現的宗教意義在此並沒有成為終點，相反，「終極」的「永恆」其實更多意味著無限與超越。受存在主義的影響，馮至總是在人生的「自在」和「自為」狀態的對照、共生中表現「存在之思」，這不僅有著類似於尼采「生活在險境中」的人生沉淪化警示，也包含著作家對於人生存在意義的矛盾性和過程性的深刻認識，並指向一種不倦前行與探求的過程。

　　「延陵」一節中伍子胥想到季禮時「精神恍惚了許久」，「他知道往前走的終點是吳國的國都，在那裏他要……早日實現他復仇的願望。……若是說他復仇的志願，又何必到季禮這裡來？若是敘述他仰慕的心，走出季禮的門，又何必還往東去呢？」伍子胥的矛盾其實就是停留抑或前行的矛盾，前者意味著人生意義的終結和凝定，人生也將就此墮入「安於現狀」的沉淪，後者則意味著意義的進一步歷險，充滿著挑戰性和不確定的艱難。而一旦停留，人不僅會「窮盡自身」，而且又將背棄自身的責任。考慮到存在意義的「無限性」狀態，此處作為探求者的伍子胥必然又將背棄這一「現狀」，選擇繼續前行！尼采說過，「對於這個生存之謎，我們必須選擇一條大膽的不顧危險的路來解開它」〔註70〕。此時的伍子胥不得不再次「決斷」，「他加緊腳步，忍著痛苦離開延陵」。然而在已然經歷了人生意義的三次「洞察」之後，人生的基本意義已得以較為「充分」的展現，再次「決斷」後又將面向何方？雖說意義不可能被窮盡，但作者此時顯然已難以提供其他的答案。於是，「人的憎惡者」專諸對母親的「孝道」，寧靜而質樸的女性，禮樂、林澤田野等等再次成為伍子胥（其實是作者）追思的對象，倫理、自然等審美意義在「吳市」一章中以一種集體的面目再次閃現。既有意義和形態的彙聚指向了作者生存思考的局限性，顯出了作者在這一方面的蒼白，然而同時也讓我們領悟到人生

〔註70〕解志熙：《生的執著──存在主義與中國現代文學》，人民文學出版社，1999年版，第 18 頁。

意義的多元與叢生，雜多與變動，抽象和無限。畢竟，人之生存不是簡單的生或死問題，也不是簡單的回歸自然、信靠宗教或倫理完善的問題，它指向一種開放性和無限性。由於復仇者最終離開了安寧和詩意，「忍著痛苦離開延陵」，「沉浸在雪地仇恨裏」，成為一個世人眼中的「畸人」。伍子胥的追求也就具有了疏隔於現實人群的形上向度，成為一種不為現實所認同的邊緣性精神和狀態。其間的衝突和分裂又多少意味著人的自由仍是「在處境中的自由」，這或許說明，存在的「自為」拯救往往充滿了矛盾和悖論，又可能受到「此在」無所不在的暗算，必將伴隨著現世的隔膜，以及肉體和精神上的苦行和艱難而嬗變。生存本然的局限性無情地制約了人們的選擇。小說結尾的「司市」面對子胥，「他沒有旁的辦法，只好把這事稟告吳王」。結尾的嘎然而至，把這一點留在了文外，餘味的悠長仍在說明，意義的探求本身就沒有終點，而只是一個不斷尋求與「眺望」的動態精神歷程。

在存在主義思想的啟發下，馮至對傳統題材做了一次現代意義上的翻新，「兩千年前的一段逃亡故事變成了一段含有現代色彩的『奧德賽』」。其意義在於，反映「一些現代人的，尤其是近年來中國人的痛苦」，並在「危機」中尋找生路〔註71〕。由此可見，《伍子胥》表現出的「存在之思」凝聚的是作家對現代人生存處境的深刻反思，不可不謂現代文學史上一份獨特的文學經典。

〔註71〕馮至：《伍子胥·後記》，韓耀成等編：《馮至全集》（第三卷），河北教育出版社，1999 年版，第 427 頁。

第五章　現代抒情小說的敘事體式

　　對於現代抒情小說而言，文體形式不僅是審美人生物化和賦形的結果，也是其價值意義的符號載體。法國哲學家卡西爾曾指出人是一種「符號的動物」，認為人之所以與一般動物不同，就在於人類具有建設「一個人自己的世界，一個『理想』世界的力量」，也就是能夠建設一個「符號的世界」〔註1〕。而按照現代語言學的觀念，文體就是由語言建立起來的人類精神形式。文體的這一特性，決定了對於抒情小說敘事問題的考察必然要注意到文體形式和人生本質之間的內在關聯，看重對應性的內容意蘊對於敘事體式生成的深層制約作用。由於抒情小說指向現代人生的審美維度與本體價值，就促使小說在體式形態等方面發生了與之相適應的變化，使「小說變成了詩」，從而成為一種詩性文體。每一種文體都有自己獨特的話語表達方式，在整體上觀照這一點，本文以為，抒情小說借助於張力型審美情境的營造，得以突破傳統小說〔註2〕時序性歷史特徵的束縛，為表現面向無限的情意訴求提供了基礎。而這不僅造成敘事視點相對「節制」和「靜態」的有限「敘事眼光」，激發了視點的心靈自由特性，而且小說語言突破了形式的「中介」意義，彰顯了語言的精神維度，以一種本體論的敘事方式講述著人生的「故事」。

第一節　情境追求與敘事轉向

　　現代抒情小說的意蘊化，客觀上促成了文本的情境化取向。從上文對廢名、郁達夫、沈從文、蘆焚、蕭紅、馮至等作家作品的分析中，我們看到人

〔註1〕〔德〕恩斯特・卡西爾：《人論》，甘陽譯，上海譯文出版社，1985年版，第31～34頁，第288頁。
〔註2〕泛指中外古典小說以及講求敘事性、情節性的現代小說。

生的詩意訴求已然渲染出一個個意蘊優美深遠、情致盎然的「情境」，構成了敘事的重要表徵〔註 3〕。作為此類小說文體的基本特徵，「情境」具有悠遠、無限的衍生品質，標識了小說體式的意向性和空間性的現代性品格。如果說意境作為傳統文學的美學原則，更多意味著傳統文人面對自然景觀的「忘我」境界的話，那麼「情境」則凸現了現代作家對於人生情懷的抒發，是現代文學主體基於個體人生體驗和獨特審美選擇所構建的「有我」文學世界，傳統文人相對狹隘的人生意緒已為現代意義的人生關懷所取代。它超越了傳統意境的倫理性、封閉性，借助語言的意向性溝通了意蘊無窮的人生意域，具有更加明顯的多義性、無限性，思想意義的生發性已非傳統文學範疇所能容納。或許正如沈從文所言，「詩人欲表現『思想』，得真正有深刻思想，欲『創造』情境，得真正有動人情境。」（《新廢郵存底——談現代詩》）換言之，正是由於區別於傳統文化的人生思想在文學表達方面的內在規約，現代作家的藝術表達才可能具備超越性的精神力量，「情境」方得以真正邁向自覺意義的「動人」境界！

作為以人生訴求為思想基礎的小說敘事體式，「情境」的營造為理想人生形態的構建提供了便利，對於既有小說觀念和秩序的衝擊，造成了小說敘述方式的變化，進而構成小說內部生態的變革。一般而言，在小說的文體結構中，情節、人物、環境是基本要素，它們之間的結構關係決定著小說敘事體式的基本規範和秩序。而情節性作為敘事行為的首要功能，不僅決定著小說敘事過程的展開和具體狀態，也決定著其他諸如人物、環境等小說敘事要素的功能性表現。情節結構的完整（有開始，發展、高潮和結局）將使故事的懸念、驚險、傳奇等戲劇性場景顯得有聲有色，敘事過程一波三折、起伏跌宕，人物立體豐滿，生動形象。而如果淡化了情節，故事性就會減弱，這種

〔註 3〕「意境」常常被當作現代抒情小說的一種整體敘事特徵看待。凌宇認為「中國古典小說重故事，重情節，少寫景抒情。而在『五四』以後出現的現代抒情小說中，意境始成為一種自覺的創造。」（凌宇：《從邊城走向世界》，北京三聯書店，1985 年版，第 300 頁。）方錫德則認為「意境」是現代作家「小說創作的美學追求和審美原則」，和典型一起構成現代小說「兩個重要的審美範疇」（方錫德：《中國現代小說與文學傳統》，北京大學出版社，1992 年版，第 271～277 頁）。鑒於「意境」具有較為明顯的指稱傳統詩歌文學色彩，本文則採取「情境」這一概念，意在突出抒情性在這樣一種文學境界中的主體作用，強化現代人生情懷對於現代詩性小說敘事體式的內在價值規約，已與前者有所區別。

由線性動態過程產生的閱讀快感也就將消退。在這種情形下，能夠維持作品整一性的就不再是情節，而是貫串文本內部的某種其他秩序。具體而言，在抒情小說中，敘事的因果鏈條被一條條「情緒流」所取代，人物行動的「場面或場景」轉化為蘊涵豐富情感的深遠「情境」，起伏波蕩的情節被削平、淡化，最終造成內部形態的空間化和意向性。很大程度上，這種變化的形成在於現代性的人生情懷作為一種抽象的價值觀念在發揮作用，打破了因果情節鏈條在延展文本意義方面所可能造成的束縛。因為詩性的審美人生是一種涉及終極關懷的理想追求，它面向無限的生命訴求需要一種超越現實、超越機械性邏輯制約的藝術空間。傳統小說由於時序性「歷史」特徵的制約，偏重於敘事性過程和人物性格展示，使藝術空間相對的實化和有限，難以構成能夠容納深遠情感、意義的藝術空間。而「情境」化的敘事取向，有利於從整體上削弱因果敘事的局限，就將拓展敘事行為的空間張力，造就文本含蓄、悠遠的審美意蘊。

這一點我們仍可以從相關作品中得到進一步闡釋。比如廢名的小說《橋》，在章節設置之間基本看不到貫穿性的敘事因果鏈條，「史家莊」、「落日」、「萬壽宮」、「路上」「螢火」等等與其說是小說的「敘事」環節，不如說更近似於一個個由情境組成的「冊頁」：

現在這一座村莊，幾十步之外，望見白垛青牆，三面大樹包圍，樹葉子那麼一層層地綠，疑心有無限的故事藏在裏面，……沒有提防，稻田下去是一片芋田！好白的水光。團團的小葉也真有趣。芋頭，小林吃過，芋頭的葉子長大了他也見過，而這，好像許許多多的孩子赤腳站在水裏。迎面來了一個黑皮漢子，跟著的正是壩上遇見的那隻狗。漢子閉了眼睛，嘴巴卻張得那麼大。(「史家莊」)

下得牛來，他一跑跑到壩上去了，平素習見的幾乎沒有看見的城圈兒，展開在眼前異樣地新鮮。樹林滿披金光，不比來時像是垂著耳朵打瞌睡，蟬也更叫得熱鬧，疑心那叫得是樹葉子。一輪落日，掛在城頭，祠堂，廟，南門，北門，最高的典當鋪的涼亭，一一看得清楚。(「落日」)

琴子過橋，看水，淺水澄沙可以放到几上似的，因為她想起家裏的一盆水仙花。這裡，宜遠望，望下去，芳草綿綿，野花綴岸，其中，則要心裏知道，水流而不見。琴子卻深視，水清無魚，只見

沙了。與水並流是——橋上她的容貌。(「路上」)

村莊的白垛青牆,水光中的芋田,赤腳的孩子,牛,黑皮漢子,狗,黃昏的蟬鳴,落日下的城頭,橋上的少女和淺水澄沙……人物、事情、場景皆依持著一種自然、平和的節律,一切和諧地交織、融彙著,寧靜悠遠的境界反映出人與自然的本源性親和,寄寓著與自然同構的生命情懷,簡直就是一幅「結廬在人境,而無車馬喧」的詩意人生圖景。作家「十年造橋」爲的就是「引渡眾生」,他把這一派鄉土世界營造得美侖美奐,淡去了外在現實力量的侵襲,理想人生訴求與小說形式覓求著無間的契合。而沈從文的《邊城》雖然講述了一個不乏凄美的愛情故事,但其魅力的煥發並不在於愛情故事的起伏和波折以及充滿遺憾、期待的結局,而在於詩意、憂傷的敘事行爲所營造的寧靜優美的人生情境;翠翠的少女心事,鄉土樸素、亙古的生活,人生莫名的傷感和無助,湘西山水的清新靈秀交融互生,使一切變得回味悠長:

> 黃昏來時,翠翠坐在家中屋後白塔下,看天空被夕陽燒成桃花色的薄雲。十四寨中逢場,城中生意人過中寨收買山貨的很多,過渡人也特別多。祖父在溪中渡船上,忙個不息。……翠翠看著天上的燒雲,聽著渡口飄來那生意人雜亂的聲音,心中有幾分薄薄的凄涼。
>
> 黃昏照樣的溫柔、美麗和平靜。但一個人若體念或追究到這個當前的一切時,也就照樣的在這黃昏中有點兒薄薄的凄涼。於是,這日子成爲痛苦的東西了,翠翠在成熟中的生命,覺得好像缺少了什麼。……

透過文字,感受到的不僅是自然環境的優美寧靜,還有具體物象背後的生命體悟,實與虛,近與遠,超越了所「看」的具體進入了所「思」的無限。正所謂「一片風景就是一個心靈的境界」〔註4〕。沈從文要用文字「構圖與設計」出「生命向深處探索的情境」,他從翠翠感受到的一己情思,生發出源於完滿、理想人生境界的失落與尋找意願的人生感慨。某種意義上,由於作家人生詩思的寄託,敘事轉向了對於人生世事相對靜止的注視和描敘,生存的懷想開始成爲敘事行爲的基本旨向,意義在回味中滋長。

〔註 4〕 參見蔣孔陽主編:《中國古代美學藝術論文集》,上海古籍出版社,1981 年版,第 288 頁。

　　由於敘事不再以明顯、緊湊的情節鏈條為中心，敘事必然不再糾纏於過程性的情節性敘述，而通常代以具有較強所指意義的相對虛泛的概述，傳統意義的「看戲」自然而然轉向了感悟式的人生抽象體驗，必將使實境變虛，意義變遠。不難發現，抒情小說的敘事行為對涉及到的具體事件，往往缺少具體過程的展現，而常常是概述帶過。比如《邊城》對於「寨中逢場」，「生意人過中寨收買山貨」，「過渡人」與祖父忙碌的擺渡等事件，不僅缺乏細節性的詳述，而且事件之間也是一種缺乏因果聯繫的並置關係；而對於翠翠的心事也就是「心中有幾分薄薄的淒涼」和「覺得好像缺少了什麼」等一兩句話，罕有具體展開；《橋》中對於事情的處理也同樣是諸如「疑心有無限的故事藏在裏面」，「稻田下去是一片芋田！好白的水光」等簡短的一兩句話，也很少去鋪展。概述產生了虛化的效果，形成「對情節『場面』的取代和衝擊」，使人物、事件、場景脫離情節的邏輯性鏈條，出現了明顯的過程中斷。由於這種「中斷」在敘述中比較普遍，無疑就將拆解敘事的連續性，使事件淪為印象的片斷，不再構成敘事過程的主導。同樣，作品中大量出現的景物由於屬於「靜力性自由意元」，也會阻斷情節進程造成「中斷」，強化敘述空間的靜止感。換言之，由於缺乏明顯的因果關係，小說結構顯示了一種破碎性，時間結構已不那麼重要了。就審美效果來看，弱化了小說的故事性，造成情節的收縮，也就弱化了敘述對現實的指稱功能，從而有助於轉化具體的人物、事件，溝通深遠、悠長的人生意域，營造出超越性的情境空間。

　　又如，蕭紅的《呼蘭河傳》，整篇幾乎沒有一個貫穿性的完整故事情節，而開篇四章，基本上是作家對故鄉風物、風俗、童年瑣事憂傷而又不乏甜蜜的回憶，東二街上的大泥坑子，紮彩鋪，跳大神，放河燈，家裏的後花園，給她愛和溫暖的祖父，有二伯淒涼的身世，「小團圓媳婦」孤魂的悲訴……。所有故事之間幾無聯繫，連「中斷」也談不上，充其量只是一些事件的斷片。人事、風物吸附著人生的憂傷和愛戀，一縷縷世態人生的悲涼感慨，鋪衍出憂鬱的情境氛圍。與其說是作家在回溯記憶鄉土的中人和事，倒不如說是在傾訴情感，傾訴著自己的孤獨、快樂和憂傷，體味這些人事背後所蘊含的人生況味。

　　師陀、汪曾祺等人所敘述的也多是平淡得近乎無事的生活體驗，主體人生情思的摻雜、鋪展，引導著情境的生成。《果園城》講述的是「我」對靜止如一潭死水的小城淡淡惆悵和失望的情緒感受，營造出「宛如水彩畫」的憂

鬱氛圍，而孟林太太的僵死和素姑的老死閨中只是其中一道最灰暗的「墨影」；汪曾祺的小說《落魄》並沒有突出揚州人落魄的過程和因由，倒是揚州人和新娘子耳語、用手摘掉她頭髮上草屑的畫面被渲染得富有溫情與詩意，「比一首情詩還好看」。此脈作家大多「不善於講故事」，倒不是說他們不會講故事，而是因為生命情懷的傳達需要敘事結構能夠具有更大的包容性，如此必然迫使作家把注意力轉移到小說的空間化領域，削弱故事性。沈從文在「表現人生向上的憧憬」中，最終發現文字的局限，進入「抽象的抒情」，不能說沒有這種人生表達的需要，而汪曾祺在創作中，也有著「描摹一個理想」與「找不到合適的表現手法」的感慨（《醒來》），等等。他們往往被稱為「文體家」，內中原由或許就基於此。

　　與之相適應，「人物」的地位也發生了明顯變化，性格面目已不再清晰，有著明顯的虛化。作為敘事的一個基本要素，人物在傳統小說觀念中曾備受推崇，萊辛甚至宣稱：「一切與性格無關的東西，作家都可以置之不顧。對於作家來說，只有性格是神聖的」〔註5〕。在西方文學中，「從斯泰恩到普魯斯特，許多小說家都把對個性的探索選作了自己的主題」〔註6〕。在此背景下，以刻畫立體豐滿的人物性格為中心的典型論被廣泛接受了。但在由「情境」主導的敘事中，人物則趨於單純和「扁平」。這是因為人物性格的成長和豐滿是一個動態的過程，需要借助於動態的情節變遷展示「成長的歷史」，而情境相對「靜止」的空間聯想性質，已不能滿足塑造典型人物的基本條件了。亞里士多德早就指出，行動是性格的表現，認為「通過一個人的抉擇或行動，人們可以看出他的性格」〔註7〕，華萊士‧馬丁也認為：「行動、信息、個人特徵這三股繩被編織在一起，形成了人物之線」〔註8〕。這說明如果缺乏了行動對性格的支撐，人物就不可能成為福斯特所說的「圓形人物」。的確，冰心、廢名、沈從文、許地山、馮至等作家筆下的人物往往都顯得很單純，不再具備《子夜》的吳蓀甫、《家》的覺新等人物性格的豐滿和複雜多樣性。固然他

〔註5〕　〔德〕萊辛：《漢堡劇評》，張黎譯，上海譯文出版社，1981 年版，第 125 頁。

〔註6〕　〔美〕伊恩‧P‧瓦特：《小說的興起》，高原等譯，北京三聯書店，1992 年版，第 15 頁。

〔註7〕　〔古希臘〕亞里士多德：《詩學》，陳中梅譯注，商務印書館，1996 年版，第 69 頁。

〔註8〕　〔美〕華萊士‧馬丁：《當代敘事學》，吳曉明譯，北京大學出版社，2005 年版，第 112 頁。

們不可能都像沈從文在小說《斷鴻》的一些章節中那樣「把人縮小到極不重要的一點上，聽其全部消失於自然中」（《新廢郵存底——談現代詩》），但這已說明情境化的敘事不再把人物塑造作為中心，而往往把人物當作表達生命情懷的手段與工具。早在三十年代，賀玉波就曾指出過像沈從文的《松子君》那樣的作品「是連人物，故事，景物，都不曾描寫到的」〔註9〕，而胡風等人也早就指出過蕭紅小說存在的「人物的性格都不凸出」的現象〔註10〕。在此類敘事中，人物性格基本上處於相對靜止的狀態，成為與情境保持同質性的意象符號。冰心《超人》中的何彬是一個有著特殊性格轉化的人物，但也只有從「恨」到「愛」的簡單變化，作家只是把他作為被動承納、體現「愛的哲學」意義的符號，最終使他在一幅母愛「惠臨」的詩意圖景中「道成肉身」；《最後的安息》中翠兒也只是一個人間受難者的化身，她的存在似乎就在於以受難叩開彼岸世界的大門，接受愛的宗教精神拯救，獲得靈魂安息，並不具備明顯的性格特徵。許地山《命命鳥》中的敏明、加陵，《綴網勞蛛》中的尚潔等人物表現出的或愛情的堅貞或人生的堅忍品質也並不意味著對於個體性格的強化，而在於突出一種虔信的人生態度來引導宗教樂園情境的出場。廢名則由於鎔鑄了唐詩的技巧，其小說的情境象一幅幅淡彩的水墨畫，其中的人物象是一種寫意的符號妥帖地融合在畫意中；所以李健吾就認為廢名的小說創作「追求一種超脫的意境，意境本身，一種交織在文字上地思維者的美化的境界」〔註11〕。《橋》中小林、琴子、細竹等人物，在性格上基本沒有展開，像似淡淡的漂移的影子。《淩蕩》中的陳聾子、《竹林的故事》中的三姑娘、《桃園》中的小女孩阿毛等等都是這樣的「寫意人物」，只求神似，不求形似，近似一個個人物意象。馮至的《伍子胥》雖被譽為「不可重複的絕唱」，但其中子胥的性格也十分扁平，除了復仇決心外基本上看不到其他性格特徵，對其逃亡之旅的敘述重點也不在於復仇，而是集中在詩性人生境界的相繼出場和退場，最終借助「延陵」完成了一種近乎「理想國」的人生圖景構建。

　　人物的虛化有利於規避圍繞人物命運沉浮的心理波動和外在現實侵襲下

〔註 9〕賀玉波：《沈從文的作品評判》，邵華強編：《沈從文研究資料》，花城出版社，1991 年版，第 92 頁。

〔註10〕蕭紅：《蕭紅文集·中短篇小說集》，安徽文藝出版社，1997 年版，第 327 頁。

〔註11〕李健吾：《李健吾批評文集》，郭宏安編，珠海出版社，1998 年版，第 445 頁。

的人生形態失衡，最大限度地維持情境的和諧與美感。可以說，在抒情小說中，人物性格基本上處於相對靜止的狀態，與情境的整體氛圍相協調，由此引發的感覺體驗和藝術聯想，對人生的了悟與情思，使得人物「虛化」爲人生情境中的意蘊符號。意向性人物和淡化的情節一樣，就爲審美張力的強化騰出了延展空間。一定程度上，這雖會造成人物的「變形」，但這種變形正是融入情境敘述的需要，從具象走向抽象，從有限走向無限，從失衡趨向平衡，人物也發生了相一致的功能性轉變。

敘事對於「情境」的強化，顯然還得益於小說結構的另一要素——「環境」在敘事過程中的主導作用。傳統小說的環境往往只是人物活動的場所、事件發生展開的地點，由於處於提供背景的邊緣地位通常也就並不構成整合、制導敘事的秩序性作用。但在抒情小說中，隨著情節的淡化、人物的單純和「扁平」化，「環境」功能卻得到了強化，進而被提升爲寄寓、生發意義的結構性力量。比如，《呼蘭河傳》中的環境描寫，已不止於地理性的背景，而是充滿生命情思的詩意空間，彰顯出「環境」的抒情色彩。《邊城》中沅水上游的那一片天地，也不僅是翠翠、儺送、祖父、寨上人等上演人生悲歡的客觀場所，更是作家人生理想的夢幻之境，投射出作家的審美情趣，等等。環境不僅僅是故事發生、行進的自然背景，也是主體人生情懷鎔鑄出的詩意文化空間，豐富的意蘊寄寓使其超越了情節、事件、人物等敘事元素而躍居爲主導文本生態的基本力量。比如：

> 在藍的天空下面，在陽光的照射的、布滿穀楂秋草的大地上，四面八方全是我們的隊伍在前進。只有在天地相接連的那裏，才是蕭蕭的風雲，低垂的煙霧。(《種穀的人》)

> 小山隱在陰暗中，但突然發出光亮來了。大地是這樣豐富，原野的香，壓著行客的胸脯都有些生疼。(《人下人》)

> 早晨在一瓣一瓣的開放。露水在遠處的草上濛濛的白，遠處的晶瑩透徹，空氣鮮嫩，好香，好時間，無一點的宿氣，未遭破壞的時間，不顯陳舊的時間。(《藝術家》)

清新的物象，悠遠的想像。景物性的環境與人事的發生，生命的流轉保持著向度和節奏上的內在統一，秋收後的田野和行軍的隊伍，原野的氣息和匆忙的行客，清晨草葉上晶瑩的露水和未遭破壞的永恒時間……一切無聲的靜默著，生命詩思在自然而然的生長、溢出，緩緩充滿我們的心靈。客觀性的環

境化作意蘊悠遠的情境，滲透著人們對理想人生由衷的嚮往和懷想，而品味此類小說敘事「環境」背後的情懷寄寓和意義蘊含，也就成爲閱讀過程中最爲重要的方面，進而制約文本的整體性審美效果。宗白華說過：「以宇宙人生的具體爲對象，賞玩它的色相、秩序、節奏、和諧，藉以窺見自我最深心靈的反映；化實景爲虛境，創形象爲象徵」〔註 12〕；心靈在此獲取著安寧，融入物我同一、情景交融的人生遠景。顯然，敘事的情境化強化了環境因素的審美張力，背景性的環境成爲人生意義的象喻，轉化了現實層面的人生因素，衍生出無限的人生意義，注定「情境」只能從屬於一種空間性、意向性的現代小說範疇。所以，一旦它成爲敘事的重心，就必然改變了敘事在情節、人物維度上的時間性軌道，造成敘事諸要素之間結構性功能的變化。基於上述，這種變化的具體結果在於情節、人物被降格到邊緣地位，它們不再是敘事過程的中心，而被降格爲小說構成情境空間的詩意元素；而環境由於浸染了主體的情志，凝聚爲意蘊悠遠的情境，得以突出和擴展並統攝整個敘事過程。敘事的情境化轉向，藝術空間的無限品質正契合了對理想人生的彼岸性質和終極意義的表達，自然使它成爲人生本體論意義上的小說敘事方式。

第二節　有限視點與詩思表達

對體式的探討是多層面的，而視點無疑也是一個重要方面。在敘事學看來，視點是敘事主體看取對象的角度與眼光，反映了作者、敘述者與敘述內容之間的關係。小說對於敘事視點的運用、轉換決定著敘事空間的自由度和可能性，影響著故事形態和敘述風格的形成，「在很多情況下，如果視點被改變，一個故事就會變得面目全非甚至無影無蹤」〔註 13〕。就抒情小說而言，由於「情境」改變了小說敘事諸結構要素間的關係，造成了「支配性規範」的移位，必然導致視點發生相應的變化，使之能夠在整體上順應敘事的意義轉向，有利於小說情境的生成。

作爲敘事行爲的核心，視點表面上由敘述者來實施，但反映的其實是作者的主觀意圖，體現著寫作者希望讀者看到什麼以及取得何種文體效果等創

〔註 12〕宗白華：《美學與意境》，人民出版社，1987 年版，第 210 頁。
〔註 13〕〔美〕華萊士·馬丁：《當代敘事學》，吳曉明譯，北京大學出版社，2005 年版，第 128 頁。

作性「期待」。作爲作家文學觀念的體式賦形，敘述視點最終涉及敘述主體的價值取向問題。傳統小說由於「全知全能」說書人的存在，造成了「敘述者」和「作者」以及小說人物的分裂，視點也就成爲一種非人格化的敘述方式，敘事時空被說書人完全掌控。如此一來，說書人作爲凌駕於一切之上的敘述者，依據自身價值取向來結構敘事，無所不知的敘事視點撕裂著文本世界的內在自足性，使得一切都可能暴露在敘述者和讀者面前，很難爲生命性的情意抒發預留空間。一定程度上，基於無限視點注視下的情節邏輯雖有利於展現故事的全貌，但也就此阻塞敘事的意義空間，也就難以在現代小說敘事體式中發揮重要作用。較之不同，抒情小說作爲一種本體論意義上的「人的文學」現象，有限視點成爲了作家展示主體情志、藝術把握世界的主要敘述方式。這就意味著，「誰寫」與「誰看」、「誰講」、「誰做」得到了內在的統一，敘述者不僅是「作者」〔註14〕，也可能是文本世界中的某種聲音和力量。作家往往依據自身的人生感受、情緒體驗去組織敘事，放棄了傳統敘述者的權威地位，視點也就可能從「全知全能」的無限轉向相對穩定的「有限」。小說視點的這一變化，無疑煥發了視點的人性化內涵，而這或許就說明，現代小說「進入了眞正個人的、藝術的創作時代」，有論者就曾指出，這種視點的有限化是一種「自覺的人物敘事」，也正是中國小說現代化的一種表徵〔註15〕。

作爲現代小說的一種敘事特徵，有限視點不僅在抒情小說中有著普遍表現，而且往往具有相對單純、冷靜的敘事眼光，敘述者並不求全盤掌控故事層的內容，表現出明顯的體驗性、印象性。蕭紅的《呼蘭河傳》以「我」的回溯性眼光重拾自身記憶中的呼蘭河風情，蘆焚的《果園城》是「我」面對果園城今非昔比的頹勢產生的憂鬱與失落情懷，孫犁的小說一般以一個革命工作者的主人公作爲「觀看者」，而郁達夫的小說都是通過「我」、「他」、於質夫、陳逸群、老郁這樣文中人物在「看」，在敘述，等等，採用的幾乎都是作家直接化身爲小說主要人物的內視點方式，自敘傳視野的「有限」「眼光」並不具有很強的穿透性，往往將敘事眼光限制在主體情緒體驗的範圍之內。也有一些作家作品採用了「有限」的外視點方式，敘述者是作品中或作品外的「目擊者」，講述的多是「別人的故事」。由於具有明顯的旁觀性質，敘述過程顯得較爲冷靜、客觀，看不到明顯的起伏。沈從文的《夫婦》通

〔註14〕指「隱含作者」。
〔註15〕孟悅：《視角與「五四」小說的現代化》，《文學評論》1985 年第 5 期。

過叫「璜」的鄉村寄居者敘述了一對夫婦的事，完全依據「璜」的「目光」去看、去感知和猜測，呈現出事件的大致輪廓。汪曾祺的《雞鴨名家》、《落魄》、《藝術家》等早期作品都存在一個「我」身份的旁觀者，等等。雖然說旁觀者的位置容易誘發視角的「全知全能」，但在這些作品中，作家基本上根據自己的感受展開敘事，也就離棄了「全知全能」的權威作用。即使也有一些作品的外視點具有「全知全能」性質，比如說沈從文的《邊城》、《長河》、王統照的《沉思》等作品，作者也能知道翠翠、叔雲、瓊逸女士的心理活動，但他們並非完全意義上的「全知全能」，作家就不知道儺送是否會來，「五十多歲的官吏」又是怎麼來的；而且作者的敘述中心不在於情節、細節的詳述，基本停留於有限的印象式概述，和傳統的「全知全能」有著明顯的不同。

在抒情小說中，敘事的情境化取向使得敘述者不大可能獲得比較理性、動態化的敘事視點。有限視點相對有限的特徵，有利於在整體上與小說氛圍保持一致，使得敘事體式適應意蘊表達的需要。在多數情況下，由於強化了「敘事眼光」的單純和靜態，造成了敘事視線之外的諸多空白，使得敘事的空間張力得到了大幅提升，也就促進著小說情境的生成。《荷花澱》開頭女人月下編席一幕，語言樸素冷靜，旁觀的敘述者近乎不動聲色地「呈現」了一幅美侖美奐的絕妙圖景，顯得含蓄而又意味無窮；《呼蘭河傳》中「我」對於呼蘭河的鄉土風情、兒時記憶來說雖說是一個參與者，但在更多時候卻是一個旁觀者，敘述者的暫時「退隱」使得其中寄寓的人生況味一如流水般自然流淌，更為悠長，等等。視點在將敘述過程收縮在敘事者視線的周圍，視域趨向單純的同時，自然會造成敘事主體視線之外的許多盲點和空白，使敘事行為存在著明顯的停滯、中斷。這顯然會使敘述過程變得破碎、斷片化，容易喚起讀者創造性的介入，充分調動藝術想像力去捕捉、感悟其中的意蘊，從而助長敘事意味，拓展小說的藝術空間。

在此意義上，敘事的有限視點就顯示出自身的獨特性，這就是視點的「節制」和「靜態」特徵，講求一種主體介入的「適度」，眼光相對平和與沉靜，意蘊含蓄而深遠。誠然，在此敘事體式中也不乏「注視」故事情節變化的動態敘事眼光的存在，但對於已然「淡化」的情節敘述來說基本不具備明顯的起伏感，而且類似敘述也不具備主導敘事審美效果的作用。在深層而言，這種「淡化」的情節敘述也正是由敘事視點整體上趨向節制與靜態所造成的。

這不僅區別於傳統小說敘事，即使在現代小說中，也和直抒胸臆的「主情主義」小說等視點方式構成明顯差異，如郭沫若的抒情敘事雖然也基本採用有限視點，但由於作家情感的過度膨脹，敘述視點跳躍性強，缺乏節制，情緒誇張起伏、甚至扭曲，就難以形成情境的美感。其實，這就是一種對於「審美距離」把握的「失度」。雖然說視點本身就是一種在距離中的觀照，但是如果距離太近或消弭了距離，也就不能達到「節制」的藝術效果。一定意義上，郭沫若等人的小說就犯了「距離過近」的毛病，而「全知全能」視點由於敘述者總是凌駕於作者及整個敘事活動之外，對距離的「徹底」消弭顯然就和抒情小說的視點效果相去甚遠。由於視點主要是一種與「看」有關的敘事方式，我們似乎又可借助於「看」的現象學意義，深入審視抒情小說的視點特徵，辨識其本體論意味的詩思表達機理。

「看」是二十世紀一個重要的哲學概念。通常意義上的「看」只是主客兩分的認識論模式，哲學意義上的「看」則指涉一種思維方式，體現了一種「本質直觀」的「現象學思想」，簡單地說，就是事物如何顯現它本身，我們就如何去看待它。這種現象學的「看」消弭了認識論模式的本質和現象、直觀和理性二元對立所帶來的種種弊端，體現出一種「詩思同源」思想。海德格爾指出，「讓人從顯現的東西本身那裏如它從其本身所顯現的那樣來看它」〔註16〕。他列舉了一隻農婦的鞋子，認為不需去深問什麼，鞋子本身就能說明一切，讓存在「顯現」。在此意義上，由於有限視點相對「節制」和「靜態」，並不急於彰顯、「窮盡」意義，讓物象、生活自己去「顯現」人生的情意等「潛能性結構」，就體現出一種深層次的「物我」生命同構關係〔註17〕。這樣一來，就不需要過多的視線介入，在多數情況下，則需要視點採取相對被動的敘事體態，由意義在敘事眼光中「自主性生成」。

問題是，在這一狀態下，視點將如何克服「看」的客觀局限性，「洞見」無限意蘊？固然人生的本真意域存在著不可捉摸的抽象性，但如果已滲透在

〔註16〕〔德〕海德格爾：《存在與時間》，陳嘉映等譯，北京三聯書店，1999年版，第41頁。

〔註17〕孟悅在《視角與「五四」小說的現代化》曾指出過現代小說視點的「呈現」意義，認為，現代小說大量「呈現法」的出現，在於現代作家把識辨真偽的理性認知過程作為小說審美心智活動的重要一環，把「可信性」這樣一種邏輯標準作為衡量小說的重要標準。雖然指出小說視點的「呈現」現象，但由於偏重於認識論意義，也就並不看重視點「物我」同構的現象學價值（《文學評論》1985年第5期）。

所敘述的內容及其結構之中，並能夠為敘事眼光所捕捉乃至注視的話，那麼敘述者也就能夠「洞見」到。誠然我們可以用感受、體驗、「象外之象」以及讀者的創造性閱讀等一類意義來解釋這一點，但並不足以從視點的敘事學層面說明這一問題。對於小說敘事而言，「看」的方式影響到了敘事效果的差異，敘事眼光的變化最終反映出視點功能的轉變。在傳統小說中，由於重在對情節過程戲劇性的客觀把握，就需要借助視點來把握情節的波動起伏，因此，視點就常常停留在客觀再現的層面，更注重「看」的認識論、反映論功能；而在抒情小說中，由於作家主要是從自身的人生體驗出發組織敘事，要營造出具有豐富意味的悠遠情境，自然就需要注重「看」的主觀聯想功能，以求充分發揮視點對於小說藝術空間的拓展效果，這必然就使得視點方式趨於變異。確切的說，此間視點實用性的認識論功能已在一定程度上為所「看」對象的美學功能所取代，敘述眼光在有限「聚焦」的同時又存在著「無限」發散的現象。這主要表現在對於「聆聽」、「回憶」、「眺望」等一些心理化視點方式的運用。這些方式較之一般常態的「心理視點」又更容易呈現情感的微妙脈動，溝通廣遠的人生意域。如果說後者有利於呈現人物豐富、複雜的內心世界，面向性格刻畫和心理真實的描寫較為細膩和生動，那麼前者顯然並不看重形象生動的心理描畫，而主要借助主體心靈的自由特性延展敘述者的有限眼光，超越主體視線的客觀局限而指向無限之域。由此，靜態的有限視點就能夠突破時空的限制，「看」向人生的遠景性視域。而不著意於內心情緒的波動性，並不破壞視點「節制」和「靜態」的現象學性質，也就構成有限視點進入人生本體意域的敘事學途徑。

較之一般視點較為明顯的形式特徵，有限心理視點的上述變化在敘事中的表現往往要隱約得多。在多數情況下，視線受到敘述者情緒的左右，在情緒性的體驗空間中遊移，「聚焦點」並不十分集中和穩定，因此視角的轉換也不明顯。相對節制和靜止的敘事眼光更多是在延伸和發散，而非是在所「看」對象間進行單純的轉換。比如：

> 他聽到了山野的村莊發出的每一個輕微的聲響，包括野兔的追逐聲，羊羔落地的啼叫聲，母親們撫拍小孩的啊啊聲，青年夫妻醒來時充滿情意的談話。一切生命，現在對於他都變成了名叫詩的那種東西，只有莊嚴的純潔的胸懷，才能感覺到那種境界。（《風雲初記》）

　　一到晚上，全城都黑下來，所有的門都關上：工咚，工咚……
縱然有一兩家遲了些，也只是黑洞洞的什麼全看不見。於是天主教
堂的鐘聲響起來了，讓我們聽起來，它是安息的鐘聲；可是和誰都
沒有關係，它在風聲中響也好，在雨聲中中響也好，它響它自己的。
原來這一天的時光這就完了。(《果園城》)

　　琴子有點暈船，她一坐在船內，就無話說，慢慢地人的靈魂彷
彿忽然地成一個蜘蛛之網，隨煙水為界，無可著目之點，她的兩位
旅伴就是她自身，是她所親愛的，兩人絮絮叨叨地說一些什麼，她
如在夢中聽過去了。(《橋·水上》)

　　最惹眼的是屹立在莊外臨河的空地上的一座戲臺，模糊在遠外
的月夜中，和空間幾乎分不出來界限，我疑心畫上見過的仙境，就
在這裡出現了。(《社戲》)

　　子胥望著昭關以外的山水，世界好像換了一件新的衣裳，他自
己卻真實地獲得了真實的生命……他重新感到他又是一個自由的
人。(《伍子胥》)

顯然，此間有限視點已突破了一般性的常態特徵。《風雲初記》一節中敘述者
的眼光完全停留在「他」的體會、感受性上，與其說是敘述者在觀看，不如
說是作家、敘述者和主人公一起在體悟、感受，在「聆聽」生命情緒的不經
意觸動，感悟生命情懷輕緩地溢滿身心。所謂「聆聽」不單指一種感覺功
能，而更主要是「一種心靈的能力」，借助它，人就能體會到生命的召喚，對
人生有所領悟。海德格爾認為，聆聽面對的是一種存在的無聲召喚〔註18〕。
換言之，此時視點的「被聚焦者」其實已溢出客觀物象，開始向背後所蘊涵
的「無聲召喚」和「無言之美」發散。這不是通常感官所能把握的，只能通
過「聆聽」。山村秋夜的溫馨而幽靜的生命的音響，果園城那平淡而乏味，周
而復始的生活節律，那種「名叫詩的那種東西」，也只能在聆聽中被感覺、體
悟，被表達，琴子下意識裏感受到了「無可著目之點」的「看」的局限。視
點在小說中的這種轉變往往是細微的，並不會對視點相對靜止的穩定性產生
明顯影響。但是，正是由於這些細微處的轉變才彙聚出視點的整體品格，使
有限視點得以「洞看」無限意蘊，相對被動的敘事眼光得以促生無限意義的

〔註18〕〔德〕海德格爾：《存在與時間》，陳嘉映等譯，北京三聯書店，1999年版，
　　　　第351～352頁。

「自行浮現」。或許，聆聽也具有一種「通靈」品質，易於感觸生命「天籟」的無限與神秘，由此決定了「聆聽」在有限視點中的普遍存在。

而在《社戲》、《伍子胥》等引文中，我們還可以明顯感受到有限視點的「眺望」特徵。文中投注於戲臺、昭關外山水的敘事眼光就處於一種眺望狀態。在遠景性的眺望中，模糊不清中的戲臺被延伸到了「仙境」，而子胥眼中那籠罩在霧氣中的昭關外的朦朧山水則進入了「眞實生命」的意義之域。借助於心靈的自由屬性，有限的視線延伸至「仙境」、「眞實的生命」，生發了無限的人生意味。「眺望」的方式可以被看作是「看」的延伸，但是由於它將目光投射到遠方，在視點的當下位置和遠方之間就存在著一個空間跨度，諸多意味就生長於其中，進而溝通人生的遠景意義。「對遠景的『遠』的審視，能夠使人獲得形而上的超脫」，具有悠悠不盡的含蓄之美〔註19〕。又如郁達夫《遲桂花》中「我」在「在半山亭裏立住歇了一歇，回頭向東南一望，看得見的，只是些青蔥的山」，而看不見的、視線之外的「翁則生他們老家的處地的幽深」，涼風「說不出來的撩人的桂花香氣」等等也就在眺望中成爲可「見」之物。一切「擋不殺翁則生他們家裏的眺望。立在翁則生家的空地裏，前山後山的山景，是依舊歷歷可見的……」。由於視點在客觀所見和想像之間的轉移，可見的自然風物通向著想像中的人生境界，從而使得有限視域變得無限了。方錫德曾指出，「『遠』的審美追求和成功的描繪，對創造悠遠深邃的畫境具有舉足輕重的意義」〔註20〕，就間接說明了這一點。

至於回憶性的心理視點，同樣也是一種普遍現象。近年來學界已認識到抒情小說中所普遍存在的「回憶的機制」，諸如蕭紅的《呼蘭河傳》的「回憶」風格更被一些學者視爲對「回憶的詩學」作出的獨特貢獻〔註21〕。回憶是超越歷史時間、現實的行爲。由於在回憶中「看」，敘事者可以借助於一種超越性的回溯性時間來同化過去，依據主體的情緒意向對記憶中的事物進行過濾，趨附美好，疏離感傷，就能輕易地創造出一個詩意世界。比如《果園城》中的一些文字：

〔註19〕方錫德：《中國現代小說與文學傳統》，北京大學出版社，1992 年版，第 254 頁。

〔註20〕方錫德：《中國現代小說與文學傳統》，北京大學出版社，1992 年版，第 256 頁。

〔註21〕吳曉東等：《現代小說研究的詩學視域》，《中國現代文學研究叢刊》1999 年第 1 期。

> 這裡的每一粒沙都留著我的童年，我的青春，我的生命。就在這岸上，我曾無數次背了晚風坐著，面向將墮的紅紅的落日……
>
> 在這一瞬間我想起一個少女，一個像春天一樣溫柔，長長的像一根楊枝，而端莊又像她的母親的女子，她會裁各種衣服，她繡一手出色的花……

在「回憶」中，視點聚焦於記憶中美好的經歷和人物，「我」也在果園城「沉重，滿布了陰影的空氣中」感受到了一份溫柔和美麗，沙粒等沒有生命的自然物也「顯現」出生命、童年等詩性意義。回憶不僅是重回過去，也是重建過去，詩化過去和現在，「在歷史的有限性中重建自身」〔註22〕。海德格爾說過，回憶是重建人和大地的關係，回憶與詩不可分割。視點的「視線」被投射到了歷史之中，產生一種審美的距離，「時間性」被重新整合，「根據現在的蘊涵而重新打開時間的一種努力」〔註23〕，這將具有明顯的詩化作用，能夠截斷現實的侵襲，超越現實的制約，就如美國社會學家 F・戴維斯所言：「它隱匿和包含了未被檢驗的信念，即過去的事情比現在更美好、更美、更健康、更牢；更令人愉悅……」，認爲「美好的過去和毫無吸引力的現在。」〔註24〕回憶將有限的視點導向無限，「洞見」了人生的理想遠景。抒情小說家似乎都鍾情於在回憶中發現、構建詩意。廢名的作品「用思鄉的濃情對『鄉』進行『詩』的處理，最後凝聚在他筆下的都是一個美境。」〔註25〕沈從文要「把醜惡的材料提煉成功一篇無瑕的玉石」〔註26〕，使它的作品近於一個「原鄉神話」；而汪曾祺在離家數十年之後一旦拿起筆，吐露的仍是記憶中歲月的溫情。他們的小說往往有著回憶性的敍事眼光。

由此可見，趨於節制和靜態的有限視點，雖存在著視域的局限性，但借助於視點的心靈自由特性得以使敍事眼光突破「有限」，接通無限的人生意閾。這不僅有利於營造小說寧靜、詩意的情境氛圍，也使其「看」向了人生的深遠處，延展著敍事的空間和意義，進而標識出有限視點蘊含的詩化敍事功能和特徵。

〔註22〕劉小楓：《詩化哲學》，山東文藝出版社，1986年版，第238頁。

〔註23〕〔法〕梅絡・龐蒂：《眼與心》，劉韻涵譯，中國社會科學出版社，1992年版，第17頁。

〔註24〕參見趙靜蓉：《現代懷舊的三張面孔》，《文藝理論研究》2003年第1期。

〔註25〕范培松：《論京派散文》，《文學評論》1995年第5期。

〔註26〕李健吾：《李健吾批評文集》，郭宏安編，珠海出版社，1998年版，第55頁。

第三節　詩性語言與人生喻示

　　語言是小說體式的基本要素，不僅是文體的「建築材料」，還是作家「思想的血液」。在本質層面上，語言作為「有意味的形式」應被視為表現人生本質的符號。就抒情小說而言，由於要求語言服務於小說的意蘊化，強化了意義所指，就使它轉變為一種體驗性語言，而這一語言又總是能夠喚起人們美好情感體驗和形上意義的人生體悟，其實就是一種原初性的「詩性語言」，即反映生命理想的啟示性語言，這是「一種自由的語言方式，而且是一種能夠撫慰人的生存，『最貼己』地關心人生的語言方式」〔註27〕。由此，語言成為一種寄寓詩思、具有本體論意義的象徵性符號系統，而僅非某種單純的形式問題。借助於情境氛圍的營造，語言將引導著閱讀中的意義感懷進入高遠、「抽象」的人生意閾。「傾聽著並言說著的詩歌語言使存在敞開了，並將人帶入『詩意的棲居』之中」，構成「對存在的逼近」〔註28〕。對於語言形式局限的突破，將有助於語言精神維度的確立，賦予小說語言以獨特的意義「顯現」方式，將語言與敘事一同帶入人生境界的豐富喻示之中。在此意義上，語言的歌唱性節奏、意象化畫面以及超越性意義喻示等結構性特徵也就構成抒情小說語言向深層意義運動和達成的詩學機制。

一、語言的聲音：歌唱即生存

　　感性的情感介入是文本創作與閱讀的基礎，關乎審美效果的達成。詩性語言的「音樂」特徵也就具有這樣的優勢，似乎總能夠喚起詩意感受。在眾多作品中，語言的韻律感使文本的情感抒發像一條流動的語鏈，文詞的優美和情調的悠遠使小說近乎歌章。相當程度上，這說明「音樂性」語言就是「歌唱性」語言，而這種「歌唱性」正是通達人生本體意義的基本途徑。語言由此破決了一般「媒介」的局限，被提升到一種本體地位，構成了解讀文本內在意義的形式起點。

　　文學研究已經證明，「語言具備一種歌唱功能，歌唱性更能體現詩性語言的生命本質特徵……歌唱能給人帶來歡樂、放鬆和安慰」〔註29〕，海德格爾也說過，「歌聲即生存」〔註30〕。也就是說，詩性語言是一種歌唱性語言，蘊

〔註27〕 李詠吟：《詩學解釋學》，上海人民出版社，2003年版，第77頁。

〔註28〕 馬大康：《詩性語言研究》，中國社會科學出版社，2005年版，第13頁。

〔註29〕 李詠吟：《詩學解釋學》，上海人民出版社，2003年版，第84頁。

〔註30〕 〔德〕海德格爾：《詩·語言·思》，彭富春譯，文化藝術出版社，1991年版，第126頁。

含著對人類生命本體意義的深刻表達。或許正如艾倫坡所言：「也許正是在音樂中，詩的感情才被激動，……我們將在是與通常的音樂相結合中，尋找到了發展詩的最最廣闊的領域。」〔註31〕我們知道，詩最早就是作爲一種歌唱的形式出現的，維柯在《新科學》中曾分析過歌唱和詩格的關係，認爲人類最初的語言表達就是歌唱，而詩就是從這種歌唱中產生的最早藝術形式〔註32〕。這就意味著，歌唱首先是作爲詩歌的結構要素而存在的，而就小說語言的運用來看，任何一篇小說由於存在著語言節奏上的變化，都有著音樂化的可能。只不過，抒情小說突出表現了語言的這一特徵，也就激發出語言的歌唱品質，顯示出向詩歌語言乃至詩性語言的貼近〔註33〕。

語言的歌唱性導源於節奏，所有歌唱的旋律都派生於此，「在節奏之外，任何一個旋律都是不存在的」〔註34〕，節奏化是小說語言形成歌唱性（音樂化）的先決條件〔註35〕。詩性語言的歌唱性主要表現爲某種形式的節奏性重複，重複將把詞語、意象凝聚在一起，在各種重複關係的變化、綜合與統一中形成能被人們感知的節奏和旋律，而節奏的和諧延展，就使作品獲得了歌唱性的語言結構和藝術效果。

蕭紅《呼蘭河傳》第四章就是一個明顯例子：

我家是荒涼的。

一進大門，靠著大門洞子的東壁是三間破房子……（第二節）

我家的院子是很荒涼的。

那邊住著幾個漏粉的，那邊住著幾個養豬的。養豬的那廂房裏還住著一個拉磨的。（第三節）

我家的院子是很荒涼的。粉房那邊的小偏房裏，還住著一家趕

〔註31〕〔美〕艾倫坡：《詩的原理》，參見伍蠡甫編：《西方古今文論選》，復旦大學出版社，1984年版，第370頁。

〔註32〕〔意〕維柯：《新科學》，朱光潛譯，人民文學出版社，1986年版，第214～216頁。

〔註33〕現代小說與詩的融合已近乎成爲一種共識。如楊聯芬認爲，小說向詩移動，造成了小說的抒情化；凌宇則指出詩化小說就是以小說爲本，引入詩歌等因素而成就的一種新型小說體。

〔註34〕薛良：《音樂知識手冊（續集）》，中國文聯出版公司，1988年版，第33頁。

〔註35〕張箭飛曾用音樂的「節奏」和「旋律」的相關理論對魯迅小說的音樂效果進行過分析，取得了較好的研究效果，也給本文關於詩性語言的「歌唱性」分析提供了一種方法論上的啓示。（張箭飛：《魯迅小說的音樂式分析》，《中國現代文學研究叢刊》2001年第1期。）

車的，那家喜歡跳大神……（第四節）

我家是荒涼的

天還未明，雞先叫了；（第五節）

「我家是荒涼」一句被不斷重複。四次「重複」圍繞「荒涼」一詞展開，屬於關鍵詞和意象的重複，類似音樂中的「主題動機」。昆德拉說：「如果重複一個詞，那是因爲這個詞重要，因爲要讓人在一個段落、一頁的空間裏，感受到它的音質和它的意義。」〔註 36〕通過一次次重複「荒涼」造成的規律性節奏，「荒涼」就被渲染爲籠罩全章的情感基調，構成小說的韻律結構，而重複中語詞的變化與情緒波動又容易形成動態、悠長的空間性審美效果。不難看出，上述「……是荒涼的」四個主句語言構成還是有變化的，「我家是荒涼的」、「我家的院子是荒涼的」，主語之間是一種從屬關係，「荒涼的」是一個省略式的偏正短語作爲賓語。雖然句式的變化並不大，但這已造成了旋律的「迴旋」與「變奏」。而隨後「一進大門……」、「那邊住著幾個……」「天還未明，雞先叫了」等四個從句，又是一種隱性重複，其間句式有著長短，內容上還有著場景、方位、時間等方面的變化。再者，主句和從句之間還近似一種「問答」關係：荒涼？荒涼在某處。作家近乎自問自答的方式形成了「應和」的歌吟效果。密集性的重複總是能產生強烈的抒情效果，句式的長短不一，意象的變換呈現，對照和相似之間的情感張力將作家的人生情懷烘托成「富有旋律的激流」。整個章節就在這樣的節奏中發展成爲一個「樂章」，每一節就是其中的一個「樂段」。而《呼蘭河傳》第五章開頭那一連十個「我……」句式的重複同樣產生類似音樂旋律的效果。作者近乎自敘的表達方式，不僅符合絕大部分歌曲的表現方式，同時第一人稱的採用也更能使受眾感臨其境。

再來看馮至小說《伍子胥》中的部分文字：

將來你走入荒山，走入大澤，走入人煙稠密的城市，一旦感到空虛，感到生命的煙一般飄渺、羽毛一般輕的時刻，我的死就是一個大的重量，一個沉重的負擔落在你的肩上。

他們懷念著故鄉的景色，故鄉的神祇，伍尚要回到那裏去，隨著他們一起收斂起來，子胥卻要走到遠方，爲了再回來，好把那幅已經卷起來的美麗的畫圖又重新展開。

〔註36〕〔捷克〕米蘭·昆德拉：《被背叛的遺囑》，孟湄譯，上海人民出版社，1995年版，第 106 頁。

前者主要是「走入」句式和「一」句式的重複，貌似顯性的單一重複，其實也有著變化和對比。「走入」之間有著動作的遞進以及去向的對立；「一旦」、「一般」、「一個」之間不僅有著語意的並列，還有著對比和轉折；「空虛」、「縹緲」、「羽毛」、「煙」、「輕」，「死」、「重量」、「負擔」是兩組各自近似的意象，之間又構成明顯對立。而在整體上，這兩個重複句式之間存在著從具象到抽象的意義上升，形成語調的斷續和轉換。彙同近乎自白的語速變化共同造成了語言的流動和「新穎」，形成廣義的旋律。而後一段引文中語言的旋律感則產生於重複中的變奏，「故鄉」是這一節的主題，「收斂」和「展開」在兩條不同線上加以引申，使主題得到多維度鋪展。或許這種重複並不嚴格，但並不妨礙讀者領略音韻所傳達的鄉土詩意和悠遠人生感思。而小說中《溧水》一章關於浣衣女子的文字則又以分行形式排列出來，就是一組不乏宗教意味的歌吟性詩行：

> 這人一定走過長的途程，多麼疲倦。
>
> 這裡的楊柳還沒有衰老。
>
> 這人的頭髮真像是一堆蓬草。
>
> 衣服在水裏飄浮著，被這雙手洗得多麼清潔。這人滿身都是灰塵，他的衣服不定多少天沒有洗滌呢。
>
> 我這一身真齷齪啊。
>
> 洗衣是我的習慣。

語言的節奏和旋律是在重複和交替中產生的。前三句簡約的「這」字句式的重複首先營造出一種流暢的旋律，而後隨著心理視點在浣衣女和伍子胥之間的轉換，又產生了一種「交替」的效果，對比性的不同聲音因素開始出現。「『交替』是詩歌節奏的一種本能」，它的出現很容易導致語調的變化與迴旋效果。該丘斯認為，對所有迴旋構思的結構原則基礎就是「交替」〔註37〕。就這段引文看來，由於人物是在各自的「目光」中互相打量對方，彼此內心獨白式的心理轉換，使二人結成近似對唱的關係。而作家基本不作介入，僅讓「目光」一次次看來想去，在「眼中的印象」和「心中的想像」、人與物、情與事之間交織出語意的迴旋效果。歌唱性的迴旋有助於淡化人物的內心衝突，將一次充滿疑懼等心理波動的邂逅轉變為單純的宗教救贖場景，語言沐浴著聖潔的詩意光照，趨向流暢與輕盈。

〔註37〕張箭飛：《魯迅小說的音樂式分析》，《中國現代文學研究叢刊》2001年第1期。

　　語言節奏和韻律感的普遍存在使這一譜系作品頗似一首首歌章。《超人》中何彬對母愛的憶念一節,「慈愛的母親」在每一節都被重複,將一幅「母愛圖」渲染得象一首情關母愛的「詠歎調」。而許地山小說《黃昏後》關懷對一雙兒女談起他們去世媽媽時的一段文字,則在「爸爸只能給你……若是媽媽……」句段的數次重複中營造出小說的節奏和旋律。從音樂化效果來看,這很類似音樂的「迴旋曲」,又是一種旋律的「複調」。在一次次複調式的敘述中,丈夫對妻子的深情緬懷,孩子對媽媽的甜蜜記憶,父子對失去妻母的無限傷痛等等在對比中疊加,更加突出了情感的悲傷效果。而沈從文的《邊城》一經問世就被時人贊爲類似《國風》的「牧歌」,廢名小說也被認爲有著「田園牧歌的風味」,茅盾甚至直稱蕭紅的《呼蘭河傳》是「一串淒婉的歌謠」;而汪曾祺似乎做得更加絕對,在《職業》一文中他竟然將孩子的叫賣聲「椒鹽——餅子糕」譜成音調「so so la－la so mi ruai」,並在文中多次「重複」這一叫賣聲,以近乎極端的形式標識了小說語言的「歌唱性」特色。作爲一種具有「歌唱性」質感的語言,這不僅屬於語言的節奏旋律效果,更是一種透過語言洞見生命詩意本質的精神標識,彰顯了一種能夠溝通人生情懷的本體性語言品格。

二、語言的畫面:意象的聚集和隱喻

　　語言從來就不是一覽無餘的,詩性語言更是如此。因此,海德格爾指出,「語言是『在』本身既澄明又隱蔽著的到來」〔註38〕,而梅格——龐蒂則認爲:「我們在言語的概念下發現了一種存在意義,這種存在的意義不僅由言語表達,而且也寓於言語中,與言語不可分離。」〔註39〕這就意味著詩性語言在表達方式上又是隱喻的,通過隱喻,語言才能夠象徵、溝通詩性本質,「沒有隱喻,也就沒有詩」〔註40〕。具體而言,詩性語言的隱喻性在於借助具體意象的聯想,喻示理想人生意義。顯然,作爲語言的具象畫面,意象的存在不只在於意境的結構性搭建,而更在於借助語言載體,通聯語言背後的意蘊

〔註38〕 〔德〕海德格爾:《語言的本質》,孫周興選編:《海德格爾選集》(下),上海三聯書店,1996 年版,第 1061 頁。

〔註39〕 〔法〕梅洛·龐蒂《知覺現象學》,姜志輝譯,商務印書館,2001 年版,第245 頁。

〔註40〕 〔英〕特倫斯·霍克斯:《論隱喻》,高丙中譯,崑崙出版社,1992 年版,第8 頁。

空間。康德說過，審美意象「是由想像力所形成的一種形象顯現。在這種形象的顯現裏面，可以使人想起許多思想……」〔註41〕。方錫德也曾指出抒情意象的存在能夠使小說意境蘊籍深邃，含蓄幽遠，有限中見出無限〔註42〕。意象的這一特徵使它最大限度地突破語言的能指功能，帶來所指意義的深層化，即能指和所指之間的關係呈現了一種延宕的態勢，將語言導入人生的深層之域。

意象本是詩歌藝術的審美範疇，簡單而言就是凝聚著作家理念的自然物象。龐德認為意象就是「在一瞬間呈現理智和情感的復合物的東西」〔註43〕，康德也認為，意象是「一種形象顯現」〔註44〕。作為「理智和與情感的復合物」，意象不僅被西方現代主義詩歌視為詩魂，在中國傳統詩歌中也處於核心地位，而意象成為現代小說的形式元素也同樣是由於現代小說「向詩傾斜」跨文體融合的結果。有論者曾指出，現代小說「意象紛繁」〔註45〕，方錫德則列舉過現代詩性小說中的眾多意象：「廢名小說中多次出現的『桃園』、『竹林』、『楊柳』、『槐樹』、『塔』和『橋』，沈從文小說中的『菊花』、『白塔』、『碾房』、『楓樹』、『橘園』，郁達夫小說中的『青煙』、『桂花』，許地山小說中的『蛛網』，蘆焚小說中的『果園城』和城頭的『塔』，老舍小說中的『月牙兒』、『小綠拖鞋』，蕭乾小說中的『蠱』，盧隱小說中不斷重複的『孤鴻』、『梨花』，孫犁筆下一再寫到的『荷花』等等。」〔註46〕從相對冗長的名單不難看出，意象化的追求已成為抒情小說的重要特徵，這就意味著進入意象的「隱喻」空間也就是對於語言深層意義的開掘和闡釋。

比如汪曾祺小說《復仇》中的一段文字，完全就是一組由意象組合成的「意象群」，有著豐富的意義闡釋空間：

〔註41〕〔德〕康德：《判斷力批判》，參見伍蠡甫編：《西方文論選（上）》，上海譯文出版社，1979 年版，第 536 頁。

〔註42〕方錫德：《中國現代小說與文學傳統》，北京大學出版社，1992 年版，第 295頁。

〔註43〕林克歡：《戲劇表現論》，中國社會科學出版社，1993 年版，第 142 頁。

〔註44〕〔德〕康德：《判斷力批判》，參見伍蠡甫編：《西方文論選（上）》，上海譯文出版社，1979 年版，第 536 頁。

〔註45〕王義軍：《審美現代性的追求──論中國現代寫意小說與小說中的寫意性》，上海文藝出版社，2003 年版，第 173 頁。

〔註46〕方錫德：《中國現代小說與文學傳統》，北京大學出版社，1992 年版，第 295頁。

> 來了一船瓜，一船顏色和欲望。
> 一船是石頭，比賽著棱角。也許──
> 一船鳥，一船百合花。
> 深巷賣杏花。駱駝。
> 駱駝的鈴聲在柳煙中飄蕩。鴨子叫，一隻通紅的蜻蜓。
> 慘綠色的雨前的磷火。一城燈。

整段文字只是「瓜」、「石頭鳥」、「杏花」、「駱駝」、「鴨子」、「磷火」等一些意象。敘述的流程也就在於借助想像力的作用，彌合其間敘事、抒情的跳躍與中斷。「瓜」和「顏色」、「欲望」，「石頭」與「比賽」，「鳥」和「百合花」等之間形成了類比性的聯想關係，從整體上構成了一種優美的情意空間，蘊含著人生深意。從意象的隱喻功能看，這些意象都有著或深或淺的意義寄託和轉化，「瓜」、「百合花」隱喻了欲望的「食」和「色」，船上的「石頭」隱喻了復仇者成為「家仇」倫理意義工具地位的被動，「鳥」的自在高飛則隱含著復仇者尋求改變、自由的內心衝動；而「深巷賣杏花」、駱駝及駝鈴、鴨子叫、紅蜻蜓等一干日常生活意象的交織，寄託著復仇者對平常生活方式的流連和嚮往，以及對「復仇」行為的迷惘和困惑；「磷火」是一種和死亡相聯繫的意象，隱喻了為人無可逃避的命定；「燈」作為「火的靈魂」，近似「向死而在」的「人生頓悟」和意義發現。於是，這一切就象徵了一個漂泊者對人生存在意義的探詢和發現。這一點在全文中得以貫串，「有一天，兩副鑿子同時鑿在虛空裏。第一線由另一面射進來的光」，人和鑿子相統一，「射進來的光」意味著人生意義的最終達成。意象在一次次的隱喻中得以「換義」，凝聚為理想中的人生夢境。無疑，借助意象的隱喻，詩性語言又一次「洞見」了人生的本義。又如上文所引的《伍子胥·溧水》中的文字也是如此，「楊柳」、「浣衣」由於暗含著宗教受洗的因素，又將隱喻導入了宗教的意義，使意象近於一種「神聖物」，生命從而「向神而在」。由於隱喻的作用，意象得以突破物象表徵溝通意義深層，成為「隱喻的存在」，意味著小說空間的無限性拓展。孫犁《荷花澱》中荷花、月光、女性等意象隱喻著作家對鄉土人生的理想情懷；廢名的《竹林的故事》、《橋》則通過竹林、三姑娘、塔、牽牛花等意象交織出烏托邦式的「桃源」幻象，而《橋》由於通篇的隱喻性意象，其濃厚的象徵意義甚至被後人譽為「鏡花水月的世界」，老舍《月牙兒》中「月牙兒」也被作為經典的隱喻性意象，受到了廣泛關注，等等。

詩性語言的意象化還具有多樣化的豐富形態。由於自然物象對於意象存在著基礎作用，上述諸如「燈」、「荷花」、「月牙兒」等「實體性」意象構成了意象序列的主體。而有些小說中的意象則屬於某種非實體情緒或意味的「心理」意象。關於這一點，韋勒克、沃倫在《文學原理》中曾提到默裏的觀點，指出，意象「『可以是視覺的，可以是聽覺的』，或者『可以完全是心理上的』」〔註47〕。比如上文所引蕭紅《呼蘭河傳》第四章的「淒涼」部分，就是較典型的「心理」意象。作家正是通過對「淒涼」情緒的重複，把敘事變成了「淒涼」情緒的詠歎，渲染出「淒涼」情調的「心理」意象；又如廢名小說《橋》、《莫須有先生傳》中對小林、莫須有先生抒發人生哲思時心理波動的不斷重複也包含形上意蘊，渲染出類似意象，等等。這些意象有的是統攝性的總體意象，有的只是部分章節甚至段落中的局部性意象。不過「心理」意象最終並不能脫離自然物象而孤立存在，蕭紅的淒涼仍要通過家、院子裏的客觀物去呈現，小林等人的人生哲思也是面對自然物象引發的人生感慨。這仍然說明，意象終歸要是一種「復合物」，不同類的意象之間有著明顯的交叉和衍生。

由於情境的詩意本性，作爲構成情境「磚石」的意象基本上從屬於靜態意象，維持著相對寧靜的態勢，常常表現出優美的情態特徵：寧靜、平和、輕盈、活潑、飄逸等等。它總是依託具象，從有限走向無限，在感性世界中啓示著生命的自由體驗。意象不僅是抒情小說形式符號系統的組成部分，更是一種進入意義深層的「通道」。在象徵意義上，意象溝通、連接的是大地、宗教等永恒範疇。蒂里希認爲，象徵「是用某一事物、人物或者圖形、概念來展示實在和精神的『深層』與『終極』的方法」，具有「進入深層，體驗神聖」的功能〔註48〕，而韋勒克、沃倫也說過：「一個『意象』可以被一次轉換成一個隱喻，但如果它作爲呈現與再現不斷重複，那就成了一個象徵，甚至是一個象徵（或者神話）系統的一部分。」〔註49〕這無疑賦予詩性語言更深邃的意蘊，以存在主義的語言觀看來，這就是語言的「召喚」功能，把

〔註47〕 〔美〕韋勒克、沃倫：《文學原理》，劉象愚等譯，江蘇教育出版社，2005年版，第213～215頁。

〔註48〕 王珺：《終極關懷——蒂裏希思想引論》，新華出版社，2000年版，第219～221頁。

〔註49〕 〔美〕韋勒克、沃倫：《文學原理》，劉象愚等譯，江蘇教育出版社，2005年版，第213～215頁。

「存在」「帶入言詞」，趨向了語言的本質。從意象的隱喻意義去審讀抒情小說的語言符號，語言普遍表現出對形式的意義超越，就此成爲語言的詩性特徵。

三、語言的質地：人生喻示

歌唱性將語言引入詩意之境，而借助於意象「畫面」的包容，語言又得以象徵存在的「抽象」。相當意義上，語言的詩化機制也就在於從語言的歌唱性、意象化到人生「喻示」意義的最終生成。馬爾庫塞曾指出，人的審美解放要「與控制人的鎖鏈決裂，必須同時與控制人的語彙決裂」〔註50〕。這一語言維度的確立，就將賦予小說語言獨特的存在喻示方式，進而區別於詩歌等其他文體語言。

由於現代小說「跨文體」性的發生背景，抒情小說語言的歌唱性和意象化往往被歸結爲詩歌的影響。但這並不意味著詩性語言就完全等同於詩歌語言，或者說詩歌語言就可以順理成章的成爲詩性語言。毋庸費言，歌唱性和意象化也是詩歌語言的要素，但現代詩歌作爲社會觀念宣傳體的普遍工具化傾向，已然大大割裂了與詩歌本然意義的關聯。和其他文體一樣，詩歌語言在「白話文」運動這一現代文學語言的起源時期，就被外加了過多的社會功能；隨著三、四十年代革命化語境的形成，這種工具化的觀念表達逐步被強化爲革命觀念的被動傳聲。而在當下電子傳媒時代，語言現場感的強化、能指的漂移又使詩歌語言成爲話語狂歡的一隅，以大衆的戲謔和功能化的感官氣息掃蕩著詩語的高雅氣息。由於植根於社會現實的語言指稱、陳述功能得到了強化，詩語的「語義深度」和「意義積澱」愈發稀薄。由此現代詩歌不僅缺乏如西方華茲華斯、波德萊爾、里爾克那樣詩意浪漫的潮流，少數如徐志摩等人的詩意風格也一直缺乏響應。個中原因，不僅在於中國傳統詩歌「以詩爲史」的社會功利性，已侵蝕了詩歌古老的神性、靈性蘊涵；而且現代詩歌發生語境的功利化也在進一步強化詩歌工具化、通俗化的走向，消解著詩歌的審美旨向。由此可見，已不再具備呈現人生本義的直接性和必然性的詩語元素更多意味著一種通聯詩性意義的可能性，而要成爲詩性語言，還有待喚醒隱沒於歷史深處的人生本體價值，並將之上升爲語言形式的意蘊基礎。

〔註50〕〔美〕赫伯特・馬爾庫塞：《審美之維》，李小兵譯，北京三聯書店，2001年版，第106頁。

這就表明小說語言的詩體因素只有經由本體意義的規約，方可能成爲詩性語言。當然，這最終要取決於現代作家對於相關語言觀念的選擇和踐行程度，從廢名的文學「夢的眞實與美」、沈從文「人性的神廟」及至馮至「人生一段美麗的弧形」等文學觀念的宣揚，審美之維一直影響著詩性小說的具體生成。由此，也就不難理解它們何以成爲詩性符號系統的原因所在。

　　而從語言的審美轉化機制來看待這一問題，其間的詩學辯證法就在於對形式和現實本身的「懸置」，開放語言的豐富感性和深邃意閾；弱化語言工具性的媒介地位，成爲「眞正的語言」。羅蘭·巴爾特認爲，字詞應「以無限的自由閃爍其光輝，並準備去照亮那些不確定而可能存在的無數關係」，「飛出語言潛在的一切可能性」〔註51〕。而工具性語言由於強調觀念的宣揚，語言的指稱、陳述現實的作用和意義已使得敍事、情感的邏輯意義成爲語言主導。語言被抽空爲空洞的觀念語殼，也就隔絕了語言的豐富性。從語言原初所蘊涵的人、語言、世界相融合、融洽的「複調的和諧」意義來看，這無疑是對語言的異化，語言所本有的多維意向關係將不復存在。呂格爾將這種「符號世界的封閉性」稱爲語言的「死去」，「語言在尋求消失。它尋求作爲一個對象（object）而死去」〔註52〕，薩特則稱爲「失敗的工具」。而要突破這一點，語言必須擺脫「物質重負」，邁進無限性的意義空間，敞露「深度的豐盈」。於是，寫作與閱讀成爲對語言蘊含的聆聽和洞見，「正像孩子在貝殼中聽到大海一般，詞的夢想者聽到了一個幻想世界的喧嘩。」〔註53〕顯然，突破了形式與現實本身的鉗制，語言在想像、虛構中就將釋放深意。當然，對於詩性語言而言，它所具有的古典淵源並不意味著將要回覆語言的原始神性，在現代抒情小說中，這一可能性已不復存在，而主要指的是借助於敍事的詩學機制，將現代人生意識注入其中，賦予語言以精神性的生命維度和現代人文歸屬。

　　詩性語言的這一機制敞露了語言的人生隱喩意義。正因如此，在抒情小說敍事所營造的文本虛擬世界中，人們往往沉迷於語言之境，將身心沉潛在

〔註51〕〔法〕羅蘭·巴爾特：《符號學原理——結構主義文學理論文選》，李幼蒸譯，北京三聯書店，1988年版，第88～89頁。

〔註52〕參見殷鼎：《理解的命運——解釋學初論》，北京三聯書店，1988年版，第188頁。

〔註53〕〔法〕加斯東·巴什拉：《夢想的詩學》，劉自強譯，北京三聯書店，1996年版，第65頁。

語詞的呢喃之中。在懸置形式和現實的同時，也在「懸置」著讀者和作者的主體意識，進入一種陶醉境界。夢想把語言，同時也把夢想者帶回到語言的海洋。一定意義上，這也可以解釋情境中的審美體驗。歷史、現實雖然在不斷的流變，但語言的這一本性不會改變。雖說由於歷史和現實的積澱，現代小說語言一直未能獲取人生詩化表述的合法性，詩性語言既非主流也非熱點。然而自始至終，它也沒有離開過我們。伴隨 80 年代以來工具論文學觀的鬆動，抒情小說家已經參與、打造了文壇的諸多熱點，「沈從文熱」、「廢名熱」、「孫犁熱」等等。或許正如一位學者所言，「人作為多維度的存在，人為了追求自身的豐富性，他永遠需要同詩性語言結伴而行。」〔註54〕

　　語言是關於存在的。誠然，人生意義具有終極的形上色彩，但借助於詩性的語言外殼，它「一次次」讓我們「洞見」人生的本真意義。這不僅在於形式上的「歌唱性」和意象性，更在於形式之下深層的人生意蘊，正是由於它們的交融共生才織就了一個物我流轉、情意盎然的情境世界，在人生的詩意想像中構就了一種內在於人生的語言詩學。語言創造著人生，人生也在塑造著語言，或許，這也就是現代小說語言的永遠精神和真正維度。

〔註54〕馬大康：《詩性語言研究》，中國社會科學出版社，2005 年版，第 4 頁。

第六章　現代抒情小說的敘事建構

　　現代抒情小說對於敘事意義空間的開拓，不僅溝通了文學人生的詩性品質，形成對人性與文學的深度理解，也使相關小說體式轉化爲一種適應於情意寄寓與表達的詩性文體，最終成就一種經典化的現代小說創作。在今天看來，抒情小說面向了文學人生的審美意閾，在標識了小說敘事體式由傳統向現代轉變的同時，也反映出「人的文學」精神的根本所在，由此構建的小說敘事形態爲現代文學指明了一條擺脫二十世紀諸多「非文學」觀念束縛，發展現代小說的本然之路，對於現代文學來說具有重要的啓示價值與意義。就其文學史意義而言，無疑是多方面的，涉及小說敘事的主體性、主題意閾、小說文體等各個層面。沿著這一思路，我們不僅可以深入辨識部分經典抒情小說作家作品的藝術原貌，更爲眞切地把握他們的文學世界，還可以嘗試重新認識現代小說中的一些理論問題，糾整當下抒情詩學等研究視野對於抒情小說研究的泛化和歧異。相當程度上，抒情小說的意蘊化敘事品格鎔鑄著文學主體的生命意識和人生情懷，尋求的是人生普遍分裂中的審美超越與統一，確立了一種具有鮮明美學風格和豐富人文蘊涵的現代小說傳統。這一傳統雖有著中西方文學精神的明顯淵源，但更主要是現代作家自覺性的審美創造。這是一種紮實的文學前行，雖然一度面臨著歷史風塵的持續侵蝕，但或許正是我們一直在期許的現代小說品格。

第一節　敘事主體的生命情懷

　　在文學活動中，主體性的存在意味著創作主體能夠相對自覺的選擇、確

立自身的創作立場以及文學作品的價值取向，這是文學創作的基礎。就抒情小說而言，它從產生並最終發展成爲一種經典性的文學現象，就意味著創作主體能夠以一種自覺的態度進行文學人生的思考和表現，在一種意蘊化的敘事過程中建構、展示出主體的審美人生情懷〔註1〕。從文學本質意義上看，作爲「人的文學」觀念影響下的產物，抒情小說體現出的主體性特徵顯示了現代作家對於人文精神的深刻體認。作爲一種普世性的思想價值，人文精神雖然顯得有點「變幻不定」，但它的核心是一致的，就在於以「人」爲主體，關注人的生命價值和意義，思考、探索著人類的痛苦與解脫的問題〔註2〕。而要實現人文精神的「全蘊」，也就要介入欲望的滿足、宗教的祈向和美的愉悅等理想人生意義的訴求，「眞正的人文主義必須意涵這三個方面，才能內在化『神本』與『物本』，眞正地回到人這個『本』上來。」〔註3〕顯然，抒情小說所喻示的生命關懷和人性解放也就指向了這一本源性的人文情懷，而其之所以能夠魅力長存，其實也就取決於對此精神的深刻表現。如果說現代小說格局中的革命、啓蒙等文學話語主要是以意識形態的同化逐步侵奪文學主體對於人文精神的表達權利與空間，反映了主流話語對於小說主體性的撕裂和人文精神的漠視、壓抑和簡化的話，那麼抒情小說的存在顯然意味著現代文學主體審美表達的自由品格，固然一度面臨著主流話語排斥下的命運沉浮，但仍能基於自身的生命體驗，相對自主地思考、表現現代人生問題，進而彰顯出文學主體的人文情懷。

應該說，現代小說在總體上都可以視爲一種關於「人」的言說形式，只不過由於對「人」的理解差異才造成了現代小說不同向度上的分化。對於以張揚人的社會屬性爲主旨的意識形態創作來說，雖然它們曾長期佔據著文學話語的主流空間，但我們恕難從中感受到主體人文性的美學情懷。由於與主流社會話語保持著高度的一致，注重創作的現實功利價值，也就使文學變成一種與人生失去對接意義的意識形態附屬物，喪失了文學的生命品性與審美潛質。比照之下，相對獨立、自由的個性化創作雖然具有顯在的人性化特徵，

〔註1〕 文學的主體性是一個比較普泛的說法。就小說創作而言，由於小說作爲敘事文體的本質屬性，其中的主體性其實在於文學主體把握和掌控具體敘事行爲的功能性，顯然，敘事主體性這一概念更具指向小說話語的詩學針對性。

〔註2〕 王曉明編：《人文精神尋思錄》，文匯出版社，1996年版，第40～42頁。

〔註3〕 參見張曉林：《論人文主義的成立及其內涵（上）——以牟宗三、唐君毅、徐復觀爲中心的基礎性理解》，《重慶社會科學》2005年第8期。

然而由於人性結構的複雜性，生命形態的文學面目也是紛繁多樣，這一框架下的人性表達也就有著生命價值向度與品質的巨大差別，諸如感官化的人性迷亂、喪失理想色彩的頹廢人性乃至狹隘的自我娛情等等「晦暗」的人性狀態同樣不具備主體性的審美精神。在這一背景上辨識現代文學的主體性問題，其實也就可以歸結為現代作家對於人文精神有所堅守的寫作立場及其生命美學的價值取向問題。或許，只有從這一根本性的問題入手，並緊緊把握住具備自由品性的敘事主體這一文學創作過程的關鍵點，才可能把握住主體生命意識的源起在創作過程中的審美主導意義。我們才能透過紛繁的文化表象，辨識出現代小說家探求、衛護人生超越性表達的主體人格力量和魅力，深入他們小說創作的內在世界。

主體性是一種複雜的精神結構，它的存在為小說創作提供了前提性的人格條件和精神基礎。創作者能否煥發出真正意義上的主體性，首先取決於自身能否具備面向文學人生的藝術自覺性，而這份自覺性的「鮮活」又需要生命靈性的澆灌方能得以維持。就抒情小說家而言，他們往往能夠從個體的人生體驗與文學、時代乃至人類命運的關係出發，在與政治文化交匯衝突、融合齟齬的語境中創造性地轉化、利用多元性的精神資源，對於現代人生的複雜感受和審美自覺構成了創作過程的精神基礎。在這一過程中，敘事行為無疑負載著將主體「鮮活」的生命情懷加以審美轉化和賦形的實施功能，文學世界的營造由此也就成為對於主體精神世界的反映和呈現過程。比如馮至，「存在的自覺」客觀上將《伍子胥》的古老復仇故事轉變為主體存在主義體驗的一次「意義的演繹」，雖然作家說要反映一些「近年來中國人的痛苦」，但他本人無疑是其中體驗最深的「一個」。又如郁達夫，生命體驗和人生選擇的矛盾與糾結一直制約著「頹廢的氣息」、「人性的優美」、「一點社會主義的色彩」等小說主題的交織和演替，相當程度上，自敘傳的主體性色彩更為明顯，主體精神的複雜與變動潛隱了深刻的分裂，預示了創作風格轉化的多種可能。這一脈作家總有著很強的審美人生動機，廢名造「橋」意欲引渡眾生，沈從文要建「人性小廟」來供奉「生命的力與美」，冰心要構建「愛的哲學」，孫犁要表現「善良的東西和美好的東西」，汪曾祺要告訴人們「生活中的美和詩意」，等等。這不僅是他們主動的藝術選擇，一定意義上，這也是現代小說向「言為心聲」轉變的邏輯前提和結果，意味著主體的生命情懷將與文本敘事構成普遍的內在統一。雖然說在作家的人生體驗、文學觀念與文本世界的

敘事表達之間也會存在著一定程度的錯位，但並不會就此影響主體生命情懷在小說創作中的內在主導意義。

主體性的生命體驗是我們理解現代小說的一個基本途徑。羅利說過：「一切風格都是姿態，心智的姿態和靈魂的姿態」〔註4〕，歌德也認為：「一個作家的風格就是他內心生活的準確標誌。」〔註5〕或許，在現代作家論研究經歷了歷史上的紛繁之後而趨於式微的今天，我們早就該正視業已無比多樣的理論視角是否已逐漸背離於作家生命意識本身，而使得相關研究成為我們自身研究的一種需要、期待乃至觀念上的某種預設！事實上，我們日益職業化的現代文學研究不僅在逐步背離文學主體的生命情懷，也在背離我們自身的生命意識，由此也就在不經意間背離了研究對象的本身，形成對於他們不同程度的遮蔽甚至忽視。比如對以「愛與美」主題的五四「問題小說」來說，由於存在著為社會現實問題開「藥方」的歷史價值取向，一直受到不乏庸俗社會學色彩的強化，而往往會忽視主體深切的人生體驗之於創作的重要美學功能，相關小說所蘊含的生命情懷也並不為世人所看重，這一情況直到近些年才有所改變〔註6〕。至於沈從文小說，本文基於文本細讀得出的判斷其實更多反映出作家生命體驗的複雜和細微之處，作家對於人性病態的批判似乎並不在於城、鄉的文化差異而更在於男、女生命品質的性別差異，而作家在四十年代逐步轉向「抽象的抒情」，也可以在主體的生命體驗領域獲得充分的闡釋。很大程度上，由於一些具有「覆蓋」影響的研究成果並不看重這一方面，客觀上阻礙了對於這些作家生命主體意識的多樣性和複雜性的深入理解，制約了作家作品研究的深廣度。而對於某些作家而言，這才是標示其藝術魅力的主要意義。或許，在由抒情小說提供的本體論敘事思路中，我們才可以將上述作家從一些「既有之說」中解脫出來，進入布滿主體微觀生命體驗的文

〔註4〕 高健編譯：《英美近代散文選讀（英漢對照）》，商務印書館，1986年版，第70頁。

〔註5〕 〔德〕愛克曼輯錄：《歌德談話錄》，朱光潛譯，人民文學出版社，1978年版，第39頁。

〔註6〕 王本朝在《二是世界中國文學與基督教文化》一書中指出，冰心等人的「問題小說」是「從個人情感與基督教的關係表現自我對基督教的體驗和感受」》（第37頁）；楊劍龍在《曠野的呼聲——中國現代作家與基督教文化》一書中也指出，「中國現代作家筆下的人物皈依基督，大多是處於難以擺脫的心靈的苦痛與磨難時，為求得情感的慰藉和心理的平靜」（第10頁），「中國現代作家所受到的基督教文化的影響，成為他們的一種個人潛能，或是一種情感寄託，或是一種心理體驗，或是一種生活積累」（第17頁）。

學世界。批評是讀者的權利，但需要建立在感知具體生命體驗的「真正的閱讀」之上，只有這樣，我們才能在文學世界的細緻感觸中得出令人信服的結論，也不至於再被一些或傳統或現代的既有文化標籤所迷惑。

又比如關於廢名小說的理解，楊義早在多年以前就曾指出廢名是田園作家，作品是一種「田園詩」，「遠離塵囂的田園牧歌」〔註7〕，其後這一觀念也為學術界所普遍接受，「他的小說也往往被稱為田園小說」〔註8〕。然而廢名小說其實一直缺乏相對純粹的田園詩意，他的「桃源世界」主要是一種現代人生意識的產物，敘事行為糾結著主體矛盾、複雜乃至趨於「厭世」的人生體驗〔註9〕。透過主體生命意識的波動和演化不僅可以說明廢名對於田園向度的游離乃至「創作終結」的藝術嬗變，也可以釋讀廢名小說迷蹤般的觀念與思路，介入意義形態的深入分析。或許，只有這種生命體驗性的傳達才是廢名小說的根本訴求，也是周作人所指出的「他的思想似乎比我更為激烈」的原因所在〔註10〕。然而當下關於廢名小說的相關研究，多盤桓於田園的傳統倫理，近乎籠統性的主觀感受很少能夠深入廢名小說敘事的微觀精神世界，於此也就有所忽視，進而湮沒、混同了文學世界的複雜性〔註11〕。而對於汪曾祺的「最後一個士大夫」、「中國式的古典詩人」等傳統意義上的判讀，也往往源於缺乏小說敘事空間的具體性精神波動的細緻解讀，有著對於作家複雜性的內在主體意識的忽視，從而將一個具有濃厚存在主義意識的作家「覆蓋」在傳統田園文化的「雅致」之下。顯然，如果不尋求改變對於抒情小說印象化、抒情化的籠統文化闡釋，我們仍然難以有效介入他們佈滿意義縫隙的相對主觀化、抽象化的文學世界。

在文學創作中，敘事主體的生存體驗是一種普遍而複雜的存在。生存的思緒若想煥發出內在的生命美學意義，必然需要主體生命情懷的滋養和藝術世界的審美轉化。在抒情小說中，由於主體性的這一品質，使他們得以擺脫

〔註7〕楊義：《中國現代小說史》（第一卷），人民文學出版社，1986 年版，第 450 頁。

〔註8〕吳曉東：《「破天荒的作品」——論廢名的小說》，參見廢名：《竹林的故事》，廣西師範大學出版社，2003 年版，第 2 頁。

〔註9〕關於廢名小說的厭世思想，將另撰專文加以論述。

〔註10〕周作人：《〈桃園〉跋》，鍾叔河編訂：《周作人散文全集》（第 5 卷），廣西師範大學出版社，2009 年版，第 506 頁。

〔註11〕參見拙文《論現代鄉土小說田園抒寫的歷史形態與審美特徵》，《齊魯學刊》2009 年第 1 期。

生命本能的非理性異化和歷史現實的外在牽絆，在人生普遍對立的超越性生成和審美詩化中建構出一個個堪稱經典的文學人生世界。察其原因，不僅在於相關作家大多能夠保有一種主體性的生命情懷，還在於他們多能夠在泛政治化的文化整合中保有一種邊緣化的身心狀態，有著相對自由的精神表達空間。這是一個「非文學的世紀」，「二十世紀特殊的時代特點和特殊的歷史任務，使這個時代的文學在整體上呈現出不利於純文學發展的態勢。二十世紀各種政治的、經濟的、文化的需求，尤其是包括戰爭、國共政治鬥爭和黨內鬥爭在內的政治原因，使二十世紀成為一個非文學的世紀。」〔註12〕如此背景下，抒情小説長期被視為一種和民族現代化進程不相協調甚至是對立的力量，而一直處於邊緣地位，「邊緣性」也就成為這一脈創作的基本特徵。李歐梵曾說過，「一旦作家不再與政治疏離，便不再是現代文人。」〔註13〕作家也「只有在自處於邊緣的狀態和心態下主觀和情感才需要得到誇耀的處理和眩異的強調，而且也只有疏離於中心、自處於邊緣的主觀情感才能是誇耀的合適對象和眩異的當然內容」〔註14〕。也就是說，創作主體只有秉持了這一立場，才有可能形成與審美人生的有效對話，賦予文學感受以生命的自由品性。

　　不可否認，作為一種和主流、中心相對立的空間位置，邊緣性對於文學人生的意蘊化敘事表達具有必然意義。但邊緣並不僅僅意味著主體保有一種對於政治權力話語的疏遠以及尋求相對邊緣的社會角色和文化身份，更主要的品質在於主體的精神結構能夠形成對於主流社會性話語的抗爭與疏離，並能夠構建出自身的文學自足性。這不僅屬於一種社會性的空間位置，更是一種內在的精神質度。畢竟，邊緣有著寬泛的空間性，如果缺乏了主體內在生命價值的制導，也就可能成為一種泛化的邊緣。主體即便「身」處邊緣，也不一定就能做到「心」在邊緣。在抒情小説家而言，邊緣向中心的「位移」現象也是比較普遍的，而一旦發生這一情況，往往也就意味著藝術生命的終結。比如，廢名在三十年代由於「獨自走自己的路」，寫出了他最好的作品

〔註12〕朱曉進、楊洪承等：《非文學的世紀——20 世紀中國文學與政治文化關係史論》，南京師範大學出版社，2004 年版，第 3 頁。

〔註13〕李歐梵：《中國現代作家的浪漫一代》，王宏志等譯，新星出版社，2005 年版，第 259 頁。

〔註14〕朱壽桐：《心態、姿態與情態——略論中國現代浪漫主義文學的基本形態與發展狀態》，《文學評論》2005 年第 3 期。

《橋》，成就「令人流連忘返的桃源」，而隨著他決心擺脫「不能表現偉大的時代」的指責而要寫一些體現「中心」的作品時，卻寫不出來了；而素來就反對文學與商業、政治合流的沈從文，四十年代末一旦被挾裹進主流紛爭的中心，創作的魅力就開始消褪；在前文對郁達夫小說創作的分析中，我們也看到隨著作家對人性欲望的道德淨化，創作最終轉向了革命化方向，作品的詩意色彩顯然難以維繫；而在許地山，二十年代末回國後就改換了空靈的宗教情懷，寫出了《在費總理的客廳裏》這樣的「批判現實主義作品」，文學價值也遠遜於前；類似的還有師陀等等。顯然，邊緣屬於他們文學表達的本真方位，一旦不能守住這份精神的靈性空間，他們也就將開始背離文學與自身。

文學人生在每一個時代都會具有邊緣性，承認這一點才是一種現代民主態度。抒情小說家對中心或主流以及商業世俗文化往往有著深深的疑懼和不認同感，這使他們長期或一段時期內能夠從個人情感出發，排拒著社會權力體制和世俗文化的同化，在相對自足的文學敘事中檢視傳統、現代、鄉土、欲望、革命、宗教等多元化背景中的現代人生問題，感受著文學情懷的觸動。「人在邊緣」的時候，他們是十分真摯的。然而，我們的主流文學體制卻很少給予他們以寬容，因此現代作家對於邊緣性的堅持也是矛盾、相對的。現今看來，創作主體在與中心、主流的衝突、齟齬中的逐步邊緣化，雖使他們一度飽受責難，但折射的正是作家生命情懷與小說世界互動共生、相對獨立的敘事主體性。正是憑依著這一份深度的人生關懷，他們才得以穿透歷史，確立自身的藝術成就及其文學史地位的經典化建構。這種歷史權力關係中的「邊緣」，最終成就的恰恰又是現代文學精神的「中心」。

顯然，抒情小說的存在為現代小說展示了一種富含生命情懷的主體精神範型。固然現代文學傳統的主體性有著多樣化的演變，但無疑以此為精髓。透過這一精神性的主體維度，我們不僅可以深入把握抒情小說家的生命體驗之於創作過程的基礎性功能，也可以感悟文學世界內在的生命律動，影響到對於相關創作的精神選擇和意義歸屬的判斷。由於它的存在，現代作家才不致於徹底迷失於「非文學的世紀」，現代小說才得以呈現一種面向人生本體境界，煥發悠遠魅力的純文學傳統。這是一群孤獨而不寂寞的文學「主體」，不妨這樣描述：「他們」已離開主流文學陣營，甚至處於與之對立的位置，體現出對意識形態的「抗拒」姿態；對於文學人生的審美自覺，喚醒了「人的文

學」向本體意域的歸復；人文精神的深刻蘊涵，與強調「爲人民」、「爲革命」
等其他文學話語形成了鮮明的思想乃至境界的分野，爲現代小說及至現代文
學觀照人性、現實、歷史等諸多人生問題提供了本眞性的超越視界。

第二節　敘事意蘊的人生樣式

　　人生問題是現代小說的根本問題。這不僅是五四「人的覺醒」導致的必
然結果，也是因爲「人的文學」是現代文學的「內在尺度」，現代小說在本質
上都應屬於關於人生的敘事話語。然而現代文學關於「人的文學」理解本身
卻充滿了歧異和不確定性，存在著將文學人生的審美性與社會性等相混同並
以後者取代前者的大趨勢。周作人早在《人的文學》這一現代文學「總綱」
中就曾將現實主義文學視爲「人的文學」選項，雖也指出「人的文學」可以
寫「人間上達的可能性」的理想生活，但顯然並不爲世人所看重。而二十世
紀的社會文化體制對於現實主義的工具性強化，又借助於泛政治化的理解，
將「人的文學」逐步轉化爲「無產階級文學」、「革命文學」、「工農兵文學」
等社會化稱謂，「人」成爲意識形態化的「群眾」，複雜的人生問題也就在社
會化的文學想像中褪盡了生命本色。如此，人生問題就從本質上被置換爲階
級革命、民族生存、政治生活等宏大問題，所謂現實主義的「人的文學」也
就背離了「以人道主義爲本」的初衷，發生了非「人」的異變。在這樣的背
景下，多數小說創作其實並不以表現人的審美本性爲主體，即便是描寫著個
人體驗、人性情感等有著明顯個性色彩的小說現象也很少能夠表現出詩意的
人生情懷，諸如「自我表現」的自敘傳小說、都市化的海派小說等往往誇大
和張揚著個體情感甚至身體性的本能因素，或將人生限於一己性的情感哀
愁，或記述一些都市生活中的「本能衝動」，人生普遍淹沒於灰色情緒之中，
缺乏人性表現的和諧與節制。顯然，這些或意識形態化或非理性化的文學形
態，都在割裂著現代人生意義結構的完整性，對於審美意義的普遍忽視所造
成的人性異化，制約了現代文學對於人生問題的深入表現，也就說明處於主
流文學話語挾裹下的現代文學缺乏呈現人生本眞意義的充足空間。
　　由此，由邊緣化的抒情小說敘事所構建的文學風格，就不僅突破了社會
性話語對於人性的壓抑和異化，也擺脫著人性抒發的非理性扭曲和「分裂」，
將文學人生以一種和諧、優美的詩意面目呈現於現代文學的版圖之上。顯然，

作為一種總能喚起人們美好生命體驗的現代小說創作，這就在文學精神的深層超越中，生成一種真正「屬人」的文學話語。從整體上看，抒情小說敘事意義的深化和超越功能主要體現在美學層面、形上層面以及人生衝突的文化「調和」立場等三個相互關聯、不斷轉換的內涵層面，這使它得以在理想人生形態的訴求中，進入現代小說的本體意閾，進而標識出現代小說主題意蘊的詩性生成。

　　人類對於文學的要求是什麼？或許就在於能夠從文學中獲得一種美學意義上的滿足與幸福感，「人類對於美的需要正像人類需要鈣一樣，美使得人類更為健康」，甚至對「美的剝奪也能引起疾病」〔註15〕。作為人性的本真內涵，審美的覺醒是人性解放的根本標誌，文學創作的生命力也就源於對美學意義的開掘，美是「審美形式中湧現的決定性因素」〔註16〕。沈從文作品保持「蓬勃的生命」的原因在於「好看」〔註17〕，廢名的小說被譽為一個「東方理想境界的象徵圖式」〔註18〕等等，也就說明了這一點。沿著這一路向，抒情小說營造了「眾多」格調優美、意蘊悠長、深遠的人生情境，不僅為「人的文學」營造出諸多「人間上達」的樂園圖式和境界，也建構出了一種詩意的鮮明文學品格。就其深層意義而言，這意味著一種深層次的「人的解放」——審美的感性解放，誠如馬爾庫塞所言，「人的解放」就在於「解放出人的美感、快感、被壓抑的追求愉快的潛在本能」〔註19〕。黑格爾也說過，「審美帶有令人解放的性質」〔註20〕。不難看出，正是這種經由「審美解放」的生命感受和接受效果，敘事才得以將現代人生問題引入生命深處，成就自身的經典價值。

　　對於現代人生來說，審美解放具有著終極關懷的意義。審美解放不僅是一種感性的生命體驗，更是一種具備形上旨向的意義追問。按照馬利坦的說

〔註15〕〔美〕馬斯洛：《人性能達到的境界》，林方譯，雲南人民出版社，1987年版，第194頁。

〔註16〕〔美〕赫伯特‧馬爾庫塞：《審美之維‧譯序》，李小兵譯，廣西師範大學出版社，2001年版，第16頁。

〔註17〕汪曾祺：《晚翠文談新編》，北京三聯書店，2002年版，第213頁。

〔註18〕吳曉東：《「破天荒的作品」——論廢名的小說》，參見廢名：《竹林的故事》，廣西師大出版社，2003年版，第4頁。

〔註19〕〔美〕赫伯特‧馬爾庫塞：《審美之維‧譯序》，李小兵譯，廣西師範大學出版社，2001年版，第9～10頁。

〔註20〕〔德〕黑格爾：《美學》（第1卷），朱光潛譯，商務印書館，1979年版，第147頁。

法，正是通過審美的「超然性」，才把人們引向神秘的「存在之源」〔註21〕。狄爾泰在談到「詩」和「生活」的關係時也指出，從生活出發的「一切體驗的主要內容是詩人自己對生活意義的反思。……只是揭示在生活的巨大網絡中某一事件所具有的普遍意義。」〔註22〕而意義作為人生的內在蘊涵，聯繫著人類生存的深度精神價值，「意義是作為我們領悟生命的方式而顯示它自己的作用的」〔註23〕，追尋意義是精神活動的本質。也就是說，人們只有在形上意義的探求中才可能領悟到生命存在的本源詩思，人生的審美解放還有待於生活感性的抽象昇華。在此意義上，敘事的審美表達就將把豐滿的人生意蘊「帶入言詞」，形成對於人生實在性和有限性的延展與超越，指向無限高遠的神秘終極，而宗教敘事，由於宗教的超驗性，詩化的人生境界又往往浸透了安息、寧靜的神聖色彩。用昆德拉的話說，這就是「照亮人的存在」，「使小說成為一種最高的智慧綜合」〔註24〕。而在相關抒情小說中，對於形上意義的追求也是一種普遍取向。廢名小說往往有著「不涉理路」的人生玄思，以致「晦澀」；沈從文則主張「神在生命本體中」，追求生命更莊嚴的意義〔註25〕；王統照的小說是「『哲學的』象徵的抒情」，「被人認為神秘的朦朧的」〔註26〕；馮至鍾情於「有彈性的人生」哲理圖式〔註27〕，汪曾祺則宣稱「小說是一種思考方式，一種情感形態，是人類智慧的一種模樣」〔註28〕，等等。顯然，抒情小說創作的意義自覺賦予了文學世界濃厚的形上哲思意味。在具象中寄寓抽象，在有限中寄寓無限，借助於悠遠情境的營造，詩性小說的敘事話語充分煥發出超越性審美人生的終極意義。

〔註21〕〔法〕雅克・馬利坦：《藝術與詩中的創造性直覺》，劉有元等譯，北京三聯書店，1991年版，第139頁。

〔註22〕參見劉小楓：《詩化哲學》，山東文藝出版社，1986年版，第168頁。

〔註23〕〔德〕狄爾泰：《歷史中的意義》，艾彥等譯，中國城市出版社，2002年版，第58頁。

〔註24〕〔捷克〕米蘭・昆德拉：《小說的藝術》，董強譯，上海譯文出版社，2004年版。

〔註25〕沈從文：《學習寫作》，《沈從文全集》（第17卷），北嶽文藝出版社，2002年版，第332頁。

〔註26〕沈從文：《論中國創作小說》，《沈從文全集》（第16卷），北嶽文藝出版社，2002年版，第204頁。

〔註27〕馮至：《〈伍子胥〉後記》，《馮至全集》（第三卷），河北教育出版社，1999年版，第425頁。

〔註28〕汪曾祺：《短篇小說的本質》，鄧九平編：《汪曾祺全集》（第3卷），北京師範大學出版社，1998年版，第31頁。

　　現代抒情小說追求著人生的理想意蘊的敘事表達，但並不意味著就此成為一種完全脫離現實、時代的虛幻性空想。事實上，所謂脫離時代、現實永遠是相對的，歷史上任何一種文學創作都不可能擺脫外在影響，都會在不同程度上成為外在精神的某種投射。固然抒情小說所呈現的人生意蘊的虛幻性是一種明顯存在，但這一過程卻總是伴隨著社會、時代甚至是世俗性現實的襯托，體現出主體複雜、糾結的獨特歷史情懷。抒情小說家也寫現實的苦難、人性的灰暗，革命年代的傷痛和樂觀，不過由於人生詩情的內在湧動，這一切又有著意義的轉化。文學世界成為現實和理想、社會與個體、功利和超越等多元性矛盾對立、衝突的纏結與綜合，展現出一種「文化調和」的價值介入方式，在審美意義的規約下，覓取著對於現代人生普遍分裂的彌合和統一。鄉土詩化雖然還交織著現實和理想人生之間的衝突齟齬，但返鄉的悲情並不能阻斷鄉土詩意的生命招引，審美情懷仍是鄉土意義世界的精神實質。欲望詩化對於非理性欲望的提升，使得布滿「靈肉的衝突」的欲望過程最終走向了欲望境界的昇華，不論是郁達夫「道德淨化」中的壓抑還是沈從文「生命的力與美」中的健康人性，都存在著對於欲望的轉化理路，使得欲望敘述沿著不同向度轉化、呈現人生詩意。而宗教詩化的神聖救助，則借助於終極關懷意義上的人生信靠，祛除著苦難人生的哀鳴，「神聖度測」使得經此的一切都浸染了神性意味。無疑，這種調和對於具體作家而言是艱難的，一方面是審美自覺的內在驅動，一方面則是對於自身創作內、外遭際的清醒認識，藝術世界的複雜性衝突使得作家往往糾結著普遍性的心理矛盾，審美追求的負載似乎過於沉重。廢名一直難以擺脫現實和理想之間的衝突與糾結，不得不在一種無可調和的無奈中「終結」自身的文學道路，成為一個「厭世」派；郁達夫則在家國的貧弱，自我傷悼、死亡陰影等現實困頓中壓抑、焦慮，不斷調試著創作走向；而在沈從文的作品中我們則看到了圍繞著人性淪落和故園損毀的內憂外患，「不易形諸筆墨的沉痛和隱憂」已然浮現為文本世界的一種常態〔註29〕；汪曾祺小說對於「日常生活的悲劇性」也有著多樣呈現，而馮至在《伍子胥》中「畸人」形象的設置又多少意味著人生只能是一種「在處境中的自由」，表現出現實人生困境的深刻洞察，等等。但從總體趨勢上看，這種調和還是相對順暢的，借助於敘事環節的意義轉化，敘事盡可能地呈現

〔註29〕沈從文：《〈湘西散記〉序》，《沈從文全集》（第16卷），北嶽文藝出版社，2002年版，第390頁。

了文學人生的整體性平衡，這使這一譜系的創作得以一方面與人們深層心理結構中的審美意識發生溝通，一方面融進歷史性的現實內容，在意義張力的獲取中呈現出敘事主體獨特的文學情懷。畢竟，「現實」和「理想」人生之間的糾結屬於一種本質上的意義結構關係，走向任一極端都會喪失文學的精神，要麼成為政治、歷史、現實「沉淪」的附庸，要麼淪為一種虛妄的幻象，從而失卻文學與審美人生的對接意義，而如果能夠處理、「解決」好這一矛盾，也就意味著文本意義的普遍分裂將獲得基本的「調和」，進而建構審美的詩意，而不致於陷入意義訴求的極端。

顯然，現代抒情小說在以自己的方式表現著歷史現實，回應著時代的要求。一定程度上，這使其進入了一種全面的「現代性文學」，更確切一點的說，是構建了一種「綜合」審美和社會現代性的現代敘事風格。一般而言，割裂審美性與社會性並陷入「自說自話」的極端和偏狹一直是經典性文學創作所規避的，相對而言，由於抒情小說彰顯出的審美特徵以及豐富的意義闡釋空間，也就承擔了在這一方面的基本建構。「在西方歷時性意義上呈現的兩種完全不同和對立的現代性，到了我們這裡卻被抹平和整合在一起。恰恰這種抹平和整合，使中國現代性顯得如此矛盾和複雜……但正好反映了中國現代性的綜合性和理想性特徵。」〔註30〕抒情小說敘事的「文化調和」特徵，也正是這種現代性的精神融合在現代小說創作中的折光投影。而審美從自身狹隘的情感閾限中抽身出來，被作為一個有機體加以表現，應該說就是審美人生在現代「人的文學」話語體系中所確立的自身存在邏輯，並進而成為標榜現代文學精神所繫的基本條件之一。「審美領域，與其他相關知識領域，審美問題與人生問題的糾結，以致審美作為一種個性解放與時代精神的表徵」，被「凸現出來」〔註31〕。在此意義上，抒情小說的詩性敘事無疑展現出現代文學彌足珍貴的品格。

這看似不可思議，但實則符合邏輯。它反映了後發現代性國家對於現代性的熱切訴求和文學境地的特殊性，從一個側面說明了現代文學的自身建構和國家民族建構話語之間的共生互動關係。當然，作如此界說，並不意味著忽視其間相互否定的制約性關係的存在。事實上，從中國現當代文學史的實

〔註30〕吳秀明：《論十七年文學的矛盾性特徵──兼談整體研究的幾點思考》，《文藝研究》2008 年第 8 期。
〔註31〕張輝：《審美現代性批判》，北京大學出版社，1999 年版，第 86 頁。

際來看，這種制約關係往往以後者的負面效應呈現出來。故此，對於現代抒情小說這種「調和」傾向還應有一種批評上的辯證。而以往我們評判這類作家的時候往往片面視之爲對現實的逃避，甚至將他們看作「隱士」而加以社會學的批評，恰恰是因爲忽視了這一點，而長期的忽視，又使之難以得到「正宗文學觀點平等相待的寬容與尊重」〔註32〕。事實上，將抒情小說等同於「逃避現實」更多出於一種片面的誤解，其結論往往帶有較強的功利性、實用性等社會學取向。

　　不妨認爲，現代抒情小說的敘事建構不僅聚焦於人性的本體內容，而且使人生意義在多個層面上得到了關注，對於「人的文學」結構性縫隙的彌合，體現了現代人生主題的深刻性和豐富性，也就昭示出現代小說人生意蘊表達的本體樣式。相當程度上，因爲這一主題範型的出現，現代小說才得以實現現代性思想主題的眞正變革。而以往我們對此的認識，更多受到了現代性的時間意識以及社會性歷史觀念的影響，而並不怎麼看重審美性的生命意識在現代文學思想體系中的本體地位，個中的「現代意識」不僅存在過多的語焉不詳之處，而且也有著相對狹隘的理解，慣用的社會學尺度其實並不屬於現代文學的本眞尺度，以致審美人生的理想意蘊長期以來蟄伏在「人的文學」意義框架之下而得不到應有的重視，往往以爲表現了「現代意識」就可以歸入現代小說加以看待，要麼把從晚清以來的「新小說」等視爲現代小說的「發端」，要麼就認爲中國小說在五四「人的發現」的影響下似乎就直接走上了現代化道路。事實上，審美意義的生命情懷不僅應該屬於現代小說主題的本體意義，也是現代「人的文學」精神變革所反映的人文價值的核心內涵。或許，只有深入詩性敘事豐富而複雜的意蘊空間，體會這份情懷在文學生產過程中的湧動、交織和生成，才能夠彰顯「人的文學」在人文向度上的經典價值構建，進而突破繁雜的現代性話語帶給文學精神的迷惑和困擾。在文學人生的審美思考和呈現上，現代小說應當有其自身獨特的歷史空間和理路。

　　抒情小說爲現代小說建構了一種文學精神的限度。雖然現代文學的歷史現實語境一直在限制著它的發展，但是我們仍得以看清現代小說對於文學精神的堅守。由此，我們不僅深刻體認了審美解放之於現代文學的本體地位，也看到了「失詩」後文學、人性和社會的狂熱和虛浮。伴隨著現代社會轉型

〔註32〕陳思和：《中國新文學發展中的浪漫主義》，《學術月刊》1987年第10期。

後的文化潰敗，社會失序，人性的扭曲，都昭示了人類前行中「審美人生」的不可或缺。人不僅是物質的，更是精神的，失去了生命精神的追求，人注定只能在荒原上流浪而不知所歸。「人性」，「美」，「理想化的生活存在」，「人間上達的可能性」，「詩的」，「神性」，「生命」，「存在」姑且不說，甚至是「荒原」，「苦難」等等雖然表述各異，但無一不顯示著審美人生的重要性。文學是「人生的反映」，勃蘭兌斯說，「在現代，我們曉得文學所以能活著，是在其提供問題之點的。」〔註33〕透過詩性敘事這一現代小說家心路歷程的鏡像世界，我們「見證」了這一份執著的存在及其悠遠的歷史回聲。在更廣泛的背景上，由此昭示的人生情懷，也是東西方文學、文化中的共同主題。進入近代社會以來，由於資本主義文明對人性異化程度的加劇，社會急劇變動造成的現實人生的動蕩，人生的失衡問題成為普遍的社會現象。針對人生陷入的普遍危機，現代西方哲學、宗教、文學等都把對現代人生的拯救問題作為自身關注的重點，從存在哲學、生命哲學的「詩化人生」思想，宗教的「拯救的道路」，到文學的「還鄉」等等，已成為一種普遍的人文思潮。而文學尤其是小說作為一種精神產品，由於具有著其他藝術形式所無可比擬的「人學」特性，也就成為承載、表達人生「拯救」思想的主要載體。正因如此，海德格爾才發出了「語言是存在的家」的慨歎，尼采也提出過「藝術拯救人生」的口號。或許又如生命本體論的觀點所言，它將擔當起拯救人的感性的審美生成的使命，不但「直接標示出藝術所達到的人的本體深度，同時，也揭示出作為本體論的藝術在『後烏托邦』時代對抗虛無的獨特價值及其當代意義」〔註34〕。

　　現代抒情小說敘事所指的人生意蘊不僅揭示出現代小說思想主題的本體意義，也是一種超越歷史時空的普遍思想原則。無論那個時代，那個民族的文學，只要它是真正在「人」的意義上來思考、表現人生，它就無法避開人們對於文學人生的生命訴求。主張回到詩意的審美人生，就是回到文學本體，回到人性本身，歸向存在的本源。由此，由抒情小說譜系呈現的敘事變革特質和美學意義也就為我們認識現代小說的意義生成乃至中國小說的現代性發生、發展提供了本體論層面的主題依據。

〔註33〕〔丹麥〕勃蘭兌斯：《十九世紀文學主流・序》（第一分冊），張道真譯，人民
　　　　文學出版社，1997年版，第6頁。
〔註34〕王岳川：《藝術本體論》，上海三聯書店，1994年版，第315～316頁。

第三節　敘事文體的本質維度

在文學史的視野中看待抒情小說這一敘事性文體，還在於作為一種詩意的符號系統，由此昭示的本質維度對於現代小說的抒情轉向和文體流變具有重要理論和現實意義。借助這一觀照，我們不僅可以充分認識現代意義的審美追求對於小說文體生成的敘事學功能，辨別現代小說體式抒情轉變的內在維度及其價值，也可以藉此解決目前圍繞「抒情小說」命名的蕪雜甚至是混亂的狀況，嘗試建立現代小說形式研究與人文研究的溝通渠道，提升現代小說形式研究的理論與人文深度。

現代小說文體的「詩」性特徵是明顯的，這一特徵的出現對於現代小說抒情功能的獲取具有重要意義。一般來說，我們將抒情性的出現看做是現代小說區別於傳統小說的主要標誌，而辨識抒情性的一個基本途徑就是從跨文體角度考察現代小說詩性特徵的形式緣起及其帶給傳統敘事秩序的變化，認為正是由於現代小說「向詩傾斜」的融合將詩歌元素帶入了現代小說，從而使其「分有」了詩歌文體的特徵，形成現代小說的抒情轉向〔註35〕。從跨文體的角度看待轉型時期的現代小說，借助不同文類間的比較，有利於辨認、區別現代小說在異質文體元素影響下的變異，但也容易導致文體觀照的形式化傾向，進而可能忽視現代文學思想在文體轉型中的主導意義。事實上，當我們在一種普泛意義上強調「一時代有一時代的文學」、「用現代人的語言來表現現代人的思想」的時候，對於現代文學轉型歷史必然性的突出往往強化了文學主體藝術選擇、創造的主動性，似乎隨著文學主體的思想認同就直接導致了文體的現代轉型，對於現代小說文體的發生問題來說顯得過於直接和籠統，並不認真看待現代文學思想內容在文體發展過程中的自足性和複雜性。而受到形式主義語言學觀念的影響，我們也一直習慣於將現代小說文體歸結為某種形式問題。長期以來，關於現代小說文體的研究，似乎也主要集中在「從形式到內容」的文體風格分析和對應性的文化闡釋等方面。固然這一做法有其合理性，但顯然難以體現文學思想演替這一文體轉變的深層次動因。

應該說，現代小說「詩」性品格的形成有其跨文體的歷史性特徵，但更

〔註35〕參見楊聯芬：《中國現代小說中的抒情傾向》，北京師範大學出版社，1996年版。

爲根本的問題則在於現代文學人生「內容」的變化需要小說能夠形成一個與之相適應的、喻示人生訴求的文體表達形式。瞿世英早在 20 年代的《小說的研究》一文中就指出,「詩的特點,須在本質上注意,不宜以形式判之」〔註 36〕。這就意味著,要想深入認識現代小說文體的這一轉變,就需要突破既有形式傾向的約束,進入文體形式或形式研究的深層,從文學思想內容的變化這一更爲本質的角度去獲取體式生成意義。畢竟「從形式到內容」更多反映的是文體轉變下的審美賦形效果,而「從內容到形式」才能更爲清晰地呈現現代小說文體轉變的內在發生意義。作爲現代小說格局中最富詩意的經典小說現象,抒情小說譜系的出現和發展無疑爲此提供了一種辨識的標示與參照。抒情小說對於「詩」的融合是全方位的,最終使小說近乎於「詩」,不僅意象的運用,情境氛圍的營造,語言句式甚至節奏韻律等都具有明顯的詩歌化傾向,而且呈現出濃鬱的審美意味,喚醒著閱讀接受的豐富人生感悟。這一變化說明小說文體已然無法延續傳統小說的敘事規範,必然要有較大的調適。由於人生喻示的需要,小說淡化了故事情節,轉向情境化的藝術空間營造,動態的、強因果性的敘事環節、語言節奏向「節制」和「靜態」轉變,儘量使形式上的「詩」性特徵與文學人生的豐富意蘊形成有機融合,在形式和本質喻示之間構建出明顯的統一性關係:悠遠的情境敘事、啓示性的「詩性語言」等組合成的「符號系統」往往寄寓了文學人生的理想追求。文體上的這一轉變「消弭」著小說形式與人生本質之間的距離,明顯弱化了文體形式的「中介」性質,在適應性的形式轉化中追求著與充滿「深刻困惑」的現代人生的「同構」意義。

顯然,這一過程並非是對於詩歌形式元素的單純借用和融合,文學內容尤其是現代人生意識的覺醒在抒情小說文體的形成過程中具有內在的主導意義。相當程度上,這一文學人生的深層運思也就激發了敘事主體的普遍文體自覺,此類小說家大都被譽爲「文體家」。王統照認爲創作是作家對客觀物象有所「興觸」,體驗到客觀物象的妙趣,想用色彩、聲音、文字等等把這種感興表現出來時的「境界」〔註 37〕;廢名對於寫出「朦朧生動的景物」,有著衷心的嚮往,意識到了「運用語言不是輕易的勞動」,並在創作中有著多方的實

〔註 36〕瞿世英:《小說的研究(上)》,嚴家炎編:《二十世紀中國小說理論資料》(第二卷),北京大學出版社,1997 年版,第 244 頁。

〔註 37〕王統照:《文學作品與自然》,田仲濟等編:《王統照文集》(第六卷),山東人民出版社,1980 年版,第 433 頁。

驗〔註 38〕；沈從文以為一切優秀作品的製作更重要的是「一個比較清虛寥廓，具有反照反省能夠消化現象與意象的境」〔註 39〕；而汪曾祺更是直承自己對於尋找「描摹一個理想」的「合適的表現手法」形式追求〔註 40〕，等等。作為一種與審美訴求相適應的現代文體轉變，最終導致抒情小説成為一種寄寓、反映現代人生內容的意蘊性文體。

　　如果說現代革命、啓蒙等小説話語主要是在社會文化矛盾衝突的再現中反映了現實力量對於人生完整性的撕裂，不僅造成小説文體的工具化，也造成了人生本質的退場；那麼以審美統一為旨歸的詩性敘事也就使現代人生得以在相對調和、平衡的意義上得到表現，反映出現代小説文體轉變的意義維度。而由於這一維度的存在，不僅體現了現代小説與「詩」融合的意義所在，同時也提供出一種觀照、評價現代小説文體的「本質」尺度。只有認清了這一點，我們才可能深入現代小説詩性特徵的內在機制，透過紛繁的「詩」性文體表徵，辨識現代小説的精神世界，而面對雜多的文體實驗與形式創新，也能夠保持一份精神上的清醒，而不至於為形式所局限。由此，借助於「詩」性文體的本質尺度，也就可以消弭圍繞現代抒情小説的「抒情」、「詩體」、「意境」、「寫意」、「詩化」等諸多界說、命名的歧異與混亂，以「本質」的規約，澄清現代小説的抒情轉向以及文體流變的根本意義所在。

　　就現代小説的抒情功能而言，在於對現代人生思想的表現，然而當我們在一種寬泛的意義上將現代抒情小説稱為「現代抒情小説」的時候，其實容易混同抒情與「詩性」觀念之間的差異性。「帶有抒情性的，或者說是具有某種詩性特徵的」的作品〔註 41〕，類似的判斷是基於文體的抒情性，還是文體的「詩」性色彩抑或「詩性」價值，顯然語焉不詳，而抒情小説被指稱為「一種描寫整個情緒世界的小説」，情緒的多樣性還決定了它不僅包括「內心獨白」或者「意識流」的小説，心理小説，也包括情緒「狂肆」或頹廢的抒情小説等等。「抒情性」就現代小説而言主要是一種籠統的文體轉向，顯然並不

〔註38〕廢名：《廢名小説選・序》，王風編：《廢名集》（第 6 卷），北京大學出版社，2009 年版，第 3269 頁。

〔註39〕沈從文：《從徐志摩作品學習『抒情』》，《沈從文全集》（第 16 卷），北嶽文藝出版社，2002 年版，第 257 頁。

〔註40〕汪曾祺：《醒來》，鄧九平編：《汪曾祺全集》（第 1 卷），北京師範大學出版社，1998 年版，第 74 頁。

〔註41〕錢理群：《文學本體與本性的召喚——〈詩化小説研究書系〉總序》，參見劉洪濤：《〈邊城〉：牧歌與中國形象》，廣西教育出版社，2003 年版，第 2 頁。

直接指向具體審美精神的取得，難以說明「向詩傾斜」的抒情「本意」所在，也就難免「局限於文體學的範圍之內」，淪為「一種表層的標記」。而離開了整體質的規約，不僅容易造成難以把握抒情小說的不確定性，而且隨著批評視野向形式層面的傾斜與泛化，也會使得關於抒情小說的命名陷入蕪雜的「亂象」。

　　事實上，趙園早在八十年代中期就對「抒情小說」的命名提出了質疑，主張對命名進行規約，認為其「太過空泛」，「不是通常意義上的『抒情』，而是充滿感情意味的具體場景……這是一些較之『情感性』、『抒情性』原為細膩、微妙的美感」〔註42〕。不難看出，「抒情」並不具備定義這一類創作的針對性、具體性。而至目前，對於此類小說的命名還有「詩化小說」、「詩意小說」、「詩體小說」、「詩小說」、「抒情詩小說」、「意境小說」、「寫意小說」等多種。「詩化小說」傾向於「小說是一個詩篇，不是詩歌的小說並不存在」〔註43〕，側重「語言的詩化與結構的散文化，小說藝術思維的意念化與抽象化，以及意象性抒情，象徵性意境營造等諸種形式特徵。」〔註44〕「意境小說」是「借助『意境』這一詩學範疇」把作家的文本歸結到一起來進行研究」〔註45〕等等。眾多概念的提出往往基於不同的標準，說法雖異，但基本指向同一對象的某種文體元素。固然文體元素的多樣性為命名提供了豐富的可能性，但命名如果離開本質「呈現」，也就會趨於淺表和隨意化。比如說「『詩化小說』的概念也只是稱起來方便而已，很難稱得上是一個嚴格的科學界定。假如換個說法，稱其為『散文化小說』也未嘗不可」〔註46〕。而由周作人提出的「抒情詩小說」概念也為後人所詬病，「『五四』作家不曾嚴格區分小說與散文，甚至創造出『抒情詩的小說』這樣模糊的概念。」〔註47〕

〔註42〕趙園：《關於小說結構的散化》，《批評家》1985年第5期。

〔註43〕吳曉東：《象徵主義與中國現代文學》，安徽教育出版社，2000年版，第171頁。

〔註44〕吳曉東等：《現代小說研究的詩學視域》，《中國現代文學研究叢刊》1999年第1期。

〔註45〕鄭家建：《中國文學現代性的起源語境》，上海三聯書店，2002年版，第198頁。

〔註46〕吳曉東等：《現代小說研究的詩學視域》，《中國現代文學研究叢刊》1999年第1期。

〔註47〕陳平原：《中國小說敘事模式的轉變》，北京大學出版社，2003年版，第154頁。

　　命名是「說出本質性的詞語」，而不在於「僅僅給一個事先已經熟知的東西裝配上一個名字」〔註 48〕，也就是說命名需要具備涵蓋、深入對象的輻射性和理論生命力，體現整體質的規定性。上述概念無疑達不到這一點，而且受到形式化的影響，「意境」、「寫意」、「詩化」、「抒情詩」等命名還存在著觀照相關小說的印象化傾向，普遍認為現代抒情小說「形式美」之中也有「偏重於表現人的情感美、道德美」以及人性美、風俗美方面的性質〔註 49〕，談論的更多是感性層面的詩意印象等抒情特徵。印象化的理解有著過多的感官因素，處於認識的初步階段。如果印象的積聚不能以文本內在的複雜意義纏結與變化為依據，很可能使得印象固定乃至僵化，成為一種「刻板印象」。這種不乏簡單化的理解方式，在一定程度上限制了對於具體文本世界系統、整體的意義深入。比如沈從文，幾乎所有命名都以他與《邊城》為例，突出「寫意」、「意境」的詩意一面，要麼是「風俗美、人情美、人性美」的詩情畫意，要麼說融詩入小說的語言詩化追求、意象性抒情、意境營造等諸種文體特徵，但類似品格的生成與變異在沈從文小說中的複雜性和過程性並不被重視。事實上，《邊城》只是沈從文審美訴求過程中一個環節性的「中間物」，過於理想的「牧歌」色彩不僅在《邊城》本身有著損毀的「隱憂」，而且在後來的創作中，損毀的詩意「分裂」也十分普遍，作家的審美訴求充滿了矛盾和遊移。他的湘西世界，乞丐、妓女、強盜，搶女人、燒房子，殺人……是常事，陰森、煞風景的一面比比皆是；而在一直被視為貶抑非理性、人性萎縮的城市題材小說中，其實也有著對於人性、人生分裂與詩化的複雜意義轉換與統一。如果過於突出人性、人情美的「牧歌」風格，也就會淡化作家審美理想訴求的心路波折與文學人生體驗的複雜性，簡化研究對象。因此，要在上述命名下統攝類似作家作品的多元意蘊，無疑就是一個小說文體學和主題形態學上的難題。或許，由於他們的「文體家」稱號，他們的形式主義色彩往往被我們放大了，也就容易造成「詩」的文體特徵泛化，使得相關概念和命名相互纏結，難以形成一種比較穩定有效的研究視野。事實上，在眾多

〔註 48〕〔德〕海德格爾：《荷爾德林詩的闡釋》，孫周興譯，商務印書館，2002 年版，第 44 頁。

〔註 49〕這一觀點較早見於凌宇的《中國現代抒情小說的發展軌跡及其人生內容的審美選擇》（載《中國現代文學研究叢刊》1983 年第 2 期），後人多有沿用，也有人提出現代抒情小說的人性美、人情美、人物美、詩情畫意等等，內容多重複，不少文章輾轉抄錄，大同小異，缺乏新意。

　　研究者面對「抒情小說」這一經典化的現代文體時，常常陷入「呼之欲出」卻「難以言表」的困惑，也就反映出一種由於游離文體意義維度導致的精神迷惘。顯然，當在一種特定意義上使用「抒情小說」這一概念時，也就不得不保持警醒，需要意識到不同命名之間的差異、矛盾與局限。在此背景上，本文的「抒情小說」顯然有其獨特的詩性所指。

　　其實，對於現代小說家來說，形式主要是一個「框置」，關鍵在於其「內中之物」。文學是人學，是「生命的學問」。應該說，正是寄寓在形式之下的「深處的豐盈」才構成了現代抒情小說由表入裏的意義支撐，小說方才得以成為一種「眾聲嘈雜的敘述體」。文體是一個「怎麼寫」的問題。現代抒情小說的產生發展得益於文體交叉帶來的「抒情」這一實驗性，在一定的歷史階段內其革新意義是明顯的，但當其已然「經典化」，顯然不能再在一個相對寬泛的「怎麼寫」的問題上去談論它，而一個個向形式層面傾斜的命名也將會「狹義化」研究對象本身；另外，在世人將這一譜系文本的「詩性特徵」與意境、寫意等傳統詩學範疇聯繫起來時，也容易強化其中的傳統意義，阻礙意義空間的現代拓展，容易造成對於作家現代性意義認識的不足。比如汪曾祺，由於我們習慣上以其 80 年代前後的創作為評判對象，往往突出其文人小說的性靈與趣味，而忽視他內斂的存在意識；至於沈從文，我們也曾一度對其「創作字裏行間的孤獨感」，「深心裏的孤獨」（淩宇語）認識不足。或許正如一位論者所言，「這種關注也往往局限於一種文體學的範圍之內，卻很少有人深入探究這種文體背後的文化依託，或者只將它歸結於傳統文化的範圍之內，淺嘗輒至。這種現象的背後是對價值理性的無視，懷疑和動搖。」〔註 50〕而近年來部分研究者提出的「力圖從小說的形式詩學走向文化詩學，從而在詩學視野中統一文本、文學史和文化動力注重層面」的文化詩學研究思路，也不乏針對性意義〔註 51〕。

　　抒情小說文體的詩意生成顯然受到人生意義表達的深刻影響，在此意義上，對於文體的把握也就需要一種本質性的尺度。或許只有這樣，我們才有可能進一步深化關於抒情小說乃至現代小說體式的認識，真切把握現代小說抒情轉向中的文體嬗變價值和意義。綜之，作為中國小說現代化進程的基

〔註 50〕 王學謙：《自然文化與 20 世紀中國文學》，吉林大學出版社，1999 年版，第140 頁。

〔註 51〕 吳曉東等：《現代小說研究的詩學視域》，《中國現代文學研究叢刊》1999 年第1 期。

本標誌，抒情轉向不僅使得「詩」的抒情形式元素與功能融入了現代小說的敘事體式，也將豐富的人生意蘊賦形於現代小說，引導著現代小說向詩的「靠近」，在造就詩性敘事的同時也就得以進一步擺脫傳統小說規範的束縛，向一種眞正屬於「人的文學」的純文學樣式轉化。海德格爾說過，「詩乃是一個歷史性民族的原語言」〔註 52〕，而抒情小說與「詩」這一「原語言」的融合，也就爲現代小說乃至現代文學創作與研究提供了一種本體論的品質與思路。

〔註52〕〔德〕海德格爾：《荷爾德林詩的闡釋》，孫周興譯，商務印書館，2002 年版，第 47 頁。

第七章　現代抒情小說敘事的歷史考察

　　現代抒情小說敘事的產生有其歷史必然性。這不僅在於近、現代以來的社會文化轉型過程中「人的覺醒」已逐漸演變爲中國小說現代化的現實語境，「人的文學」構成了引導現代小說發生、發展的「價值理性」，影響、改變著傳統小說的精神取向，而且現代小說本身也有著融入這一現代化進程、回應時代召喚的歷史需要和主體性訴求，也就爲現代文學開闢出廣闊的人生意閾和多樣化主題，激發出小說敘事的意蘊張力，形成傳統敘事的現代化變革。轉變中的現代小說在延續、深化著近代社會文化啓蒙功能的同時，還滲透著一股濃鬱的審美情懷，表現出了對於理想人性和人生的詩意追懷和「自由」創造。由此，圍繞現代文學精神的轉變以及小說敘事對於人生意閾介入、表現的深廣程度，我們也就可以在一種歷史性的視閾中披露其演變的大致軌跡。在此意義上，「五四」小說在「人的文學」向度上追求現代人生存境遇和命運的深刻揭示，小說敘事意蘊功能的強化，突破了傳統小說的情節結構，以適應性的文體轉變去容納、表現現代性的人生體驗和人文精神，在現代小說的總體轉向中標識出抒情小說的發生和成形，其後雖然面臨著社會歷史語境的整合，但仍然在現代人生的主體意閾中形成具體、複雜的創化，生成自身經典的小說譜系和形態。

第一節　傳統文學的敘事問題

　　在一個歷史性的時間過程中考察抒情小說的形成，中國文學傳統提供了一個缺失性的背景。這不僅在於古代中國的小說傳統並不發達，作爲敘事文

類的小説長期居於「叢殘小語」、「小道」、「閒書」等被歧視地位。相關考證認爲，班固以後，「小説」還是一種「雜撰」類文體，「各種內容的著作，只要不是宏論長文，都可歸於此類」，直到明中葉才形成「很接近」現代小説的概念〔註1〕。而傳統文學世界中的敘事，普遍性的忠奸、善惡、才子佳人等故事承載的多是家國社稷、道德倫理等社會文化觀念，偏重教化、臣服於因果邏輯的情節敘述追求戲劇性的起伏波折，「不險則不快，險極則快極」〔註2〕，本然地排斥著個體生命體驗、自我精神追求等內容。在普遍背景上，小説作爲一種依附於歷史敘述的文學存在，詩史互證的史傳傳統一直在影響敘事的發展。至於蔚然風氣的山水田園詩派，似乎提供了傳統生存詩意超越的一面，然而敘事並不是傳統詩歌的本性，這樣的古典詩性精神也難以融進傳統小説的敘事格局〔註3〕，而且其間的詩情抒發更多屬於一種缺乏人生自覺意識的山水描寫和自我消遣。在梁實秋、夏志清等人看來，「偶以人爲點綴」，「表現的只是一種意境，一種印象，一種對於實際人生之輕蔑」〔註4〕，這「對人生問題倒沒有做了多少深入的探索」，「主要也是自得其樂式個人享受，看不出偉大的胸襟和抱負來」〔註5〕。

顯然，傳統小説離現代敘事還有較遠的距離。這不僅因爲，小説遠未獲得相對獨立的文學地位，有待擺脫對於史傳傳統的依附；在更深層次上，作爲現代敘事思想基礎的「人的覺醒」，傳統文化尚無法提供。眾所周知，中國傳統文化不過是一種「非人」的文化，以綱常倫理爲基礎的傳統文化秩序造就的基本是封建權力關係中的依附性「臣民」和奴隸，而非具有主體意識的生命個體。在此背景上產生的傳統文學也就不可能眞正成爲「人的文學」，所謂「淳人欲、美人倫」、「哀而不傷」、「樂而不淫」等等，強調的都是文學的道德功能。人要麼被理解爲「帝王將相」，要麼被理解爲「才子佳人」，一直沒有走出「經」、「道」人生觀的窠臼，文學僅是「載道」、「傳道」的工具與

〔註1〕 謝昭新：《中國現代小説理論史》，安徽大學出版社，2003年版，第4～5頁。
〔註2〕 參見饒芃子：《中西小説比較》），安徽教育出版社，1994年版，第139頁。
〔註3〕 在古代文化傳統中，田園詩是作爲一種士文人的風雅傳統而存在的，而傳統小説則是「小道」、「街談巷語」，其底層性的淺俗歷來爲士文人所輕視。如果前者是「陽春白雪」，後者顯然屬於「下里巴人」，文化的差異性隔膜和社會心理上的階層區分使得田園詩傳統與傳統小説被「人爲」隔絕。
〔註4〕 梁實秋：《現代文學論》，徐靜波編：《梁實秋批評文集》，珠海出版社，1998年版，第157～158頁。
〔註5〕 夏志清：《新文學的傳統》，新星出版社，2005年版，第33頁。

手段。諸如作爲人性「標識」的欲望問題，一直被視爲一種道德上的禁忌，要麼是一個諱莫如深的黑洞，要麼就是一個滋生陰暗心理的溫床，以致中國文化成爲一種禁欲主義的「沒有身體的文化」〔註6〕。晚明以來一批如李贄、王夫之、龔自珍等有識之士雖也有著對個性解放、身體覺醒等方面的「求變思想」，但主要是「在傳統中變」，並沒有形成突破「道統」束縛的眞正「人的覺醒」〔註7〕。朱光潛曾總結過中國文學的這一特點，認爲「中國人用很強的道德感代替了宗教的狂熱。……他們的文學也受到他們的道德感的束縛。對他們來說，文藝總是一件嚴肅的事情，總有一個道德目的。」〔註8〕由此，在儒家思想仁、義道德原則的排斥下，個體的正常人性訴求也就普遍處於被壓制、貶抑的狀態，受到主流文化的不公正對待。而傳統文化中所包含的相對自由的歸隱生活嚮往也與士大夫「窮則獨善其身，達則兼濟天下」的「儒道互補」人格模式密切相關，蘊含著傳統詩性智慧的田園隱居明顯滲透著傳統文人消極避世的「無爲」哲學，反映了一種「犬儒」的生活態度，並不具備積極自覺的人生意識和情懷。一定意義上，「人」在中國傳統文化中的整體性失落，使傳統文化中的一些個人主義思想，也在封建威權主義的鉗壓之下，失去生發的空間，最終導致了傳統人生觀的失衡，「貧瘠」的文化也就難以催生主體性向度上的審美樣式。

　　這一狀況一直持續到了晚清，這一時期社會語境有了較大程度的改觀。然而作爲一個古老王朝的尾巴，在相當長的時間內，既有文化結構並不會發生根本變化，「時光還早。新文化運動的先驅們還在歷史的通道上趕路，他們出場的時間還未到。」〔註9〕而且，「晚清」特殊的社會文化現實也限制了文學發出「人」的聲音。由於近代中國歷史的累累創傷，帶來了民族主義意識的高漲，「救亡圖存」成爲一個時代的主題。嚴復、梁啓超等人提出的鼓民力、開民智、新民德、興自由等等所謂從「民」到「人」的「新民」措施，都是一種實用的社會話語，並沒有賦予人性、人生以合法地位。與此相適應

〔註6〕參見汪民安主編：《身體的文化政治學》，河南大學出版社，2004年版，第192～203頁。
〔註7〕參見程文超：《欲望的重新敘述》，廣西師範大學出版社，2005年版，第50～56頁。
〔註8〕朱光潛：《悲劇心理學》，《朱光潛全集》（第二卷），安徽教育出版社，1996年版，第425頁。
〔註9〕程文超：《〈1903：前夜的湧動〉小引》，山東教育出版社，1998年版，第1頁。

的是，小說雖從「叢殘小語」變爲「大道」，也主要是基於它對「群治」有「不可思議之力支配人道故」〔註10〕。從梁啓超的《變法通議‧論幼學》的「小說……近之可以激發國恥，遠之可以旁及彝情，乃至宦途醜態」到《論小說與群治的關係》「欲新一國之民，不可不先新一國之小說」等等，雖然「人」已成爲小說的主要內容，但仍局限在「民」的政治功利性層面，並沒有改變人的根本依附地位。小說作爲一種新文學體裁，主要是在工具論層面上被認識和反覆強調的。

　　晚清文學可以看作是一種久遠傳統的慣性和回聲，不僅意味著「文以載道」的傳統文學觀將繼續得以維持，而且也意味著「新民」等實用性社會話語將主導文學的基本格局，獲得對其他話語的優先權。然而歷史畢竟已發生變化，文化的傳統格局也在鬆動。在這樣一個社會動蕩、轉變的時代，由於社會變革的現實需要以及新文學「先驅們」的積極倡導，小說地位有了根本性的提升，已經爲現代敘事意識的覺醒提供了文類性的支撐。而隨著一大批新小說家的出現，傳統詩文的寫景傳統、田園詩意等古典詩性精神，也開始作爲小說創作的思想資源隨同其他文化元素一道進入小說世界。雖難以擺脫傳統的窠臼，難以促生傳統小說的本質性蛻變，但必然在「新小說」的歷史語境中發生變化，融入近代小說家對於小說文體的重新思考和實踐。一定意義上，這其間就可能孕育現代性的詩性敘事萌芽。

　　一般來說，小說若要構建出詩意，往往需要借助於敘事空間非情節因素的強化，「當作家只是訴說一段思緒、一個印象、一串畫面或幾縷情絲時，讀者的關注點自然轉移到小說中那『清新的詩趣』」，非情節的細節、場面、印象、夢幻等，「容易體現作家的美學追求」〔註11〕。顯然，對於情節敘事規範的突破，其實就預示著更多不具有因果性的非情節因素，從而淡化小說情節的整體結構而轉向對於情趣和體驗的傳達。就部分晚清新小說來看，由於敘事還有著比較明顯的傳統特徵，敘事話語所涉及的非情節因素並不具有較爲顯在的印象、夢幻、哲思感懷以及主觀情緒的漫漶等現代特徵，而主要是一種與寫景相關的敘述內容和技巧開始構成對於情節結構的衝擊，導致小說形式和美學形態的一些改變，形成與審美意義某種程度的關聯。

〔註10〕 梁啓超：《論小說與群治的關係》，陳平原、夏曉紅編：《二十世紀中國小說理論資料》（第一卷），北京大學出版社，1997年版，第50頁。
〔註11〕 陳平原：《中國小說敘事模式的轉變》，北京大學出版社，2003年版，第131頁。

　　寫景本是中國古典詩文的傳統。作爲一種詩意的「物」，顯示了傳統文人對於自然的審美態度，從而構成古典詩性精神的基本載體，「『返歸自然的思想』又往往以寫景的文學表現得最清楚。」〔註12〕然而它顯形於小說，歷史並不長，只是從《西遊記》、《紅樓夢》、《官場現形記》、《聊齋誌異》等傳統白話小說中才可以看到較多的景物描寫。胡適曾認爲，「古來作小說的人在描寫人物的方面還是很肯用氣力的；但描寫風景的能力在舊小說裏簡直沒有」〔註13〕。雖然絕對了些，但也說明「寫景」作爲一種詩歌藝術手段和技巧，在傳統小說中並不流行。以情節結構爲中心的傳統敘事往往並不需要多少景物描寫，因爲景物的靜態和情感包容性與情節結構的動態和線性封閉明顯不合拍，而詩歌因爲要「借景抒情」，所以才看重寫景，是順應情感表達的要求。由於寫景與傳統情節敘事的本然性衝突，傳統「說部」對於寫景往往並不十分投入和用心，「由於說唱文學注重其商業性，以及觀眾的大眾化、審美趣味的世俗化使得景物描寫不可能大段的出現；而史傳文學對言行的關注以及儘量客觀化的敘事方式也限制了景物描寫。」〔註14〕即便是被魯迅譽爲打破了「傳統的思想和寫法」的《紅樓夢》，寫景的技巧也並不被看好，胡適就曾說過，「《西遊記》與《紅樓夢》描寫風景也都是用幾句爛調的四字句，全無深刻的描寫。」〔註15〕景物並不構成傳統小說話語的有機元素，不僅有著程序化傾向，零散而隨意，而且基本屬於敘事過程的一種點綴，缺乏「個性」和藝術獨創性，敘述的詩意局限於自然景物本身，缺乏心理體驗和背景氛圍的環境渲染〔註16〕。

　　晚清新小說的景物描寫一時還難以擺脫上述傳統的限制，按照陳平原的說法，「小說中充塞的是從古書中抄來的『宋元山水』。山是紙山，水是墨

〔註12〕梁實秋：《現代文學論》，徐靜波編：《梁實秋批評文集》，珠海出版社，1998年版，第157頁。
〔註13〕胡適：《〈老殘遊記〉序》，劉德隆、朱禧等編：《劉鶚及老殘遊記資料》，四川人民出版社，1985年版，第383頁。
〔註14〕汪花榮：《章回小說景物描寫及其轉變》，《重慶社會科學》2009年第2期。
〔註15〕胡適：《〈老殘遊記〉序》，劉德隆、朱禧等編：《劉鶚及老殘遊記資料》，四川人民出版社，1985年版，第383頁。
〔註16〕《紅樓夢》的寫景並沒有逃出傳統的藩籬。魯迅在《中國小說的歷史的變遷》一文中曾有「自有《紅樓夢》出來以後，傳統的思想和寫法都打破了」一說，其本意在於肯定《紅樓夢》「作者自敘」寫法具有的革新意義，而對於其他方面並沒有明確的論斷，「它那文章的綺旎和纏綿，倒是還在其次的事。」（《魯迅全集》（第九卷），人民文學出版社，2005年版，第348頁。）

水，全無生趣可言，詠之不知今世何世」，「只是基本停留在『表態』，而沒有真正落實到創作中」〔註 17〕。而且「駢文詩詞」化色彩還很重，未脫程序化寫景的格套。胡適說過，新小說家「一到了寫景的地方，駢文詩詞裏的許多成語便自然湧上來，擠上來，擺脫也擺脫不開，趕也趕不去。」〔註 18〕不可否認，「新小說」的景物描寫還「令人失望」，然而新小說家已經意識到了風景對於小說的重要性，景物描寫在敘事中的分量有了明顯增加，寫景也逐漸趨於自覺。《新小說》取「圖畫」入小說以資觀感，「其風景畫，則專採名勝、地方趣味濃深者，及歷史上有關係者登之」，「每篇小說中，也常插入最精緻之繡像，其畫者皆由著譯者意匠精心結構，託名手寫之。」〔註 19〕「若風景則山川樹木也，而一經描畫，則峰巒秀氣，江湖水景，如在目前。而閱之者性情爲之曠達，襟懷爲之活潑者」〔註 20〕。雖然對於寫景的理解還存在著簡單化傾向，但對於寫景之於小說藝術效果、讀者性情影響等方面的積極作用已有了一定認識。寫景開始成爲晚清新小說的一種「新的表現手法」，對仍然佔據主體地位的情節敘事形成了一定程度的衝擊。比如說新小說中一些關於自然風光的描寫：

「千岩萬壑，上矗雲霄，兩旁古木叢生，濃蔭夾道兩旁碗口大的黃菊，開得芬芳燦爛。往上去（瀑布）煙雲繚繞，底下澎騰澎湃，有若雷鳴。」（《文明小史》）

「山之麓，水之濱，牧童樵叟，行歌互答，往來點綴其間。橋邊老樹數株，杈枒入畫。歸鴉點點，凌亂縱橫，啞啞之聲，不絕於耳。」（《玉梨魂》）

「只見對面千佛山上，梵宇僧樓，與那蒼松翠柏高下相間，紅的火紅，白的雪白，青的靛青，綠的碧綠。更有那一株半株的丹楓夾在裏面，彷彿宋人趙千里的一幅大畫，做了一架數十里長的屏風。」（《老殘遊記》）

<hr>

〔註 17〕 陳平原：《中國小說敘事模式的轉變》，北京大學出版社，2003 年版，第 111~113 頁。

〔註 18〕 胡適：《老殘遊記・序》，劉德隆、朱禧等編：《劉鶚及老殘遊記資料》，四川人民出版社，1985 年版，第 383 頁。

〔註 19〕 新小說報社：《中國唯一之文學報〈新小說〉》，《二十世紀中國小說理論資料》（第一卷），北京大學出版社，1997 年版，第 58 頁。

〔註 20〕 黃世仲：《小說種類之區別實足移易社會之靈魂》，《二十世紀中國小說理論資料》（第一卷），第 239 頁。

類似的寫景介入對於傳統敘事的情節鏈條造成了一定程度的「延宕」和變異，延緩了敘事的節奏和速度，為戲劇性的故事敘述增添了一抹自然、風物的詩意，情節結構也就不那麼緊密了。而在蘇曼殊的《斷鴻零雁記》中，也隨處可見情景交融的文字，「人與景，景與情，共融互生，一派詩的意境」，形成了「中國小說審美表現空間的新開拓」〔註21〕。從整體上看，寫景雖在不同新小說家筆下有著程度性的差異與區別，但實構成新小說的「新」意之一，說明寫景雖難以擺脫傳統體式的束縛，但地位已有了明顯提高。新小說「行文結構顯得自由，增添了人物心理描寫和自然景物烘託主題種種新的表現手法」〔註22〕。雖說從個性和生趣的「描寫技術」等方面來看，還難以企及現代小說的高度，存在不足之處，然在本文看來，卻已蘊含了現代敘事意識覺醒的可能，「這一時期小說藝術的更新，正符合整個文學由舊變新的過渡過程中的辯證發展，也意味著小說家們的藝術思維正在向現代化方面日益靠攏。」〔註23〕相當意義上，景物描寫已構成部分晚清小說的重要部分，標識了源自古典詩文傳統的藝術樣式在晚清小說中的一種跨文體實現。

而田園（桃源）圖景在《老殘遊記》等小說中的出現，雖數量較少，卻又使相對分散的寫景獲得更為集中的呈現，寫景還有著相對完整的藝術形態和深入的意義寄寓。在中國傳統文化中，田園代表了傳統詩性智慧的基本形態，其理想境界是陶淵明式的山水自然世界中的棲居，「自願、消極地受領」自然的和諧與詩意。在意義上一般脫不出下述內容：一、鄉土是和諧的，詩意源於自然的客觀屬性和傳統倫理的道德屬性；二、主體順依自然和倫理的節奏，清靜無為，主客體合而為一，主體性消融；三、生存空間相對封閉而自足，超穩定性的文化倫理規避了現實、社會等外在力量的侵襲和紛擾，渲染了一種避世的隱逸哲學。對於「桃源」世界的表達，存在著明晰可辨的傳統自然思想和莊禪避世哲學的文化基礎。這固然屬於一種缺乏自覺人生意識的古典詩性形態，但歸隱田園的無奈仍然流落出一種超越性的

〔註21〕楊聯芬：《晚清至五四：中國文學現代性的發生》，北京大學出版社，2003年版，第240～242頁。

〔註22〕時萌：《中國近代文學大系・小說集導言》，參見吳組緗等編：《中國近代文學大系》，上海書店，1994年版，第39頁。

〔註23〕時萌：《中國近代文學大系・小說集導言》，參見吳組緗等編：《中國近代文學大系》，上海書店，1994年版，第39頁。

文學情懷，同樣能夠喚起人們的詩意感受，雖然在今天看來，純爲傳統文人的空想，但並不損害它的理想意義。劉鶚在《老殘遊記》中營造了一個名爲「桃花山」的田園世界，其景物優美：「月色又清又白，映著那層層疊疊的山，一步高一步的上去，正是仙境」，「上去有塊平地，都是栽的花木，映著月色，一場幽秀。且有一陣清香，清新肺腑」；男女皆仙風道骨，「有林下風範」，女子更是仙女一般：「眉似春山，眼如秋水；兩腮濃厚，如帛裹朱，從白裏隱隱透出紅來」；其間人倫和諧，「發乎情，止於禮儀」，且「誘人爲善」，「愛河」與「功德水」相得。而蘇曼殊的《絳紗記》也有一個桃花源式的世外之境：「余」昏睡醒來，但見竹籬茅舍，「周環皆水，海鳥明滅，知是小島，肆其近崖州西南。……及歸，見老人妻子，詞氣婉順，固是盛德人也」，「明日，天朗無雲，余出廬獨行，疏柳微汀，儼然倪迂畫本也，茅屋雜處其間。男女自云：不讀書，不識字，但知敬老懷幼，孝悌力田而已；貿易則以有易無，並無貨幣；未嘗聞評議是非之聲；路不拾遺，夜不閉戶」。在《斷鴻零雁記》，《焚劍記》中也有類似的描寫，同樣有著關於田園生活情態或隱或顯的表現。

　　桃源世界的營造體現了一種超越現實亂世、個體悲愁的意味，也就在較爲明顯的人生分裂中顯示出理想意義的寄寓。《老殘遊記》在「社會矛盾開掘很深」中寄寓著一種「理想主義」的「救世」心態，「桃花山」被置換爲一個指向封建大同社會的「想像複合體」，其中「宋儒」被肯定爲社會的原則，「發明正教的功德」，「理」、「欲」、「主敬」、「存誠」等字，「雖皆是聖人之言，一經宋儒提出，人盡由此而正，風俗由此而醇。」人欲之產生，「發乎情，止於禮儀」且「誘人爲善」，真正一個儒教的倫理之幫；而「桃花山」本身也是一次改變現實的尋訪結果，爲的是探訪一位能夠除暴安良的「救世者」。這就預示了田園實際上轉變爲了一種社會現實問題的解決方案，而不僅是怡情養性的山水鄉土世界，不再局限於傳統「小國寡民」境界中的「自得其樂」，功能發生了重大改變。而《絳紗記》則反映出蘇曼殊的「難言之恫」和浪漫感傷，自敘中的「余」落難後的「田園」逗留與現實離散、生死未卜的妻子五姑和好友「夢珠事」以及「爭端起矣」、「海賊」等構成了明顯的對照性，滲透著作家對於「舉世污濁」的感憤以及人生「出路」的尋找，而「難言之恫」其實也就是一種創傷性情緒，是蘇曼殊文人詩情的流露，正所謂「人謂衲天生情種，實則別有傷心處。」

　　傳統田園在晚清小說中的這一變化，或許就預示了古典詩性精神在晚清甚至現代小說中的命運，它再也不能保持純正的傳統之身，而面對了現實、政治等各種力量的改寫，注定要成為對現實的某種想像物，進而構成現代小說人生意識覺醒的一種思想資源。不過，這一由寫景、田園詩意標識的敘事變化仍然過於「傳統」，一方面，詩意色彩顯得「過於單薄」，基於普遍對立的審美超越在小說中並不明顯，寫景、田園和社會話語、現實之間的比附關係顯得過於簡單與直接，且難以生成結構性的敘事邏輯。另一方面，田園所指稱的理想生存意義在小說話語構成上並不佔據優先性，以情節為中心的外向型生活情景的「真實模仿」、歷史性的「載道」仍是新小說的主要功能，而敘事的詩情畫意在上述作品中並不普遍，多數時候還停留在一種「表現手法」或開闊「性情」、「襟懷」的地步，意義蘊含相對淺顯，缺乏整體美學風格的構建。郁達夫曾批評曼殊小說「太不自然」、「做作得太過」〔註24〕，魯迅則說蘇曼殊近乎一個「頹廢派」〔註25〕，而《老殘遊記》則被認為是一種「封建理想主義小說」的代表作〔註26〕。顯然，這些新小說與後世的抒情小說還有著很大差異，而晚清也沒有給彌補這一差異提供更多的機會，「人的覺醒」這一現代敘事的思想基礎仍處於一種普遍的闕如或「沉潛」狀態，在傳統小說內部也就無法產生根本性的敘事裂變。事實上，在當時流行的「鴛鴦蝴蝶派」等寫情小說以及狹邪、公案俠義、科幻等小說中我們基本上看不到多少景物描寫的詩意身影。歷史似乎注定，晚清小說還處於一個向現代過渡的「前敘事」階段，這幾次「亮相」又必然會陷入一種現時性的孤獨。

　　在此背景上，我們或許就可以將《域外小說集》的出現看作是對晚清小說的一種突破。作為周氏兄弟人道主義情懷「不合時宜」的「早產」，《域外小說集》的一個顯著特徵就是關注個體生命體驗和普遍、抽象的人性，有著詩化的意境與語言，敘述方式比較「前衛」，「作品所體現的對心靈世界的關注，以及象徵、隱喻、詩化敘事等表現方式，不但超越了晚清，即便在當時

〔註24〕 郁達夫：《雜評曼殊的作品》，參見柳亞子編：《蘇曼殊全集》（第5卷），北京市中國書店，1985年版，第120頁。

〔註25〕 〔日〕增田涉：《魯迅的印象》，鍾敬文譯，湖南人民出版社，1980年版，第48頁。

〔註26〕 時萌：《中國近代文學大系·小說集導言》，參見吳組緗等編：《中國近代文學大系》，上海書店，1994年版，第39頁。

的西方文學中，也是前衛的。」〔註 27〕《晚間的來客》、《月夜》等基本是由思緒漫漶而成的抒情小說，寫景狀物，語言清新，意蘊深遠，淡化了情節結構敘事話語往往濡染了個體的生命體驗，顯然有詩的氛圍。固然這些小說並非本土意義上的中國小說，但作爲一種譯介過來的詩化小說風格，反映出周氏兄弟對於小說審美本質的深切體認。相當意義上，一種「異域文術新宗，自此始入華土」〔註 28〕，這就構成了現代中國小說「詩化敘事的範本和先例」〔註 29〕。然而作爲一種超越時代審美習慣和能力的文學趣味和審美傾向，它所顯示的藝術風格此時顯然還缺乏被接受的普遍社會基礎，「這種濃烈的現代意味似乎出現得過早，在當時的社會文化環境中無法彌漫開來，注定了《域外小說集》無聲無息的孤獨命運。」〔註 30〕而楊聯芬也指出「這種既缺乏情節、也缺少故事性的小說」「確實超越了中國讀者的審美限度」〔註 31〕。由此，也就淪爲一種「夢幻似的無用的勞力」，注定將被時代淹沒，難以獲得歷史性認同。

晚清不是一個能夠形成現代小說敘事根本變革的時代。作爲一種人生意義上的現代小說轉型，它需要社會文化層面上普遍的「人的覺醒」，而這顯然要等到「五四」時期。然而在一時代新小說的「眾聲喧嘩」中，小說敘事的詩性品質已在歷史性背景下開始了累積性的變化，借助於景物、田園圖景描寫乃至域外小說資源對於傳統敘事規範和觀念的衝擊與突破，向著現代敘事悄然過渡。

第二節　敘事的詩性生成與創化

小說敘事的詩意轉化不僅是一個小說體式的問題，同時也是一種文學精神的變遷問題，反映出中西、古今交匯、衝突歷史語境下文化主潮的變化對

〔註 27〕 楊聯芬：《晚清至五四：中國文學現代性的發生》，北京大學出版社，2003 年版，第 143 頁。

〔註 28〕 魯迅：《域外小說集·序言》，《魯迅全集》（第 10 卷），人民文學出版社，2005 年版，第 168 頁。

〔註 29〕 楊聯芬：《晚清至五四：中國文學現代性的發生》，北京大學出版社，2003 年版，第 156 頁。

〔註 30〕 張新穎：《現代困境中的語言經驗》，《上海文學》2002 年第 8 期。

〔註 31〕 楊聯芬：《晚清至五四：中國文學現代性的發生》，北京大學出版社，2003 年版，第 138 頁。

於現代小説廣泛而深入的影響。固然關於這一變革有著多樣的精神資源，但要激發小説體式的轉變，「人的文學」無疑屬於一種思想性基礎。這是因為現代文學與批評都可以視為一種「人的文學」向度上的追求與建構，「用人的文學來概括 20 世紀中國文學的發展方向，用人的文學的批評理論來助成這一方向的實現，以致用人的文學來建 20 世紀中國文學批評體系，都是符合實情的。如果把 20 世紀中國文學批評看做是 20 世紀中國文學理論的活的核心的話，人的文學同樣是 20 世紀中國文學思考的主要對象與建構自身理論體系的內在尺度。」〔註32〕顯然，伴隨著「五四」時期普遍「人的覺醒」，也就激活了這一「內在尺度」，而傳統小説尤其是晚清新小説體制內的「局變」顯然無法滿足這一要求，也就催生著小説體式的現代變革。

「人的覺醒」是近代西方「文藝復興」運動的產物，「近代歐洲自文藝復興、宗教改革以迄啓蒙運動的文化轉型，可謂一部『個人的發展』的精神史」〔註33〕。自此，個人主義成為西方現代文明的精神表徵。「五四」初期，新文學先驅們多方譯介了西方個人主義思想，從而掀起一場「個人主義」思潮，這就意味著「人的覺醒」構成了一個時代的中心議題〔註34〕。社會文化思想的深刻變革，導致「個人的發展」替代了「人的依賴關係」，扭轉了傳統人生對儒家威權、宗族的依附，使人開始真正意識到了自身。雖然由於歷史條件的限制，最終並沒有形成社會體制、民眾層面的普遍意識覺醒，但作為一場基本發生於知識分子中間的思想「啓蒙運動」，它對西方人道主義、個人主義等概念的借用和大規模討論，「導致了知識分子範圍內人的意識的全面覺醒，則可以看作是對晚清啓蒙運動現代性的重要提升」，在中國思想史和文化史上具有重要意義〔註35〕。如果說此前「中國人從來沒有人的觀念」還說得通的話，那麼隨著「五四」到來這一情況得到了根本性改觀。作為現代啓蒙運動的基本載體，現代小説也就在「當首推文藝」的時代訴求中被賦予了現代性的人生意義，進而確立了中國現代文學的「價值理性」——「人的文學」。

〔註32〕 劉鋒傑：《「人的文學」發生研究芻議——從〈中國現代文學批評發生史〉談起》，《文藝理論研究》1999 年第 2 期。
〔註33〕 高力克：《五四的思想世界》，學林出版社，2003 年版，第 1 頁。
〔註34〕 關於這一點，高力克在《五四的思想世界》一書中已有過較為詳盡的論述。
〔註35〕 參見楊聯芬：《晚清至五四：中國文學現代性的發生》，北京大學出版社，2003 年版，第 47〜49 頁。

　　「人的文學」是以「人道主義爲本」的文學，本質上就是「爲人生」的。
雖是源自西方的概念，但它表現了一種「普世性」的人文精神，以人爲本位，
將「人的經驗作爲對自己，對上帝，對自然瞭解的出發點」〔註36〕，肯定人
的尊嚴、人性解放以及生命意義，追求人生的完滿實現。以此爲基礎，現代
文學深入了現代人生意闊的表現。這既是西方現代文化啓示下的收穫，也是
新文學先驅們對於中國傳統文學反思的結果。沈雁冰認爲，中國文學之所以
未達到西方文學那種「近代水準」的主要原因在於「我們一向不知道文學和
人的關係」〔註37〕；而魯迅則說，「若再留心看看別國的國民性格，國民文
學，再翻一本文人的評傳，便更能明白別國著作裏寫出的性情，作者的思
想，幾乎全不是中國所有。」〔註38〕現代知識分子普遍意識到了文學與人生
的密切關聯，視文學爲人生的反映與表現。鄭振鐸說「文學是人生的自然的
呼聲」；郭沫若認爲「其實任何藝術沒有不和人生發生關係的事」〔註39〕，「生
命是文學的本質，文學是生命的反映。離開了生命，便沒有文學」〔註40〕；
而沈雁冰則將文學的目的看作是「綜合地表現人生」；郁達夫則更加決斷，「藝
術就是人生，人生就是藝術，又何必將二者分開來瞎鬧呢？試問無藝術的人
生可以算得人生麼？又試問古往今來哪一種藝術品是和人生沒有關係的？」
〔註41〕……

　　當然，對於現代文學來說，人生問題是一個牽涉廣泛而複雜的領域，有
著多樣的內容包涵。而現代小說若要獲取敘事空間的詩性意蘊，必然需要在
審美向度上對文學人生加以思考和表現，注重情意人生的抒寫，只有這樣才
能在普泛的現代人生敘述背景上形成與社會、政治等文學話語的區別，呈現
自身敘事的美學特質。事實上，「人的文學」在發生伊始就存在著從社會性、

〔註36〕〔英〕阿倫・布洛克：《西方人文主義傳統》，董樂山譯，北京三聯書店，1997
　　　　年版，第12頁。

〔註37〕貫植芳等編：《文學研究會資料》（上），河南人民出版社，1985年版，第57
　　　　頁。

〔註38〕魯迅：《熱風・五十九・「聖武」》，《魯迅全集》（第1卷），人民文學出版社，
　　　　2005年版，第371頁。

〔註39〕郭沫若：《藝術家與革命家》，《郭沫若全集》（第15卷），人民文學出版社，
　　　　1990年版，第191頁。

〔註40〕郭沫若：《生命的文學》，《郭沫若論創作》，上海文藝出版社，1983年版，第
　　　　3頁。

〔註41〕郁達夫：《文學上的階級鬥爭》，《郁達夫文集》（第5卷），花城出版社、香港
　　　　三聯書店，1982年版，第135頁。

政治性、民族性向審美性的分流與轉變。周作人在《人的文學》中的觀點代表了其時關於人生問題的基本理解，在開放性的文學視野中，以對理想人生意義的包容，凸顯出「人的文學」構架中的審美追求：

> 「用這人道主義爲本，對於人生諸問題，加以記錄研究的文字，便謂之人的文學。其中又可以分作兩項：（一）是正面的，寫這理想生活，或人間上達的可能性。（二）是側面的，寫人的平常生活，或非人的生活……」〔註42〕

周作人將「人的文學」分作理想性和平常性人生描寫兩項。這一「分項」表明「人的文學」在「人道主義」主題取向上的差異性，有著不同層面的文學價值與意義，而文學人生的審美意義也就存在於這一構架中。就現代文學的歷史實踐來看，平常性的「人的文學」應該指向現代文學所普遍存在的歷史、現實主題的社會學意義創作，往往具有明顯的現實色彩，基本從屬於對文學人生的功利化理解和敘述；而訴諸於「人間上達的可能性」的理想文學，其實就意味著對於文學超越性意義的訴求，表明「人的文學」還包含一種審美解放的意義。對於此時的周作人而言，「人的文學」既不乏「十字街頭」的社會革命價值，也有著「自己的園地」的審美寄寓。1920 年，周作人倡導「不僅是敘事寫景，還可以抒情」的「抒情詩的小說」，認爲，「雖然形式有點特別，但如果具備了文學的特質，也就是眞實的小說。」〔註 43〕實質上指明了現代小說所應具備的淡化情節和凸顯詩意的敘事特徵，在接續了《域外小說集》的詩化小說路數的同時，倡導著「多面多樣的人道主義文學，才是眞正的理想的文學」〔註 44〕，而借助於和俄國文學的比較，周作人還進一步指出多樣化的人生訴求對於新文學的必要性和重要性，「文學的本領原來在於表現及解釋人生」，「我們相信中國將來的新興文學當然的又自然的也是社會的、人生的文學」〔註 45〕。

　　「人的文學」所包含的超越性意義固然和當時佔據主流的社會文化啓蒙

〔註42〕 周作人：《人的文學》，鍾叔河編訂：《周作人散文全集》（第 2 卷），廣西師範大學出版社，2009 年版，第 88 頁。

〔註43〕 周作人：《〈晚間的來客〉譯記》，鍾叔河編訂：《周作人散文全集》（第 14 卷），廣西師範大學出版社，2009 年版，第 466 頁。

〔註44〕 周作人：《〈點滴〉序》，鍾叔河編訂：《周作人散文全集》（第 2 卷），廣西師範大學出版社，2009 年版，第 236 頁。

〔註45〕 周作人：《文學上的俄國與中國》，鍾叔河編訂：《周作人散文全集》（第 2 卷），廣西師範大學出版社，2009 年版，第 260～263 頁。

思潮並不合拍，但審美性文學情懷無疑也爲處於動蕩歷史時代，普遍陷入現實困境之中的現代知識分子提供了一份紓解、釋放「人生焦慮」的想像空間，在一定程度上調和著文學與現代人生體驗傳達之間的歷史性矛盾，也就促使了不在少數的現代作家向這一文學精神的靠攏。盧隱對「創作內容傾向的意見」是「必於悲苦中寓生路」〔註46〕，而瞿世英則說得更爲明白：「小說家從人生之流中拈出一斷片來，製成他的作品……眞正成功的，要使人感覺著在現實生活之上（或之外）還有一個理想化的生活存在」〔註47〕。而二十年代圍繞文學到底是「爲人生」還是「爲藝術」的爭論，本質上也就是文學的功利性和理想性價值之爭。「爲藝術」注重文學的美感作用和生命意義，而「爲人生」則強調文學的社會價值，二者的價值取嚮明顯不同，等等。而現代抒情小說的出現惟其普遍、濃鬱的詩意色彩也就將這一表達推至一種經典高度，表徵了現代小說敘事的意蘊化轉變，奠定了詩性敘事在這一時代的合法性。

如果說，《域外小說集》等近代小說由於現實語境的限制而只能淪爲一種「潛文本」的話，那麼「五四」時期由於歷史語境的重大變化，已不僅是成爲一種「顯文本」的問題了，而且彙聚爲一股新文學的脈流，突破傳統和歷史的遮蔽而「正式」出場。正如楊義所指出的那樣，「在一定意義上說，意境高明的一批小說的出現，爲開端期現代短篇小說趨於成熟的一個標誌」，「創造出一種深遠的、氣韻生動的眞實境界來。」〔註48〕這些作家的風格雖有具體的差異，但無疑都具有著敘事的詩意特徵，鄭伯奇說，「達夫的作品，差不多篇幅都是散文詩」〔註49〕，成仿吾說冰心的《超人》，「比那些詩翁的大作，還要多有幾分詩意」〔註50〕，謇先艾認爲王統照的《春雨之夜》，「好像是一篇很美麗的詩的散文，讀後得到無限的淒清優美之感」〔註51〕……。

〔註46〕盧隱女士：《創作的我見》，嚴家炎編：《二十世紀中國小說理論資料（第二卷）》，北京大學出版社，1997年版，第189頁。

〔註47〕瞿世英：《小說研究（中篇）》，嚴家炎編：《二十世紀中國小說理論資料（第二卷）》，北京大學出版社，1997年版，第256頁。

〔註48〕楊義：《中國現代小說史》（第一卷），人民文學出版社，1986年版，第149～150頁。

〔註49〕鄭伯奇：《〈寒灰集〉批評》，陳子善、王自立編：《郁達夫研究資料》，花城出版社，1985年版，第19頁。

〔註50〕成仿吾：《評冰心女士的〈超人〉》，范伯群編：《冰心研究資料》，北京出版社，1984年版，第335頁。

〔註51〕謇先艾：《〈春雨之夜〉所激動的》，馮光廉、劉增人編：《王統照研究資料》，寧夏人民出版社，1983年版，第177～178頁。

如果不考慮作品的生成語境，而單從敘事風格上來看，我們完全可以將詩性敘事溯源至周氏兄弟的《域外小說集》。正如前文所述，《域外小說集》已體現出與抒情小說比較一致的文體特徵，然而我們顯然無法忽視歷史語境對於作家作品的制約，而將「未能實現的審美追求」視為現代抒情小說譜系的開源。畢竟，作為一種審美的文學活動，其價值的實現，須以文本的傳播、社會的接受為前提，而且，《域外小說集》作為一部譯作，更多屬於一種來自異域的參照和借鑒，也並非本土創作上的內化與自覺實踐。在此背景上，我們或許可以將魯迅 1921 年發表的《故鄉》、《社戲》等視為消除了文化隔膜、本土意義上的詩性敘事的開篇。《故鄉》只有一個籠統的「返鄉——搬遷」的情節輪廓，構成敘事空間的是理想與現實衝突下的新與舊、回憶和現實、過去和現在、田園與鄉土的破敗、童年與成年等對立、糾結的意義單元，閏土、楊二嫂、老屋……缺乏行動性的故鄉人、事、物作為意義的符號一直徘徊在單元的兩極，其間意義的對照性與過程性最終在「一輪金黃圓月」願景中構成了「對立——糾結——超越」的意義敘事路向。而《社戲》的三次「看戲」，前兩次「遠哉遙遙」的時間不詳和印象索然、模糊與平橋村的「好戲」、「樂土性質」和跨越時空的銘心記憶構成了一種差異性敘述，記憶中的遠與近、好與壞、過去與當下等對立與反差突出了一種理想人生訴求——「對質樸自然鄉村生活的眷戀」〔註52〕。鄉土已為現實普遍侵奪，美好記憶的追懷滲透著欷惋、遊移的感傷，彌散出小說語義空間的詩意氛圍，意義表達制約著鄉土敘述的空間結構和進程，進而構成敘事展開的基本動力。王瑤先生曾指出：魯迅的小說「常常是通過自然景物、通過心理感受而形成的一種統一的情調和氣氛」〔註53〕。一定程度上，魯迅小說的這幾次精神性「返鄉」，包含著鄉土人生的詩意想像，獨特的審美追求也就使其成為現代抒情小說最重要的開拓。

這一時期在鄉土背景上抒發著複雜人生情緒、體驗的還有廢名。廢名的《竹林的故事》、《浣衣母》、《鷦鶘》、《河上柳》等田園小說不僅展現了鄉土人生的安寧和人事的和美，也反映出鄉土世界在現實面前的損毀與頹勢，在現代和傳統、理想和現實等多重糾結、衝突中努力彌合鄉土人生的對立與困

〔註52〕 楊聯芬：《晚清至五四：中國文學現代性的發生》，北京大學出版社，2003 年版，第 152 頁。

〔註53〕 王瑤：《論魯迅作品與中國古典文學的歷史聯繫》，《文藝報》1956 年第 19～20 期。

頓，不乏虛無色彩的「哀愁」讓世人領略到了審美人生情懷在現代鄉土世界中的複雜面影。在欲望的詩化敘事方面，就主要是郁達夫了。郁達夫開拓性地將欲望本能作為自身小說敘事的基本內容，直面欲望本能的非理性衝動，在欲望的普遍衝突中抒發自我的人生體驗和感受。小說不僅呈現了自然景物之美，同時還存在著欲望的倫理淨化和轉移的傾向，表現出自然詩意與欲望詩化的矛盾交織，欲望主體和敘事過程有著明顯的欲望轉化、提升訴求和態勢。仲密在評論《沉淪》等小說所寫的人生苦悶時認為「生的意志與現實的苦悶之衝突，是這一切苦悶的基本；人不滿足於現實，而復不肯遁入空虛，仍就這冰冷的現實之中，尋求其不可得的快樂和幸福。」〔註 54〕雖然這一時期郁達夫的小說創作還只是其「欲望淨化」的起點，但由《沉淪》等小說所奠定的欲望敘述理路無疑形成了對於作家小說創作基本走向的某種深層喻示，影響乃至規約著欲望敘述風格的轉變。

而一批以「愛與美」為題材的「問題小說」的出現，為社會現實問題所開的基督教文化「藥方」中又孕育著現代人生問題的神聖意蘊，也就賦予敘事以宗教的詩化超越品質，融入抒情小說譜系。這主要有王統照、冰心、許地山等人。他們普遍將「愛」和「美」作為現實人生的拯救力量，在「愛和美的實現」中追求著「理想化的生活存在」。王統照的《沉思》、《自然》等用「愛」與「美」的「交相融而交相成」的力量，進行著將「煩悶混擾」的人類提升到「樂其生」而「得正當之歸宿」的理想人生嘗試，有著明顯愛的宗教詩化意味〔註 55〕。冰心的《超人》、《愛的實現》等以「愛的哲學」作為對現實發言和救助的精神資源，「因文字的美麗與親切」成就冰心小說最動人的內容。許地山的《綴網勞蛛》、《空山靈雨》等作品在「宗教的調和」中構建的是「同『人生』實境遠離，卻與藝術中的『詩』非常接近」〔註 56〕，同樣浸潤著宗教超越的神性光輝，等等。

顯然，「五四」時期是現代小說的發生期，也是以抒情小說為基本載體的現代敘事的生成期。文學人生的審美價值不僅獲得了現代小說家們的普遍認

〔註 54〕仲密：《沉淪》，陳子善、王自立編：《郁達夫研究資料》，花城出版社，1985年版，第 3 頁。

〔註 55〕參見茅盾：《〈中國新文學大系・小說一集〉導言》（影印本），上海文藝出版社，2003 年版，第 23～24 頁。

〔註 56〕沈從文：《論中國創作小說》，《沈從文全集》（第 16 卷），北嶽文藝出版社，2002 年版，第 204 頁。

同，存在著觀念和創作之間的良好互動，而且形成了承續的長效態勢，預示著一種現代小說敘事意蘊化轉向的基本完成。沈從文說過，「自五四以來，以清淡樸訥的文字，原始的單純，素描的美，支配了一時代一些人的文學趣味，直到現在還有不可動搖的勢力」〔註57〕。然而對於不少作家而言，這一時期還意味著「起點」階段的嘗試和摸索，人生體驗和文學觀念有待進一步沉澱，常籠罩著歷史性的感傷色彩，敘事意蘊空間的開掘也不夠深廣，藝術認同和審美表現有著較大的演化空間。比如廢名還處於明顯的「苦悶」和「思想的波動」之中，離文學的「夢境」與「幻象」還有較遠距離，圍繞田園世界的矛盾和糾結將會逐步走向一種審美的偏至。至於沈從文，還在湘西或城市的一隅為生計而發奮，在生存的苦悶和感傷中摸索著自己的藝術方向。郁達夫小說則混合著頹廢、自傷自悼，甚至病（變）態的非理性色彩，害著「情感泛濫」的時代病，難以調合欲望世界中的諸多衝突。而在現代小說「向詩傾斜」的文體轉變上，人們還有著對於淡化情節、缺乏故事高潮以及小說情緒化等敘事規範轉化的疑慮甚至排斥。比如說，20年代初期發生在鄭振鐸、宓汝卓等人之間的關於小說「寫」與「做」，「用作詩的手法寫小說」的爭論；時人對郭沫若的《橄欖》、郁達夫《蔦蘿行》等小說情節結構的質疑等等，都可以看作是圍繞小說敘事功能轉變的某種交鋒。而隨著二十年代後期國內形勢的急劇變化，這一脈作家群體的構成也將有所分化、沉寂甚至轉向。冰心逐漸放棄了「愛的哲學」，寫出了《分》這樣告別過去的作品；許地山也開始淡化宗教「調和」中的人生感懷，轉向《在費總理的客廳裏》這樣的「批判現實主義」作品。而曾也主張作家要具有對「理想生活的憧憬」的沈雁冰則在《文學者的新使命》中，又倡言「文學者決不能離開了現實的人生，專門去謳歌將來的理想世界」〔註58〕，有著對過去觀念的調整。作為對以往創作的一種檢視和總結，1925年前後也出現了作家「出集熱」現象。根據《中國新文學大系·史料索引》（1917～1927））收錄的小說別集的出版時間統計來看〔註59〕，1921年1部，1922年2部，1923年10部，1924年5部，1925年

〔註57〕沈從文：《論馮文炳》，《沈從文全集》（第16卷），北嶽文藝出版社，2002年版，第145頁。
〔註58〕沈雁冰：《文學者的新使命》，《茅盾全集》（第18卷），人民文學出版社，1989年版，第540頁。
〔註59〕阿英編選：《中國新文學大系·史料·索引》（影印本），上海文藝出版社，2003年版。

是 18 部，1926 年是 20 部，1927 年是 30 部。從 1925 年之前的年均不足 5 部到 25 年後躍升爲 22 部。這多少意味著現代小說創作開始進入了一種正常的「新陳代謝」期，而伴隨著下一個十年的到來，抒情小說也將面臨調整和重組，有所轉化和深入。

三十年代屬於現代小說深入發展的創化時期。對於詩性敘事的發展來說，同樣將在這一時期逐步走向成熟，在經歷了初始階段的嘗試和摸索，抒情小說貢獻出了自身乃至在現代小說中都可能最具經典性的一批作品。這不僅因爲二十年代後期社會歷史環境的變化，現實對文學提出了新的要求，而且因爲「人的文學」觀念的逐步調整和深化，現代小說對於人生問題的思考和表現被推入了一個新的階段。從整體上看，三十年代關於文學圍繞「抽象人性」等問題的爭論，爲詩性敘事的深入發展提供了一個更爲明晰的理論背景。而伴隨審美人生作爲人性基本內容、文學「永久價值」以及小說跨文體融合等理論問題的解決，抒情小說家也就能夠表現出繼承中的創化，藝術境界趨於開闊、深遠，逐步構建出「綜合」歷史文化現實思考的詩性敘事方式，豐富著現代人生意蘊的表達。

三十年代那場關於「抽象人性」的爭論在文學史上已早有定論，似乎無需贅述。然而對於詩性敘事來說，爭論的一方將普遍人性和詩意品格確立爲現代小說的標準，無疑深化了對於文學審美屬性的理解，爲現代抒情小說品格的確立提供了深層次的意義支持。梁實秋是其中極爲重要的一位理論家。對於新人文主義思想的宣揚，使他將普遍人性與「詩意」標舉爲文學的標準，認爲「偉大的文學乃是基於固定的普遍的人性，從人心深處流出來的情思才是好的文學，文學難得的是忠實，──忠於人性」；「所以『眞』的作品就是普遍的人性經過個人的滲濾後的產物。」〔註 60〕並進一步指出「文學作品以基本的普遍的人性爲對象者，其感動人的力量，便是永久普遍的」，而「在小說的範圍當中，一般公認爲最優美的小說，對於人生有深刻的描寫者，大概即是最富詩意或劇意的小說。」〔註 61〕顯然，梁實秋不僅從理論高度上，將普遍人性突出爲現代小說的「標準」和「永久價值」，而且也對文學表現的「詩意」尺度提出了具體要求。在今天看來，梁實秋的觀點雖然一度

〔註 60〕 梁實秋：《文學與革命》，徐靜波編：《梁實秋批評文集》，珠海出版社，1998
年版，第 132～134 頁。

〔註 61〕 梁實秋：《現代文學論》，徐靜波編：《梁實秋批評文集》，珠海出版社，1998
年版，第 162 頁，第 175 頁。

為「進步」文學陣營所否定和批判，但無疑包含著現代小說人生敘述的審美本體意義。

現代小說敘事的基本功能就在於對現代生活「豐富性」的表達，作為一種和傳統情節敘事不同的藝術手段，它的本然特徵是對豐富、複雜的人生情懷的敘述，這就涉及文學人生的意義本源以及「共通的人性」。三十年代除新人文主義的梁實秋外，對現代美學問題有著自覺融合和思考的還有朱光潛、宗白華、李健吾等人。朱光潛認為，人們對於「美術」的追求在於人性深處對於理想境界的「慰情」要求：

> 「我們有美術的要求，就因為現實界待遇我們太刻薄，不肯讓我們的意志推行無礙，於是我們的意志就跑到理想界去求慰情的路徑。美術作品之所以美，就美在它能夠給我們很好的理想境界。所以我們可以說，美術作品的價值高低就看它超現實程度的大小，就看他所創造的理想世界是闊大還是窄狹。」〔註62〕

宗白華提出了「詩意人生」的主張，用審美的眼光來看待文學人生；李健吾則把小說家視為「人性精華的提煉者」，認為文學創作是一種「性靈的活動」和「性靈的開花結實。」〔註63〕這些堅持人文傳統的理論家指出了現代文學的普遍人性價值和審美特性，對於現代抒情小說乃至現代文學創作在三十年代的深入發展來說應該都具有不可或缺的價值意義。

這一時期的詩性敘事比較充分地釋放出「人的文學」所包含的生命與存在、現實和理想、現代人的心靈記憶和人類命運的探求和焦慮等多重文化意義，基於個體性的人生體驗和自我表達顯然導致了詩性敘事意蘊的豐富與深化。廢名徘徊在傳統田園的眷念和現代人生思考之間，情感的糾結和思索的深入不僅使他創作了《橋》、《凌蕩》等最富盛名的「田園小說」，而且小說世界開始籠罩上一層玄思色彩。至於沈從文，以牧歌般的鄉土《邊城》為代表的三十年代小說構成了抒情小說譜系乃至現代小說一道最為亮麗的風景。而隨著蘆焚等人以極高的藝術造詣進入到這一創作之中，又使鄉土人生呈現出一種「荒原上的詩意」，鄉土向「荒原」的急劇下滑，以一種近乎極端的方式表徵出鄉土詩化敘事的普遍意義對立與困境。郁達夫則逐漸洗褪了五四時期的

〔註62〕朱光潛：《無言之美》，商金林編：《朱光潛批評文集》，珠海出版社，1998年版，第10頁。

〔註63〕劉西渭：《〈邊城〉與〈八駿圖〉》，吳福輝編：《二十世紀中國小說理論資料》（第三卷），北京大學出版社，1997年版，第391～392頁。

頹廢和感傷，寫出了自己最具詩意的小說《遲桂花》，標誌著「欲望淨化」之路的完成以及敘事風格的轉變。而沈從文在城鄉世界中追求著「不悖於人性的人生形式」，又使其在「自然」人性的生命活力突出凸顯了欲望敘事的「高峰體驗」，進入了欲望的詩化敘述序列。人生意蘊的豐富加之作家思考的抽象和深入，沈從文的人性表達無疑還浸透了一股神性的意味，同時期的《龍朱》、《神巫之愛》等小說又表現出了「美和愛的新宗教」的意義，小說客觀上呼應了「五四」時期「愛與美」主題下的宗教敘事形態，形成了「愛的宗教」美學在抒情小說中的又一次賦形。不過三十年代並沒有多少類似意味小說的出現，原因或許在於原先具有這一傾向的作家此時多已轉向，而由於歷史條件的變化，社會文化運動主潮又吸附了作家們過多的熱情，也就使之後繼乏人。

而關於現代小說的「跨文體」融合問題，這一時期也得到了基本澄清。對於現代抒情小說而言，與詩歌等其他文類的「跨文體」融合似乎是一種持續的美學追求。如果說這種追求反映了小說敘事現代化的一種基本趨勢，那麼，這種現代性的建構顯然就主要由詩性敘事來擔當。應該說，「五四」時期的現代作家對此還是有著一定疑慮和不適的，但三十年代已基本解決了這一問題。如果說「五四」時期周作人、瞿世英等人「抒情詩的小說」、「好的小說應當是用詩浸透了的散文」等觀念還有著過多觀念的倡導性的話，那麼三十年代現代小說的跨文體特徵已成為一種基本的小說原則，現代作家普遍將詩意、詩情等作為衡量小說創作的整體尺度。蘇雪林認為沈從文的小說是「散文詩的題材」，李健吾則說「是抒情的，然而更是詩的」〔註64〕；廢名的創作表現出「一種超脫的意境，意境的本身，一種交織在文字上的思維者的美感」〔註65〕；師陀的小說創作被認為是「田園意境的複寫」〔註66〕；蕭乾則認為這一時期小說在解脫著五四初期常見的「詩詞中的抒情字眼」，「解脫著就是詩詞的窠臼」以後，「小說家卻並不曾把那抒情的成分完全拋卻」，且有「向著象徵主義道上奔馳」的趨勢〔註67〕。現代作家對於「詩」性的偏愛，

〔註64〕劉西渭：《〈邊城〉與〈八駿圖〉》，吳福輝編：《二十世紀中國小說理論資料》（第三卷），北京大學出版社，1997年版，第393頁。

〔註65〕李健吾、張大明編：《李健吾創作評論選集》，人民文學出版社，1984年版，第455頁。

〔註66〕參見方錫德：《中國現代小說與文學傳統》，北京大學出版社，1992年版，第276頁。

〔註67〕蕭乾：《小說》，吳福輝編：《二十世紀中國小說理論資料》（第三卷），北京大學出版社，1997年版，第255～257頁。

使得他們能夠自覺彌合小說與詩、散文等抒情文體之間的界限，在與詩的本質融合中，建構了現代小說敘事的詩性形式特徵和意蘊品格。

還需要指出的是，現代小說敘事的審美追求並非一種脫離時代的「不切實際的幻想」。現代抒情小說往往滲透著文學主體與時代、現實相關聯的自我人生體驗和感受，有著回應時代精神訴求的獨特方式。就此而言，這不僅是二十年代生成時期的特點，也是三十年代深入、創化階段的品質，詩性敘事的意蘊結構一直存在著外向性的衍化。不消說《故鄉》、《社戲》等寄寓了魯迅對於現實人生的反思和批判，廢名在創作伊始就希望讀者能夠從他的小說中理出自己的「哀愁」，《浣衣母》等田園小說普遍交織了現代鄉土生存的晦暗光影，而十年造《橋》不僅要為世人提供彼岸的「過渡」，還要「尋找中國民族和知識分子的出路」；沈從文構築的「人性小廟」又蘊涵著民族道德重建的思想；而師陀的筆下則有著更多現實頹敗的陰影，孫犁小說的詩意筆觸又總是伴隨著革命性的理想情懷，直至馮至四十年代「一時興會」寫出的《伍子胥》，反映的還是「近年來中國人的痛苦」，等等。顯然，抒情小說的敘事話語有著與思想啟蒙、現代人心靈和現實境遇探索等多重意義的交織和「調和」。

對於現代作家而言，追求文章的「經世致用」一直是一種根深蒂固的集體文化心理，抒情小說譜系的作家顯然也難以擺脫這一點，而且抒情文本本身就是與現代人生密切關聯，「積極」回應歷史文化變遷的產物。然而這一譜系的作家又並非是對歷史文化精神的直接介入，而是以一種「逆方向」方式構建與時代、現實的「獨特」話語聯繫。用陳思和的話說，「這些作家在污穢現實中虛構一個理想淨土的真實感情與求索精神……通過他們虛構的理想，向人們展示他們的反抗精神。在這種情況下，追求藝術的美也會成為一種對醜惡現實宣戰的武器。」〔註68〕在此意義上，抒情小說其實一直存在著與現實、時代之間的某種共生關係，說明社會性的歷史內容既便不以本來面目直接出現在詩性敘事的語義世界中，但也會以相對間接的方式進入這一空間。畢竟，作為一種時代語境的產物，它必然會「與產生它的一定社會形態相聯繫，這種體系必須適應於一種文化自身的形式和環境條件（民族化），做不到這一點，就會毫無存在價值。」〔註69〕而以往圍繞他們的「脫離時代」、「逃

〔註68〕陳思和：《中國新文學發展中的浪漫主義》，《學術月刊》1987年第10期。
〔註69〕〔烏拉圭〕安赫爾·拉馬：《拉美小說作家的十個問題》，陳光孚選編：《拉丁美洲當代文學評論》，灕江出版社，1988年版，第75頁。

避現實」、躲進「象牙塔」等方面的質疑，不僅帶有明顯的政治功利色彩，甚至還摻雜著個人的誤解和偏見，其實就是對此意義的漠視。顯然，三十年代的抒情小說已逐步走出了相對感傷、表露和狹窄的敘事空間，獲取了更為廣闊、深入的人生視野。這雖埋下了文學世界被「非文學」力量異化的風險，但在豐富人生意蘊的創造性表現中，顯然已經成為現代人生的一種深刻象徵。

第三節　政治語境中的敘事流變

　　政治語境是現代文學發生的基本文化背景，雖說這一語境從晚清時期就已凸顯，影響了近、現代文學向新民、強國等社會啓蒙功能的靠攏，但無疑是沿著一條逐漸強化影響的軌跡行進的。而到了四十年代，政治性的社會文化訴求已成為一種思想主潮，構成了超越、整合其他文學話語的優先性，形成對於話語權力關係的掌控。一定意義上，這種持續性的歷史語境不僅影響到四十年代抒情小說的發展嬗變，而且也將制約當代抒情小說的歷史命運，決定了詩性敘事在不同歷史時期的流變和沉浮。

　　從總體上看，四十年代的社會形勢發生了重大變化，限制了抒情小說創作的發展。戰爭環境和生存境遇的急劇變化改變了人們的體驗結構，普遍人性、審美等話題與民族抗戰、解放戰爭等歷史語境已極不適宜，也就失去了正常表達的空間，迫使著作家進行改變。而現實和理想、個體和集體、文學與政治等之間矛盾與衝突的加劇，也滋生了個體生存體驗與審美情緒上的普遍挫敗感，作家對於文本自足性的營造和維持也似乎顯得力不從心，小說的意義世界由此「開裂」，詩性敘事開始以一種「異變」的形式傳達亂世的人生體驗，浸染了階段性的「遲暮」色彩。在鄉土敘事的背景上，廢名已開始背離《橋》時期的理想主義，經歷了審美烏托邦的「盛極而衰」，幻滅感的彌散不僅消解了田園世界的生存詩意，也重挫了作家的歷史訴求，《莫須有先生傳》等小說融入了時世、家國、教育、文明等繁複的文化思考，在深化敘事意蘊的同時，也以「近乎哲學家」的「理障」和「荒誕」異變背離了文學的詩意。而孫犁小說將詩性情懷與政治想像進行了結合，詩化意識形態的意圖與藝術歸屬的搖擺，不僅使得小說世界難以獲得相對純粹的詩意，也使他與革命話語之間構成了一種微妙的錯位關係。蕭紅《呼蘭河傳》的溫馨記憶則

糾結了過多的人生苦難，詩意天空之上籠罩著巨大陰霾，雖造成了《呼蘭河傳》超越於《生死場》等作品「所不具備的思想鋒芒和哲理深度」〔註 70〕，但記憶的詩情已被殘酷的鄉土苦難大大弱化，等等。

　　而在欲望敘事方面。隨著欲望「淨化」的完成，郁達夫已經一勞永逸地終結了欲望敘述，原本蘊含著複雜人性衝動與意義衝突的文學世界轉向了革命訴求中的無欲人生，小說中的「一點社會主義色彩」得以放大，終於擠佔了敘事空間的人生詩情。沈從文素來就反對文學與商業、政治的合流，他寫不出「與抗戰有關」的血淚，革命敘述也無法吸引他，而此時《邊城》世界也已頹敗，於是轉向了更加高遠的意義探求，《長河》、《雪晴》等四十年代作品不僅要對「『生命』能作更深一層的理解」，還要「時時刻刻都能把自己一點力量，黏附到整個民族向上努力中」〔註 71〕，文學意蘊發生了「抽象的抒情」等形上演化，等等。而在普遍層面上，從新感覺派到被譽為「都市的羅曼司」的都市大眾傳奇小說、「暴露與諷刺」的社會小說乃至解放區的革命小說等等主流文學話語，欲望已陷入或放任、或貶抑的普遍異化之中。至於抒情小說的宗教敘事形態，顯然也缺乏成規模的創作體現，祛除了相對具體的宗教表徵，而擴散為一種「無形宗教」的存在關懷意味只在個別作家那裏有所呈現。馮至的《伍子胥》把一個古老的復仇故事的「存在主義」翻新；而四十年後被譽為「中國短篇小說大師」的汪曾祺，此時也只是一個初涉創作的年輕人，透過把美和詩意「告訴別人」，《復仇》、《藝術家》等小說所體現的「明淨世界觀」也浸染著存在主義況味。然而也由於匱乏時代性的精神認同，要麼「成為不可重複的絕唱（如馮至）」，要麼只有「在歷史的中斷以後重又獲得後續」（如汪曾祺）〔註72〕。

　　四十年代政治文化的一體化整合態勢顯然加速，當代色彩的歷史語境也在這一時期基本成型。歷史似乎注定，四十年代將是一個純文學逐漸淡出直至沉潛的時代，當作家們在歷史縫隙中繼續「洞見」現代人生意義時，他們不得不面對了更加迫切的社會性政治訴求，已很難再維持自身的自足性，詩性敘事已開始了事實上的「告別」。廢名在 1947 年發表了《莫須有先生坐飛

〔註70〕鄒午蓉：《新時期蕭紅研究述評》，《文學評論》1988 年第 4 期。
〔註71〕沈從文：《白話文問題》，《沈從文全集》（第 12 卷），北嶽文藝出版社，2002 年版，第 63 頁。
〔註72〕錢理群編：《二十世紀中國小說理論資料資料·前言》（第四卷），北京大學出版社，1997 年版，第 13 頁。

機以後》，在其後長達十五年的歲月裏，除了一些議論性文字以及和別人合出的詩集《水邊》等篇章，幾乎看不到他的小說作品；「他寫不下去的一個重要原因，是由於他『寫的東西主要是個人的主觀』，並且是有意無意地『躲避了偉大的時代』。」〔註73〕沈從文在四十年代被革命文學陣營定性為「一直是作為反動派而活著的反動作家」以後，文學空間也在打壓中萎縮，最終離棄了小說創作。而蘆焚在四十年代後期也正式告別了「蘆焚」時代，改名「師陀」，其後主要從事劇本創作。馮至沉入德國美學研究，汪曾祺在過了幾年顛沛的日子後，也在老師沈從文的感召下「放棄「了文學。蕭紅四十年代初病逝於香港，一代才女已永離文學。而孫犁的一層革命外衣，雖使他還能保留一抹詩意，但也淪為「革命文學的多餘人」，等等。凡此，由於現實語境的重大變化，作家們或沉寂，或轉向，或辭世，意味著「人的文學」即將沉潛在政治文化的一體化想像裏，難逃被歷史遮蔽、放逐的宿命。

在當代歷史語境中，詩性敘事則似乎注定將被要沉潛很長一個時期。而這一狀況一直持續了近半個世紀，直到進入八十年代以後，隨著政治文化格局的鬆動，文學史逐步擺脫了意識形態慣例的束縛，我們才在一種普遍的社會心理驅動下意識到現代抒情小說譜系的存在及其意義，以沈從文、廢名為代表的抒情小說家開始洗脫歷史的塵沙，回歸人們的視野，並一度演變為持續多年的「沈從文熱」、「廢名熱」。然而，此時我們面對的畢竟只是一種過去的文學對象，廢名已然在 1967 年的傷病中黯然辭世，沈從文也在精神和肉體的多重打擊下變得身心憔悴。放大的研究「熱」度並不能彌補歷史對他們的傷害，也無法使一種逝去的文學傳統重歸當下。很大程度上，這種「熱評」的背後蘊含著一種不斷滋長的、期盼文學詩意品格的時代心理。於是，帶著些許懷舊，也有一絲淡淡的愧疚，學術界開始尋找他們的當代文學傳承。然而能夠進入這一視域的作家實在太少，多年意識形態敘事對於文學詩意的侵奪，人們已經淡忘了「還可以這樣寫」的小說，當代文學似乎已拋卻了這一副筆墨。

先來看一下十七年小說。或許它和現代文學隔著很近的時間距離，還能夠保留詩性敘事的「餘溫」。然而來自現代的抒情小說家已經基於眾所周知的原因而或放棄文學創作，或轉向對新時代的真摯歌頌，而普遍籠罩著革命熱情的當代敘述，顯然不再需要這種源自西方的人文主義旨趣。革命敘事中的

〔註73〕金訓敏：《懷念馮文炳先生》，陳振國編：《馮文炳研究資料》，海峽文藝出版社，1991 年版，第 273 頁。

詩意既使有所殘留，也無法與那份「過去」的詩意相比。孫犁開始還在《山地回憶》存留了一點鄉土生活的詩意，而到了《鐵木前傳》雖還提及童年鄉土的記憶，也偶有鳥兒戲耍、小河流水的描述，然而已轉變爲一種短暫逗留而缺少筆觸的流連，語氣間似乎更多一份記憶的憑弔，「童年啊！在默默地注視裏，你們想念的，究竟是一種什麼境界？」，「這些回憶是使人難堪的容易疲倦的。」「有關你的回憶，有時是輕鬆的，有時也是沉重的啊！」至於《風雲初記》關於革命人生的詩意想像則淹沒在作者「眞實、完整的保留」革命「歷史」的情節性之中，因此小說雖還有著較爲「樸素的面貌」，但顯然缺乏現代時期的詩意濃度和那份自覺與內化。而丁玲、周立波、茹志鵑等人的革命題材小說雖對鄉土人生的詩意因素有所覺察與表現，比如丁玲的《太陽照在桑乾河上》果樹園等場景中的自然風光，茹志鵑的《百合花》對於小雨後的路邊景色、記憶中的毛竹等景物的清新描寫，周立波的作品也「暗含」了對自然的審美情結，「有著優美自然風光的詩意穿插」〔註74〕，等等，但這一切顯然已不是重點。政治意識形態的擠壓雖還沒有完全扼殺文學詩性的光亮，但由於只是政治想像中對詩意的偶然眷顧，敘事意蘊對立性結構中革命力量的壓倒性勝利構成了語義世界的主體指向，詩意並不具備超越革命訴求的意義優先性。由此，相對分散和零碎的風景、人生感觸也就根本無法構成自身的審美自足性，鄉土的詩意眷顧已不再爲革命敘事的意義結構所寬容。關於丁玲、周立波小說創作的意識形態動機和社會革命主題自然無需贅言，至於《百合花》也只是一首「沒有愛情的愛情牧歌」〔註75〕，景物的詩意還未及回味，愛情也幾乎未及萌芽就已毀於戰爭的硝煙，外在力量的絕對化隱喻著詩意在革命進程中的普遍困境。顯然，在十七年的文學語境中，鄉土已轉化爲革命化的農村，田園成爲戰場、合作社、人民公社等意識形態場域，文學題材取向歷史化、現實化，革命和先進人物的描寫、社會主義建設過程中的敵我衝突、階級鬥爭的革命故事等宏大意義逐步完成了對小說敘事空間的掌控，審美的意味只是一種閃現於當代小說政治化敘事進程中的副產品而已。

在更普遍的層面上，宗教已被指稱爲一種「迷信」，而欲望則一直爲階級

〔註74〕王光東：《民間理念與當代情感》，廣西師範大學出版社，2003 年版，第 70 頁。

〔註75〕茹志鵑：《我寫〈百合花〉的經過》，《青春》1980 年第 11 期。

學說所貶抑、丑化。文學問題與政治問題的掛鉤，有所文學表現尚且不可，更妄論追求詩情的文學寄寓。其後的文革文學，延續並強化了十七年文學的「極左」路線，更無法形成突破。至於新時期文學，雖然政治化的一體化文化格局已開始了向人文精神、現代主義乃至後現代主義等多元格局的轉變，文學開始了「回歸自身」的歷史變向，然而以文革創傷的揭露和反思的傷痕文學和反思小說、旨在追溯傳統文化淵源的尋根小說、「日常生活的詩意消解」中的新寫實小說、「放逐意義」的先鋒小說及至九十年代的欲望寫作等等豐繁的當代文學現象，皆無法體現出敘事的詩意特徵。抒情小說的敘事品質在新時期主流小說格局中同樣處於一種創作上的「沉潛」狀態。

不妨認為，當代文學主流中並不存在一條傳承現代抒情小說敘事和美學品質的脈絡，這是詩性敘事在當代語境中的普遍命運，而如果有的話，或許也就處在「邊緣」之中。在此背景上，我們注意到了汪曾祺、何立偉等人的小說的詩意品質。八十年代前後，走出沉寂的汪曾祺，不異於一縷清風吹進了尚處冷寂的新時期文壇，在世人「小說還可以這樣寫」的驚詫和懷疑中貢獻出《受戒》、《大淖紀事》等一些清新雋永的小說作品。在多數人還在翻看、反思歷史傷痕的時候，他卻進行著「寫的是美、是健康的人性」的繼續嘗試，帶著生活的感悟思考「更深邃、更廣闊的意義」〔註76〕。延續了「清雲」和「泥淖」之間的人生敘寫，《受戒》「有點像《邊城》」〔註77〕，而《大淖紀事》則有著「一種超脫的人生境界」。而何立偉似一位光明、魅力、真誠的歌者，吟詠著濃鬱鮮明的風土人情，在表現手法上，追求小說敘事的意境化，「常化用古詩意境，是作品籠上一層情調的詩意的微光」〔註78〕。顯然，與廢名、沈從文等作家的深厚藝術淵源使得他們體現出與現代抒情小說相一致的審美旨趣，尤其是汪曾祺，作為沈從文的學生四十年代就以詩性筆墨投入寫作。然而具有類似相對純粹意味的作家在當代並不多，確切的說，屬於為數不多的個案，也難以彙聚成顯性的歷史脈流。

當然，優美自然、童年記憶、人生情緒的詩意感觸等等審美意蘊元素在

〔註76〕汪曾祺：《認識到的和沒有認識的自己》，鄧九平編：《汪曾祺全集（四）》，北京師範大學出版社，1998年版，第298頁。

〔註77〕汪曾祺：《關於〈受戒〉》，鄧九平編：《汪曾祺全集（六）》，北京師範大學出版社，1998年版，第339頁。

〔註78〕楊劍龍：《寂寞的詩神：何立偉、廢名小說之比較──中國現當代作家比較之一》，《中國現代文學研究叢刊》1990年第4期。

當代作家筆下還是有著頗多閃現的，這樣的作家也可以羅列出長長的一串名單，比如說上文提及的丁玲，周立波，又比如林斤瀾，劉紹棠，張承志，阿城，賈平凹，遲子建等等。然而他們要達到現代抒情小說的高度，無疑還隔著一大段艱難的美學歷程。因為衡量敘事的詩性意蘊品格的標準並不僅僅在於它是否寫到了詩意的文學元素，而更在於詩意元素是否能夠積聚、轉化為一種超越性的人生境界，並作為一種結構性的敘事秩序去構建文本世界的審美自足性，進而擺脫詩意的片段、局部的「穿插和裝飾」狀況，鋪染出一種整體性的情境氛圍。其實，在這一尺度上衡量抒情小說的敘事與美學特質，即便是現代時期的詩性敘事文本在這一方面也具有著程度性差異，廢名、許地山、沈從文、師陀、馮至等作家的意味要相對濃厚和悠遠，而魯迅、王統照、冰心、孫犁等則要相對淡一些、實一點。這其中涉及到敘事結構的矛盾和衝突性程度問題，魯迅的《故鄉》、《社戲》等作品的鄉土詩意糾纏著作家濃重的鄉土理性批判意識，不大可能純粹；而王統照小說那揮之不去的鄉土陰影一直使他缺乏敘事的從容和率性，孫犁力圖在革命背景上詩化鄉土，本身就意味著一種審美訴求上的矛盾，意欲融入革命敘事的背後潛伏的又是一種詩意敘述的困境，等等。

在當代文學的整體背景上，詩性敘事所寄寓的意蘊情懷不僅難以為政治文化所允許，其實也不見容於八十年代以來日益彰顯的大眾文化、消費主義語境，當代文學甚至陷入「被死亡」的社會性抹殺命運，經受著世俗文化精神的消解。於是，它們只能退縮為一縷詩情的閃現。不僅鄉土逝去了故鄉、田園的詩性意味，自然景物也逐漸成為功利主義視線中的「財富」，人生「風景」已被轉化為或「粗鄙醜陋、野蠻冷酷」，或凡瑣庸常、灰色無聊的當代生存圖景。當代文學不僅在消解著人生意蘊的濃度，也在簡化著它的向度。隨著田園人生的詩意弱化，宗教也如一切神聖的秩序受到了後現代主義式的普遍解構，而欲望作為城市的本質符號，完全淹沒在城市的現代化進程之中，不僅欲望淨化的倫理「適度與節制」不復存在，欲望「力與美」的詩意也在「性解放、性消費」的欲望迷亂中蕩然無存。或許，在當代文學的人生幕布上，人生悠遠、神秘的意蘊只能是一種「被眺望」的風景，「諸神已然隱去」，「存在也已變味」，理想的人生情懷只能隱沒在記憶和歷史深處……

顯然，現代抒情小說譜系的生成是一個歷史、動態的過程。大致看來，二十年代是其生成階段，意味著詩性敘事在「人的文學」精神覺醒下的跨文

體摸索以及創作的開啓、成形，文體化的形式倡導和敘事意蘊的相對淺露是這一時期的基本特徵；三十年代則意味著發展與深化，對於歷史文化精神的兼容與理想轉化使得意蘊空間向著開闊、深遠拓展，詩性文體的形式和意蘊詩意融合構成了抒情小說趨於成熟的重要基礎，而在四十年代直至當代文學的政治化、大眾化等歷史語境中，則經受著文化主潮一體化整合中的敘事異變，在繼續有所創化、深入的同時逐步走向審美自足性的普遍開裂，最終爲社會文化思潮所「整編」，陷入長期的「沉潛」，偶然閃動的詩情顯然無法再突破現實文化的漠漠「風塵」。

　　而抒情小說的歷史演變，其實也就是敘事文體規範由傳統向現代的移位與轉化過程，正是借助於眾多作家作品在敘事空間和體式等層面具體、微觀的藝術行爲，抒情小說才得以構建出自身的敘事與美學特質，成就一種經典性的小說譜系。敘事的意蘊轉變「創造」了小說話語的豐富闡釋空間，在此意義上，本文更傾向於將詩性敘事的歷史演變看作是現代小說敘事的具體轉化過程，集中代表了現代小說抒情轉向中的敘事轉型與建構。顯然，這是一個尋找、發現並呈現現代人生豐富意蘊的過程，已不僅屬於現代小說敘事體式的轉型問題，在普泛性意義上，這也是一個建構「人的文學」本體精神的現代小說史、思想史乃至文化史方面的問題，一種詩藝的敘事問題就此獲取了本體論的人生意蘊限度。

結語
詩意的結構，現代小說敘事的追求

　　關於抒情小說的敘事分析突出了現代人生觀念的影響，以普遍分裂中的審美超越與統一爲結構表徵的詩意邏輯和敘述方式的確立，深入了敘事功能的深層視閾，由此彰顯了現代小說敘事轉型和建構的本質維度。作爲一種深層次的「敘事解放」，這一思路更多考慮到敘事的功能結構與生成語境之間的關係，意在通過敘事學的規約和作用，嘗試恢復現代抒情小說等現代小說研究的敘事學旨趣。事實上，關於抒情小說譜系的敘事問題雖一直爲學術界所注意，但基本上仍停留在 1980～90 年代抒情詩學的研究視野中，多年來並沒有取得多少進展〔註1〕。應當承認，面對這樣的研究對象，以傳統情節敘事觀來進行釋讀，顯然行不通，而當下流行的抒情詩學範疇也存在著闡釋乏力的現象。由於抒情詩學自身的體驗性和藝術感知的不確定性，缺乏敘事學理規約的相關釋讀與傳播往往成爲某種追尋飄渺和高蹈之境的「艱難的感悟」，而將抒情詩學範疇直接作爲敘事範疇去使用，在說明抒情詩學之於敘事研究的強勢和屏蔽的同時也多少表明這一研究理論資源的某種局限。

　　現代小說終歸屬於一種敘事藝術。如果繼續礙於抒情詩學的影響，而不

〔註 1〕 目前流行的意境敘事、意象敘事、寫意敘事等觀點有著明顯套用抒情詩學範疇的傾向，形成背景主要爲 1980 年代以來學術界對於抒情小說意境化、意象化、寫意化等美學特徵的確認，如「意境敘事」就受到凌宇、方錫德等關於「意境」成爲現代小說家的「自覺的創造」和現代小說「重要範疇」、「審美追求目標」等論述的影響（分別參看《從邊城走向世界》、《中國現代小說與文學傳統》），而其他觀點也多由此衍生。

能有所突破的話，無疑就會造成對於抒情小說敘事文體屬性的遮蔽，難以發現其中所包含的敘事轉型價值。相當意義上，詩性敘事對於情節敘事觀的反駁，凸顯了一種別樣的敘事傳統和詩學形態，敘事在淡化情節和強化抒情意義喻示之間的轉化挪移，無疑豐富了現代小說的敘事理論和歷史經驗，所呈現的敘事學特徵和負載的文化意蘊以及詩學價值不僅具有介入現代文學人文情懷的空間和自由度，也有著闡發現代小說敘事詩學形態的針對性，對於深化、完善現代小說研究具有積極意義。首先，這樣的敘事分析便於我們更好地瞭解現代人生觀念在相關作家文本中的具體賦形與表現，彰顯文學思想的內在轉變與藝術風格生成之間的邏輯關係，進而深入現代抒情小說乃至現代小說文本的深層世界。任何具有經典意義的文本對於意義的表達都不應該是寬泛和籠統的，往往有著具體的運行理路和方式。而深入這一理路，將有利於展現具體文本敘事的意義自足性及其內在變化，在互文性的語義網絡中澄清美學風格的形成。基於前文關於這一譜系代表作家作品的分析，我們已不難辨識抒情小說的結構敘事理路。作為一種普遍性的深層文體秩序，這類糾結性意義結構關係的存在不僅制約了敘事活動的整體性意蘊轉向，而且也借助於對敘事節奏、語言格調的影響使得敘事保持了與意蘊喻示和抒發的相對統一，延展著敘事的張力。圍繞這一思路，我們或許又可以將相關作品分析再作引申。郁達夫的小說在清新、優美之中不乏神經質的緊張與撕裂，這固然有著作家人格等因素的影響，但在具體敘述中，這種風格則多與意蘊的結構形態有關，當意義的對立和糾結在極端層面上，敘述也就趨於跳躍、斷裂、緊張並伴隨著語言節奏的明顯波動。而當意義的糾結與對立逐步淡化與融合，敘述也就趨於舒緩，自然性的景物描寫也就浮現、穿插進來，語言也就趨向清新、優美〔註2〕。同樣，這也表現在沈從文、蕭紅等人的小說中，沈從文的牧歌性多體現在湘西題材的小說中，諸如《邊城》、《蕭蕭》等作品的意義對立和糾結並不激烈，於是敘述節奏也較舒緩和悠長，語言韻律感也較

〔註2〕 比如《沉淪》、《茫茫夜》等中的「他」們深陷現實和精神的困境，伴隨著心理變態、自戕等人生極端狀態的語言描述往往灰暗、緊張和神經質，表徵詩意的自然景物描寫只能淪為碎片化的裝點且缺乏詩意況味。而《蜃樓》中的人生失衡雖不乏遊移和痛苦但已趨於調和，語言也就趨於舒緩和優美，詩意的自然景物描寫明顯增多；至於《遲桂花》，「欲情淨化」表徵了人性糾結於欲望和道德等衝突之間的最終轉化，作者在翁家山的田園風光上傾注了大量的筆墨，使其成為了郁達夫「最具詩意的作品」。

強，敘事空間更多自然的詩意描寫和人生感懷；而到了諸如《篁君日記》等城市題材小說中，由於語境的變化，人物身心深陷困惑、矛盾甚至扭曲的困頓，於是敘述一改牧歌格調，語言也趨於緊張、起伏甚至充滿不知所云的囈語，反映出意義的糾結趨於極端和失衡。至於《呼蘭河傳》，人生情思的盤旋回轉使得敘述舒緩而低沉，從場景、意象到語句的過多重複，在強化了語言的節奏感和音樂性的同時也造成了盤繞全篇的意義況味，其敘述的底色和在「回憶中詩化」、淡去了糾結的極端與對立的意義訴求一直保持著格調上的基本一致，等等。可以說，正是借助於這類意義訴求方式，使得他們穿行在現代文學的多種精神資源之間，開掘著文學人生的返鄉詩情、人性本能的詩化向度乃至人生的超驗情懷等深層文化蘊涵，並傳達出自身的困惑、遊移、矛盾並有所取捨和創造的精神豐富性和複雜性，為現代小說開發出豐富的人文情懷。

　　一般來說，小說話語風格的形成往往取決於敘事活動對於多種文學元素的調動和組織，固然這其中涉及到作家世界觀、生活經歷、性格氣質、文化教養、社會語境等多種文化力量的影響，但這一切終須借助於文本對於意義的「生產」才能標識藝術風格的穩定賦形。現代小說的存現糾纏了過多的社會負擔，而研究話語也過於「喧嘩」，對於作家作品的本體意義訴求造成了過多遮蔽。而要破除這一點，也就需要深入小說文本的深層世界，進入一種真正的閱讀狀態。或許，只有這樣，我們才能透過詩性敘事文本世界的互文性語義網絡，辨析意義表達的波動、轉化乃至精神世界本真和細微之處，而要實現這一點，也就只有依託相對具體的敘事結構我們才有可能把相對籠統、含糊、縹緲的抒情小說意義置於一種「技術性」操作層面，加以闡釋而不至於陷入抒情詩學過於空泛的艱難感悟和難以賦形，認清外在歷史語境、現代文學精神以及作家觀念與自身藝術世界之間存在的微妙對應和錯位，相對系統、全面的辨識作家多元文化衝突中的審美取向以及藝術風格的具體生成。

　　其次，借助結構敘事的分析，有利於在意義衝突與碰撞的語義開裂與縫隙中辨析文本世界的複雜性和豐富性，對於敘事空間的意蘊、精神情感的具體波動、轉化與小說文體之間微妙共生關係的研究，在深化關於抒情小說創作認識的同時，也將為揭示相對宏觀的現代小說發生、發展等問題提供一種落實於具體文本敘事學細讀方面的研究思路。

　　現代小說的基本特徵在於一種抒情性的意義喻示功能，從表面上看，這源於作為一時代社會文化鏡像的文學對於「人的文學」思想籲求的歷史性回應和精神轉化，但在深層次上，這其實更多屬於歷史文化轉型時期多種思想文化觀念碰撞、融合的結果，相當程度上，轉變中的現代小說也就是這一過程的精神折射和符號賦形。介入這一意圖的分析，透過敘事空間多元性的文化力量衝突消長的觀照，審視文本與現代文化轉型過程中多種精神資源之間的迎合游離關係，也就能夠從文本意義訴求的內在變化中辨識現代文化語境之於現代小說創作的深刻影響，進而呈現現代小說乃至現代文學的發生、演變的具體形態與經驗。固然現代思想史、文化史研究已從較為宏觀的層面給予現代文化思想的變遷做出了系統全面的描述，而當下的諸多文學史、思潮史也從多個方面對現代小說的歷史流變進行了梳理，但似乎並沒有注意到文本世界的具體意義訴求在這一方面的意義。或許，對於歷史進程而言，現代文學的發生、發展只是一個客觀的歷史轉變，但對於現代抒情小說家甚至是其他作家來說，投身其中則屬於一種複雜的心路歷程，文學創作總是存在著與時代、社會精神乃至自身藝術觀念的差異和游離，而作家文本也就是由此凝聚而成的「心靈史」，蘊含著豐富的闡釋性。魯迅早在晚清時期就曾積極宣揚《域外小說集》的美學風格對於文學發展的意義，但在五四時期只在《故鄉》、《社戲》等少數作品有所實踐，詩意只是國民性啓蒙寫作間隙的一種偶然閃現。為什麼魯迅沒有在這一向度上繼續開掘，而且《故鄉》、《社戲》等小說由「新的生活」、「那夜似的好戲」提供的人生願景更多構成關於當時社會混亂、沉悶、世故、污濁等現實鄉土殘破的反襯，寄託在少年閏土身上的美好與希望，也形成這一時期《狂人日記》「救救孩子」思想主題的延伸；而社會性的價值理性雖然構成對於人性詩意趨附本能的壓抑與轉變，但魯迅卻又寫出了這些「不合時宜」的小說作品，與時代文化轉型存在著微妙而複雜的互動甚至是錯位關聯，等等，恐怕不是一語「現代意識的覺醒」或者「啓蒙壓倒了審美」所能概括的。廢名在一投入田園小說的寫作就言明隱藏著自己的「哀愁」，《浣衣母》伴隨著「公共母親」李媽的始終是一種內外交困的人生困境，而籠罩著《橋》的死亡與虛無陰影，《莫須有先生傳》的厭世色彩，表現的也是作家在傳統和現代、現實和理想之間的兩難與糾結，似乎自足的田園世界永遠不乏精神暗流的湧動，反映出作家思想上的深刻矛盾和「波動」。而郁達夫小說五四時期顯露的「頹廢的氣息」色彩一直交織著在家國、

民族等之間的「靈魂的衝突」，而其後又走向了對於「人性的優美」、「一點社會主義的色彩」等主題的選擇，也明顯存在著作家應和與游離外在文化語境的自我選擇的矛盾與焦慮；沈從文小說則包含了生命的壯美和人性的闇寺、種族的衰落與文明的重造、原始文明的懷想和現代文化的批判等多重寄寓，「抽象的抒情」過程中的「思索方式」、「情感形態」，交織出「人類智慧」豐富的意義空間，其間的心理波折同樣是一個頗具意味的領域。至於蕭紅，從《生死場》對於異族侵略戰爭中北方鄉土「生的堅強」「死的掙扎」的「力透紙背」苦難抒寫到《呼蘭河傳》詩化情調的營造藝術風格的嬗變，是否也與作家拒絕丁玲同去延安的相邀，又因為不認同革命訴求而離開蕭軍等多種因素相關，藝術取向的轉變又似乎表明了她並不願意成為追隨時代性、階級性人生的作家，文學之路的選擇也更多主體的人生體驗與個性色彩，文本的語義世界與此之間也應存在著微妙的共生關係等等。

　　現代文學的總體演變趨勢在抒情小說家那裏往往表現出諸多的變異，作家作品對於現代文化轉型的主體感受和文學反映存在著諸多差異。遊走在文學與時代、理想與現實、自我與社會之間，他們表現出的不確定性和多樣性似乎更能驗證現代文學發生、發展的意義張力。顯然，現代語境中的文學轉變不僅僅在於迎應了歷史文化的發展趨勢，而且普遍浸染著個體複雜的人生體驗和文學探求過程中的矛盾和糾結，順應和遊移之間的意義開裂和縫隙，才得以彰顯現代文學轉變爲「人的文學」的豐富蘊涵。處在一個「非文學的世紀」，現代抒情小說等文學作品之所以還能作爲一種經典存在，也應該主要基於這一點。對於文學研究來說，文本世界無疑是透視外在歷史語境和主體內在精神最爲重要的領域，或許，借助於敘事學的文本研究辨識抒情小說敘事意蘊功能的具體轉變，進入相關小說文本的具體語義世界的矛盾與縫隙，我們才有可能眞切地觸摸作家精神世界的情感脈搏，感受他們在人生和文學世界中的那份「豐富的痛苦」及其藝術選擇的複雜、生動、細微之處，進而以此爲基礎去嘗試完善、深化現代小說的發生、發展研究。

　　再次、借助詩性敘事的研究，從敘事層面辨析現代小說抒情轉向中敘事範疇的內在變化，有利於呈現現代小說的敘事轉型，豐富現代小說敘事理論的建構。不難看出，伴隨著現代文學的歷史轉型，一種以情意寄寓與抒發爲主要特徵的內在故事開始佔據了敘事活動的中心。敘事在客觀模仿、再現（現實）的傳統功能之外，又將獲取主觀表現（內心）的功能。在普遍層面上，

小說敘事不僅需要面對情節故事的組織和講述，還要面對人的內在世界，組織和講述人生的情意故事。而敘事之所以呈現出淡化情節的抒情色彩，在很大程度上是因為側重於後者的結果。故事形態的這一變化，反映了敘事範疇的現代轉變。由於傳統敘事規範的移位導致了情節淡化等敘事功能的轉變，故事形態的「向內」轉化對敘事張力提出了更高要求，而突破傳統敘事的線性結構，人物、環境等敘事元素的結構變化有利於敘事話語弱化對於現實的指稱功能，也就為敘事容納布滿意義對立與糾結的人生情緒體驗與意義的深入喻示提供出空間。由此，借助情意化人生故事的組織和呈現，現代抒情小說也就構建出一種意蘊化的空間敘事詩學。顯然，詩性敘事改變了傳統敘事形態，但並不意味著抒情小說就此背離了自身的故事屬性。作為人類生活的本質構成，故事是人生不可或缺的部分。而小說對於文學人生的敘述，也主要是關於不同性質故事的敘述。而一旦我們不再把敘事和抒情對立起來，視淡化敘事為強化抒情的前提，我們也就會發現，詩性敘事的「淡化情節」並非是對於小說敘事文體屬性的消解或者取消，所謂現代抒情小說「不像小說」、「非小說化」等辨識過程中的困惑，主要產生於這一類作品閱讀接受過程中的文化不適心理，觀念本身的滯後已使我們難以適應這一敘事轉型過程中出現的「陌生化」故事形態。

事實上，敘事的功能一直就是多樣的，敘事不僅可以記敘客觀的故事，也可以側重情意的喻示以及道德倫理的教化。而這一點也早為人所認識，傑姆遜就曾指出「每一個深層的故事結構都可以用許多不同方式予以實際化，慣用直陳的敘事現實主義只是人們所熟知的一種而已。」〔註3〕莫妮克·弗魯德妮克也認為，「敘事性是對經驗性而非行動和事件本身的符號再現；經驗性本身是世界中的個體人類意識對世界進行的一種中介活動」，而當一部小說的讀者問，「『這個故事的要點是什麼？』這個問題與思想有關，指明主題正像情節那樣具有『發現』因素」。顯然，關於敘事的理解，「不可避免」地涉及「人類在時間中體驗事物時的複雜性」，存在著開放性的敘事理論依據，「敘事本身就需要重新定義」〔註4〕，使得情節敘事只成為敘事的眾多功能之一，

〔註3〕〔美〕戴衛·赫爾曼：《新敘事學》，馬海良譯，北京大學出版社，2002年版，第90～91頁。

〔註4〕〔美〕戴衛·赫爾曼：《新敘事學》，馬海良譯，北京大學出版社，2002年版，第111～113頁。

而不必是基本或獨有，只有這樣，才能充分構建敘事理論的針對性和有效性。詩性敘事的敘述體態表現出了明顯的意蘊化，突破了傳統功能束縛的敘事話語爲包容多種人生體驗和意義開闢了廣闊空間，也就對敘事範疇本身提出了重新認識的要求。固然，意義在所有文本中都是存在的，但意義的組織能否構成對於創作和閱讀的功能性影響和決定作用才是我們認識敘事意義功能的出發點。故此，本文從結構主義的角度探討現代抒情小說文本的意蘊邏輯和框架，聚焦、辨識詩性敘事充滿意義矛盾與糾結的敘事結構及其具體演化對於小說風格的生成意義，也就意在強化這一點。對於抒情小說而言，敘事的其他功能似乎都圍繞著超越性的審美意義訴求而展開，也就與傳統情節敘事的意義表達形成了區別。傳統敘事往往受到道德、正統意識形態觀念的影響，而這些意義的存在具有著過重的外在社會價值、倫理責任等現實取向，因此意義的投射往往需要借助於社會化故事的編織來傳達傳統文化理想對於現實的指稱功能，似乎總需借助於某種「實際之事」的講述才能構建意義的合法性，而現代抒情小說則主要面向生命意識的人生體驗與思考，意義所指的豐富不僅無法通過敘事的現實指稱得以實現，而且心理世界的自足也無需過於直接介入敘事的現實指向。而我們之所以長期將敘事固著在講述情節故事上，很大程度上也是因爲傳統文學一直在致力於構造以情節和人物爲主的「實際之事」，似乎也影響、決定了中國人的敘事觀。至於這種具有強烈認識論意義的敘事觀念到底有多大的規範性，似乎並沒有引起人們多少嚴肅的懷疑。在此意義上，對敘事觀念有所調整並以此進入現代小說的敘事研究也就意味著關於敘事主題、意蘊之於文本生成結構功能的探討，將相對空泛的抒情詩學研究與相對「實在」的結構詩學加以融合，試圖從敘事的意義維度上建立一種具有可操作性的、可用於具體批評實踐的敘事批評框架。而本文對於研究對象的界定，也主要依據具體小說文本能否具備敘事功能的意義指向這一尺度，側重於文本敘事風格的詩性意蘊特徵。故此，又與既有的抒情小說、詩化小說、詩體小說等概念下的作家群體構成存在一定的出入，而將諸如五四「問題小說」等一些具有詩性元素的小說也納入了研究視域。

「一切話語都是敘事性的」〔註5〕。現代小說的抒情轉向表明了一種現代意義上的敘事轉型，敘事轉化爲一種包含豐富意蘊的現代小說範疇。借用戴

〔註5〕〔美〕道格拉斯‧凱爾納、斯蒂文‧貝斯特：《後現代理論》，張志斌譯，中央編譯出版社，2001年版，第209頁。

衛‧赫爾曼的話來說,「『敘事』概念涵蓋了一個很大的範疇,包括符號現象、行為現象以及廣義的文化現象。」〔註6〕故此,對觀念有所調整,恢復、構建現代抒情小說乃至現代小說研究的敘事學旨趣,也就不失為一種拓展、深化相關研究可資嘗試的研究途徑。這既是一種對於現代小說敘事理論的探索,也是一種涉及眾多作家作品生動釋讀的文本研究,對現代抒情小說乃至現代小說轉型中的觀念之變、敘事之變以及美學之變進行了廣泛而深入的探討。當然,任何研究都有其相對性和局限性,而本文拮取現代抒情小說譜系作為研究對象加以分析也就不乏在相對性和局限性的觀照中喚起對相關問題的重視,以期有所啟發的意圖。

〔註 6〕 參見尚必武、胡全生:《經典、後經典、後經典之後──試論敘事學的範疇與走向》,《當代外國文學》2007 年第 3 期。

主要參考書目

1. 〔美〕約瑟夫・弗蘭克等：《中國小說中的空間形式》，北京大學出版社，1991 年版。

2. 〔美〕華萊士・馬丁：《當代敘事學》，吳曉明譯，北京大學出版社，2005 年版。

3. 〔美〕伊恩・P・瓦特：《小說的興起》，高原等譯，三聯書店，1992 年版。

4. 〔英〕弗吉尼亞・伍爾夫：《論小說與小說家》，瞿世鏡譯，上海譯文出版社，2000 年版。

5. 〔捷克〕米蘭・昆德拉：《小說的藝術》，董強譯，上海譯文出版社，2004 年版。

6. 〔德〕沃爾夫岡・伊瑟爾譯：《虛構與想像——文學人類學疆界》，陳定家等譯，吉林人民出版社，2003 年版。

7. 〔美〕韋勒克、沃倫：《文學理論》，劉象愚，三聯書店，2005 年版。

8. 〔瑞士〕埃米爾・施塔格爾：《詩學的基本概念》，中國社會科學出版社，1992 年版。

9. 〔法〕加斯東・巴拉斯：《夢想的詩學》，生活・讀書・新知三聯書店，1996 年版。

10. 〔以色列〕里蒙・凱南：《敘事虛構作品》，生活・讀書・新知三聯書店，1989 年版。

11. 〔英〕海倫・加德納：《宗教與文學》，江先春等譯，四川人民出版社，1989 年版。

12. 〔美〕保羅・尼特：《宗教對話模式》，王志成譯，中國人民大學出版社，2004 年版。

13. 〔德〕西美爾：《現代人與宗教》，曹衛東等譯，中國人民大學出版社，2003 年版。

14. 〔法〕薇依譯：《重負與神恩》，顧嘉琛等，中國人民大學出版社，2005年版。

15. 〔英〕弗格森：《幸福的終結》，徐志躍譯，中國人民大學出版社，2009年版。

16. 〔德〕盧克曼：《無形的宗教──現代社會中的宗教問題》，覃方明譯，中國人民大學出版社，2010年版。

17. 〔法〕米蓋爾・杜夫海納：《美學與哲學》，孫非譯，中國社會科學出版社，1985年版。

18. 〔法〕雅克・馬利坦：《藝術與詩中的創造性直覺》，劉有元譯，三聯書店，1991年版。

19. 〔英〕阿倫・布洛克：《西方人文主義傳統》，董樂山譯，三聯書店，1997年版。

20. 〔德〕海德格爾：《荷爾德林詩的闡釋》，孫周興譯，商務印書館，2002年版。

21. 〔美〕赫伯特・馬爾庫塞：《審美之維》，李小兵譯，廣西師範大學出版社，2001年版。

22. 〔德〕恩斯特・卡西爾：《人論》，甘陽譯，上海譯文出版社，1985年版。

23. 〔德〕叔本華：《愛與生的苦惱》，金玲譯，華齡出版社，1996年版。

24. 〔美〕羅洛梅：《愛與意志》，蔡伸章譯，甘肅人民出版社，1987年。

25. 徐岱：《小説形態學》，杭州大學出版社，1992年版。

26. 申丹：《敘述學與小説文體學研究》，北京大學出版社，1998年版。

27. 趙毅衡：《苦惱的敘述者──中國小説的敘述形式與中國文化》，北京十月文藝出版社，1994年版。

28. 李詠吟：《詩學解釋學》，上海人民出版社，2003年版。

29. 格非：《小説敘事研究》，清華大學出版社，2002年版。

30. 譚君強：《敘事理論與審美文化》，中國社會科學出版社，2002年版。

31. 陶東風：《文體演變及其文化意味》，雲南人民出版社，1994年版。

32. 柯慶明、蕭馳主編：《中國抒情傳統的再發現》，國立臺灣大學出版中心，2009年版。

33. 王德威：《抒情傳統與中國現代性》，三聯書店，2010年版。

34. 高友工：《中國美典與文學研究論集》，臺灣大學出版中心，2004年版。

35. 楊義：《中國敘事學》，《楊義文存》（第一卷），人民出版社，1997年版。

36. 宗白華：《藝境》北京大學出版社，1987年版。

37. 王學謙：《自然文化與20世紀中國文學》，吉林大學出版社，1999年版。

38. 許道明：《京派文學的世界》，復旦大學出版社，1994 年版。

39. 劉進才：《京派小說詩學研究》，河南大學出版社，2005 年版。

40. 陳國恩：《浪漫主義與 20 世紀中國文學》，安徽教育出版社，2000 年版。

41. 王輕鴻：《漢語語境中的原型闡釋》，中國社會科學出版社，2005 年版。

42. 吳曉東：《象徵主義與中國現代文學》，安徽教育出版社，2000 年版。

43. 趙毅衡：《文學符號學》，中國文聯出版公司，1990 年版。

44. 劉祥安：《話語的真實與現實——劉祥安現代小說論集》，江蘇人民出版社，2005 年版。

45. 朱棟霖、劉祥安等編：《文學新思維》，江蘇教育出版社，1996 年版。

46. 李桂起：《中國小說體式的現代轉型與流變》，山東大學出版社，2003 年版。

47. 馬大康：《詩性語言研究》，中國社會科學出版社，2005 年版。

48. 方錫德：《中國現代小說與文學傳統》，北京大學出版社，1992 年版。

49. 凌宇：《從邊城走向世界——對作為文學家的沈從文的研究》，生活·讀書·新知·三聯書店，1986 年版。

50. 張輝：《審美現代性批判》，北京大學出版社，1999 年版。

51. 陳平原：《中國小說敘事模式的轉變》，上海人民出版社，1988 年版。

52. 楊聯芬：《中國現代小說中的抒情傾向》，北京師範大學出版社，1996 年版。

53. 錢理群主編：《詩化小說研究書系》，廣西教育出版社，2003 年版。

54. 錢理群：《對話與漫遊》，上海文藝出版社，1999 年版。

55. 王義軍：《審美現代性的追求——論中國寫意小說與小說中的寫意性》，上海文藝出版社，2003 年版。

56. 王本朝：《20 世紀中國文學與基督教文化》，安徽教育出版社，2000 年版。

57. 劉勇：《中國現代作家的宗教文化情結》，北京師範大學出版社，1998 年版。

58. 譚桂林：《20 世紀中國文學與佛學》，安徽教育出版社，2000 年版。

59. 劉士林：《中國詩性文化》，江蘇人民出版社，1999 年版。

60. 劉士林：《中國詩學精神》，河南人民出版社，1997 年版。

61. 王南：《中國詩性文化與詩觀念》，四川民族出版社，2002 年版。

62. 丁帆：《中國鄉土小說史論》，江蘇文藝出版社，1992 年版。

63. 費孝通：《鄉土中國》，三聯書店，1985 年版。

64. 楊聯芬：《晚清至五四：中國文學現代性的發生》，北京大學出版社，2003 年版。

65. 廖高會：《詩意的招魂：中國當代詩化小說研究》，學苑出版社，2011 年版。

66. 高力克：《五四的思想世界》，學林出版社，2003 年版。

67. 劉小楓：《拯救與逍遙──現代性倫理的敘事緯語》，上海三聯書店，2001 年版。

68. 劉小楓：《沉重的肉身》，華夏出版社，2004 年版。

69. 劉小楓：《現代性社會理論緒論》，上海三聯書店，1998 年版。

70. 劉小楓：《詩化哲學》，山東文藝出版社，1986 年版。

71. 尚傑：《歸隱之路──20 世紀法國哲學的蹤跡》，江蘇人民出版社，2002 年版。

72. 孫周興：《說不可說之神秘──海德格爾後期思想研究》，上海三聯書店，1994 年版。

73. 王宇：《性別表述與現代認同：索解 20 世紀後半葉中國的敘事文本》，上海三聯書店，2006 年版。

74. 汪民安：《身體的文化政治學》，河南大學出版社，2004 年版。

75. 程文超：《欲望的重新敘述》，廣西師範大學出版社，2005 年版。

76. 解志熙：《生的執著》，人民文學出版社，1999 年版。

77. 王珺：《終極關懷──蒂里希思想引論》，新華出版社，2000 年版。

78. 商金林編：《朱光潛批評文集》，珠海出版社，1998 年版。

79. 徐靜波編：《梁實秋批評文集》，珠海出版社，1998 年版。

80. 嚴家炎等編：《二十世紀中國小說理論資料》（1～4），北京大學出版社，1997 年版。

81. 劉金鑅等編：《孫犁研究專集》，江蘇人民出版社，1983 年版。

82. 陳振國編：《馮文炳研究資料》，海峽文藝出版社，1991 年版。

83. 范伯群編：《冰心研究資料》，北京出版社，1984 年版。

84. 劉增傑編：《師陀研究資料》，北京出版社，1984 年版。

85. 陳子善等編：《郁達夫研究資料》，花城出版社，1985 年版。

86. 樂齊編：《蕭紅小說全集》，中國文聯出版公司，1996 年版。

87. 樂齊編：《許地山小說全集》，中國文聯出版公司，1996 年版。

88. 樂齊編：《郁達夫小說全集》，中國文聯出版公司，1996 年版。

89. 田仲濟編：《王統照文集》，山東人民出版社，1980 年版。

90. 傅光明編：《冰心文集》，北京燕山出版社，1998 年版。

91. 韓耀成等編：《馮至全集（3）》，河北教育出版社，1999 年版。

92. 王風編：《廢名集》，北京大學出版社，2009 年版。

93. 劉增傑編校：《師陀全集》，河南大學出版社，2004 年版。

94. 鄧九平編：《汪曾祺全集》，北京師範大學出版社，1997 年版。

95. 《沈從文全集》（1～17），北嶽文藝出版社，2002 年版。

96. 《孫犁全集》，人民文學出版社，2004 年版。

後　記

　　這本小書是在我的博士論文和博後出站報告的基礎上進一步整理、修訂而成的。我的博士論文是關於現代小說詩性傳統的研究，意在通過一種文化整合的思路，將現代抒情小說譜系以及其他一些旨趣相近的作家作品置於「文學傳統」的視野下加以觀照，突出一種長期性、穩定性且已經典化的現代小說詩學和美學傳統的生成，對其具體演變、主題形態、文體特徵以及文學史意義等進行了相對系統、全面的梳理、澄清。而出站報告則專題性地探討了這一小說譜系的敘事問題，思考的是現代小說抒情轉向中的小說敘事轉型和建構問題，在結構敘事的方法論啓發下，嘗試從敘事的意蘊層面去辨識結構性的深層文體秩序，對代表性小說文本的敘事和美學特質進行了相對細緻的橫向解讀。

　　應該說，博後出站報告的內容更接近於本書的議題，然而出站報告主要側重於具體的文本細讀，還缺乏敘事的整體建構以及敘事發展的縱向歷史考察等方面的內容。整合後的研究側重於辨析現代小說抒情轉向背景下這一類小說的詩性敘事轉型與建構，突出一種意蘊化的敘事模式對於小說現代化的歷史價值，個中既有著關於敘事理論問題的深入探討，同時也有著敘事理論問題向現代小說史問題的學理性轉化。在此意義上，得出的結論就是：以「現代抒情小說」的生成爲標誌的現代小說抒情轉向表明了一種現代人生意義上的敘事轉型，取代情節結構的意義邏輯凸顯了人生意閾中的傳統敘事規範的移位與變化，「敘事」成爲一種以意義對立與糾結爲結構特徵的現代小說範疇，在淡化情節和強化情意喻示之間的轉化挪移，凸顯了一種別樣的敘事傳統和詩學形態。爲此，本書在眾多經典作品的細讀中辨析具體文本的敘事理

路和特徵，歸結詩性敘事的多元結構形態、主題以及體式構成，辨識現代文學語境的變化帶給小說內容和形式的適應性轉變，結構敘事研究的理論自足性構建，彰顯了一種融合結構詩學、文化詩學的現代小說研究特色。

小書的篇幅雖然不長，但卻花費了數年的時間。從博士時期的選題、查閱資料、博士論文的定稿到蘇州大學作博士後期間的細化研究，其間經歷了諸多艱辛。相關的選題對我來說是一個比較陌生的領域，早前的學習深造並沒有對此有多的涉獵，碩士論文做的只是當代的一篇作家論，當時以為走上工作崗位以後不會有機會從事專業研究工作，那知後來兩年多的政府部門工作讓我意識到了專業研究領域乃至高校教研生活的自由、寬鬆和寧靜，故此，重新回到了教育崗位，而讀博也就成為自身工作和生活的一種需要。及至到了這一階段，才知道早前閱讀的偏窄，開始思考、定位自身今後的研究方向。或許是源於故土黃海邊地的海風、海水吹拂和浸泡出的那一份詩情，我一直就喜歡看這一類作家的作品，有著一定的感性閱讀基礎，也就嘗試著在這一方面進行選題。那一段時間，系統閱讀了他們的作品，查閱相關研究資料，深深沉迷於那一份孤獨而寂寞的學習生活，早前的感性印象逐漸沉澱，讓我更加感懷於他們文學情懷的博大悠遠，那份在邊緣處的文學精神堅守和追求，也常常為作家命運的沉浮而欷愴不息。一個個作家個案的文本解讀，也就在這樣的過程中慢慢地從模糊走向清晰，形諸於文字。我的導師楊洪承先生曾要求我一定要全面、深入的閱讀文本，把「創造性的閱讀」作為研究的基礎，不僅引導、激勵著我通讀了他們的小說作品，也養成了後來注重文本細讀的研究習慣。論文的完成讓我有種收穫的喜悅和成就感，畢業不久就到蘇州大學做在職的博士後研究工作，又有條件進一步思考、修改我的論文，並在論文基礎上選定一個具體問題加以深入。兩年之間在連雲港和蘇州之間奔波，雖然辛苦，但是充實，終於順利出站。那個時候我所在的單位其實並不鼓勵教師出去做博士後，但主要領導也不阻止大家，對我們一直有著一種寬容。按理來說，在博士論文和出站報告的基礎上，我的這本小說早就該整理出版了，可是由於自身的疏懶，加之當時我在系科也曾負責一點行政工作，平時工作、同學間的應酬也比較多，也就一直沒有擠出時間作這件事，雖然每每對自己說抓緊點就行了，但總以「來得及」自我寬慰，也就拖到了今天。直至 2011 年工作調動到了海南師大，離開了原來崗位和家鄉的朋友圈子，時間也充裕起來，而且學科建設的壓力也讓我們每個人都有了多出

成果的緊迫感，才開始正式整理書稿。期間大多數時間都蝸居在宿舍裏，常常一坐就是半天，終於完成了書稿。

這一切我要深深感謝導師楊洪承先生和師母田樺女士。沒有他們的指導關心，也就沒有我學術成長的今天，在我讀碩、讀博求學以及人生事業前進中的每一步，都凝聚著他們的教誨和心血。事實上，既便已經畢業多年，工作、學習和生活方面的很多事情老師仍常常要不厭其煩的指導我，激勵我。學業上的諄諄教誨，生活上的真誠建議，關懷的無微不至讓我在生活、工作中的前行有了堅實的信心和依靠。在老師面前，我（們）還像是一群長不大的孩子，我們同門間私下裏也因為有這份來自老師和師母的綿綿關懷而覺得十分幸福，每每和老師見面或者通電話，大家都能感受到濃濃的家一般的親情和溫暖。老師太在乎他的學生，也太愛他的學生了，我們點點滴滴的進步他都感到欣慰，高興。我們也愛自己的導師，即便遠在各地，也能感受他的關愛，可以說學生的進步就是他人生幸福比例最重的一個部分。

蘇州大學的劉祥安教授作為我博士後期間的聯繫導師，他的深厚學養和敏銳眼光使我獲益非淺，時至今日，先生仍一如既往地關心我，常常使我感念不已。丁帆、朱曉進、江錫銓、姜健、吳功正等先生在博士論文開題和答辯等場合，為我的論文提供了很多至關重要的建議，若無他們的點撥和鼓勵，我也未必能如期完成論文。這一課題的完成還要感謝我的同門師兄弟。季桂起老師、溫潘亞老師不僅是我的師兄，也是我的老師；衛東兄、王力兄是我的同屆師兄弟，他們都有著豐厚的學術積累和成就，對我的課題多有高見。也要感謝我的師弟趙普光、時國炎，為我提供了資料等方面的熱心幫助。他們不僅是我學業上的良師，更是生活中的益友，使我至今難以忘懷和他們一起的美好時光，也使我一直渴望有機會和他們相聚，再體會同門兄弟間的那份美好感情。另外我的同窗好友范新陽，雖然不在同一專業，但在南京一同度過了三年時光，平時探討了很多話題，給了我寶貴的建議。

感謝海南師大文學院的阮忠教授、房福賢教授、畢光明教授、邵寧寧教授、徐仲佳教授、張琦教授為我提供了良好的工作生活環境，這對一個需要特定空間的文字工作者來說尤為重要；近年來也曾多次奔波於海南與江蘇等地之間，調研、查閱資料，沒有他們的理解與支持，也難能形成此書。同時還要感謝我的妻兒、家人，沒有他們的奉獻，我也很難完成學業，更無法走到學術研究的今天。

　　關於這一課題仍有諸多未盡問題。比如對於廢名等人文學思想的研究，有利於更深入相關作家小說敘事的語義世界；又比如是否要將艾蕪的《南行記》等小說納入抒情小說譜系加以考察。如果說還存在著當代詩性敘事，具體存在形態又是怎樣的；而一些抒情小說家建國後的創作中，敘事空間的語義轉變是如何發生和運行的，透過這些問題，同樣可以發現文學精神的轉變對於小說文體嬗變的深刻影響，等等。由於篇幅和結構安排的原因，這些問題在本書中並未有系統探討。在撰寫過程中一直牢記導師的「勤勉、紮實」的學術教誨，然而由於自身的懈怠，或力所不逮，也難以達到這一要求，個中疏漏之處敬請方家批評指正。或許，這本小書並不能給現代文學研究帶來些什麼，當然也可能帶不來什麼。不過這是我努力的一個見證，記錄了所經歷的艱辛和體驗的感動，也讓我永遠記住一些人，永遠感謝一些人，我將永遠為此而感恩。

席建彬　改於 2017 年初春